AF300879

EMMA FINCH

Das *Erbe* von Loch Corran

Überarbeitete Neuausgabe Juni 2023

Copyright © 2023 dp Verlag, ein Imprint der
dp DIGITAL PUBLISHERS GmbH
Made in Stuttgart with ♥
Alle Rechte vorbehalten

Das Erbe von Loch Corran

ISBN 978-3-98778-362-3
E-Book-ISBN 978-3-98637-818-9

Copyright © 2019, dp Verlag
Dies ist eine überarbeitete Neuausgabe des bereits 2019 bei dp Verlag erschienenen Titels Das Vermächtnis der Kristalle (ISBN: 978-3-96087-432-4).

Covergestaltung: ARTC.ore Design
Umschlaggestaltung: ARTC.ore Design
Unter Verwendung von Abbildungen von
shutterstock.com: © watin, © Pung, © Daniel_Kay, © Joe Dunckley, © CravenA, © Victor Maschek, © Yevhenii Chulovskyi
Lektorat: Birgit Förster
Satz: dp DIGITAL PUBLISHERS GmbH
Druck und Bindung: Books on Demand GmbH, Norderstedt

Das Werk darf – auch teilweise – nur mit
Genehmigung des Verlages wiedergegeben werden.

Sämtliche Personen und Ereignisse dieses Werks sind frei erfunden. Etwaige Ähnlichkeiten mit real existierenden Personen, ob lebend oder tot, wären rein zufällig.

Anglesey, Gegenwart

Wieder einmal stehe ich an den Klippen unweit der Ysgol Glasmaris auf Anglesey. Wieder bläst mir der Seewind ins Gesicht, und weit unter mir schäumt das Wasser zwischen den zerklüfteten Felsen, von denen nur die Spitzen durch die Wasseroberfläche ragen. Wie gewöhnlich lassen dunkle Umrisse die Gefahr erkennen, die darunter schlummert. Zwischen den rasiermesserscharfen Steinen wirbelt das Meer in tückischen Strudeln. Einen Sturz in die Tiefe würde niemand überleben. Auch ich nicht.

Ich berühre die Kette mit den Kristallen, die ich trage, um mich stets daran zu erinnern, wer ich bin. Die Aufgabe, Hüterin eines uralten Geheimnisses zu sein, werde ich niemals einfach so abstreifen können, wie ich diese Kette jederzeit ablegen könnte.

Ein kleiner Stein unter meinem Fuß löst sich. Er ist zu klein und das Tosen des Wassers und das Heulen des Windes zu laut, als dass ich das Platschen höre, mit dem er ins Wasser plumpst.

An jenem Tag vor fast eineinhalb Jahren in dem unterirdischen Labor in der stillgelegten Mine des Black Country waren mir die weitreichenden Konsequenzen meines Handelns für mich und andere nicht bewusst, daher folgte ich einzig und allein meinem Instinkt. Alle Entscheidungen, die ich treffen musste, alle ungeahnten Ereignisse ließen mich wachsen. Und doch – *ge-*wachsen fühle ich mich meiner Aufgabe immer noch nicht.

Dort, tief unter der Erde, hatte ich erstmals begriffen, dass mein Leben schon lange Zeit fremdbestimmt worden war. Vom ganzen Ausmaß jedoch hatte ich allenfalls eine vage Ahnung gehabt, und genauso routiniert, wie ich schon oft vermieden hatte, sogar Tatsachen ins Auge zu sehen, verdrängte ich erst einmal diese Ahnung. Ich konnte oder vielmehr ich wollte mir gar nicht vorstellen, dass ausgerechnet ich eine Verpflichtung übernehmen musste, die viel größer war, als eine Karriere als Ärztin es jemals gewesen wäre. Mein Medizinstudium hatte ich in dem Moment beendet, in dem mir klar geworden war, dass ich die Verantwortung für das Leben und die Gesundheit anderer Menschen nicht tragen wollte.

Möwen jagen über den Frühsommerhimmel. Ich beneide sie um die Einfachheit ihres Lebens. Egal, was ich tun werde, eines weiß ich gewiss: Einfach wird nichts werden in meiner Zukunft.

Ich denke an Mum.

Auch für sie war es nicht einfach. Ein Teil von mir ist immer noch wütend auf sie, weil sie mir nie die Wahrheit erzählt hat. Die Wahrheit darüber, wer ich bin.

Was ich bin.

Ich nehme an, sie hielt mich noch für zu jung, um mit der Wahrheit umgehen zu können. Doch sie selbst war noch ein Kind, als sie die schreckliche Tragödie so unvermittelt traf, bei der ihre Eltern sowie einer ihrer Halbbrüder starben. Damals hatte Emrys Prestwich, der Duke of Anglesey, guter Freund ihrer Eltern und fortan Mums Vormund, entschieden, ihr die Wahrheit zu erzählen. Anschließend hatte sie nicht nur Zeit gehabt, in ihre Rolle hineinzuwachsen, sondern sie hatte auch Begleiter an ihrer Seite gehabt, die ihr halfen, damit zurechtzukommen.

Das Doppelleben, das sie führen musste, hatte ihren weiteren Lebensweg ebenso zwangsläufig wie nachhaltig beeinflusst. Verständlicherweise wollte sie als Mutter mir und meinem Bruder Henry genau das so lange wie möglich ersparen. Sie glaubte, noch viel Zeit zu haben, um uns zunächst unser Leben leben zu lassen und uns irgendwann vielleicht sehr behutsam an das Geheimnis heranzuführen.

Am Ende hatte sie ihre Rechnung ohne ihren Halbbruder William Hunter gemacht, der in die Fußstapfen seines Vaters Konrad Jäger getreten war. Jäger war Wissenschaftler und Kopf der Organisation *Heredes*, deren brutale Forschungsmethoden ganz im Geiste der Rassentheorie Nazideutschlands begonnen hatten. Wie Jäger selbst, so war auch William davon überzeugt, dass nicht jeder Mensch gleichermaßen in den Genuss möglicher Vorteile kommen sollte – Profitgier war darüber hinaus ein weiterer nicht zu übersehender Faktor.

Obwohl William wie sein Vater Konrad nichts Genaues über die weitreichenden Zusammenhänge wusste, so glaubte er zumindest an die geheime Existenz einer Methode, ein wirkungsvolles Heilmittel zu schaffen. Er hielt es für eine Art Wundermittel gegen Krebs, resistente Erreger, Viren und vieles andere, was er sowohl an den Meistbietenden verkaufen als auch an diejenigen weitergeben würde, die seinem ideologisch geformten Menschenbild entsprachen.

Schließlich war Mum zu William gereist, um ihn davon zu überzeugen, seine wahnwitzigen Versuche zu beenden, weil ein solches Heilmittel nicht existierte. Sie ging nicht davon aus, dass er ihr etwas antun würde. Immer glaubte sie an das Gute im Menschen. Ihren Irrtum bezahlte sie schließlich mit ihrem Leben.

William, der die Gelegenheit ergriff, um den Beweis für die Existenz eines Wundermittels anzutreten, nahm sie gefangen und zerstörte mit einer aggressiven Chemo- und Strahlentherapie ihr Knochenmark, bevor er sie nach Hause schickte. Aufgrund ihres ausgeschalteten Immunsystems war ihr Körper trotz ihrer genetischen Veranlagung nicht in der Lage, sich von allein zu regenerieren, daher erkrankte sie bereits auf der Rückreise an Denguefieber. Daheim angekommen, konnte sie kurzzeitig stabilisiert werden, nur um gleich darauf die nächste und übernächste Infektion zu bekommen. Eine Weile kämpfte sie verbissen dagegen an, doch sie wusste, dass William ihr nachspionieren ließ, denn schließlich rechnete er ja mit ihrer wundersamen Genesung – was ihm endlich den unumstößlichen Beweis für ein „Allheilmittel" geliefert hätte. Obwohl dies eine Fiktion ist und möglicherweise auch bleiben wird, hätte Mum gerettet werden können – doch William war nicht bewusst gewesen, dass Mum bereit war, das Wohl vieler über ihr eigenes zu stellen: Sie entschied sich dafür, das Geheimnis nicht preiszugeben, und starb wenige Wochen nach ihrer Rückkehr, als ihr Körper zu schwach wurde, um zu kämpfen. Für ihre Umwelt und sogar für uns als ihre Familie hieß es, sie sei an akuter Leukämie gestorben.

Der enttäuschte William tappte anschließend ein weiteres Jahrzehnt im Dunkeln.

Immer noch frage ich mich, ob Mum das Richtige getan hatte. Ob es nicht möglich gewesen wäre, ihren Tod vorzutäuschen, sich behandeln zu lassen, uns einzuweihen. Es hätte allerdings unser Leben auf den Kopf gestellt, und wir wären womöglich ebenfalls früher oder später gezwungen gewesen unterzutauchen.

Was hätte das aus uns gemacht?

Sie wollte nicht für uns eine Wahl treffen und tat es daher nur für sich selbst. Manchmal ist jede Wahlmöglichkeit, die man hat, auf die eine oder andere Weise schlecht. Doch am Ende muss man wählen.

So einfach ist das.

Sie wählte ihren eigenen Tod.

Ich stehe hier oben an den Klippen, unter mir das Meer und die Felsen.

Auch ich muss mich jetzt entscheiden.

Als Einzige kenne ich nun die ganze Wahrheit.

Ich schließe die Augen und denke an jenen heißen Tag in London, an dem für mich die Folge von Ereignissen begonnen hat, die mich nun hierhergeführt haben. Ein mir unbekannter Mann namens Michael Kelley ist damals in meinen Armen gestorben, im Beisein eines merkwürdigen Fremden im dunklen Anzug. Einen Tag später wurde mir von einem anonymen Absender die Kette mit den Kristallen zugestellt. Als ich kurz darauf vor meiner unwillkommenen Verlobung mit meinem damaligen Freund Dan flüchten wollte, vermittelte Emrys mir eine Stelle in der Ysgol Glamaris, einem Eliteinternat auf Anglesey. Zu meiner Überraschung stellte sich heraus, dass deren Schulleiter der Mann im dunklen Anzug war: Duncan Featherston, der Sehr Ehrenwerte Lord Scratby, achter Baron Scratby of Norfolk. Im Laufe der Zeit kamen wir uns näher – sehr nahe, denn ich wurde ungeplant schwanger. Zufälle, die keine waren, sowie Familiengeheimnisse, denen ich nach und nach auf die Spur kam, waren nur der Anfang von allem. Als sich die Ereignisse schließlich überschlugen, wurde mir zu meinem Entsetzen klar, dass Duncan ein doppeltes Spiel trieb und mich schließlich ins britische Hauptquartier der *Heredes* brachte. Zu William.

Körperlich wie emotional verletzt, war ich am Boden zerstört. Und dann kam der Moment, als Duncan mich küsste und ich nicht den leisesten Schimmer hatte, wie es weitergehen sollte …

Fianchetto

„Im Mittelspiel bewegt sich der Spieler zur Flanke des Spielfeldes, um von dort über die Diagonale angreifen zu können."

Sonntag, 28. Februar

Das typische Lächeln huschte über seine Lippen.

„Morgen fahren wir zurück nach Glasmaris." Mit sanftem Druck fuhr sein Daumen über meinen Mund. „Dir wird nichts geschehen. Dir nicht. Und unserem Kind nicht." Seine Finger glitten durch meine Haare. „Alles wird gut, Caitlyn. Alles."

Das glaubte ich allerdings nicht. Absolut nicht.

Ich schloss die Augen, als er mich zärtlich küsste.

Einfach stillhalten und bloß nicht darüber nachdenken, wie sehr ich ihn gemocht hatte ... wie sehr ich ihn immer noch mochte!

Plötzlich wurde mir schwindelig. Unvermittelt krallte ich mich an Duncan fest, weil ich schwankte. Sein vertrauter Duft umgab mich, während er mich stützte.

„Du solltest dich setzen", riet er mir leise.

Tausend Empfindungen stürzten auf mich ein, als er dabei, wie so oft in den vergangenen Wochen, sein Gesicht in meinem Haar vergrub und meinen Nacken liebkoste.

„Nein!"

Obwohl ich es nicht sehen konnte, kam es mir vor, als hebe er seine Brauen, doch er widersprach nicht, sondern hielt mich, bis sich mein Kreislauf beruhigt hatte.

„Geht es wieder?", fragte er schließlich.

Ich brachte nur ein Nicken zustande, doch ich war wild entschlossen, stehen zu bleiben. Ohne mich aus den Augen zu lassen, holte er mir etwas zu trinken. Während das kühle Wasser in kleinen Schlucken durch meine Kehle rann, mied ich seinen Blick. Diese Situation war so widersinnig. Sein ganzes Benehmen war widersinnig.

Alles, alles war widersinnig!

Im Wald war er kalt gewesen, brutal. Er hatte mich geschlagen, gedemütigt. Und jetzt behandelte er mich, als sei ich aus Glas.

Ich stellte den Becher auf den Tisch und wandte mich ihm zu, eigentlich, um etwas zu sagen, doch ich brachte kein Wort heraus und schloss meinen Mund unverrichteter Dinge wieder. Offenbar empfand er es als Aufforderung, denn er trat auf mich zu und legte eine Hand an meine Wange.

„Du bist immer noch blass."

Einem Impuls folgend, wollte ich seine Hand wegstoßen, doch dann kam mir ein Gedanke. Vielleicht war das ein Ausweg: Ich musste einfach so tun, als vertraute ich ihm.

Daher schmiegte ich mich an seine Hand und ließ es zu, dass er mich mit dem Daumen streichelte.

Weil mir mit einem Mal Tränen in die Augen traten, presste ich meine Lider zusammen, während ich krampfhaft ein Schluchzen unterdrückte, das in mir aufstieg. Ich durfte einfach nicht mehr darüber nachdenken, was jetzt war, sondern musste mich an den Gedanken klammern, wie es bis gestern zwischen und gewesen war! Sicher konnte ich ihn dann leicht täuschen. Ich würde mich treuherzig geben.

Ich trat vor, lehnte meine Stirn an seine Wange, verharrte einen Moment und hob dann mein Gesicht, um ihn zu küssen.

Ich spürte seine Überraschung, doch anstatt mich gewähren zu lassen, rückte er sachte von mir ab.

„Das ist keine gute Idee."

Zwar hielt er mich immer noch am Ellbogen fest, doch er blieb auf einer Armlänge Abstand. Schluchzend presste ich die Hand auf meinen Mund.

Einem plötzlichen Impuls folgend, holte ich aus und versetzte ihm eine schallende Ohrfeige.

„Du verlogener Mistkerl!", schrie ich und berührte die Stelle auf meiner Wange, an der mich vor wenigen Stunden die Knöchel seiner Hand getroffen hatten.

Er wandte den Blick ab und schritt durch den Raum. Schließlich legte er den Kopf in den Nacken und fuhr sich mit beiden Händen durchs Haar. Unentschlossen machte er einen weiteren Schritt und nahm schließlich die Decke vom Sessel, um sie mir um die Schultern zu legen. Misstrauisch beobachtete ich ihn, doch ich ließ ihn gewähren. Der Abdruck meiner Hand war auf seiner blassen Wange gut zu erkennen.

„Danke", murmelte ich, als ich die Decke vorn zusammenraffte.

Er nickte knapp, bevor er sich wieder von mir entfernte. Vor dem Sessel blieb er stehen, zögerte, dann setzte er sich.

„Ich weiß, es ist viel verlangt, wenn ich dich bitte, mir einfach zu glauben, dass ich zu keinem Zeitpunkt leichtfertig gehandelt habe", sagte er schlicht.

Ich rieb mit Daumen und Zeigefinger über meine Nasenwurzel. Meine Gedanken fuhren immer noch Karussell, doch allmählich dämmerte mir, dass es komplizierter war, als ich gedacht hatte. Da es sinnlos war, weiter herumzustehen, ließ ich mich auf die Bettkante sinken.

„Ich weiß weder, was ich von dir halten soll, Duncan, noch, was ich dir überhaupt glauben kann."

„Dann glaub mir wenigstens, dass ich dich hier herausholen will, Caitlyn."

Ein neuer Schwindel erfasste mich, dazu eine Welle der Übelkeit. Ich hielt mir die Hand vor den Mund und schloss kurz die Augen, während ich ein paarmal durchatmete. „Gut", sagte ich, als ich wieder riskieren konnte zu sprechen. Und da ich allein sowieso keine Chance haben würde, hier herauszukommen, fuhr ich fort: „Was ist dein Plan?"

Rom, Juni 1944

Liebe Patricia!

Jetzt, da Rom von den US-Truppen erobert wurde, kann ich dir endlich von den Ereignissen der letzten Wochen und Monate berichten. Ich nehme an, du hast dir bereits Sorgen um mich gemacht, weil du nichts hörtest. Nun, wie du siehst, bin ich am Leben.

Ich musste im Februar Pottenstein überstürzt verlassen – warum, erkläre ich dir demnächst persönlich, doch es hat mit der jungen Frau zu tun, von der ich dir bereits berichtete.

Eine weitere gute Nachricht ist, dass ich Finolas Sohn bei mir habe!

Ja, du liest richtig! Ich habe den Kleinen, der mit seinen fast sechs Jahren schon sehr groß geraten ist, in meiner Obhut und werde ihn, so schnell ich eine Passage organisieren kann, zu dir bringen. Bisher hört er noch auf den Namen Siegfried und ist sehr scheu und ängstlich. Er spricht kaum und zuckt bei dem geringsten Geräusch zusammen. Ich erspare dir vorläufig die Details, doch ich bin sehr sicher, dass er seinen sadistischen Erzeuger nicht vermissen wird. Mir ist der Gedanke ein kleiner Trost, dass SS-Offizier Wagner in der Hölle schmort für die unsäglichen Dinge, die er seinem Sohn und unserer Finola angetan hat.

Möge Finola endlich in Frieden ruhen können!

Auch wenn der Krieg damals noch nicht in greifbarer Nähe war, hätte sie niemals nach Berlin kommen dürfen. Sie würde noch leben, hätte sie dieses Nazimonster Wagner, das sein wahres Gesicht so gut verstecken konnte, nicht kennengelernt.

Ich höre dich im Geiste sagen, dass sie uns auf Jägers Spur brachte, da ihr Junge nach ihrem Tod ins „Haus Sonnenschein" kam. Du hast natürlich recht, doch du wirst mir zustimmen, dass immer ein bitterer Nachgeschmack bleiben wird. War es das Opfer wert, das unsere arme Finola dafür unfreiwillig gebracht hat?

Jäger selbst hat vor einigen Wochen begriffen, dass das Reich sich wahrscheinlich nicht mehr lange halten wird, und die Flucht ergriffen. Zum Glück hatte ich eine Informantin in seinen Reihen, daher wusste ich, dass er vorhat, die Klosterrouten zu nutzen, um außer Landes zu gelangen. Die katholische Kirche bekleckert sich nicht gerade mit Ruhm, wenn sie diesen Verbrechern hilft! Allerdings gelang es mir so, ihnen unauffällig über Südtirol bis nach Rom zu folgen. Bevor sie das letzte Schiff in Richtung Spanien nahmen, das den Hafen verließ, nutzte ich meine Chance, um Finolas Jungen seinem Erzeuger zu entreißen.

Ich musste mich jedoch entscheiden, daher ist meine Informantin noch immer bei Jäger. Sie ist mir lieb und teuer geworden, doch hat sie außerdem noch weitere sehr bemerkenswerte Eigenschaften, die ich dir bereits vor Monaten andeutete. Ich werde weiter nach ihr suchen, sofern du dich des Kleinen annimmst. Ich komme bald mit ihm zusammen nach Hause.

SFCE

Jacob

Cape Breton, Nova Scotia

Patricia Grant und Finley McFarlane kamen überein, aus Sicherheitsgründen unterschiedliche Routen nach Großbritannien zu wählen, um die Suche nach Caitlyn aufzunehmen. Da Finley nicht zu warten bereit war, brach er, unmittelbar nachdem er gepackt hatte, zu der vierstündigen Fahrt nach Halifax auf, um von dort den nächsten Flug nach Europa zu nehmen. Er würde schnellstmöglich einen Weg finden, um nach Großbritannien zu reisen und nach Anglesey zu gelangen. Patricia hingegen hatte vor, am folgenden Abend den 23-Uhr-Flug von St. John's nach Dublin und von dort die Fähre nach Holyhead auf der walisischen Insel Anglesey zu nehmen.

Finley gegenüber hatte sie vorgegeben, am nächsten Tag noch die Betreuung ihrer Pferde während ihrer Abwesenheit organisieren zu müssen, in Wahrheit kostete sie das jedoch nur zwei Anrufe. Spätestens um vier Uhr am folgenden Nachmittag würde sie mit ihrem Auto ins zwei Stunden entfernte Port Hawkesbury aufbrechen, um sich von dort mit einem privaten Charterflug nach St. John's bringen zu lassen – auch für diesen benötigte sie nur einen Anruf. Das Packen ihres kleinen Handgepäckkoffers erledigte sie ebenfalls noch am Abend, und als sie schließlich in ihrem Bett lag und in Gedanken noch einmal alles durchging, was vor ihrer Abreise arrangiert werden musste, fiel ihr nichts weiter ein. Sie hätte friedlich schlafen können. Innerlich war sie jedoch so unruhig, dass sie sich zwingen musste liegen zu bleiben. Mit geschlossenen Augen verharrte sie bewegungslos in der Dunkelheit und dachte an das, was ihr bei den Erinnerungen an Opa John durch den Kopf gegangen war. Sie hatte Emrys' taktisches Kalkül unterschätzt. Sein Besuch bei ihr Anfang letzten Septembers war keine Willkür gewesen, insbesondere, dass er als Treffpunkt die Felsformation beim Loch Corran vorgeschlagen hatte, die sie *Cailleach bàn* getauft hatte.

Emrys hatte damals angeblich die Nacht dort in der Höhle verbringen wollen. Ob er es getan hatte oder nicht: In jedem Fall hatte er ihre Aufmerksamkeit auf diese Höhle lenken wollen, nur hatte sie das erst jetzt begriffen. Und daher musste sie dorthin, bevor sie nach Anglesey aufbrach.

Finley hätte entweder versucht ihr den Plan auszureden oder sich verpflichtet gefühlt mitzukommen. Weder das eine noch das andere war zielführend, daher hatte sie ihm ihr Vorhaben verschwiegen.

Unter Aufbringung aller Willenskraft gelang es ihr schließlich doch einzuschlafen.

Das Thermometer zeigte zwölf Grad unter dem Gefrierpunkt, als sie am nächsten Morgen bei Sonnenaufgang vor die Tür trat. Patricia trug ihre Thermounterwäsche sowie einen warmen, aber bequemen Anzug. Der Schnee knirschte unter ihren Stiefeln. Ihre Schneeschuhe hatte sie außen an ihrem Rucksack befestigt, der neben heißem Tee und etwas zu Essen noch eine weitere Lage Kleidung und einen Notfall-Biwaksack enthielt. Sicher war sicher. Zu Pferd brauchte sie für die

Strecke bis *Cailleach bàn* mehr als drei Stunden, doch jetzt im Winter war es wegen des tiefen Schnees kaum möglich, die Strecke zu reiten. Selbst wenn sie einen Versuch würde wagen wollen, müsste sie eine längere Zeit einkalkulieren – Zeit, die sie heute nicht hatte.

Ein Motorgeräusch erregte ihre Aufmerksamkeit. Langsam ging sie über den Hof, dem Brummen entgegen, das sich ihr wie eine aufgeregte Hummel von der Zufahrt her näherte. Selbst in der Dämmerung konnte sie bereits den aufgewirbelten Pulverschnee sehen, der hinter dem Schneemobil wie eine Staubwolke in die Luft stieg.

Schließlich hielt der Fahrer direkt vor ihr an.

„Morgen, Pat!" Der Mann schob das Visier seines Helms hoch und machte den Motor aus. „Bereit für eine Fahrt durch den Tiefkühlschrank?" Er schüttelte sich demonstrativ, während er ein heiseres Lachen von sich gab. Sein schwarzgrauer Schnurrbart zuckte, und seine kleinen dunklen Augen blitzten vor Heiterkeit. Selbst mit Helm war eine gewisse Ähnlichkeit mit einem Seehund unverkennbar.

„Greg!", grüßte Patricia ihn, während sie eine Sturmhaube aus ihrer Jackentasche holte. „Danke fürs Kommen!"

„Kein Ding." Lässig zuckte Greg mit den Schultern und tippte sich dann an den Kopf. „Ich hab noch einen zweiten dabei. Hoffe, der passt." Er stieg vom Sitz, den er hochklappte und dann den darin befindlichen Helm Patricia reichte. Darunter befand sich seine Ausrüstung.

Die hatte es endlich geschafft, ein paar besonders widerspenstige Haare unter die Sturmhaube zu schieben. „Wird schon reichen", sagte sie, als sie den Helm entgegennahm. Er war zwar etwas groß, doch besser als ein zu kleiner, der das Gefühl des Eingesperrtseins noch verschärft hätte.

Moderne Integralhelme hatte sie noch nie leiden können. Mit Wehmut dachte sie an frühere Zeiten zurück, in denen sie jedes Fahrzeug selbst gesteuert hatte. Das erste Motorrad, auf dem sie gesessen hatte, war die nagelneue Triumph, Type H, Baujahr 1915, ihres Vaters Archibald gewesen. Heimlich, versteht sich. Einen Helm hatte sie natürlich nicht getragen, höchstens eine Lederkappe und eine Motorradbrille. Das Gefühl unendlicher Freiheit, wenn ihr der Fahrtwind um die Nase wehte, hatte sie immer geliebt.

„Also?", fragte Greg.

„Verzeih", seufzte Patricia, die bemerkte, dass Greg wohl vorher schon etwas gesagt haben musste. „Ich hab nicht zugehört. Ich glaube, ich werde alt."

Greg lachte wieder sein heiseres Lachen. „Du? Wer freiwillig ein paar Stunden mit mir in dieser Kälte auf dem Ding hier", er tätschelte das Schneemobil, „unterwegs sein will, der ist aus hartem Holz geschnitzt und alles, bloß nicht alt."

„Tiefkühlkost hält länger frisch", bemerkte Patricia trocken. „Also los."

Beide stiegen auf, Patricia hielt sich an Greg fest.

„Und wohin geht es nun?"

„Nordwesten", rief Patricia.

„Aye!", antwortete Greg und startete die Maschine.

Die Fahrt war lang und anstrengend. Patricia hätte die Tour lieber dreimal hintereinander zu Pferd gemacht, und mit Schaudern dachte sie bereits nach der Hälfte der Strecke an die Rückfahrt. Greg war ein erfahrener Schneemobilpilot, daher hatte sie keine Angst bei dem halsbrecherischen Tempo, das er vorlegte, wann immer es die Gegebenheiten zuließen. Doch sie war froh, als sie schließlich die sichelförmige Ebene des zugefrorenen Loch Corran erblickte, neben der sich die skurrile Felsformation erhob, die aus der Entfernung wirkte wie ein vom Alter gebeugtes Weib. Mit einem Klopfen auf seine Schulter bedeutete sie Greg anzuhalten. Es war ungefähr dieselbe Stelle am Fuß der Felsen, an der sie im September Emrys begegnet war. Am Rand des flachen Bachlaufs hatte sich Eis gebildet.

Sie stieg ab. *Cailleach bàn*, dachte sie, so sehen wir uns wieder. Welches Geheimnis mochten die gleichnamigen keltischen Riesinnen hüten, die der Sage nach in Gestalt einer alten Frau daherkamen? Eigentlich passend, dachte Patricia, denn auch sie fühlte sich in letzter Zeit genau so: wie eine alte Frau.

Nachdem Greg den Motor ausgemacht hatte, fragte er: „Und jetzt?" Er rieb sich die Hände.

Patricia nahm den Helm ab und reichte ihn Greg. „Ab hier muss ich allein weiter. Ich brauche eine Stunde." Zumindest hoffte sie das. Wenn sie länger brauchte, würde Greg jedenfalls nicht einfach wegfahren und sie hier zurücklassen.

Greg runzelte die Stirn. „Okay", sagte er gedehnt.

„Ich hab Tee dabei und mach mir ein Feuer, dann werd ich's wohl aushalten. Du weißt ja: Made in Scotland." Er schlug sich auf die Brust.

„Danke, Greg."

Patricia klopfte ihm auf die Schulter, bevor sie ihre Schneeschuhe anlegte und Greg ihren Rucksack reichte. „Lass mir was übrig!"

Er schielte hinein und grinste bei dem Anblick. „Vielleicht."

Sie schritt das kurze Stück im tiefen Schnee den Bachlauf entlang, bis sie den Pfad erreichte, der bergauf führte. Gregory Grant stellte nie unnötige Fragen. Auf ihn konnte sie sich stets verlassen.

Als sie bergauf stapfte, fluchte sie. Trotz der Schneeschuhe war jeder Schritt mühsam, und ihre Muskeln brannten bald. Die Quittung würde sie in den nächsten Tagen bekommen, wenn die Schmerzen in Muskeln und Gelenken sie nachdrücklich daran erinnerten, sich nicht mehr alles zuzumuten. Sie schob den Gedanken beiseite. Wenn schmerzende Gelenke die einzigen Probleme waren, die die kommenden Jahre für sie bereithielten, dann konnte es ruhig noch lange so weitergehen.

Endlich erreichte sie die Stelle, an der sie und Emrys ein Lagerfeuer gemacht hatten und Emrys erwähnte, in der Höhle übernachten zu wollen. Vorsichtig stieg sie über die schneebedeckten Felsen, bis sie den von einem jahrhundertealten Felssturz fast gänzlich verborgenen Höhleneingang fand. Sie zog ihre Schneeschuhe aus und deponierte sie neben dem Eingang. Sie löste ihre helle Stabtaschenlampe vom Gürtel und stieg in den Eingang hinein. Es war eine Höhle, wie es unzählige in den Bergen gab. Zurzeit war es drinnen wärmer als draußen, und es roch modrig, dies war nicht unbedingt ein heimeliger Schlafplatz – und nichts zeugte mehr davon, dass Emrys hier im letzten Sommer übernachtet hatte.

„Oh, verflixt!"
Das war ihr herausgerutscht, kaum dass der Gedanke aufgeblitzt war. Emrys kannte sie gut. So gut, dass ihm klar gewesen sein musste, dass ihr die Frage, warum er hier gewesen war, irgendwann keine Ruhe mehr lassen würde. Doch möglicherweise hatte er damit gerechnet, dass sie früher herkäme. Niemand außer ihr kannte den Platz, und insgeheim schien er sie damals zur Hüterin seines Geheimnisses erkoren zu haben, als er ihr empfahl, sich hier in der Nähe eine Farm zu kaufen.
Er verließ sich auf ihren Instinkt. Darauf, dass sie beizeiten die richtigen Schlüsse ziehen würde. Emrys wollte, dass sie sich in dieser Höhle umsah. Er wollte, dass sie etwas fand. Und er wollte es, weil er glaubte, dass Patricia irgendwann zum Handeln gezwungen war. Aber warum?
„Also gut." Die Wände um sie herum ließen ihre Stimme seltsam hohl klingen.
Sie hatte weder eine Ahnung, was genau sie eigentlich suchte, noch, wo es sich befinden mochte, doch mit einer Gründlichkeit, die vielen Frauen zu eigen war, begann sie, die Höhle zu durchkämmen. Der Erfolg ließ nicht lange auf sich warten, denn hinter einem der zahlreichen Steinhaufen verbarg sich eine Spalte, die in steilem Winkel hinab und weiter in den Berg führte. Patricia hatte zwar noch nie unter Platzangst gelitten, doch je niedriger und schmaler die Spalte wurde, desto mulmiger wurde ihr. Sie war erleichtert, als sie in eine

größere Höhle gelangte, von der mehrere Gänge abzweigten.

„Grandioses Versteck, Emrys", murmelte sie. „Und jetzt?"

Sie hatte nicht die richtige Ausrüstung dabei, um das vor ihr liegende Höhlensystem zu erforschen, doch so schnell wollte sie nicht aufgeben. Sie war sicher, dass es einen Hinweis gab, wohin sie sich wenden sollte. Während sie die Felswände ableuchtete, glaubte sie plötzlich, ein leises Plätschern wahrzunehmen. Sie löschte das Licht und hielt den Atem an. Völlig auf ihr Gehör konzentriert, verharrte sie in der Dunkelheit.

Wasser!

Mit behutsam tastenden Schritten bewegte sie sich mal hierhin, mal dorthin, bis sie die Richtung, aus der es kam, gefunden hatte. Dann schaltete sie die Lampe wieder ein, damit sie dem leicht abwärtsführenden Gang folgen konnte. Mit jedem Schritt wurde das Geräusch fließenden Wassers lauter, und es dauerte nicht lange, bis sie auf einen unterirdischen Bachlauf traf, der vermutlich den Loch Corran speiste. Das Wasser floss durch eine Grotte, in der unzählige Stalaktiten von der Decke herabhingen. Stalagmiten unterschiedlichster Größe wuchsen überall aus dem Boden. Ein Spalt zog sich an der Höhlendecke weit nach oben. Ihr Blick folgte dem Strahl der Taschenlampe, den sie so weit wie möglich hinaufgleiten ließ. Auf ihrem Gesicht fühlte sie einen kühlen Windhauch. Sie löschte das Licht.

Dort oben konnte sie ein Stück Himmel erkennen. Ihre Armbanduhr sagte ihr, dass beinahe Mittag war, doch der Himmel war verhangen. Im Sommer, wenn die Sonne an ihrem höchsten Punkt stand, war es sogar möglich, dass ihre Strahlen bis hier herunterreichten.

Grübelnd schaltete Patricia die Lampe wieder ein, deren Licht von den glänzenden Mineralen hundertfach reflektiert wurde. Plötzlich hielt sie inne. Vorsichtig, um auf dem glitschigen Boden nicht auszurutschen, ging sie zu einer Höhlenwand.

Dort waren mehrere Zeichen in den Stein geritzt und mit Kohle geschwärzt worden. Mit ihrem Zeigefinger wischte sie leicht darüber. Die Kohle war recht frisch, die Rillen waren sicher schon länger dort. Aufmerksam sah sie sich um. Sie brauchte nicht lange zu suchen, bis sie noch weitere fand. In regelmäßigen Abständen an den Wänden verteilt wirkten sie wie Worte einer ihr unbekannten Sprache. Nacheinander untersuchte Patricia sie und versuchte, den Sinn zu entschlüsseln. Sie war darin ausgebildet worden, Codes zu entwickeln und zu lesen, doch dieser hier folgte keiner der ihr vertrauten Regeln – und doch kamen die Zeichen ihr bekannt vor. Sie war sich sicher, sie schon einmal gesehen zu haben, nur wo? Und wann?

Unschlüssig, was sie nun anfangen sollte, ging sie in die Hocke, um Wasser zu schöpfen. Es war eisig, schmeckte aber herrlich, klar und rein. Sie benetzte auch ihr Gesicht und genoss die Kühle. Von ihrem Standort aus leuchtete sie jede einzelne Zeichenfolge noch einmal an.

Eins. Zwei. Drei. Vier. Fünf. Sechs. Sieben.

Sie runzelte die Stirn und zählte noch einmal.

Eins. Zwei. Drei. Vier. Fünf. Sechs. Sieben.

Sieben.

Wie der siebenzackige Stern auf dem Anhänger der Kette mit den Kristallen, die Caitlyn im letzten Jahr erhalten hatte. Nicht zum ersten Mal fragte sich Patricia, warum Caitlyn mit Fieber darauf reagiert hatte. Das war sehr ungewöhnlich.

Patricia veränderte ihre Position, ein paar Schritte vor und zurück, nach links, nach rechts. Als sie unterhalb der Öffnung, zwischen dem Wasserlauf und einem Stalagmit, stehen blieb, bekam sie vom Luftzug, der ihren Nacken traf, eine Gänsehaut. Blitzartig durchfuhr sie die Erkenntnis. Weder war die Anordnung der Worte zufällig, noch war dieser Ort zufällig gewählt.

Hier tief unter der Erde, wo das rauschende Wasser die Luft in Bewegung versetzte und an wenigen Tagen im Jahr das wärmende Feuer der Sonne mittags die Erde zu ihren Füßen streifte, bildeten die Worte die Spitzen eines siebenzackigen Sterns. Sie kannte die Bedeutung nicht, aber als hätte jemand einen Schleier gelüftet, hörte sie im Geiste ihren Klang, wie eine wunderschöne Melodie, vorgetragen von Johns sonorer Stimme.

Sie brauchte nur Sekunden, bis sie wieder fündig wurde. Einen mit dünnen, fast unsichtbaren Linien in den Felsboden geritzten fünfzackigen Stern, der den Fuß des Stalagmits einschloss. Behutsam versuchte Patricia, den hüfthohen Tropfstein zu bewegen. Obwohl sie damit gerechnet hatte, hielt sie die Luft an, als er sich mit einer Drehung ganz leicht vom Boden löste. Wie ein rohes Ei legte sie ihn auf die Seite und sank auf die Knie, um darunterzusehen. Auf der Unterseite des

Tropfsteins erkannte sie eine kreisförmige Linie. Mithilfe der Klinge ihres Taschenmessers, die sie vorsichtig in die Fuge schob, gelang es ihr, den Stopfen zu lösen. Ihr fiel ein zylinderförmiger Behälter entgegen. Sie zögerte. Doch dann drehte sie vorsichtig den Verschluss, der mit einer Gummidichtung versehen war, um den empfindlichen Teil des Inhalts gegen Feuchtigkeit zu schützen. In einer kleinen Tüte befanden sich mehrere Dutzend ungeschliffene Kristalle unterschiedlicher Farben. Eine längliche Rolle war sorgfältig in ein altes Wachstuch eingeschlagen und mit einem Stoffband umwickelt. Vorsichtig löste sie den Knoten, entrollte die Verpackung und warf einen Blick auf das darin enthaltene Pergament.

„Um Himmels willen ...“

Sie war froh, dass sie kniete, denn ihre Beine hätten sie nicht mehr getragen, und sie brauchte ein paar Minuten, bis das Zittern ihrer Hände so weit nachgelassen hatte, dass sie alles wieder so verstauen konnte, wie sie es vorgefunden hatte. Dann stellte sie den Tropfstein wieder auf, sodass er fest und unverrückbar schien, und legte ihre Hand auf den Stein.

Es war die Bestätigung einer nie ganz zu Ende gedachten Ahnung. Sie atmete tief durch, bevor sie sich auf den beschwerlichen Rückweg machte.

Als sie aus der Höhle trat, hatte der Wind aufgefrischt und es kam ihr vor, als sei die Temperatur um einige Grade gesunken. Patricia fühlte die Kälte bis ins Knochenmark. Sie atmete tief durch.

„Der Rückweg wird kein Spaß“, murmelte sie und beobachtete sorgenvoll die dunklen Wolken, die sich am Horizont auftürmten. „Da zieht ein Sturm auf.“

Labor in einer stillgelegten Mine im Black Country

Jedes Zeitgefühl war mir abhandengekommen.

Am Rand des schmalen Bettes lag ich auf der Seite, hinter mir Duncan, der sich an mich geschmiegt hatte. Sein rechter Arm lag locker auf meinem Oberarm. Obwohl ich es wahrscheinlich nicht sollte, genoss ich sowohl seine Nähe als auch die Wärme, die ich durch meinen dünnen Baumwollschlafanzug ganz unmittelbar fühlte.

Wie lange ich bereits wach lag, konnte ich nicht sagen, doch eine gefühlte Ewigkeit starrte ich in das Zwielicht, das von einem Dauerlicht am Boden ausging, und lauschte dem leisen Brummen der Ventilation. Die Luft war weder frisch noch abgestanden, doch die Abwesenheit von natürlichen Aromen machte mich unruhig. Trotzdem versuchte ich mich möglichst wenig zu bewegen, um weiter den Anschein zu erwecken, ich schliefe. Ich wollte lieber die Gelegenheit nutzen, allein meine Gedanken zu ordnen, ohne dass Duncan mir etwas einredete oder ich schon wieder etwas Voreiliges tat oder sagte.

Ich unterdrückte einen Seufzer.

Was ich Duncan gegenüber fühlen sollte, wusste ich immer noch nicht. Ich hatte allerdings die Aussage ernst gemeint, dass ich ihm glaubte, er wolle mich hier herausholen.

Gerade als er angesetzt hatte, mir seinen Plan zu erläutern, hatte ich mich jedoch erneut übergeben müssen. Anschließend hatte Duncan darauf bestanden, dass ich mich hinlegte, und er hatte mich mit Wasser und Tee und einem Medikament gegen die Übelkeit versorgt und die Decke über mich gebreitet. Die Erlebnisse und Verletzungen hatten endgültig ihren Tribut gefordert. Ausgebrannt und leer hatte ich kaum noch einen klaren Gedanken fassen können und erbärmlich gefroren. Kurzerhand hatte Duncan das Deckenlicht gelöscht und sich zu mir gelegt, um mich zu wärmen. Zu müde, um zu protestieren oder gar Widerstand zu leisten, hatte ich ihn einfach gewähren lassen. Seine Nähe und Wärme hatten mich eingelullt, und die geradezu hypnotische Wirkung seiner regelmäßigen Atemzüge hatte ihr Übriges getan, um mich schnell einschlafen zu lassen.

Wie lange ich geschlafen hatte, konnte ich beim besten Willen nicht einschätzen, doch es war lange genug gewesen, um mich einigermaßen ausgeruht und körperlich deutlich besser zu fühlen. Im Liegen spürte ich keine Schmerzen, und auch die Übelkeit war bisher nicht zurückgekehrt.

Im Prinzip also gute Voraussetzungen, um mich der Situation gewachsen zu fühlen und die Geschehnisse in Ruhe zu analysieren.

Auch wenn mir dieser Ort einsamer vorkam als Anglesey, glaubte ich, dass sich in diesem unterirdischen Labor nicht wenige Menschen befanden. Wenn ich genau lauschte, konnte ich Schritte hören, das Öffnen oder Schließen von Türen, Stimmen. Zunächst ließ ich jede Sekunde, ab dem Moment im Wald, in dem ich realisiert hatte, dass Duncan mit Jäger unter einer Decke steckte, bis zu dem Moment, in dem ich eingeschlafen war, Revue passieren. Das Ergebnis war wie erwartet ernüchternd. Meine Möglichkeiten als begrenzt zu bezeichnen war in jedem Fall die Untertreibung des Jahrhunderts. Ohne mich zu bewegen schielte ich auf den dunklen Umriss des mit Sprengstoff und einem GPS-Sender versehenen Armreifs an meinem rechten Handgelenk, den Duncan mir gestern angelegt hatte. Er hatte mir versichert, dass er der Einzige war, der den Code besaß. Auch wenn ich in Anbetracht seiner Gefühle für mich kaum damit rechnete, dass er mich in die Luft sprengte, war es mir unheimlich. Lieber früher als später wäre ich das Ding gerne los, doch ich musste einen Schritt nach dem anderen machen, und der Armreif war momentan mein geringstes Problem. Zunächst musste ich hier raus, um irgendwie mit Emrys Kontakt aufnehmen zu können. Obwohl auch er mir vieles verschwiegen hatte, schien er der Einzige zu sein, der mir helfen konnte, aus dem Gedankengewirr in meinem Kopf ein klareres Bild davon zu formen. Ich wollte endlich verstehen, worum es wirklich ging.

Ich wusste, dass Hunter an die Existenz eines außergewöhnlich leistungsfähigen Immunsystems glaubte, das in irgendeiner Weise vererbbar war. Etwas, das man mit den geeigneten Mitteln auch anderen Menschen zur Verfügung stellen konnte, um so Krankheiten zu besiegen. Eine Art Allheilmittel. Hunter glaubte, dass der Kristall, den wir im British Museum von

George Mallory bekommen hatten und der nun in seinem Besitz war, der Schlüssel dazu sei. Laut Duncan war es jedoch nur ein geschicktes Täuschungsmanöver, und in Wahrheit sei ich der Schlüssel zum Erfolg.

Beinahe hätte ich gelacht, denn das war absurd. Immerhin schien Duncan seine These nicht mit Hunter besprochen zu haben. Dies und all die anderen Dinge, die Duncan mir erzählt hatte, ließen mich zu dem Schluss gelangen, dass er tatsächlich nicht völlig auf Hunters Seite stand. Um hier herauszukommen, musste ich nun also Duncan vertrauen oder zumindest so tun, als täte ich es.

Das war der Punkt, an den ich bereits am Vortag gelangt war, und ihm vorzuspielen, dass ich ihm vertraute, war nach hinten losgegangen. Meine Gedankengänge hatten mich keinen Schritt weitergebracht.

Diesmal seufzte ich tief.

Duncan streichelte meinen Oberarm. Offenbar hatte auch er schon länger wach gelegen. Den Kloß im Hals schluckte ich entschlossen herunter. Meine ambivalenten Gefühle für ihn hatten jetzt keine Priorität.

Ich wartete noch einen Moment, bevor ich mich rekelte.

Er strich meinen Arm entlang, bis zu meinen Fingern und wieder hinauf. Schließlich glitt seine Hand unter die Decke zu meinem Bauch, wo er sie unterhalb des Bauchnabels ruhen ließ und nur ganz sachte seinen Daumen hin und her bewegte, so als wollte er Kontakt aufnehmen zu dem kleinen Wesen, das in mir wuchs. Der Kloß in meinem Hals war prompt wieder da. Ziemlich abrupt fuhr ich hoch.

„Morgen", murmelte ich und rieb mir heftig über das Gesicht, um meine brennenden Augen in Schach zu halten.

Ich schlüpfte in die Filzpantoffeln, machte Licht und marschierte ins Bad. Die Hände auf das Waschbecken gestützt, lehnte ich die Stirn an den kühlen Spiegel.

„Reiß dich zusammen, verflixt noch mal", murmelte ich.

Wie genau ich weiter vorgehen sollte, war mir allerdings immer noch schleierhaft. Ein Stratege war an mir eher nicht verloren gegangen, daher konnte ich nur eins tun: einen Schritt nach dem anderen machen und dabei lediglich mein Fernziel im Auge behalten, möglichst bald mit Emrys zu reden.

Energisch wusch ich mir das Gesicht mit kaltem Wasser, wobei ich den Bereich um die Platzwunde an meiner rechten Wange aussparte, obwohl sie schon deutlich besser aussah als gestern. Übelkeit spürte ich ebenfalls nicht, und insgesamt fühlte ich mich ziemlich normal. Nicht einmal besonders kalt war mir. Der Schlaf hatte mir eindeutig gutgetan.

Duncan, der T-Shirt und Shorts trug, saß auf der Bettkante und musterte mich kritisch von oben bis unten, als ich zurückkam.

„Mir ist nicht schlecht", verkündete ich, wobei ich mich an einem Lächeln versuchte, was mir auch halbwegs gelang.

Er nickte stirnrunzelnd. „Geh zur Tür."

„Warum?", fragte ich verwirrt.

„Zur Tür. Und dann zum Schreibtisch. Ein paarmal." Er wedelte mit der Hand, um mir anzudeuten, was er meinte.

Schulterzuckend tat ich, was er wollte, und legte die wenigen Schritte hin und her mehrmals zurück. Am Schreibtisch blieb ich schließlich stehen. „Und jetzt?“

Er stand auf und kam zu mir, fasste mein Kinn und unterzog mein Gesicht einer eingehenden Prüfung. Dann bedeutete er mir, mich auf den rotbraunen Ledersessel zu setzen, schob mein Hosenbein hoch und wickelte den Verband von meinem verletzten Knie ab. Vor mir hockend rieb er sich schließlich die Nase, während er auf mein Bein starrte, als wolle er es hypnotisieren.

„Hast du noch irgendwo Schmerzen?“

Ich bewegte mein Bein und tippte vorsichtig neben die Wunde in meinem Gesicht. „Es zieht ein bisschen. Warum?“

Er stand auf. Mit gelupfter Braue begutachtete er meinen rechten Wangenknochen, den er gestern mit Klammerpflastern versehen hatte, und die Stelle an meiner linken Wange, die er gestern getroffen hatte.

„Das Ziehen kommt wahrscheinlich nur von den Klammerpflastern. Deine Verletzungen im Gesicht sehen nach einer Nacht aus, als seien sie schon Tage alt. Ist dir das nicht aufgefallen?“

Ich schüttelte den Kopf. Erst jetzt, wo er es ansprach, wurde mir klar, dass ich beim Waschen eigentlich nur wegen der Klammerpflaster behutsam vorgegangen war, nicht, weil es schmerzte.

„Dein Knie ist sogar abgeschwollen“, fuhr Duncan fort.

„Und?“, erwiderte ich schulterzuckend. Ich war froh darüber, dass es mir wieder gut ging.

„Und?", wiederholte er und sah mich auffordernd an, wie es nur Lehrer tun, wenn sie einem Schüler auf die Sprünge helfen wollen.

„Und wo liegt das Problem?", fragte ich nun im ganzen Satz, weil mir nicht klar war, worauf er eigentlich hinauswollte.

„Das Problem ist", begann er geduldig, „dass es ungewöhnlich ist und William wahrscheinlich auffallen wird."

„Oh", murmelte ich, weil ich plötzlich verstand.

Ich ging ins Bad, um mein Gesicht zu inspizieren. Die Abschürfungen auf meinem rechten Wangenknochen, der bei meinem Sturz vom Felsen Bekanntschaft mit etwas Spitzem gemacht hatte, waren sauber verschorft, die Haut kaum merklich verfärbt. Die Platzwunde war nur noch ein hellroter Strich. Meine linke Wange schmerzte lediglich, wenn ich exakt auf die Stelle drückte, an der mich Duncans Knöchel getroffen hatten. Bei genauem Hinsehen war eine ganz leichte Verfärbung auszumachen.

Ich kehrte zurück ins Zimmer. „Glaubst du, William könnte mit mir dasselbe vorhaben wie mit Mum?" Bei diesem Gedanken wurde meine Kehle eng.

Duncan saß inzwischen auf dem Bett, die Ellbogen auf seine Knie gelegt, den Blick vor sich ins Leere gerichtet. Dass er mir eine Antwort schuldig blieb, gefiel mir überhaupt nicht.

Ich ging auf Duncan zu, doch in diesem Moment traf mich die Erkenntnis wie ein Hieb in die Magengrube: Zwar waren mein Bruder Henry und ich nur selten krank gewesen, Verletzungen waren stets schnell und unproblematisch verheilt – doch die Geschwindigkeit, mit der ich mich innerhalb einer Nacht erholt hatte, war selbst für mich mehr als nur ungewöhnlich!

Wie angewurzelt blieb ich stehen.

„Was ist?" Duncan musterte mich skeptisch.

Ich hatte das Gefühl, es sei besser, meine Gedanken vorerst für mich zu behalten. Da Duncan mich jedoch ziemlich gut kannte und nicht lockerlassen würde, blieb mir nur die Flucht nach vorn. „Was ist? Was glaubst du denn, was ist?", schnappte ich. „Wenn William das sieht, wird er misstrauisch, und ich habe nicht die Absicht, wie Mum zu sterben, herrje!"

„Natürlich nicht!", beschwichtigte er.

„Also was tun wir jetzt?" Ich bemühte mich um einen möglichst zickigen Tonfall, einerseits, um ihn weiter abzulenken, andererseits, weil es meiner Gefühlslage entsprach.

Kurz verengte er die Augen, was mir signalisierte, dass ihm meine ungewöhnliche Kratzbürstigkeit nicht entging, doch zu meiner Erleichterung beließ er es dabei. Möglicherweise schob er es auf die Schwangerschaft, denn schon am Freitagabend hatte ich ihm ja eine Demonstration hormonbedingter Stimmungsschwankungen geliefert.

„Ich besorge Kochsalzlösung." Er stand auf.

„Wozu?"

„Subkutan injiziert oder noch besser als Infusion verabreicht, verursacht sie Schwellungen. Je nach Menge, absorbiert der Körper die Kochsalzlösung innerhalb von wenigen Stunden. Es ist völlig schmerzlos", versicherte er, während er sich anzog, „und dient dazu, deine Verletzungen ihrem normalen Grad entsprechend zu simulieren."

„Und wenn wir länger als ein paar Stunden hier sind?"

Seine Antwort kam verzögert. „Dann lassen wir uns etwas Neues einfallen. Ich besorge alles Nötige." Schon legte er die Hand auf die Klinke.

„Duncan?"

Fragend blickte er über seine Schulter.

„Wird es nicht auffallen, wenn du das Zeug hierherholst, anstatt mich in ein Krankenzimmer zu bringen?"

„Lass das meine Sorge sein", sagte er und war im nächsten Moment verschwunden.

Tief seufzend rieb ich mir die Nasenwurzel und untersuchte der Vollständigkeit halber meine Zehen. Die Blase war ebenfalls verheilt. Da meine Füße in Strümpfen und Schuhen stecken würden, war das sicher kein Problem, doch mein Gesicht sollte nach nur einem Tag wirklich nicht so aussehen wie momentan. Auch meine Hände, die gestern ein paar kleinere Kratzer aufgewiesen hatten, sahen wieder aus wie vorher. Da ich allerdings, bedingt durch die Platzwunde, Blut an meinen Händen gehabt hatte, würde das wahrscheinlich auch nicht auffallen.

Ich ließ mich rückwärts auf das Bett fallen. Noch nie hatte ich mir besonders viel Gedanken um irgendwelche gesundheitlichen Probleme gemacht – warum auch? Es handelte sich in der Regel um Kleinigkeiten, die ich schnell wieder vergessen hatte. Dass mein außergewöhnlich guter Gesundheitszustand etwas Besonderes war, hatte ich gar nicht wahrgenommen. Umgekehrt, also wenn ich ständig krank gewesen wäre, wäre es mir sicher aufgefallen. Die einzige Ausnahme von der Regel fiel mir daher auch gleich ein: Im letzten

Sommer hatte ich in der Woche vor meiner Abreise nach Anglesey hohes Fieber gehabt. Es war aus dem Nichts gekommen und genauso schnell wieder verschwunden. Mangels anderer Symptome hatten sowohl Dad als auch Henry auf irgendeinen Virus getippt und mich mit der Mahnung, viel zu trinken, ins Bett geschickt. Kaum war es vorbei gewesen, ging es mir blendend wie eh und je.

Vielleicht war es Zufall gewesen, und es war tatsächlich ein Virus, der mich erwischt hatte.

Doch inzwischen hatte ich berechtigte Zweifel daran.

Was hatte dieses Fieber ausgelöst?

Grübelnd ging ich zum dritten Mal ins Bad, um mir ein Glas Wasser einzuschenken, dabei starrte ich mich im Spiegel an. Im grellen Licht der Badezimmerbeleuchtung funkelten meine Augen beinahe saphirblau. Mum hatte grüne Augen gehabt. Wie Hunter. Wie Karoline.

Jadegrün.

Saphirblau.

Wie die Kristalle der Kette, die mir im letzten Sommer ein Unbekannter auf meiner Fahrradtour an die Südküste hatte zukommen lassen!

Blau, grün, gelb, braun, violett, weiß und schwarz waren die Steine. Schillernd und bunt wie ein Regenbogen waren sie eingebettet in ein geheimnisvolles Amulett an den Enden eines siebenzackigen Sterns. Verschlungene Muster und Zeichen sowie ein fünfzackiger Stern waren ebenfalls eingraviert.

Ähnliche Muster hatte ich auch bei einer anderen Gelegenheit zu Gesicht bekommen: in einer Vitrine im British Museum. Die Objekte hatte ich nicht genauer unter die Lupe nehmen können, denn ich war von George Mallory unterbrochen worden. Im Zuge der nachfolgenden Ereignisse hatte ich nicht mehr darüber nachgedacht. Bis jetzt.

Soweit ich mich daran erinnern konnte, waren die Objekte allesamt irgendwelchen mystischen Zwecken gewidmet gewesen.

Ich unterbrach den Blickkontakt zu mir selbst und schüttelte den Kopf.

Mystik.

Okkultismus.

An so etwas hatte ich nie geglaubt. Was auch immer sich zwischen Himmel und Erde abspielte, war für mich mit absoluter Sicherheit wissenschaftlich erklärbar.

Konnten diese rätselhaften Kristalle wirklich der Grund dafür sein, dass sich meine Selbstheilungskräfte derart verbessert hatten?

Ich hatte die Kette mit den Kristallen zu Anfang häufig getragen, doch irgendwann ohne einen bestimmten Anlass oder Grund damit aufgehört. Sie lag nun in der Kiste mit den Fotos und Briefen in meinem Zimmer.

Ich hörte, wie sich die Zimmertür öffnete.

„Du spinnst", sagte ich ernsthaft zu meinem Spiegelbild, dann verließ ich das Bad.

Duncan sah mich kritisch an. „Alles in Ordnung?"

Ich nickte. „Ich hatte nur Durst."

„Wir frühstücken später. Setz dich." Er deutete auf den Sessel.

Ich tat, wie mir geheißen, und beobachtete mit sehr gemischten Gefühlen seine Vorbereitungen. Er hatte eine Infusionsnadel dabei sowie einen Beutel mit Natriumchlorid, eine Spritze und Desinfektionsmittel. Er wies mich an, den Beutel zu halten, und platzierte die Nadel unter meiner Haut an der Außenseite meines rechten Knies. Ich sog scharf die Luft ein, als er zustach.

Sein Blick flatterte kurz in meine Richtung. „Geht es?"

„Hmhm", machte ich.

Viel unangenehmer war die Prozedur in meinem Gesicht. Um die künstliche Schwellung gezielter erzeugen zu können, benutzte Duncan dazu die Spritze. Zwar injizierte er die Kochsalzlösung ganz langsam, doch er musste mehrfach neu ansetzen.

„Au!"

„Ich bin gleich fertig", beschwichtigte er und drückte mit höchster Konzentration den Kolben Millimeter für Millimeter runter.

„Sieht man denn die Einstichstellen nicht?", fragte ich etwas atemlos, als er zwischen zwei Stichen pausierte, um sein Werk zu begutachten.

„Ich werde das kaschieren", erklärte er.

„Will ich wissen wie?", brummte ich.

„Mit Blut."

Ich stöhnte. „Nein, ich wollte es nicht wissen."

Duncan zückte ein Skalpell, schob seinen Ärmel hoch und ritzte sich in den Unterarm. In das hervorquellende Blut tupfte er seinen Daumen. „Ich werde das auf deiner Haut verreiben. Anschließend wird man die Einstichstellen nicht mehr sehen, dann wirkt es wie eine Prellung."

Es dauerte noch eine ganze Weile, bis Duncan alles präpariert hatte. Anschließend nickte er zufrieden und klebte ein Pflaster auf den Schnitt an seinem Arm.

Mein Knie fühlte sich nach der Prozedur wie aufgeblasen an, schmerzte aber nicht. Als ich in den Badezimmerspiegel blickte, war ich überrascht. Tatsächlich sahen meine „Verletzungen" ziemlich realistisch aus. Zwar wirkten die mit seinem Blut aufgeschminkten Blutergüsse in meinem Gesicht nicht völlig authentisch, aber bei oberflächlicher Betrachtung war es wohl glaubwürdig. Anstatt wie sonst meine Haare zu einem Zopf zusammenzunehmen, ließ ich sie offen, damit sie mir ein Stück weit ins Gesicht fielen, um die Illusion zu verstärken.

Nachdem Duncan sich an meinem rechten Filzpantoffel zu schaffen gemacht hatte, bandagierte er mein Knie.

„Da sieht man diese wunderbare Schwellung doch gar nicht", bemerkte ich sarkastisch. Ich schlüpfte in den Filzpantoffel und stand auf. „Aua!" Etwas pikte in meinem rechten Pantoffel.

„Damit du nicht vergisst zu humpeln", erwiderte er trocken. „Wir gehen jetzt in den Behandlungsraum, und ich werde dort deine Bandage wechseln. Ich gehe davon aus, dass William hinzukommen wird. Dann sieht er dein Knie auch."

Ich nickte. „Und was soll ich tun, wenn William da ist? Irgendwelche Instruktionen?"

„So wenig wie möglich reden, sondern gut zuhören. Wenn du etwas sagst, dann bleib so nahe es geht an der Wahrheit. Versuch nicht zu schauspielern, denn das kannst du nicht. Bleib du selbst." Er sah mich mit hochgezogenen Augenbrauen an. „Schaffst du das?"

Ich spiegelte seine Mimik. „Habe ich eine Wahl?"

„Nein."

„Sonst noch etwas?"

Für einen Moment hatte ich den Eindruck, er wolle mich küssen, doch dann wandte er den Blick ab. „Vertrau mir."

Ich nickte nur. Laut bestätigen konnte ich es nicht.

Er deutete zur Tür. „Gehen wir."

„Gibt es hier Kameras?", fragte ich leise, als wir den Flur betraten.

„Ja."

Selbst wenn ich also in Erwägung gezogen hätte, einen Fluchtversuch durch die nicht abgeschlossene Tür zu wagen, wäre ich sofort entdeckt worden. Während wir durch den Flur gingen – was ich aufgrund der kleinen Nadel in meinem Pantoffel humpelnd tat –, wurde ich immer nervöser. Der Gang war tunnelartig, die Wände waren mit einer glatten Kunststoffschicht verkleidet. Neben den identischen weißen Türen, die in die Räume führten, waren kleine Schilder befestigt, die auf die Funktion oder den Nutzer hinwiesen. Duncan neben mir hatte sich meinem bewusst langsamen Tempo angepasst.

Im Krankenzimmer angekommen, trafen wir auf die Krankenschwester, die ich bereits kannte.

„Guten Morgen, Sir", grüßte sie Duncan und würdigte mich keines Blickes.

Duncan führte mich zu der Liege, auf der er mich Platz nehmen ließ. Mit fachmännischen Bewegungen wickelte er mein Knie wieder aus, untersuchte es erneut, drückte vorsichtig hier und da und salbte es großzügig ein, dabei bedeckte er geschickt die Einstichstelle der Infusionsnadel mit einer besonders dicken Schicht.

Ich verzog hin und wieder das Gesicht oder gab ein Geräusch von mir, das man als Schmerzenslaut interpretieren konnte.

Die Krankenschwester beschäftigte sich derweil mit Aufräumarbeiten, die mir unnötig erschienen, und schielte häufig in unsere Richtung. Sie beobachtete uns also genau.

Als sich die Tür leise öffnete, richtete ich mich unwillkürlich weiter auf. Die ausgezehrte Gestalt mit den schmutzig grauen Haaren glitt in den Raum. Der durchsichtige Plastikschlauch unter seiner Hakennase gab seinem Lächeln eine bizarre Note. Der Sauerstoff aus seiner Flasche am Gürtel zischte gleichmäßig.

„Sieh an, sieh an", bemerkte Hunter atemlos. „Caitlyn, meine Liebe! Ich hoffe, du hast dich ein wenig erholen können." Er hatte seine Hände wie zu einem Segen ausgebreitet.

Duncan war gerade dabei, eine neue elastische Binde auszupacken. „Guten Morgen, William."

Ich war mir nicht sicher, ob ich antworten sollte oder ob Duncan von mir erwartete zu schweigen. Doch das erschien mir unnatürlich.

„Morgen", bemerkte ich daher einsilbig.

Hunter trat näher. Mit gespieltem Bedauern verzog er das Gesicht und deutete auf mein „geschwollenes" Knie. „Oh weh, das sieht nicht gut aus." Er schnalzte mit der Zunge, während er mein Gesicht musterte. Fahrig klemmte ich mein Haar hinter das linke Ohr und ließ es gleichzeitig rechts etwas weiter ins Gesicht hängen. Meine Hände kneteten sich danach wie von ganz allein. Ich fragte mich, ob meine offen zur Schau Nervosität gut oder schlecht war, doch Duncan hatte schließlich gesagt, ich solle ich selbst sein.

Und ich war nun mal nervös.

„Hast du Schmerzen?", fragte mich Hunter in einem Tonfall, der tatsächlich nach Anteilnahme klang.

„Nein", sagte ich und fügte hastig hinzu: „Duncan hat mir etwas dagegen gegeben." Ich traute mich nicht, Hunter anzusehen, denn ich fürchtete, dass er die Lüge in meinem Gesicht lesen würde wie in einem offenen Buch.

„Gut", sagte Hunter jedoch nur.

Duncan war inzwischen fertig und stand auf. „Wir werden bald aufbrechen."

Hunter nestelte an seinem Sauerstoffschlauch herum. „Nicht, bevor meine liebe Nichte ein ordentliches Frühstück bekommen hat. Oder leidest du wieder unter Übelkeit? Duncan sagte, es sei dir gestern sehr schlecht gegangen."

Ich versuchte mich an einem schmallippigen Lächeln. „Nein, auch dagegen hatte Duncan ein Mittel. Ich würde gerne frühstücken." Übel war mir tatsächlich nicht mehr, und erstaunlicherweise knurrte mein Magen nun.

Duncan hielt mir den Arm hin, als ich von der Liege hinunterglitt.

Ich zog die Luft ein, weil ich genau auf der Nadel landete, die im Filz steckte, und verlagerte prompt das Gewicht auf mein linkes Bein. Duncan stützte mich fürsorglich.

Das hätte ich nie im Leben spielen können, daher zollte ich ihm insgeheim Respekt für seine Weitsicht.

Vorsichtig auftretend humpelte ich neben Duncan her, der mich unauffällig an Hunters rechte Seite bugsierte. Schließlich betraten wir einen Raum, der offensichtlich als Kantine genutzt wurde. Drei Tischreihen für jeweils zehn Personen waren längs mitten im Raum aufgestellt, rechts davon gab es eine Theke, die wahrscheinlich als Essensausgabe fungierte, hinter der sich aber momentan niemand befand. An der linken Wand gab es einen Kaffeevollautomaten mit Heißwasserbereiter, verschiedene Teesorten sowie eine Schüssel mit frischem Obst. Hunter bedeutete uns, uns hinzusetzen, während er selbst an die Theke trat und laut rief. Ein älterer Mann, der denselben gleichmütigen Gesichtsausdruck hatte wie die Krankenschwester, steckte den Kopf durch einen Türspalt, der sich hinter der Theke auftat.

Duncan ließ mich am unteren Ende des mittleren Tischs mit Blick zur Theke Platz nehmen und rückte einen Stuhl zurecht, auf den ich mein rechtes Bein legen konnte.

„Möchtest du lieber Kaffee oder Tee?", fragte Duncan.

„Gibt es Cappuccino?" Ich schielte auf den Vollautomaten.

„Sicher."

Er kümmerte sich um die Zubereitung des Getränks. Hunter gesellte sich derweil zu mir und nahm links neben mir Platz. Es war mir unangenehm, diesen Mann, der meine Mutter auf dem Gewissen hatte, so dicht neben mir zu spüren, doch Duncan schien Hunters Platzwahl einkalkuliert zu haben. In jedem Fall war meine rechte Gesichtshälfte so am wenigsten im Fokus. Ich beschloss, dass es am authentischsten war, wenn ich meine Unruhe auch weiterhin nicht verbarg, und unterdrückte daher nicht den Impuls, an dem Armreif herumzunesteln, der wie ein elegantes Schmuckstück aus Titan aussah, sich jedoch anfühlte wie eine Schlange, die um mein Handgelenk geschlungen war. Hunter bemerkte das, ließ es aber unkommentiert. Duncan stellte den Cappuccino vor mich hin und holte für sich und Hunter jeweils einen Tee.

„Ich war so frei, dir ein ordentliches Frühstück zu ordern, damit du schnell wieder zu Kräften kommst", sagte Hunter zwischen seinen lauten Atemzügen.

Ganz der fürsorgliche Onkel, dachte ich zynisch, während ich einen Löffel Zucker in meinen Cappuccino gab. Laut sagte ich: „Danke ... William." Eigentlich hätte ich mir lieber die Zunge abgebissen, als ihn mit seinem Vornamen anzusprechen, doch schließlich wollte ich so schnell wie möglich hier raus und durfte daher nicht unkooperativ erscheinen.

„Nun, auch wenn du gestern etwas ... äh, derangiert warst, hoffe ich, dass du Gelegenheit hattest, deine Haltung in der Angelegenheit zu überdenken."

Nach meiner Ankunft hatte ich genau einen Satz zu ihm gesagt, um ihm zu erklären, dass die Brüder meiner Mutter tot waren und deren Vater Jacob Grant gewesen war. Ansonsten hatte ich zu Hunters Ausführungen über die Geschehnisse, die zum Tod meiner Großeltern und meiner Mutter geführt hatten, geschwiegen. An meinem Gesichtsausdruck hatte er womöglich meine Ablehnung abgelesen und bezog sich nun darauf. Um Zeit zu gewinnen, schlürfte ich von meinem Cappuccino, der zugegebenermaßen wirklich gut war.

Dann räusperte ich mich.

Weil ich allerdings immer noch nicht wusste, was ich eigentlich antworten sollte, lächelte ich stattdessen Duncan an und hoffte auf eine Bemerkung von ihm, die mir deutlich machte, wie ich mich am besten verhalten sollte. Duncan hob die Mundwinkel, schwieg jedoch beharrlich.

Möglichst nahe an der Wahrheit bleiben. Ich selbst sein. Wenig reden, sondern zuhören.

„Ich weiß nicht, was ich dazu sagen soll", sagte ich nun ehrlich.

Das war die Wahrheit. Und knapp genug, dass ich nicht Gefahr lief, mich gleich zu Anfang um Kopf und Kragen zu reden.

Die Überraschung auf Hunters Gesicht war echt. Duncans einer Mundwinkel zuckte, was ich als sicheres Indiz dafür interpretierte, dass es genau die Art vage Antwort war, die er erwartet hatte. Ich verkniff mir eine Grimasse in seine Richtung und fragte mich, welchen Plan er verfolgte.

„Hast du etwa nicht weiter mit ihr darüber geredet?", erkundigte sich Hunter bei Duncan mit einer Mischung aus Fassungslosigkeit und Ärger.

Duncan schüttelte den Kopf. „Caitlyn brauchte gestern dringend Ruhe. Ich wollte sie nicht überfordern."

Gut eingefädelt, dachte ich, während ich einen weiteren Schluck Cappuccino nahm. Auf diese Weise musste ich mir nicht selbst ausdenken, was Duncan mir erzählt hatte und was nicht. In diesem Moment kam der Koch mit dem Frühstück. Duncan bekam wie gewöhnlich nur etwas Toast, Hunter schien schon gegessen zu haben, denn ihm stellte der Mann nichts hin. Mir wurde eine große Portion Rührei mit Speck, Toast, Marmelade und ein Schokoladenmuffin serviert.

„George!", hielt Hunter den Koch zurück. „Bitte bring mir auch noch einen Muffin. Schokolade ist meine Lieblingssorte."

„Ich weiß, Sir. Ich habe sie heute Morgen extra frisch für Sie gebacken."

„Danke, George."

Es war nur ein winziger Anflug von Übelkeit, den ich entschlossen niederkämpfte. Es gab eben auf der Welt mehr Menschen mit einer Vorliebe für Schokoladenmuffins. Nicht nur Mum und mich.

Während ich mich nun dem Toast und dem Rührei zuwandte, ergriff Duncan das Wort.

„Caitlyn, ich habe dir gestern gesagt, dass wir heute in die Ysgol zurückkehren."

Ich nickte brav.

„Das kann aber nur unter einer Bedingung geschehen."

Hier war wohl eine Frage angebracht. „Und die wäre?"

„Über all das hier", er machte eine umfassende Geste, „darfst du niemandem gegenüber ein Wort verlieren. Du darfst William nicht erwähnen, nicht Marion und nicht Hans – und erst recht nicht, dass wir überhaupt hier waren. Ich werde dir eine glaubhafte Geschichte an die Hand geben. Hast du das verstanden?"

Ich nickte langsam, die Stirn gerunzelt. Zu nachgiebig durfte ich schließlich nicht sein, das wäre nicht ich. Noch während ich überlegte, ob ich dazu etwas sagen oder fragen sollte, fuhr Duncan fort.

„Ich habe schon erwähnt, dass alles, was du gestern erlebt hast, auf einem Missverständnis beruht. Außerdem habe ich dir versprochen, dir alles zu erklären."

Weder das eine noch das andere hatte er getan, doch aus seinem Mund klang beides wie eine unumstößliche Tatsache, daher brauchte ich zum Glück wieder nur zustimmend zu nicken.

Hunter, der zwischen seinen angestrengten Atemzügen an seinem Schokomuffin herumknabberte, winkte mit einer Fingerspitze in Richtung meines Armreifs. Erst jetzt bemerkte ich, dass ich schon wieder daran herumgezupft hatte.

„Er dient nur zu deiner Sicherheit", erklärte Hunter in einem Tonfall, der offensichtlich beruhigend klingen sollte. „Er hat einen GPS-Tracker, damit Duncan immer informiert darüber ist, wo du dich aufhältst."

Den Sprengsatz erwähnte er nicht, vermutlich ging er davon aus, dass ich nichts darüber wusste. Wenn ich ich selbst bleiben sollte, war jetzt eindeutig der Zeitpunkt für eine Frage gekommen. „Ja, Duncan hat mir das bereits gesagt. Aber warum brauche ich den Tracker überhaupt?" Ich hoffte, dass ich ratlos und unsicher aussah und nicht verärgert.

Duncan rührte augenscheinlich entspannt in seinem Tee, als säßen wir bei einem Kaffeekränzchen. „William hier arbeitet an einem geheimen Projekt, das für die Menschen ein großes Glück bedeutet. Er ist dabei, ein Heilmittel nicht nur gegen Krebs zu finden, sondern auch gegen viele andere Krankheiten." Duncans Stimme war ruhig und geduldig, als erkläre er einem Kind, warum es so wichtig ist, sich die Zähne zu putzen.

„Du kannst dir vorstellen, dass allein das Wissen darum, dass er daran arbeitet, gefährlich sein kann. Es gibt Menschen, die ihm diesen zu erwartenden Erfolg missgönnen und alles versuchen, um hinter sein Geheimnis zu kommen. Und ich ... wir", er betonte den Plural, „möchten nicht, dass dir und dem Kind etwas passiert."

Ich biss mir auf die Unterlippe, während ich fieberhaft überlegte, was ich darauf antworten könnte.

„Möchtest du noch einen Cappuccino?", erkundigte sich Duncan, wohl, um mir aus der Misere zu helfen.

„Ja, bitte", sagte ich.

Mir schien, Duncan wollte nicht, dass Hunter dachte, ich hielte nur unter Zwang und mithilfe von Drohungen still. Er wollte mir die Gelegenheit geben, so zu tun, als würde ich von der Großartigkeit von Hunters Machenschaften überzeugt werden. Alles, was ich gestern erlebt und gesehen hatte, war einfach nur ein schreckliches Missverständnis. Ein ebenso simpler wie guter Plan. Jetzt musste ich mitspielen.

Zum Glück hatte ich bisher nur wenige Worte mit Hunter gewechselt, daher hatte ich ihm selbst keinen Hinweis darauf gegeben, was genau ich eigentlich wusste. Außerdem vermutete ich, dass auch Duncan in diesem Punkt nicht sehr mitteilsam gewesen war. Darauf konnte ich jetzt setzen und mich zwar nicht dumm, aber möglichst ahnungslos stellen. Ich musste lediglich auf der Hut sein und mir genau überlegen, was ich gefahrlos wissen durfte – und was besser nicht.

Als Duncan die Tasse vor mich hinstellte, sah er mich direkt an und nickte. Ich lächelte ihm zu. Für Hunter war es nur eine belanglose zwischenmenschliche Geste, doch ich hatte an Duncans Blick gesehen, dass ich Obacht geben sollte. Bisher war ich auf dem richtigen Weg, aber ich durfte mich nicht verzetteln.

Ich atmete tief durch. „Ich verstehe das Ganze nicht", begann ich. „Emrys hat mir erzählt … er sagte … Mum hätte für den wissenschaftlichen Geheimdienst gearbeitet und sei umgebracht worden." Das war die Wahrheit.

Duncan beugte sich zu mir und nahm meine Hand. „Caitlyn, es tut mir leid, wenn du es so erfahren musst, aber der Duke lügt. Es gibt keinen wissenschaftlichen Geheimdienst. Deine Mutter hat für den Duke gearbeitet und ihm im Laufe der Jahre viele Informationen über Williams Forschungen geliefert. Sie hat William ausspioniert, damit der Duke die Ergebnisse als seine eigenen ausgeben kann. Er will viel Geld damit verdienen."

Ich schluckte hart. Das Schlimme war, dass ich meine Verwirrung gerade nicht einmal spielen musste. Das, was Duncan gerade über den wissenschaftlichen Geheimdienst sagte, war vielleicht tatsächlich wahr. Bisher hatte ich nur Emrys Wort, dass er für den MI16 arbeitete und dieser offiziell gar nicht existierte. Einen Beweis hatte ich weder für das eine noch für das andere. Lediglich in einer Sache war ich mir sicher: Emrys arbeitete nicht für Profit. Das hatte er wohl kaum nötig, denn er verfügte über umfangreiche finanzielle Mittel. So zu tun, als glaube ich Hunters Aussage, schadete allerdings nicht.

„Wie ist Mum dann gestorben?", fragte ich mit einem dicken Kloß im Hals, den ich nicht einmal im Ansatz zu vertuschen versuchte.

„Sie ist in mein Labor eingebrochen, um unsere Forschungen zu sabotieren, die damals schon recht weit fortgeschritten waren", mischte sich jetzt Hunter ein.

„Aber warum?" Die Frage war wohl mehr als berechtigt.

„Sie behauptete, wir wollten das Mittel geheim halten. Doch das war gar nicht unsere Absicht. In Wahrheit wollte sie unsere Arbeit sabotieren, um sich einen zeitlichen Vorteil zu verschaffen und selbst voranzukommen. Anschließend hatten sie vor, die Ergebnisse meistbietend zu verkaufen."

Ich beschloss, diese Aussage unkommentiert stehen zu lassen. Nach dem Anschlag auf Glasmaris Hall in der Silvesternacht hatte Emrys mich gefragt, wem ich ein omnipotentes Allheilmittel, eine Art „Stein der Weisen", zur Verfügung stellen würde. Prompt hatte ich „Allen natürlich!" geantwortet. Dann hatte er mich gefragt, was ich tun würde, wenn ich wählen müsste, und ich war ihm die Antwort schuldig geblieben. Insofern glaubte ich Hunter tatsächlich, dass Mum versucht hatte, das Labor zu sabotieren.

„Wenn du ein Mittel fändest, mit dem du nahezu alle Krankheiten der Welt bekämpfen könntest, würdest du nicht die Öffentlichkeit daran teilhaben lassen?", fragte Hunter da. „Stell dir vor, was das bedeuten würde! Keine Krankheiten, kein Leid!" Seine Augen leuchteten förmlich. „Verstehst du, was das heißt?"

„Ja", stimmte ich zu. Natürlich verstand ich das. Die Frage war nur: Würde er es wirklich allen zur Verfügung stellen? Oder nur denjenigen, die Geld hatten, was angeblich Mums und Emrys' Absicht gewesen sein soll? Welche Auswahlkriterien würde es geben?

Ein kurzer Hustenanfall schüttelte Hunter. Schließlich hatte er genug Luft, um fortzufahren. „Es gibt so viele Menschen, die es wert sind, gerettet zu werden."

„Das ist richtig", murmelte ich. Und genau das war es auch. Wobei der Ausdruck „die es wert sind" wohl hier den Knackpunkt bildete, doch das behielt ich für mich.

„Was passierte dann mit Mum?"

Jetzt übernahm wieder Duncan. „In den südamerikanischen Laboren wird auch an Krankheitserregern geforscht."

In der kurzen Pause, die er machte, dachte ich an Biowaffen. Irgendwie musste Hunter seine Forschungen ja finanzieren, und vielleicht war das ein lukratives Geschäft.

„Deine Mutter war weder Ärztin noch hatte sie Erfahrung in Laborarbeiten, daher infizierte sie sich versehentlich mit einem Virus."

„Was für ein Virus?" In dem Moment, in dem ich die Frage stellte, wurde mir bewusst, dass Duncan offensichtlich erwartet hatte, dass ich seine Aussage einfach schluckte.

Seine Irritation währte allerdings höchstens eine Sekunde. „Ein Virus, das für militärische Zwecke eingesetzt wird, Caitlyn. Und ja, bevor du fragst, zivile Forschungen daran sind illegal."

„Oh", machte ich. „Ach so ..."

Hunter tätschelte meinen Arm. „Es wäre nicht richtig, dir gegenüber zu behaupten, es gehe alles mit rechten Dingen zu, denn das tut es nicht. Aber Forschungen zum Wohl der Allgemeinheit kosten nun mal Geld.“

Geschickter Schachzug von ihm, dachte ich. Zugeben, dass mein aufkeimender Verdacht richtig ist, und dadurch den Anschein von Ehrlichkeit erwecken.

„Wir tun das im Dienste der Menschheit. Der Tod deiner Mutter war ein Unfall. Sie infizierte sich, wir hatten eine Auseinandersetzung, sie reiste ab, bevor mir bewusst war, dass sie die tödliche Krankheit in sich trug. Als ich davon erfuhr, war es bereits zu spät. Es tut mir so leid.“

Ich biss mir auf die Unterlippe. „Hätte ... hättest du sie gerettet, wenn du es gewusst hättest?“

Duncan verengte kurz die Lider. Mit dieser Frage hatte er nicht gerechnet. Genauso wenig Hunter, der tatsächlich nicht zu wissen schien, welche Antwort ich gerne hören wollte.

„Es gab einen Wirkstoff, der ihr geholfen hätte“, sagte Duncan da. „Sie hätte nicht sterben müssen, wenn wir davon gewusst hätten.“

Hunter warf Duncan einen scharfen Blick zu, ein deutlicher Hinweis, dass Duncan log, doch das war momentan unerheblich, denn das war mein Einsatz. Ich wandte mich ab und massierte mit Daumen und Zeigefinger meine Augenwinkel, so, als wollte ich Tränen zurückhalten. Duncan stand auf und kam zu mir. Neben meinem Stuhl ging er in die Hocke, um ganz sanft mein Gesicht an seiner Schulter zu bergen. Mit einer Hand liebkoste er meinen Nacken, während er beruhigende

Worte von sich gab. Ich ließ ihn einen Moment gewähren, dann rückte ich von ihm ab und machte dabei ein betrübtes Gesicht. Ich hoffe, dass meine Augen – die völlig trocken geblieben waren – durch das Reiben wenigstens etwas gerötet waren.

„Geht es?", fragte er sanft.

Ich hätte schreien können, weil es so echt klang. War überhaupt irgendetwas an ihm echt?, schoss es mir plötzlich durch den Kopf. Rasch verbannte ich diesen Gedanken in die hinterste Ecke meines Verstandes. Nicht jetzt!

„Ja." Ich schniefte demonstrativ. „Es ist nur ... nur ein so schrecklicher Gedanke."

„Das kann ich nachvollziehen." Hunter tätschelte meinen Arm.

Am liebsten hätte ich ihn weggestoßen, doch ich riss mich zusammen. Für den Moment hatte ich genug geschauspielert, beschloss ich. Ich nickte Duncan zu, der sich wieder auf seinen Stuhl gegenüber verzog. Dann atmete ich tief durch und überlegte, ob ich das Gespräch von mir aus fortsetzen sollte, entschied mich dann jedoch dazu, Duncans Rat zu befolgen und möglichst wenig zu sprechen. Leider hatte ich mein Frühstück bereits aufgegessen, sodass ich mich nicht damit ablenken konnte, und so bat ich Duncan um ein Glas Wasser.

„Vielleicht verstehst du nun, warum Duncan immer wissen sollte, wo du dich befindest", sagte Hunter. „Wenn der Duke irgendeinen Verdacht hat, dass du hier gewesen bist oder auch nur, dass du etwas wissen könntest, dann bist du in Gefahr. Er würde versuchen, alles aus dir herauszulocken!"

Das ergab zwar eigentlich keinen Sinn, doch anstatt zu widersprechen, stimmte ich ihm zu.

„Verhalte dich in der *Ysgol* am besten so unauffällig wie möglich", empfahl Hunter weiter. „Du kannst Duncan absolut vertrauen." Er lächelte breit. „Und sieh es mir nach, dass ich bei eurer Verlobungsfeier nicht anwesend sein werde. Wir werden das selbstverständlich nachholen."

Ich rang mir ein Lächeln ab, während Duncan eine joviale Geste machte. „Selbstverständlich."

Hunter stand auf. „Nun, dann ist jetzt alles Wesentliche besprochen." Anstatt mir nur die Hand zu reichen, beugte er sich zu mir herüber, um rechts und links einen Wangenkuss anzudeuten. Ich war froh, dass sein Sauerstoffschlauch eine intimere Berührung verhinderte. „Bis bald, Caitlyn. Ich bin sehr erfreut, dass du vernünftiger bist als deine Mutter."

Er tätschelte mir die Schulter, bevor er von Duncan zur Tür begleitet wurde.

„Wann fliegst du zurück?", erkundigte sich Duncan.

„Bald", erklärte Hunter vage und ergriff Duncans Hand mit seiner Rechten, während er mit der Linken ihrer beider Hände bedeckte. „Dank deiner Arbeit kommen wir dem Ziel immer näher." Den Blick, den er mir aus dem Augenwinkel zuwarf, hätte ich beinahe übersehen. Er war so kalt und berechnend, dass ich unwillkürlich fröstelte. Dann ging er hinaus.

Kaum dass Duncan die Tür hinter ihm geschlossen hatte, atmete ich auf. Zumindest ein kleines Stück Anspannung fiel von mir ab.

„Du darfst in deiner Aufmerksamkeit nicht nachlassen", mahnte Duncan leise, als er mir gegenüber wieder Platz nahm.

Er hatte recht, denn schließlich waren wir noch nicht draußen, und es gab sicher genügend Spitzel, die Hunter alles, was ihnen an mir nicht geheuer vorkam, brühwarm berichteten.

Mit spitzen Fingern pickte ich Schokostückchen auf, die aus den Muffins gefallen waren. „Wann fahren wir?", fragte ich mich gesenkter Stimme. Ich konnte es kaum erwarten, diesen Ort zu verlassen.

„Sobald du fertig gefrühstückt hast, bringe ich dich zurück aufs Zimmer."

„Ich bin doch schon fertig", erwiderte ich, sparte mir aber die Bemerkung, dass das keine Antwort auf meine Frage war. Die konnte ich mir wohl selbst geben: Sobald Duncan eine Transportmöglichkeit organisiert hatte. Hätte die schon festgestanden, hätte er mir eine Antwort gegeben.

Während ich neben Duncan durch den Korridor zu seinem Zimmer zurückhumpelte, bemühte ich mich um einen neutralen Gesichtsausdruck. Den Ärger, den ich nach dem Gespräch mit Hunter verspürte, zu unterdrücken, fiel mir immer schwerer. Im Zimmer wies Duncan mich an zu warten. Was hätte ich auch sonst tun sollen? So setzte ich mich auf den Sessel und starrte vor mich hin.

Buenos Aires, Oktober 1946

Liebe Patricia!

Ich hoffe, dir und dem Jungen geht es gut. Ich bin froh zu hören, dass er endlich begonnen hat, mit dir zu reden. Wie ich dir prophezeit habe, bist du perfekt dazu geeignet, dich um ihn zu kümmern.
Ich habe eine neue Spur gefunden, der ich nachgehen werde. Diesmal habe ich hoffentlich mehr Glück als in den vergangenen Monaten. Morgen werde ich in die Provinz Misiones aufbrechen. Sie liegt im Nordosten des Landes, genau zwischen den Grenzen zu Paraguay im Westen und Brasilien im Osten. Wie ich hörte, besteht sie nahezu vollständig aus Regenwald mit nur wenigen Siedlungen. Ich kann mir kaum vorstellen, dass Jäger sich dort aufhält, liegt es doch fernab jeglicher Zivilisation. Andersherum betrachtet, könnte es ein geeigneter Rückzugsort für ihn sein, um seine schrecklichen Forschungen ungestört weiterzubetreiben.
Wünsch mir Glück!

SFCE
Jacob

Labor in einer stillgelegten Mine im Black Country

Als Duncan und ich aufbrechen wollten, trug ich die hellgraue Stoffhose, die oben ein Band mit Tunnelzug hatte. Über das Shirt hatte ich einen Pullover von Duncan gezogen sowie meine Reitjacke, die er mir zusammen mit den anderen Sachen gebracht hatte. Meine Füße steckten in seinen Strümpfen und ein paar ausgetretenen Turnschuhen, die er irgendwo aufgetrieben hatte. Zwar waren sie mindestens eine Nummer zu groß, allerdings für die Rückfahrt um Längen besser geeignet als die Filzpantoffeln oder meine Reitstiefel.

Duncan, der wie immer seinen Anzug trug und lediglich ein frisches Hemd angezogen hatte, hatte einen kleinen Koffer dabei, als wir seinen Raum schließlich verließen.

„Was ist da drin?", erkundigte ich mich neugierig.

„Etwas für mein Labor", erwiderte er knapp mit einem Unterton, der mich davon abhalten sollte, weitere Fragen zu stellen.

Augenscheinlich waren wir allein, als Duncan mir – kurz bevor wir im Gang die mit einem Zahlenpad gesicherte Tür erreichten, durch die wir gestern die Anlage betreten hatten – eine Augenbinde hinhielt.

Obwohl es mir widerstrebte, nahm ich sie folgsam und legte sie an. Ich war mir ziemlich sicher, dass wir beobachtet wurden, daher versuchte ich, mich weiterhin so zurückhaltend wie möglich zu benehmen. Während ich still wartete, hörte ich wie am Vortag die Tastentöne, die mich an Chopins Nocturne in Es-Dur erinnerten, und schließlich das Klicken des Schlosses. Duncan hakte mich unter und zog mich behutsam vorwärts. In den Turnschuhen hatte ich auf die Spitze unter meiner Fußsohle verzichtet, daher konzentrierte ich mich darauf, wenigstens ein bisschen zu humpeln. Wie bei unserer Ankunft wurden weitere Türen geöffnet. Da dies nicht durch Duncan geschah, fragte ich mich, wer uns wohl begleitete. Obwohl niemand redete und ich auch keine deutlichen Schritte hörte, hatte ich das unbestimmte Gefühl der Anwesenheit anderer Menschen. Ich vermutete, dass die Wachleute direkt an den Türen postiert waren. Schließlich fuhren wir mit dem Aufzug an die Oberfläche und gelangten kurz darauf ins Freie.

Ich nahm einen tiefen Atemzug der frischen, kalten Februarluft. Es regnete, und der Wind war eisig, doch obwohl ich gleich zu frösteln begann, war es um Längen besser als die gefilterte unterirdische Luft. Das klaustrophobische Gefühl, das ich die ganze Zeit zu verdrängen versucht hatte, verschwand.

Duncan bugsierte mich weiter, hieß mich schließlich stehen zu bleiben und öffnete eine Autotür.

Als er mir hineinhalf, stellte ich überrascht fest, dass es diesmal die Beifahrerseite und nicht wie gestern die Rückbank war. Ich strengte meine Sinne an, um herauszufinden, ob jemand hinten im Auto saß, denn ich erwartete, dass Hans und Marion mit uns zurückfuhren. Beim besten Willen konnte ich jedoch niemanden sonst im Auto ausmachen. Duncan hatte derweil auf dem Fahrersitz Platz genommen.

Ich beschloss, sicherzugehen. „Kommen Hans und Marion nicht mit zurück?“

„Nein“, antwortete Duncan. „Wir fahren allein, falls es das ist, was du wissen möchtest.“

Während Duncan den Motor startete, lehnte ich erleichtert meinen Kopf zurück und atmete tief durch. „Kann ich die Binde dann jetzt abnehmen?“

„Nein!“

Obwohl ich ihn nicht sehen konnte, wandte ich ihm unwillkürlich mein Gesicht zu. „Warum nicht?“

Er fuhr los. „Erst unterwegs.“

Allmählich gingen mir diese knappen Antworten auf die Nerven. „Warum nicht jetzt?“, fragte ich erneut.

Als er weiter schwieg, machte ich Anstalten, mir die Augenbinde abzunehmen.

„Nein“, zischte er. „Noch nicht!“

Ich hielt inne, ballte die Fäuste und zählte in Gedanken bis zehn. Wirkliche Entspannung brachte mir das jedoch nicht. Minuten vergingen.

Schließlich hielt Duncan an.

„Was ist los?“, fragte ich.

Natürlich bekam ich keine Antwort. Mühsam beherrschte ich meine Ungeduld und lauschte, wie Duncan Klappen öffnete, sich an der Sonnenblende zu schaffen machte, mit den Händen über Armaturen strich und schließlich ausstieg, um sich genauso gründlich der Rückbank zu widmen.

Endlich stieg er wieder ein und sagte: „Du kannst sie abnehmen.“

Ich seufzte erleichtert. „Was war das denn jetzt?“

Diesmal war es Duncan, der einen tiefen Atemzug nahm. Ich war wohl nicht die Einzige, die angespannt gewesen war. Er startete den Motor, sah mich an, konzentrierte sich auf den Verkehr und fuhr los. „Liegt das nicht auf der Hand?“

„Verflixt noch mal, Duncan! Würdest du bitte einfach nur antworten?“

„Ich weiß nicht, ob uns jemand folgt. Überwachung gibt es nicht im Auto. William ist manchmal sehr misstrauisch.“

„Na toll“, brummte ich.

Kopfschüttelnd schloss ich die Augen, ballte erneut die Fäuste, zählte diesmal bis zwanzig. Es half immer noch nichts. Ich öffnete die Lider wieder und betrachtete die vorbeiziehende Landschaft. Den Ort Pontesbury, den wir schon gestern passiert hatten, erkannte ich anhand seines Ortsschildes.

„Wohin fahren wir?“, erkundigte ich mich in bemüht neutralem Tonfall.

„Zur Ysgol.“ Es schwang ein „Wohin denn sonst?“ mit.

Ich wartete, ob er mehr zu sagen hatte, doch erneut war das vergeblich.

„Warum nicht zum Duke?“, wollte ich wissen.

„Er ist nicht in Glasmaris.“

Diese ausweichenden Antworten machten mich wahnsinnig. „Danach habe ich nicht gefragt! Warum fahren wir nicht zum Duke?“

„Ich weiß nicht, wo er ist.“

„Und warum rufst du ihn nicht an?“

„Er ist nicht erreichbar.“

„Hast du mit Kieran gesprochen?“

Duncan warf mir einen Blick zu, der sowohl bedeuten konnte, dass er das natürlich getan hatte, als auch, dass ich endlich ruhig sein sollte.

„Hast du Emrys eine Nachricht hinterlassen?", fragte ich stur weiter.

„Caitlyn!" Duncan klang nun mehr als ungeduldig. „Wir brauchen nur zweieinhalb Stunden bis zur Ysgol. Du bist noch nicht richtig wiederhergestellt. Lehn dich zurück, und ruh dich aus." Er hob die Brauen und setzte mit hörbarer Mühe hinzu: „Bitte!"

Seufzend tat ich, was er vorschlug, und starrte abermals aus dem Fenster. Kurz darauf stieß Duncan einen Fluch aus.

„Lohnt sich die Frage, was los ist?" Ich verengte die Augenlider.

„Wir müssen tanken", wurde ich knapp informiert.

„Das ist in der Tat ein Problem", murmelte ich sarkastisch. „Oder hast du etwa kein Geld dabei?"

Er warf mir einen ärgerlichen Blick zu. „Natürlich habe ich das."

Ich verkniff mir die Frage, warum er sich dann darüber aufregte, denn ich ging davon aus, dass es keinen wirklichen Grund dazu gab, abgesehen von seinem aufs Äußerste gespannten Geduldsfaden. Als wir schließlich den Kreisverkehr an der A5 erreichten, nahm er zielstrebig die dritte Ausfahrt anstatt die erste, die uns direkt Richtung Norden geführt hätte. Er schien die Gegend also gut zu kennen.

Schon am nächsten Kreisverkehr fuhr er schwungvoll einen beinahe vollständigen Kreis und bog in die letzte Straße, wo sich neben einem Gartencenter und einem Wohnmobilhändler auch ein Hotel, ein Coffeeshop und ein Schnellrestaurant befanden sowie natürlich die benötigte Tankstelle. Duncan hielt an einer der vorderen Zapfsäulen und deutete auf den Supermarkt, der zur Tankstelle gehörte.

„Ich hole noch etwas zu trinken für dich. Was möchtest du?"

„Nur Wasser, bitte."

„Sicher?"

„Ja." Nach dem reichhaltigen Frühstück hatte ich weder Durst noch Hunger, aber abzulehnen war vermutlich zwecklos, und einen Vortrag über die Notwendigkeit ausreichender Flüssigkeitszufuhr wollte ich mir ersparen.

Er stieg aus. Ich klappte die Sonnenblende herunter, um mein Gesicht im Spiegel zu betrachten. Die durch das Natriumchlorid erzeugte Schwellung war noch nicht wieder ganz zurückgegangen, und aufgrund der mit seinem Blut aufgeschminkten Flecken sah ich immer noch aus, als hätte mich jemand verprügelt.

Im Handschuhfach suchte ich nach einem Taschentuch, um mich in einen präsentableren Zustand zu versetzen, und fand zu meiner Freude sogar Feuchttücher. Als ich gerade ansetzen wollte zu wischen, hielt ich inne. Nach dem Tanken würde Duncan in den Supermarkt gehen. Meine Gedanken überschlugen sich plötzlich. Er wollte mich zur Ysgol bringen – nichts sprach dagegen, abgesehen von meinem Gefühl, dass er mich auch dort weiter vertrösten würde, anstatt alles mit mir zu besprechen. Ich befürchtete ebenfalls, dass Emrys vorerst nicht wirklich greifbar sein würde. Darüber hinaus hatte ich allmählich den Eindruck, dass ein Gespräch mit Duncan – und möglicherweise auch mit Emrys – sowieso nichts Neues bringen würde, sondern beide allenfalls ihre bisherigen Aussagen bekräftigen würden. Die konnte ich allesamt nicht wirklich überprüfen. Mich, warum auch immer, weiter im Halbdunklen über die Hintergründe zu lassen, schien Teil beider Taktik zu sein. Vielleicht war es an der Zeit, mir, so gut es ging, ein eigenes Bild zu verschaffen, Beweise zu suchen und Tatsachen zusammenzutragen.

Vielleicht wäre Dad ein geeigneter Gesprächspartner. Als Arzt und Ehemann hatte er sicher Zugang zu Mums Krankenakten gehabt – und Ungereimtheiten möglicherweise bemerkt. Darüber hinaus war er sicher in Teile ihrer Arbeit eingeweiht gewesen oder hatte sich im Laufe der Jahre seinen Reim darauf gemacht. Henry, der zehn Jahre älter war als ich, hatte aufgrund seiner medizinischen Ausbildung vielleicht ebenfalls eine Ahnung von dem, was damals mit ihr passiert war. Mit ihm hatte ich nie im Detail über Mums Krankheit gesprochen. Am Telefon wäre ein solches Gespräch allerdings nicht sinnvoll, denn zumindest Dad sprach so ungern über Mums Tod, dass es mich viel Überzeugungskraft kosten würde, überhaupt etwas aus ihm herauszubekommen. Die Möglichkeit, bei einem Telefonat einfach aufzulegen, wollte ich ihm nicht unbedingt einräumen.

Ich hörte den Tankstutzen zurückschnappen. Duncan schloss die Tankklappe und ging in Richtung Supermarkt.

Ich löste den Sicherheitsgurt und wartete, bis sich die Supermarkttür hinter Duncan geschlossen hatte. Dann stieg ich rasch aus und trat so hinter die Zapfsäule, dass er mich nicht sehen konnte, falls er zufällig herblickte, ich mich aber umschauen konnte. Ich hatte keine Ahnung, wie groß der Supermarkt war und wie viel Betrieb an der Kasse herrschte. Möglicherweise kam Duncan schneller zurück, als mir lieb war. Ein Lieferwagen hielt an der nächsten Zapfsäule. Höchstens zwanzig, dreißig Meter dahinter befand sich der Coffeeshop. Wenn ich mich geschickt anstellte, würde der Lieferwagen die Sicht auf mich versperren, während ich hinüberlief. Was ich dann tun würde, wusste ich nicht, aber entweder ich riskierte es auf der Stelle, oder ich würde mit zur Ysgol fahren und meine Pläne, mit Dad und Henry zu sprechen, auf unbestimmte Zeit verschieben müssen.

Zu verlieren hatte ich nichts.

Nach einem letzten schnellen Blick in Richtung Supermarkt, der mir jedoch keinerlei Aufschluss darüber gab, wo Duncan gerade war und wie lange er noch brauchen würde, gab ich meinen Platz hinter der Zapfsäule auf und huschte hinter unserem SUV her an die Seite des Lieferwagens. Zügig lief ich in Richtung Coffeeshop. Ein paarmal wandte ich mich dabei um, sah zu meiner Erleichterung aber nicht, dass Duncan schon zurückkam. Vor dem Coffeeshop blieb ich stehen. Bis hierher war ich gekommen, doch was nun? Eine kopflose Flucht hatte mich schon gestern nicht weit gebracht, außerdem musste ich, damit Duncan mich nicht orten konnte, irgendetwas mit dem GPS-Armreif anstellen, um das Signal zu unterbrechen.

Wenn mich meine Technikkenntnisse nicht täuschten, sollte eine dicke Schicht Alufolie genügen. Falls sie

das nicht tat, würde Duncan mich sowieso in Windeseile wieder aufgreifen, denn auf die Schnelle hatte ich
keine andere Option. Flüchtig dachte ich an den
Sprengsatz. Obwohl mir mulmig bei dem Gedanken
war, blieb mir nichts anderes übrig, als auf Duncans
Gefühle für mich zu setzen.

Er würde ihn nicht nutzen!, sagte ich mir entschlossen.

Ohne weitere Zeit zu verlieren, betrat ich den Coffeeshop. Ein Mann im Business-Outfit, eine ältere Frau in
dicker Strickjacke und zwei kichernde Mädchen im
Teenageralter standen an der Kasse, um ihre Bestellung
aufzugeben, doch zu warten, bis ich an der Reihe war,
konnte ich mir nicht leisten. Daher trat ich direkt an
die Theke.

„Entschuldigung!", rief ich einem Angestellten zu, der
gerade mit der Zubereitung der Bestellungen beschäftigt war. „Haben Sie ein Stück Alufolie für mich?"

Der junge Schwarze sah mich an, als sei ich eine Au-
ßerirdische. „Wie bitte?"

„Hey, hinten anstellen!", quäkte eines der Mädchen.
Beide musterten mich, steckten die Köpfe zusammen
und tuschelten.

Ich ignorierte die zwei und warf einen Blick Richtung
Eingang. Zu meiner Erleichterung war Duncan noch
nicht in Sicht. Noch einmal wandte ich mich an den
jungen Mann. „Ich brauche Alufolie. Haben Sie welche?"

„Nein", antwortete er sehr gedehnt, während er seine
unterbrochene Arbeit wieder aufnahm.

„Mist", murmelte ich.

Was nun? Herumstehen war die schlechteste Option, daher machte ich mich auf den Weg zum Seiteneingang. Möglicherweise hatte ich im rund vierzig Meter entfernten Schnellrestaurant mehr Glück, zumindest sofern mich Duncan nicht vorher aufgriff. Als ich jedoch die Hand auf den Türgriff legte, um hinauszugehen, berührte mich jemand von hinten an der Schulter.

„Was willst du?", fauchte ich und ärgerte mich darüber, dass ich Duncan wieder einmal unterschätzt hatte. „Ich wollte doch nur zur Toi…"

„Miss?"

Diese Stimme kannte ich nicht. Ich drehte mich um. Die ältere Frau mit der Strickjacke, die gerade noch angestanden hatte und ein freundliches rundes Gesicht besaß, lächelte mich an. Ihr Blick glitt über meine Kleidung: die Jacke, die nicht nur dreckig war und einen Riss hatte, sondern auch Blutflecken an der rechten Schulter aufwies, meine unförmige hellgraue Baumwollhose sowie die zu großen Turnschuhe. Erst jetzt wurde mir bewusst, dass ich ziemlich abgerissen aussah. Die anderen Gäste hielten mich vielleicht sogar für eine Obdachlose. Ich spürte, wie mir die Hitze in die Wangen schoss.

„Brauchen Sie Hilfe?" Ihr Blick folgte meinem, der wieder den Vordereingang kontrollierte.

Ich zögerte. Natürlich brauchte ich Hilfe. Aber was genau sollte ich ihr sagen? Offenbar bewirkte mein Zögern bei der Dame etwas, denn ihr Blick wurde kritischer.

„Wie ist das passiert?" Sie deutete auf mein Gesicht.

„Ich … bin …" Ich stockte.

„Die Treppe heruntergefallen“, konstatierte sie mit hochgezogenen Brauen.

„Beim Reiten gestürzt“, sagte ich wahrheitsgemäß.

Die Vordertür öffnete sich, und unwillkürlich drängte ich mich durch den Seiteneingang hinaus. Ein gleichzeitiger Kontrollblick sagte mir, dass nur eine Familie mit Kindern zum Haupteingang hereingekommen war. Es konnte sich allerdings höchstens noch um Sekunden handeln, bis Duncan kam. Ich musste weg.

Die Frau folgte mir hinaus. „Ich heiße Moira.“

Im Laufschritt überquerte ich die kleine Straße, auf deren gegenüberliegender Seite die – wenn auch kahlen – Büsche ein klein wenig Sichtschutz versprachen. Durch die Sträucher versuchte ich in die Fenster des Coffeeshops zu blicken, um zu erkennen, ob Duncan den inzwischen betreten hatte.

Moiras Blick war mitfühlend. „Früher war ich Krankenschwester in der Notaufnahme. Ich habe Frauen in Ihrer Lage schon häufiger gesehen, als mir lieb ist. Sie müssen mir nichts erzählen, wenn Sie nicht wollen. Aber wenn Sie Hilfe brauchen, dann sagen Sie es.“

Ich wollte schon ablehnen, als mir aufging, dass sie mich für ein Opfer häuslicher Gewalt hielt, das vielleicht auf der Flucht vor seinem Peiniger war. Meinen Verletzungen nach zu urteilen sowie aufgrund der Tatsache, dass ich mich offenbar verfolgt fühlte, lag dieser Gedanke wohl gar nicht fern. Vielleicht konnte sie mir wirklich helfen.

Ich schob den Ärmel meiner Jacke hoch, sodass der Armreif sichtbar war. „Darin ist ein GPS-Sender, damit kann er mich orten.“

Moira riss die Augen auf. „Diese Kerle werden ja immer schlimmer!" Sie griff nach meinem Handgelenk, vielleicht, um mir zu helfen, den Armreif zu entfernen, doch in Anbetracht der Sprengladung war das eine ganz schlechte Idee.

Ich entzog ihr meinen Arm. „Nein, das habe ich schon versucht. Ich brauche Alufolie, um das Signal zu blockieren." Wieder reckte ich den Hals, und diesmal erkannte ich Duncan, der im Coffeeshop stand und sich umsah. „Und dann muss ich dringend hier weg." Ohne darauf zu achten, was Moira tat, bahnte ich mir meinen Weg durchs Gebüsch auf die Rückseite des nebenan liegenden Schnellrestaurants.

Moira, die meinen Blick sowie meine Reaktion bemerkt hatte und mir folgte, deutete rückwärts auf den Coffeeshop. „Ist er da drin?"

„Ja", sagte ich. Es konnte nicht mehr lange dauern, bis er das GPS-Signal zurate ziehen würde, um herauszufinden, wo ich mich herumtrieb.

„Alufolie sagten Sie?", erkundigte sich Moira und blieb stehen.

„Richtig. Vielleicht gibt es hier nebenan in dem Schnellrestaurant welche."

„Ich habe eine bessere Idee", sagte Moira und grinste plötzlich verschmitzt. „Warten Sie einen Moment, dann laufen Sie hinter dem Coffeeshop und der Tankstelle entlang bis zur Einfahrt des Kreisverkehrs. Das Gebüsch und die Container geben Ihnen ein bisschen Sichtschutz, und falls er Sie trotzdem sieht, dann schreien Sie, was das Zeug hält, und wehren sich! Schaffen Sie das?" Aufmunternd sah sie mich an.

Zögernd nickte ich. Schaffen würde ich das, die Frage war eher, ob ich so einen Eklat wirklich wollte.

Moira interpretierte mein Zögern offenbar so, als verstünde ich den Sinn ihrer Taktik nicht. „An der Tankstelle ist immer genug los, sodass Ihnen jemand zu Hilfe kommen wird. Außerdem bin ich ja in der Nähe. Ich habe mein Auto am Seiteneingang des Coffeeshops geparkt und sammle Sie vorn am Kreisverkehr ein. Mit ein bisschen Glück sieht er mich gar nicht und weiß dann nicht, wohin und mit wem Sie verschwunden sind.“

Ich deutete auf den Armreif. „Er wird uns trotzdem folgen können.“

Moira zwinkerte. „Nicht, wenn mein Plan funktioniert! Wir versuchen es.“

Resolut drehte sie sich um, anstatt meine Antwort abzuwarten, und marschierte mit großen Schritten auf ihr Auto zu. Wenn ich nicht mit Duncan in die Ysgol fahren wollte, war Moira wohl meine einzige Chance.

„Ach, was soll's?“, murmelte ich.

Ich atmete tief ein und huschte, ohne den Coffeeshop aus den Augen zu lassen, über den geteerten Platz bis zu den Büschen, die hinter dem Coffeeshop und der Tankstelle entlangführten. Dummerweise war es mir nicht möglich, mich durch die Büsche hindurchzuzwängen, sodass ich tatsächlich nur die Container als Schutz nutzen konnte. Moira stand am Kofferraum ihres blauen Fords, warf mir ein warmes Lächeln zu und hielt einen Daumen hoch. Ich kam mir albern vor, hoffte allerdings gleichzeitig, dass Duncan mich wirklich nicht sehen würde. Ich war gerade erst am Coffeeshop vorbei, als ich meinen Namen hörte.

Leise fluchend, warf ich einen schnellen Blick über meine Schulter, blieb jedoch nicht stehen. Duncan war offensichtlich durch den Seiteneingang des Coffeeshops herausgekommen und lief mit großen Schritten hinter mir her. Ich verfiel in leichten Trab.

„Caitlyn!"

Wenn ich jetzt den von Moira empfohlenen Weg nahm, würde er mir einfach hinterherrennen und mich sicher einholen. Auf der Straße neben der Tankstelle, die zum Kreisverkehr führte, sah ich Moiras Ford vorbeifahren. Ob sie mich gesehen hatte, konnte ich nicht erkennen, weil ein kleiner Lkw die Sicht blockierte. Zwei weitere Fahrzeuge und ein Motorrad wurden gerade ebenfalls betankt.

„Caitlyn!" Duncan hinter mir klang ungeduldig.

Der SUV stand nicht mehr an der Zapfsäule, sondern parkte vor dem Minimarkt der Tankstelle. Kurz entschlossen verlangsamte ich mein Tempo ein wenig und hielt auf unseren Wagen zu. Ein schneller Blick zeigte mir, dass Duncan ebenfalls langsamer wurde. Anstatt stehen zu bleiben, marschierte ich jedoch am SUV vorbei und beschleunigte wieder. Wie erwartet, sprintete Duncan mir jetzt nach.

„Caitlyn!" Er legte mir eine Hand auf die Schulter.

Ich wirbelte herum. „Fass mich nicht an!", schrie ich ihn an und schlug dabei seine Hand weg.

Für einen Moment schien Duncan verblüfft. Dann zog er seine Brauen zusammen, sodass die Falte dazwischen deutlicher hervortrat. „Lass das Theater, und steig ins Auto."

Seine gesamte Körperhaltung machte deutlich, dass er keinen Widerspruch duldete. Er wirkte einschüchternd. Kaltblütig. Skrupellos. Mit unvermittelter Härte traf mich die Erkenntnis, was er eigentlich war: ein Mörder, der ohne Zögern Menschen ins Jenseits beförderte, wenn er es für notwendig hielt!

Ich trat einen halben Schritt zurück.

„Geh weg!", fauchte ich.

Ungeduld flackerte in seiner Miene auf, und diesmal packte er grob meinen linken Oberarm. „Komm endlich!"

Ich musste an die Situation am Vortag im Wald zurückdenken. Doch diesmal war ich nicht an einem gottverlassenen Ort mitten im Wald.

„Du ... du ... du Mistkerl!" Ich holte aus.

Reflexartig packte er auch noch mein Handgelenk, was mir die Gelegenheit gab, mich in seinem unerbittlichen Griff zu winden und ihm einen Tritt gegen das Schienbein zu verpassen. Er sog scharf die Luft ein, ließ aber nicht los.

„Ich komm nicht mit!", schrie ich ihn an.

„Was soll das, verdammt noch mal?", zischte er mit zusammengebissenen Zähnen.

Wie Moira vorausgesehen hatte, blieb meine Show-Einlage nicht unentdeckt. Der bärtige, breitschultrige Motorradfahrer kam auf uns zu.

„He! Sir! Lassen Sie die Lady sofort in Ruhe!"

„Ich steige nicht in dein Auto!", kreischte ich. „Lass mich los!"

Diesmal tat Duncan genau das. Ich wich einen großen Schritt zurück. Sein Blick hätte mich auf der Stelle tot umfallen lassen können. Ich funkelte zurück.

„Sie haben die Lady gehört“, sagte der Bärtige, der sich mit verschränkten Armen zwischen Duncan und mir aufbaute. Ich sah, wie der Lkw-Fahrer ebenfalls in unsere Richtung lief.

Ein anderer Mann, der gerade an einer der vorderen Zapfsäulen sein Auto betankte, rief: „Soll ich die Polizei rufen?“

„Nicht nötig“, sagte Duncan eisig, ohne mich aus den Augen zu lassen. Er ballte die Fäuste.

Der Bärtige, der mich kurz taxiert hatte, lupfte seine buschigen Brauen und betrachtete Duncan mit demselben angeekelten Blick, mit dem er einen Wurm im Essen betrachten würde. „Such dir in Zukunft einen ebenbürtigen Gegner, Freundchen!“

Duncan atmete tief ein, und sofern das überhaupt möglich war, wurden seine ohnehin schon dunklen Augen noch schwärzer.

Es wurde definitiv Zeit, dass ich verschwand. „Danke“, rief ich dem Bärtigen zu, bevor ich auf dem Absatz kehrtmachte und losrannte.

„Schön hiergeblieben!“, hielt der Bärtige Duncan auf.

„Keinen Schritt weiter!“, mischte sich nun auch der Lkw-Fahrer ein.

„Halten Sie sich gefälligst da raus! Das ist meine Frau!“, erklang da Duncans Stimme mit mühsam unterdrückter Wut.

„Die längste Zeit gewesen!“, knurrte der Lkw-Fahrer.

Mehr bekam ich nicht mit, denn ich bog schon um die Gebäudeecke und sah, dass gut zwanzig Meter weiter Moiras blauer Ford parkte.

Kaum hatte ich die Beifahrertür hinter mir geschlossen, gab sie auch schon Gas.

Während sie die zweite Ausfahrt in Richtung Shrewsbury-Zentrum nahm, lehnte ich den Kopf zurück und atmete tief durch.

Moira sah mich an. „Alles klar?" Sie warf mir ein flaches Päckchen auf den Schoß.

„Alles klar", bestätigte ich. „Eine Rettungsdecke?" Dann ging mir ein Licht auf. „Ah, perfekt!" Mit fliegenden Fingern riss ich die Plastikverpackung auf.

„Die Dinger sind doch alubeschichtet." Moira lächelte, offensichtlich zufrieden mit ihrer Idee.

Während ich die Decke mit der silbernen Seite nach außen zwischen dem Armreif und meiner Haut durchwand, um die Abschirmung des GPS möglichst dicht zu machen, stieg ein Kichern in meiner Kehle auf. Das erste Mal seit mehr als 24 Stunden fühlte ich mich befreit. Dieses Gefühl würde allerdings nur anhalten, wenn ich sicher sein konnte, dass das GPS-Signal tatsächlich unterbrochen war.

In knappen Worten erzählte ich Moira, wie ich an der Tankstelle entkommen war.

„Dieser Blick von ihm!" Ich musste grinsen. „Er ist stinksauer."

„Das geschieht ihm recht", sagte Moira mitleidslos und ziemlich amüsiert.

„Wohin fahren wir eigentlich?" Während ich mit meinem Armreif und der Rettungsdecke beschäftigt gewesen war, hatte ich nicht weiter auf den Weg geachtet.

„Im Moment kreuz und quer durch Shrewsbury", erwiderte Moira. „Ist das GPS-Signal denn jetzt blockiert?"

Achselzuckend betrachtete ich mein merkwürdig dekoriertes Handgelenk. „Falls nicht, werden wir es merken. Denn dann findet er mich bald."

Moira warf mir einen abschätzigen Blick zu, wohl um herauszufinden, wie problematisch das war.

„Ich heiße übrigens Caitlyn", sagte ich. „Danke, Moira!"

„Gern geschehen", antwortete sie.

„Falls er uns findet, werde ich mit ihm gehen", informierte ich Moira. „Damit Ihnen nichts passiert."

Sie hob nur die Brauen, was vermutlich bedeuten sollte, dass darüber das letzte Wort noch nicht gesprochen war. Ich beließ es dabei, denn ich war mir sicher, dass Duncan Moira nichts tun würde, auch wenn ich ihr gerade anderes suggeriert hatte. Seine fragwürdigen Methoden hin oder her, eine gänzlich Unbeteiligte würde er höchstens bedrohen. Er mochte skrupellos sein, aber nicht unnötig grausam. Je eher ich jedoch aus Moiras Auto herauskam, desto geringer war die Gefahr, dass sie überhaupt Duncans Weg kreuzte. Doch dazu brauchte ich möglichst schnell einen Plan.

„Wohin soll ich Sie bringen?", erkundigte sich Moira und nahm eine, wie mir schien, ziemlich beliebige Ausfahrt des nächsten Kreisverkehrs.

Im Grunde wollte ich nach Hause, um dort mit Henry und Dad zu sprechen, doch würde Duncan das vermutlich voraussehen und auf direktem Weg dorthin fahren, wenn er mich nicht mittels GPS finden konnte.

„Ich könnte Sie zu einem Frauenhaus bringen", schlug Moira derweil vor. „Oder zur Polizei. Falls Sie Anzeige erstatten wollen ... " Am Satzende hob sie die Stimme leicht, sodass es wie eine Frage klang.

Müde lächelnd rieb ich mir das Gesicht. So einfach war es nun mal nicht.

Moira biss sich auf die Lippe. „Ich wohne in Dudley, das ist in der Nähe von Birmingham. Ich kann Sie auch dort mit hinnehmen, dann können Sie sich während der Fahrt in Ruhe überlegen, was Sie tun wollen."

Birmingham. Ich rief mir eine Landkarte ins Gedächtnis. Von Birmingham aus fuhr sicherlich ein Zug nach Reading, was wiederum mit dem Auto nur eine Stunde von Leatherhead entfernt lag. Wenn ich Henry eine Nachricht zukommen ließe, würde er mich bestimmt am Bahnhof in Reading abholen.

„Moira, ich habe einen Bruder in Surrey. Zu dem kann ich erst einmal. Ich möchte meinen ...", ich stockte, ein bisschen zu flunkern war sicherlich die einfachste Variante, „... meinen Mann nicht jetzt anzeigen. Noch nicht. Ich werde das zusammen mit meinem Bruder tun", versicherte ich rasch, als ich Moiras Miene sah. „Ich möchte lieber erst weit weg sein von ihm."

Für Moira klang das einleuchtend. „Das verstehe ich gut. Es freut mich, dass Sie Familie haben, auf die Sie zählen können. Viele haben nicht einmal das." Sie lächelte mich an. „Und dass Sie den Mut finden, sich von ihm zu trennen."

Ich erwiderte das Lächeln. „Würden Sie mich dann mit nach Birmingham nehmen? Von dort kann ich mit dem Zug weiterfahren."

„Natürlich mache ich das."

„Sie sind ein Engel!", sagte ich im Brustton der Überzeugung.

„Ach was", antwortete Moira, doch ihrem Gesichtsausdruck nach zu urteilen, freute sie sich wirklich, mir helfen zu können.

Bis nach Birmingham waren es knapp fünfzig Meilen, wie ich kurz darauf dem Schild an der vierspurig ausgebauten Schnellstraße entnahm, also würden wir rund eine Stunde brauchen und gegen 14 Uhr dort eintreffen. Bis Reading waren es mit dem Zug schätzungsweise eineinhalb bis zwei Stunden. Vorausgesetzt, Duncan führe mit dem SUV auf direktem Weg nach Leatherhead, bräuchte er mehr als drei, vermutlich eher vier Stunden, bis er dort einträfe – wenn ich die Entfernung ohne Straßenkarte richtig kalkulierte. Also würde er Henry nicht mehr zu Hause antreffen, wenn der rechtzeitig losführe.

Meinen Ellbogen aufgestützt, starrte ich aus dem Seitenfenster, während ich grübelte, wie ich Henry am besten kontaktierte. Das einfachste wäre, ihn zu Hause oder auf seinem Handy anzurufen. Allerdings hatte ich ein merkwürdiges Gefühl dabei, denn sowohl Duncan als auch Emrys waren seltsamerweise über alles, was mich betraf, stets gut informiert. Vielleicht war es hoffnungslos übertrieben, doch ich fühlte mich besser, wenn ich mit dem Unmöglichen rechnete und mich so verhielt, als seien alle Geheimdienste der Welt hinter mir her.

Moira überholte einen SUV, der dem von Duncan sehr ähnlich sah. Am Steuer saß ein schwarzhaariger Mann, der mich in genau dem Moment ansah, als wir auf gleicher Höhe waren. Als sich unsere Blicke kreuzten, durchfuhr mich ein Adrenalinstoß. Es war nicht Duncan, doch wenn er sich Richtung Süden aufmachte, würde er denselben Weg über Birmingham nehmen, auf dem wir gerade unterwegs waren.

„Mist", entfuhr es mir. Ich rutschte tiefer in den Sitz und überlegte angestrengt, ob Duncan Moira und ihr Auto irgendwie hatte sehen können.

„Was ist los?", erkundigte sich Moira alarmiert.

„Ich dachte gerade, das wäre er. Dun... mein Mann. Er wird auch hier entlangfahren. Ich bin mir nicht sicher, ob er Sie oder Ihr Auto gesehen hat."

Moira scherte wieder links ein. „Ich glaube nicht. Vor dem Coffeeshop hat er mich überhaupt nicht wahrgenommen, und an der Tankstelle war ich viel zu schnell vorbei. Außerdem: Woher sollte er wissen, dass wir uns unterhalten haben?"

Ich nickte langsam. „Ja", stimmte ich halbherzig zu.

„Und während ich auf Sie gewartet habe, habe ich ständig in den Rückspiegel gesehen. Nach Ihnen ist niemand mehr um die Ecke gebogen."

„Gut." Ich biss mir auf die Lippe und beschloss, es dabei zu belassen.

Trotzdem beobachtete ich hinter der heruntergeklappten Sonnenblende fortan argusäugig den rückwärtigen Verkehr und rutschte bei jedem dunklen SUV, der auftauchte, tiefer in den Sitz, bis er außer Sicht war. Moira, die Gute, fuhr so, dass jeder infrage kommende Wagen, der vor uns einscherte, schnell weit vor uns war.

Erst als wir von der Autobahn, in die die Schnellstraße irgendwann übergegangen war, herunterfuhren, um ins Zentrum zu gelangen, atmete ich auf. Falls Duncan uns überholt hatte, dann hatte weder ich ihn bemerkt noch er uns wahrgenommen. Als hätte Moira meine Gedanken gelesen, vermied sie nicht nur den direkten Weg zum Bahnhof „New Street", sondern umrundete auch Kreisverkehre mehrmals, bis wir sicher waren, dass uns wirklich niemand folgte. In der Temple Row, die am Platz der St.-Philip's-Kathedrale entlangführte, hielt sie schließlich an.

„Die Rettungsdecke hat ihre Funktion wohl erfüllt", sagte Moira amüsiert. „Wenn auch anders, als vom Hersteller empfohlen."

Ich lächelte. „Gerettet ist gerettet."

„Gehen Sie einfach die Temple Street entlang. Dann kommen Sie direkt zum Bahnhof. Es ist nicht weit."

„Dürfte ich vielleicht noch telefonieren?"

Sie lächelte bedauernd. „Es tut mir leid, ich gehöre noch zu der Generation, die nicht ständig erreichbar sein möchte. Ich hab im Handschuhfach nur so ein altes Ding, mit dem ich höchstens einen Notruf absetzen kann – vorausgesetzt, ich habe daran gedacht, es aufzuladen."

„Oh", antwortete ich. „Na dann. Das ist nicht schlimm."

„Haben Sie überhaupt Geld für die Fahrkarte?", erkundigte sich Moira.

„Ich ... ja, hab ich", flunkerte ich. Moira hatte mir schon genug geholfen, und ich wollte nicht noch tiefer in ihrer Schuld stehen.

Ob Moira mir glaubte oder nicht, vermochte ich nicht zu sagen. „Versprechen Sie mir eins, Caitlyn: Zeigen Sie diesem Kerl, dass er zu weit gegangen ist! Verlassen Sie ihn! Zeigen Sie ihn an!"

„Versprochen", log ich in so überzeugendem Tonfall, wie ich nur konnte.

„Und jetzt ziehen Sie los!"

Ich beugte mich zu ihr, um sie zu umarmen. „Danke, Moira. Für alles!" Dann stieg ich rasch aus und lief mit großen Schritten die Temple Street entlang.

Während ich in Richtung Bahnhof marschierte, grub ich in meinen Jackentaschen. Neben zwei benutzten Taschentüchern fand ich tatsächlich etwas Kleingeld. Möglicherweise gab es im Bahnhof noch so etwas Altmodisches wie ein Münztelefon.

Als ich das futuristische, metallisch glänzende Bahnhofsgebäude erreichte, sah ich jedoch zuerst nach, wann der nächste Zug Richtung Reading fuhr. Ich hatte noch zwanzig Minuten Zeit, daher machte ich mich auf die Suche nach einem Telefon. In der Tat wurde ich gegenüber dem Kundencenter fündig. Ich war froh, immer noch mehr als nur die Telefonnummern meiner Familie auswendig zu können, so etwa die Festnetznummer meiner Freundin Melinda. Kurz wägte ich ab, denn immer noch war ich mir nicht sicher, inwieweit ich Melinda mit hineinziehen wollte, doch vielleicht war es gut, die Meinung eines Außenstehenden zu hören. Die einer völlig Unbeteiligten, die niemand auf dem Schirm hatte.

Das Freizeichen ertönte. Fünfmal, sechsmal, siebenmal. Ich tappte mit den Fingern auf die Seite des Münztelefons. „Nun heb schon ab."

Doch den Gefallen tat sie mir nicht. Mit dem Hörer tippte ich mir gegen das Kinn, während ich im Geiste weitere Nummern durchging, die ich kannte. Melindas Handynummer war leider nicht darunter, denn sie wechselte ihren Mobilfunkanbieter wie ihre Unterwäsche und investierte dabei nicht das Geld für eine Rufnummernübernahme. Dad, Henry und Helen kamen so lange nicht infrage, wie ich noch andere Möglichkeiten hatte. Eine letzte Option gab es noch. Festnetz oder Handy. Zuerst versuchte ich es auf dem Festnetz.

„Hallo?"

Ich schluckte, dann steckte ich schnell Münzen in den Schlitz. „Dan? Hier ist Caitlyn."

Schweigen.

Ich kniff die Augen zusammen. „Bitte leg nicht auf!" Die Münzen ratterten durch. „Ich hab nicht viel Kleingeld und mein Handy … verloren. Ich muss dringend mit Melinda sprechen! Sie ist nicht zu Hause, und ich habe ihre Handynummer nicht. Hast du sie zufällig?"

Es kam keine Antwort.

„Dan?"

„Ja." Seine Stimme war sehr leise. „Moment." Er räusperte sich. „Moment", wiederholte er.

Da ich nichts zu schreiben hatte, starrte ich auf das Zahlenpad am Telefon, um mir das Muster zu merken, sobald Dan mir die Nummer gab. „Dan?", fragte ich ungeduldig. „Dan, es tut mir leid, ich muss mich wirklich …"

„Caitlyn?"

„Melinda?" Ich war perplex.

„Hey, Süße, was ist los?" Sie klang völlig untypisch unsicher.

Ich verdrängte die Frage, warum Melinda bei Dan war, und steckte eine weitere Münze in den Schlitz. „Tu mir einen Gefallen, frag jetzt nicht, warum!"

„Warum denn …? Oh, tut mir leid. Ich meine …"

„Hör zu, Melinda! Ich bin in Birmingham …"

„Warum bist du in Birm…?“

Ich redete einfach weiter „… und komme um Viertel nach vier mit dem Zug in Reading an. Viertel nach vier in Reading!“, wiederholte ich.

„Ja, gut“, sagte Melinda, hörbar verwirrt.

„Fahr zu Henry, ruf ihn nicht an!“

„Nicht Henry anrufen“, wiederholte Melinda. „Hinfahren. Und dann?“

„Sag ihm, er soll sein Handy zu Hause lassen, nehmt dein Auto und kommt nach Reading. Viertel nach vier!“ Ich kam mir selbst blöd vor, weil ich alles mehrfach wiederholte, doch es erschien mir irgendwie notwendig. „Und sagt niemandem, wohin ihr fahrt. Auch nicht Helen oder Dad“, ergänzte ich. „Oder Dan! Denk dir irgendwas aus, was du ihm wegen mir erzählst.“

Kurze Pause. Dann sehr gedehnt: „Okaaay.“

Ein Signalton warnte davor, dass das Geld beinahe zu Ende war. „Das Gespräch ist gleich weg. Mein Handy habe ich nicht. Bitte, Melinda, es ist wichtig. Mach es genau so, wie ich ges…“

Es klickte. Ich stieß die Luft aus. Dann kicherte ich nervös.

„Du klangst völlig gaga, Brown“, murmelte ich.

Ich konnte mir lebhaft vorstellen, wie Melinda den Telefonhörer anstarrte und dann innerlich die Ärmel hochkrempelte, um zu tun, was ich gesagt hatte, einfach, weil sie etwas so Verrücktem nicht widerstehen konnte.

Ich unterdrückte den Impuls, mich in der hellen, modernen Bahnhofshalle nach womöglich eingebildeten, verdächtigen Gestalten umzusehen. Stattdessen starrte ich auf den mit einer dicken Aluschicht umwickelten und sehr realen Armreif. Ein Blick auf die Bahnhofsuhr sagte mir, dass es Zeit wurde, zum Gleis zu kommen. Da ich kein Geld für eine Fahrkarte hatte, bemühte ich mich während der Zugfahrt, nicht beim Schwarzfahren erwischt zu werden, und verbrachte den überwiegenden Teil der Fahrtstrecke in oder in der Nähe der Zugtoiletten. Immerhin hatte ich dort die Gelegenheit, mich in einen vorzeigbaren Zustand zu bringen. Der Effekt des Natriumchlorids im Gewebe hatte weiter nachgelassen. Außerdem befreite ich mein Knie, das ebenfalls fast schon wieder seine normalen Ausmaße hatte, von der Binde. Mit deren Hilfe und ausreichend Wasser ließ ich auch die aufgeschminkten Prellungen verschwinden. Lediglich die geklammerte Platzwunde auf meiner Wange war noch zu sehen, was nun allerdings recht unspektakulär wirkte. Sogar die Blutflecken auf meiner Jacke konnte ich mithilfe der Binde nahezu entfernen.

Jedes Mal, wenn ich die Gelegenheit hatte, irgendwo vor den Toiletten auf einem Not-Klappsitz zu sitzen, und auf die winterlich graue Landschaft draußen starrte, fielen mir die Augen zu. Ich konnte es mir allerdings nicht leisten, unaufmerksam zu sein, daher war ich froh, als ich endlich in Reading aussteigen konnte, ohne erwischt worden zu sein. Da ich den Bahnhof in Reading nicht gut genug kannte, hatte ich auch keinen Treffpunkt nennen können, doch ich vertraute einfach darauf, dass Henry und Melinda mich irgendwo am Haupteingang erwarten würden.

„Cat! Hier drüben!" Melinda winkte mir zu.

Henry stand neben ihr, seine Miene irgendwo zwischen Erleichterung, mich offenbar unversehrt zu sehen, und Skepsis, was das Theater wohl sollte.

Ich beeilte mich, zu den beiden zu gelangen. Dann versank ich in Henrys bärig-brüderlicher Umarmung und spürte das erste Mal seit dem vorangegangenen Mittag echte Erleichterung. Anschließend umarmte mich Melinda innig.

„Was ist passiert?" Henrys Tonfall war besorgt, denn er hatte bereits die Klammerpflaster gesichtet.

„Erzähl", drängte Melinda. „Warum diese Geheimniskrämerei?"

„Weiß irgendwer, dass ihr hier seid?", fragte ich.

„Nein, das hattest du doch nicht gewollt", sagte Melinda. „Du klangst ja, als sei der MI5 hinter dir her."

Als Antwort stieß ich nur einen Seufzer aus.

Henry wuschelte sich durch sein dunkelbraunes Haar. „Wir parken auf der Rückseite des Bahnhofs im Parkhaus. Lass uns zum Auto gehen, dann kannst du erzählen." Er machte einen Schritt in die angegebene Richtung.

„Nein ... das ist eine ganz schlechte Idee."

Eine bessere hatte ich allerdings auch nicht, denn mit der Erleichterung machte sich auch gähnende Leere in meinem Kopf breit, und ich hatte keine Ahnung, was der nächste Schritt sein sollte. Um mir den zu überlegen, brauchte ich Melinda und Henry. Das, was ich zu erzählen hatte, hier im Bahnhof zu tun, war eine genauso schlechte Idee wie die, es im kalten Auto oder womöglich auf dem Weg nach Leatherhead zu tun. Gerade dahin wollte ich ja nicht, um Duncan nicht versehentlich über den Weg zu laufen. Ich war immer noch sicher, dass er dorthin unterwegs war – oder vielleicht sogar schon eingetroffen war.

Henry verschränkte die Arme. „Was zum Teufel ist los, Cat?"

Mit einem Mal spürte ich auch die körperliche Erschöpfung, und meine Beine wurden weich. Ohne zu antworten, stiefelte ich schnurstracks zu einer Bank und ließ mich dort fallen. Beide kamen mir nach. Während sich Melinda neben mich setzte, blieb Henry mit in die Hüften gestützten Händen vor mir stehen.

Ich lachte müde. „So siehst du aus wie Mum."

„Ja. Gut. Wunderbar. Um mir das zu sagen, beorderst du uns ganz plötzlich hierher und benimmst dich, als hättest du nicht mehr alle Tassen im Schrank? Also, was ist los?" Sein beinahe schon ärgerlicher Tonfall ließ ihn noch mehr nach unserer Mutter klingen.

Während der Zugfahrt hatte ich mir viele Gedanken darüber gemacht, was ich eigentlich sagen wollte. Wie ich mit Melindas Anwesenheit umgehen, wie ich beginnen, was ich erzählen und was ich weglassen wollte. Sogar ein paar Einstiegssätze hatte ich mir zurechtgelegt. Doch jetzt fehlten mir die Worte.

„Erde an Caitlyn!"

Ich blickte mich nach allen Seiten um, und obwohl niemand in unmittelbarer Hörweite war, senkte ich die Stimme. „Mum wurde ermordet."

Henry klappte den Mund auf, dann schloss er ihn wieder und rieb sich die Nase. Melinda starrte mich an, als sei mir plötzlich ein zweiter Kopf gewachsen.

„Spinnst du?", fragte Henry in einem Tonfall, der deutlich machte, dass er gerade ernsthaft an meinem Verstand zweifelte.

Ich rieb mit meinen Handballen über die Augen. Allmählich bekam ich Kopfschmerzen. Mein Mund war trocken, und mein Magen fühlte sich flau an, denn abgesehen von ein paar Schlucken aus den Wasserhähnen der Zugtoiletten hatte ich seit dem Frühstück nichts getrunken und auch nichts gegessen. Ich stand auf. „Nein, aber wir soll…"

Seltsamerweise war das Nächste, was ich bemerkte, dass ich auf dem Boden lag. Ich blinzelte.

Neben mir hockte Henry, der mir sachte die Wange tätschelte. „Caitlyn?"

„Oh, mein Gott!" Das war Melinda.

„Alles gut", murmelte ich und versuchte mich wieder aufzurappeln.

„Nichts da, bleib liegen!" Fachmännisch wies Henry Melinda an, meine Beine hochzuhalten, und unterzog mich einer raschen Untersuchung. Es war mir unendlich peinlich, plötzlich im Zentrum der Aufmerksamkeit zu sein, denn um uns herum versammelten sich Passanten, die sich erkundigten, ob sie helfen könnten. Zu meiner Erleichterung versicherte Henry den Umstehenden, dass niemand einen Arzt rufen müsse, da er selbst einer sei, und bat lediglich um etwas zu trinken für mich. Eine hilfreiche Seele aus dem Schnellrestaurant nebenan kam mit einem Becher Limo angelaufen. Nachdem ich irgendwann glaubhaft versichert hatte, dass ich mich besser fühlte, erlaubte mir Henry schließlich, auf die Bank umzuziehen, wo ich mich mit dem Rücken an Melinda lehnte und die Füße auf Henrys Schoß legte. Ich trank brav die süße Limo, zum einen, weil ich wirklich Durst hatte, zum anderen, weil ich schnell wieder auf die Beine kommen wollte.

Nachdem ich die Limo ausgetrunken hatte, organisierte mir Henry aus dem Schnellrestaurant einen Pfefferminztee, den er für meinen Geschmack viel zu stark süßte, mir aber mit einer Miene überreichte, die nichts anderes zuließ, als ihn widerspruchslos zu trinken.

Als er mit meinem Zustand halbwegs zufrieden war, setzte er sich auf die Bank, die sich Rücken an Rücken mit der befand, auf der ich lag, um so näher an mir und Melinda zu sein.

„Wann ist das passiert?", fragte er mit gesenkter Stimme. Er deutete auf die Platzwunde.

Vorsichtig pustete ich auf das heiße Getränk. Der Pfefferminzgeruch war sehr angenehm. „Ich habe keine Gehirnerschütterung, falls du das vermutest. Ich wurde bereits ärztlich untersucht."

„Danach habe ich nicht gefragt!"

„Gestern Mittag."

Henry kratzte sich am Kopf. Immer noch ganz im Arztmodus sah er sich die Wunde noch einmal an, was ich geduldig über mich ergehen ließ.

„Ich bin von einem Felsen gestürzt", informierte ich ihn. „Zwei, drei Meter, ich weiß nicht genau. Ich trug allerdings einen Reithelm, und der hat wohl eine Gehirnerschütterung verhindert. Beim Aufprall hab ich mir das rechte Knie verrenkt. Es war stark geschwollen."

Prompt fiel sein Blick auf besagtes Knie, dessen Ausmaße unter meiner Stoffhose normal wirkten, weil ich auch die Binde entfernt hatte.

„Cat, du bist aber eben gar nicht gehumpelt", sagte Melinda verwundert. Die ganze Zeit über war sie verdächtig ruhig gewesen, was so gar nicht ihrer sonst eher aufgekratzten Art entsprach.

„Stimmt", räumte ich ein. „Ist auch wieder alles in Ordnung."

Henry hatte wieder die Arme verschränkt. Mir war früher nie aufgefallen, dass er dieselbe Angewohnheit angenommen hatte wie Mum. „Caitlyn, ich bin Arzt", sagte er nachdrücklich.

Beinahe hätte ich gegrinst, denn er sprach mich nur mit meinem vollen Namen an, wenn seine Geduld am Ende war. Die Tatsache, dass er erwähnte, Arzt zu sein, unterstrich dabei nur den subtilen Hinweis, dass ich ihn nicht für dumm verkaufen solle.

Daher ergänzte ich, was er unausgesprochen ließ. „Die Platzwunde sieht viel zu gut aus, als dass das gestern passiert sein könnte, und eigentlich wäre auch eine Prellung zu erwarten, richtig, Herr Doktor?"

Er zog die Brauen zusammen. „Genau."

Seufzend schlürfte ich an meinem Tee. „Und genau das ist der springende Punkt. Ehrlich gesagt habe ich gerade keine Ahnung, wo ich eigentlich anfangen soll."

„Am Anfang", schlug Melinda pragmatisch wie immer vor.

„Wenn ich wüsste, wo der ist", seufzte ich. Mein Magen knurrte plötzlich. „Können wir vielleicht irgendwo in einen Pub gehen? Ich hab seit dem Frühstück nichts mehr gegessen, und dies hier ist nicht der richtige Ort für die Story."

Henry atmete tief durch. Beinahe automatisch ging sein Blick zu dem Schnellrestaurant.

„In einen Pub", wiederholte ich mein Anliegen. „Bitte. Und ihr müsst mich einladen, weil ich keinen Penny dabeihabe."

Resolut schob mich Melinda in die senkrechte Sitzposition. „Natürlich lad ich dich ein! Im Gegenzug erzählst du mir aber auch, warum du dich benimmst, als sei der gesamte MI5 hinter dir her, ja?"

Sie meinte es natürlich scherzhaft, denn sie ahnte ja nichts.

Sie zeigte auf den Ausgang. „Nicht weit vom Bahnhof ist ein Pub, der hat die besten Burger in Reading. Wenn dein Bruder auch zuhören will, soll er halt mitkommen. Wenn nicht, kann er auch hier warten. Wir holen ihn dann auf dem Rückweg zu meinem Auto wieder ab." Sie klimperte mit dem Schlüsselbund in ihrer Jackentasche, dann zog sie mich auf die Füße und hakte mich vorsorglich unter. „Du siehst im Übrigen furchtbar aus, Cat. So blass hab ich dich noch nie gesehen."

„Danke für das Kompliment", bemerkte ich sarkastisch.

„Und umgekippt bist du meines Wissens auch noch nie!"

„Hm", machte ich nur. Was sie sagte, stimmte, aber ich ahnte zumindest, was der Grund für mein Kreislaufproblem war.

Melinda wandte sich an Henry, der immer noch mit sturmumwölkter Miene auf der Bank saß. „Was ist jetzt? Kommst du?"

Er machte keine Anstalten aufzustehen.

„Mein Kreislauf spinnt momentan, weil ich schwanger bin", erklärte ich.

Henry und Melinda starrten mich beide an, als warteten sie auf die Pointe.

„Du meinst das wirklich ernst, oder?", bemerkte Melinda, die sich als Erstes wieder gefangen hatte.

„Jep", sagte ich.

Mit beiden Händen raufte sich Henry die Haare, die daraufhin in alle Himmelsrichtungen abstanden. „Ich brauch ein Bier!"

Melinda deutete noch einmal Richtung Ausgang. „Pub. Jetzt."

Beim Hinausgehen blieben Henry und Melinda rechts und links neben mir wie zwei Wachen, die verhindern wollten, dass ich ausbüxte, bevor ich ihnen die Geschichte erzählt hatte.

Als wir an der Ampel warteten, fragte Henry unvermittelt: „Dan?"

Melindas Kopf fuhr herum.

„Nope."

Melinda wirkte erleichtert. „Das hätte es nicht auch noch gebraucht."

„Finley?", fragte Henry weiter.

„Nope."

„Wer ist Finley?", wollte Melinda wissen.

Ich deutete auf die Ampel. „Grün!"

Henry drehte die Handflächen nach oben. „Lass dir nicht alles aus der Nase ziehen, verflixt und zugenäht!"

„Pub. Jetzt", wiederholte ich Melindas Worte.

Als wir den gemütlichen Pub „O'Neill's" betraten, wurde ich von den beiden an einen der wenigen freien Tische gesetzt, derweil orderte Henry Getränke und Melinda etwas zu essen. Während ich wartete, sah ich mich um. Der Pub war gut besucht, die Gäste das typische, bunt gemischte Publikum aus der Gegend. An den Tischen saßen stets mehrere Leute, die meisten waren in Gespräche vertieft. Lediglich an der Theke saßen zwei Männer und eine Frau ganz offensichtlich allein. Ein weiterer Mann, der nach uns den Pub betreten hatte, ließ sich ebenfalls auf einem der Barhocker nieder. Als Henry zurückkam, hatte er ein Pint für sich dabei, stellte mir eine Cola und Melinda ein Wasser hin.

„Ich habe Burger mit allem bestellt!", erklärte Melinda, als sie sich gleich darauf zu uns gesellte. „Wird hoffentlich nicht lange dauern."

„Danke!" Ich ergriff die Hände von beiden. „Ihr seid die Einzigen, denen ich wirklich vertraue."

Melinda drückte meine Hand. „Ich hab dich auch lieb. Aber jetzt erzähl. Du benimmst dich ja schlimmer als die Hauptfigur in einem Agentenfilm."

Ich musste lachen. Melinda hatte eine ausgesprochene Schwäche für derartige Filme. „Spione sind eher nicht so charmant wie James Bond oder Ethan Hunt."

„Na, du musst es ja wissen. Wo du doch so viele Spione persönlich kennst", bemerkte Melinda trocken. „Oder bist du das neue Bond-Girl, und Daniel Craig holt dich gleich in seinem Aston Martin ab?"

Eher in einem schwarzen SUV, dachte ich, oder in einem knallroten Mini Cooper. Ich sah Henry an, der keine Miene verzogen hatte, sondern ganz klar darauf wartete, dass ich ernst wurde.

Ich seufzte. Er hatte recht. „Henry, erinnerst du dich an die Fotos und die verschlossene Metallkiste, die wir in dem Geheimversteck auf dem Dachboden gefunden haben?" Meine Frage sowie sein Nicken waren eigentlich eher rhetorischer Natur, daher fuhr ich unmittelbar fort: „Auf den Fotos, Melinda, sind unsere Großeltern. Mums Eltern. Unsere Oma Karoline wurde vor dem Krieg in Deutschland geboren. In der Metallkiste waren auch alte Briefe, zum Teil auf Deutsch."

„Konntest du herausfinden, was darin steht?", fragte Henry.

„Ja", sagte ich. „Ich hatte Hilfe beim Übersetzen." Ich stockte. Eigentlich musste ich viel früher anfangen. „Ich glaube, es ist besser, wenn ich anders beginne. Letzten Sommer war ich ein paar Tage vor meinem Geburtstag in London."

„Wo dieser Mann vom Gesundheitsministerium gestorben ist?", fragte Henry sofort.

„Richtig. Es war wirklich kein Herzinfarkt, Henry. Er wurde …" Ich brach ab und trank einen Schluck Cola, weil gerade einer der Männer, die an der Theke gesessen hatten, an unserem Tisch vorbeikam. Er starrte beim Gehen auf den Fernseher auf der gegenüberliegenden Wand, wo gerade ein Bericht über ein Fußballspiel lief. Ich konnte sein Gesicht nicht erkennen. Er hatte einen langen, blonden Zopf, der hinten aus einem Baseballcap herausschaute, und trug offensichtlich eine Brille. Ohne uns eines Blickes zu würdigen, marschierte er schnurstracks zur Toilette.

„Was ist los?", fragte Melinda, der mein plötzliches Verstummen nicht entgangen war. „Kennst du den?"

Tief durchatmend schüttelte ich den Kopf. „Nein, ich seh nur überall Gespenster, glaub ich. Also, dieser Mann vom Gesundheitsministerium letzten Sommer, er wurde umgebracht."

„Oh Gott!" Melinda hielt sich die Hand vor den Mund. „Du hast mir von dem Typ erzählt. Aber wirklich umgebracht? Wie denn? Ich meine, wieso ist dir oder der Polizei das nicht aufgefallen?"

Henry wirkte gefasster, doch ich konnte seinem Gesicht ansehen, dass er sich dieselben Fragen stellte.

„Das weiß ich ehrlich gesagt nicht so genau, nur dass ..." Wieder hielt ich inne. Der Mann von eben kehrte zurück an die Theke und beachtete uns wieder nicht. Mir wurde bewusst, dass ich nicht jedes Mal aufhören konnte zu erzählen, nur weil einer der Gäste auf die Toilette ging.

Ich beugte mich also weiter vor und senkte die Stimme. Melinda und Henry rückten unwillkürlich näher zu mir. Das musste genügen. „Also: Damals wusste ich das alles ja noch nicht, und wenn ich jetzt kreuz und quer erzähle, verliert ihr völlig den Faden."

Nun begann ich der Reihe nach zu erzählen, wie sich die Dinge für mich dargestellt hatten, und nicht mehr, als ich zum jeweiligen Zeitpunkt gewusst hatte. Ich ließ beinahe nichts aus – lediglich ein paar sehr persönliche Dinge, die Duncan selbst und auch uns beide betrafen. Ich erwähnte allerdings die Tatsache, dass Duncan bei dem Silvesterangriff auf Glasmaris Hall seinem Freund Christian Leiden erspart hatte, nachdem Kieran ihn mit dem vergifteten Wurfstern getroffen hatte. Ich konnte Henry ansehen, dass er zutiefst erschüttert und gleichzeitig auch sehr nachdenklich war. Gerade als Arzt konnte er nachvollziehen, in welch einer Zwickmühle Duncan gesteckt hatte.

Henry und Melinda, die anfangs Zwischenfragen gestellt hatten, wurden mit der Zeit immer stiller. Als ich schließlich an den Punkt kam, an dem Emrys mir gestanden hatte, dass Mum umgebracht worden war, stand Henry abrupt auf und entschuldigte sich, um den Waschraum aufzusuchen.

Melinda war blass um die Nase. Ich hätte nie geglaubt, dass ich meine Freundin einmal so aus der Fassung bringen würde.

„Kneif mich mal, damit ich aufwache", sagte sie ungewohnt humorlos.

„Hab ich auch schon probiert. Funktioniert leider nicht", erwiderte ich ebenso nüchtern.

Melinda runzelte die Stirn. „Hör mal, jahrelang lässt du alle Männer abblitzen, und dann schießt du sogar Dan in den Wind. Und dann wirst du schwanger von diesem Scratby – du hast das noch nicht erzählt, aber mit dem hast du nach Silvester sicher was angefangen, oder?"

Ich rieb mir die Nase. „Das war keine Absicht. Schwanger zu werden, meine ich."

„Ja, schon. Aber du hast mit ihm geschlafen."

„Und?", erwiderte ich leicht schnippisch.

Melinda stieß einen abfälligen Laut aus. „Ich hab den Typ gesehen, als ich mit Dan bei dir war: Traumprinzen reiten auf einem edlen Pferd, tragen eine schillernde Rüstung und retten ihre Herzensdame mitten aus der Schlacht um die Burg. Der erinnerte mich eher an den Sheriff von Nottingham. Und dem gehört die Burg, in der die Ärmste gefangen ist."

Ich prustete unfreiwillig los. „Immerhin war Nottingham ein scharfsinniger Taktiker."

„Und ein Mörder!" Melinda hob die Brauen.

Ich wollte ihr widersprechen, doch das konnte ich nicht. Henry, der von der Toilette zurückkehrte, deutete an, dass er eine weitere Runde Getränke besorgen wollte.

„Was ist mit dir und Dan?", fragte ich Melinda, zum einen, um die Wartezeit zu überbrücken, zum anderen, weil es mich wirklich interessierte.

„Nichts, was soll sein?" Sie blickte zu Henry, der in der Schlange vor der Theke stand.

„Melinda!"

„Hm?" Mit einem unschuldigen Augenaufschlag sah sie mich an.

„Erst bist du am Sonntagnachmittag bei ihm, und jetzt weichst du mir aus. Was soll ich da wohl denken? Außerdem weiß ich, dass du ihn magst."

Seufzend schlug sie die Augen nieder. „Okay, du hast recht. Ich würde gerne mit ihm ..." Sie blinzelte mich an.

Spontan umarmte ich sie. „Und das willst du mir nicht sagen, obwohl *ich* ihn verlassen habe? Hör mal, wenn ihr zwei ..."

„Nein, das wird wohl nichts", unterbrach sie.

„Warum nicht?"

Sie knuffte mich. „Weil er noch nicht über dich hinweg ist, natürlich. Außerdem glaube ich, dass ich nicht sein Typ bin. Er mag mich als gute Freundin, aber nicht mehr."

„Oh."

Sie zuckte mit den Schultern. „So ist das Leben. Ich warte eben weiter auf den Traumprinzen. So einen richtigen natürlich mit Schloss und Pferd und wallendem Haar."

„Sobald ich einen treffe, schick ich ihn zu dir."

Sie grinste. „Ich bitte darum.“

Der Pub war inzwischen bis auf den letzten Platz besetzt. Aufgrund der hohen Lautstärke machte ich mir nun keine Sorgen mehr, dass unser Gespräch von jemandem mit angehört werden könnte, den das alles nichts anging. Selbst die Vorbeigehenden bekamen sicherlich, abgesehen von wenigen Worten, nichts von dem mit, was wir sagten. Dann kam Henry mit den Getränken zurück. Anstatt an der Stelle, an der ich unterbrochen hatte, weiterzuerzählen, zeigte ich beiden zunächst den mit Folie umwickelten Armreif, den ich bisher unter meinem Ärmel versteckt gehalten hatte. „Darin ist ein GPS-Sender, aber die Folie lässt das Signal nicht hindurch. Es scheint zu funktionieren, sonst wäre er wohl längst hier.“

Henry kratzte sich am Kopf und sah sich unbehaglich um. „Bist du sicher, dass er das nicht ist?“

„Ja“, sagte ich so überzeugt wie möglich. Keiner der Gäste sah ihm auch nur entfernt ähnlich – und daran, dass er geduldig draußen vor der Tür wartete, bis ich mich herausbequemte, glaubte ich genauso wenig wie an den Weihnachtsmann. Eher rechnete ich damit, dass er in Leatherhead auf mich wartete, und das sagte ich den beiden auch.

Henry wirkte unbehaglich. „Was glaubst du, wird er tun?“

Ich zuckte mit den Schultern. „Ich weiß es nicht. Aber Helen und Dad sind nicht in Gefahr. Er weiß, dass ich ihm nie verzeihen würde, wenn er irgendjemandem, der mir etwas bedeutet, auch nur schief ansehen würde! Und das riskiert er nicht.“

Henry wirkte wenig überzeugt. „Melinda, vielleicht könnten wir mit deinem Handy …“

„Zu Hause anrufen?“, ergänzte ich. „Und was genau würde das bringen? Entweder er plaudert mit Helen und Dad beim Tee und wartet brav, oder er sitzt im Auto und beobachtet das Haus. Weder das eine noch das andere würde dich beruhigen. Momentan kann er dich und damit auch mich wenigstens nicht aufspüren. Deswegen wollte ich, dass Melinda dich abholt und du dein Handy zu Hause lässt. Ich hatte Sorge, dass er irgendwie dein Telefon anzapft und uns findet.“

„Was?“ Henry saß plötzlich kerzengerade. „Wieso kann er so etwas?“

„Ich weiß nicht mal, ob er es wirklich kann, aber nach dem hier …“, ich hob den Arm mit dem verpackten Armreif, „… traue ich ihm alles zu.“ Ich raufte mir die Haare. „Ich weiß, das klingt alles furchtbar absurd. Vor allem das mit Mum.“

„Nein, das tut es nicht.“ Henry sah mir direkt in die Augen.

Jetzt war es an mir, verblüfft zu sein. „Was meinst du damit?“

Melindas Blick ging zwischen meinem Bruder und mir hin und her wie bei einem Tennismatch.

Henry knetete seine Unterlippe. „Als Mum damals so plötzlich krank wurde, wollte ich die Krankenakte einsehen, weil … na ja, weil ich … ich dachte, ich könnte vielleicht doch noch etwas für sie tun.“ Traurig lächelnd zuckte er mit den Schultern. „Ich wusste natürlich, dass ich als angehender Allgemeinmediziner keine ausreichenden Erfahrungen hatte, daher war es mehr, um mein Gewissen zu beruhigen. Um das Gefühl zu haben, wenigstens irgendetwas zu tun. Verstehst du?" Er rieb sich die Augen, als hätte er plötzlich etwas darin.

Ich streichelte seinen Oberarm. „Ja, das verstehe ich sogar sehr gut."

Er seufzte. „Aber es war seltsam, denn als ich Dad darum bat, mir die Akte zu besorgen, damit ich hineinschauen konnte ... ich dachte, er als ihr Ehemann und Arzt hätte sie doch sicher zu Gesicht bekommen und würde einfach den Chefarzt bitten ... aber er lehnte es rigoros ab. Er sagte, die Ärzte in dieser noblen Londoner Privatklinik wüssten schon, was sie täten. Er selbst hätte auch keinen Einblick genommen. Kannst du dir das vorstellen? Er?"

Das war mir neu. Ich war stets der Meinung gewesen, sowohl Dad als auch Henry hätten Zugang zu der Krankenakte gehabt. „Ihr habt mir doch beide genau erklärt, was Mum hat", wunderte ich mich laut.

Henry hob die Brauen. „Ich habe dir das Krankheitsbild erklärt, das Dad mir genannt hat. Und das Gleiche hat er auch getan: dir erklärt, welche Krankheit sie nach Meinung der Ärzte dort hatte." Er nahm einen tiefen Zug von seinem Pint. „Hast du dich eigentlich nie gefragt, wieso Mum in London im Krankenhaus war und nicht irgendwo hier in der Nähe?"

Ich schüttelte den Kopf. „Ich dachte immer, das sei eine Spezialklinik. Es muss auf jeden Fall sündhaft teuer gewesen sein."

„Nicht nur das. Es gab dort uniformiertes Sicherheitspersonal."

Melinda pfiff durch die Zähne. „Klingt etwas bizarr, wenn du mich fragst. Sicherheitspersonal in einem

Krankenhaus haben höchstens die Royals. Oder Mitglieder der Regierung oder so."

Henry stützte seinen Kopf auf die Hand. „Einmal war ich auf dem Rückweg zu Mums Zimmer von der Toilette so sehr in Gedanken, dass ich versehentlich die Tür vom Nebenzimmer öffnete. Darin waren keine Patienten, sondern drei Männer in Uniform. Sie hatten Waffen und technisches Equipment – Computer und dergleichen. Es kam mir vor wie eine Überwachungseinheit. Ich habe höchstens eine Sekunde etwas gesehen, denn eine Krankenschwester stand schon hinter mir und schob mich schleunigst weg, während von innen die Tür geschlossen wurde."

Ich rieb mir das Kinn. „Das wird Emrys veranlasst haben."

„Dieser ominöse Kopf des MI16", murmelte Melinda. „Meine Güte. Bestell 007 viele Grüße von mir."

„Es sah nicht einmal wirklich aus wie ein Krankenhaus. Jedenfalls keines, das ich kenne, und wenn du mich fragst, dann war niemand außer Mum auf der Etage untergebracht", fuhr Henry kopfschüttelnd fort, so, als könnte er selbst nicht glauben, was er da gerade sagte. „Es war viel zu ruhig dort. Wenn Mum oder wir geklingelt haben, war immer sofort mindestens eine Schwester da, manchmal sogar gleich ein Arzt – vergleich das mal mit einem normalen Krankenhaus."

„Eher stirbt man den Heldentod", brummte Melinda.

„Außerdem habe ich niemals irgendwelche anderen Besucher auf dem Flur gesehen. Ist dir das nicht aufgefallen?", fuhr Henry fort.

Ich drehte die Handflächen aufwärts. „Ich … nein, tut mir leid. Ich kann mich ehrlich gesagt kaum noch an irgendwelche Details erinnern. Ich bin jedes Mal von der Tiefgarage aus schnell hinein, um sie zu sehen. Ich hab an nichts anderes gedacht und auf nichts geachtet. Am Ende ging alles so schnell ... ich ... ich habe mich gar nicht richtig von ihr verabschiedet." Bei dem Gedanken daran spürte ich Tränen in meinen Augen brennen.

Henry rückte näher zu mir und legte den Arm um mich. „Hey, Cat, alles ist gut. Ich mach dir doch gar keine Vorwürfe."

Ich versuchte mich an einem Lächeln. „Ich weiß. Warum ist dir das alles eigentlich aufgefallen und mir nicht?"

Er zuckte mit den Schultern. „Wahrscheinlich weil ich zehn Jahre älter bin als du und schon ziemlich viel Erfahrung im medizinischen Bereich hatte. Es ging zwar immerhin um Mum, aber ... ich weiß nicht, es war dort so anders als in den Krankenhäusern, in denen ich gearbeitet hatte."

Nach Mums Tod war ich völlig mit mir selbst und mit meiner Trauer beschäftigt gewesen, später hatte ich mich – als echte Verdrängungskünstlerin – bemüht, möglichst wenig über Mums Tod nachzudenken. Zum ersten Mal ging mir nun auf, dass weder Dad noch ich uns um die Organisation der Beerdigung gekümmert hatten. Henry musste damals sämtliche Fäden in der Hand gehabt haben. Ich sah meinen Bruder an. Er war derjenige, der immer einen klaren Kopf bewahrt hatte.

„Ich habe mir bis heute gar keine Gedanken mehr über die ganzen Umstände gemacht", gab ich zu. „Tut mir leid."

Henry seufzte bis hinunter zu den Zehennägeln. „Das braucht es nicht, Cat. Ein paar Jahre später habe ich

Dad einmal auf Mums plötzliche Krankheit und auf dieses merkwürdige Krankenhaus angesprochen. Ich habe gesagt, dass ich es seltsam gefunden hatte, und ihn gefragt, ob all das mit ihrer Arbeit fürs Ministerium zu tun hatte … und ob sie vielleicht mehr als eine einfache Angestellte dort gewesen war."

Überrascht hob ich die Brauen. „Wie bist du denn darauf gekommen?"

„Ich weiß nicht, vielleicht weil weder sie noch Dad jemals wirklich über ihre Arbeit gesprochen hatten", sagte Henry. „Ein paar Allgemeinplätze, und das war's. Früher habe ich Dad und sie manchmal streiten hören, weil sie so häufig weg war."

„Dad und Mum haben gestritten?", fragte ich verblüfft. „Sie haben nie gestritten."

Henry lächelte traurig. „Bevor du geboren wurdest. Irgendwann haben sie damit aufgehört, und sie … sie haben sich wohl irgendwie miteinander arrangiert. Jedenfalls habe ich Dad mit meiner Vermutung konfrontiert, dass sie mehr war als nur eine einfache Angestellte."

„Und wie hat er reagiert?"

Henry lachte humorlos. „Er hat mich nur mit leerem Blick angesehen. Dann sagte er, er müsse noch Milch kaufen gehen. Ich glaubte, er sei immer noch nicht über Mums Tod hinweg, und wollte ihn nicht weiter aufregen, deshalb hakte ich nicht nach. Später dachte ich: Es bringt sowieso nichts, selbst wenn ich es wüsste. Also habe ich ihn in Ruhe gelassen. Von Zeit zu Zeit habe ich daran gedacht, doch irgendwann … na ja, irgendwann war es völlig unwichtig für mich geworden." Er rieb sich mit beiden Händen über das Gesicht. „Und dann habe ich es einfach vergessen."

Ich legte meine Hand auf seine Schulter. „He, macht dir keine Vorwürfe. Wenn es keinen Grund dazu gibt, Dinge zu hinterfragen, dann nimmt sie eben so hin. Also glaubst du, Dad weiß mehr?"

Henry nickte. „Ich bin mir ziemlich sicher. Er war schließlich mit ihr verheiratet."

„Ob er heute mit uns darüber sprechen würde?"

„Wir können es ausprobieren." Henry klang entschlossen. „Und jetzt erzähl, wie es weiterging."

Das tat ich dann auch. Als ich schließlich an den Punkt kam, an dem ich Duncan mit Marion und Hans im Wald erwischte, sog Henry scharf die Luft ein.

„Allmählich verstehe ich, warum du ihm alles Mögliche zutraust", bemerkte er düster. „Und du bist sicher, dass er in Leatherhead nicht ...?"

„Er will mich nicht verlieren, Henry", unterbrach ich ihn. „Das ist so ziemlich das Einzige, dessen ich mir sicher bin!"

Als ich anschließend meinen Fluchtversuch durch den Wald schilderte, ließ ich aus, dass Duncan mich geschlagen hatte. Er hatte es getan, um Hans davon zu überzeugen, wie ernst er die Gefahr durch mein plötzliches Auftauchen nahm, doch über diese Kaltblütigkeit mir gegenüber war ich selbst noch nicht hinweg, und Henrys Miene verdüsterte sich auch ohne die Erwähnung mehr und mehr. Selbst Melinda war ruhig und hörte gebannt zu.

Am Ende weihte ich beide in das ein, was ich von William Hunter erfahren und was Duncan mir gestern über seine eigene Herkunft und die Geschichte seiner

Mutter erzählt hatte. An den diversen unnatürlichen Todesursachen, für die Duncan verantwortlich war, gab es nichts zu beschönigen. Als ich Henry ansah, war seiner Miene die Abneigung deutlich abzulesen – und die Sorge um Helen und Dad.

Der Vollständigkeit halber berichtete ich von dem erneuten Treffen mit William zum Frühstück sowie von meiner überstürzten Flucht.

Am Ende berührte Henry vorsichtig den umwickelten Armreif wie ein ekelhaftes Insekt. „Wenn er dich nicht nur als Mittel zum Zweck benutzt, wie kann er dann so etwas tun?“

Ich ließ die Frage unbeantwortet.

„Du traust ihm nicht“, stellte Henry daher fest.

„Ja und nein“, erwiderte ich ehrlich. „Er will mich schützen, weil ich ihm viel bedeute. Aber ich kann nicht einschätzen, auf welcher Seite er steht.“

„Auf keiner“, warf Melinda ein. „Nur auf seiner eigenen.“

Ich runzelte die Stirn. „Was meinst du damit?“

„Survivor's guilt“, erklärte Melinda. „Seine Mutter und seine Schwester sind gestorben, während er überlebt hat. Er hat Schuldgefühle deswegen, verdrängt sie allerdings wahrscheinlich und versucht jetzt, die in seinen Augen wahren Schuldigen zur Rechenschaft zu ziehen. Dieser Konrad Jäger ist ja schon tot, aber sein Sohn führt offenbar diese wahnsinnigen Forschungen weiter. Und euer Duke ... Emrys oder wie er heißt, hat nach der Meinung von deinem Duncan wohl versäumt, seiner Mutter zu helfen. Irgendwie versucht Duncan – wenn er seine Mutter und seine Schwester schon nicht mehr lebendig machen kann –, zumindest einen Nutzen aus dem Ganzen zu ziehen." Sie tippte sich auf die Lippen. „Er will seine Schuld begleichen, indem er etwas Gutes tut. Und was ist besser, als ein sehr potentes Heilmittel zu finden? Er hat irgendwann kapiert, dass er dich dazu braucht. Da er dich praktischerweise ziemlich nett fand und du ihn und du jetzt rein zufällig auch noch schwanger bist von ihm – Bingo!"

Henry nickte bedächtig. „Interessante Theorie."
Ich rieb mir die Stirn. „Vielleicht. Vielleicht auch nicht. Ich habe zu wenig Ahnung von all dem … vor allem von dem wissenschaftlichen Zeug. Ich könnte ja noch nicht mal mehr meine Blutgruppe richtig bestimmen, geschweige denn komplizierte Experimente verstehen."
„Blutgruppe 0, Rhesus positiv." Henry klopfte mir auf die Schulter. „Könntest du dir auch einfach merken."
Ich streckte ihm die Zunge raus.
„Oder den Arzt deines Vertrauens bitten, sie zu bestimmen, falls das überhaupt mal nötig ist. Ich kenne meine Blutgruppe nämlich gar nicht", warf Melinda trocken ein. „Was willst du denn jetzt tun? Doch sicher nicht zurück in die Ysgol?"
„Noch nicht. Wo Emrys sich herumtreibt, weiß ich nicht, aber der wäre neben Dad momentan der Einzige, der mehr Licht ins Dunkel bringen könnte."
Henry schwenkte sein Pint. „Emrys hat ja schon immer eine Menge verheimlicht. Glaubst du, er würde jetzt mit offenen Karten spielen? Einfach so?"

Ich schüttelte den Kopf. „Wahrscheinlich nicht, deswegen möchte ich gerne erst einmal selbst etwas Handfestes herausfinden. Am liebsten würde ich Duncan und Emrys gleichzeitig konfrontieren, sodass die Lügen, die sie erzählt haben, zwangsläufig aufgedeckt würden."

„Aber?"

„Ich habe das Gefühl, genau das wollen die beiden um jeden Preis vermeiden."

„Was glaubst du, was Duncan tut, wenn er dich findet?"

Ich zuckte mit den Schultern. „Er wird wütend sein. Aber er sollte sich damit abfinden, dass ich nicht nach seiner Pfeife tanze."

„Was ist eigentlich mit diesem anonymen Briefschreiber und Päckchenschicker? Der könnte doch auch was wissen."

„Der weiß sicher etwas", räumte ich ein. „Allerdings nennst du da schon das Problem: Er ist anonym."

„Ja schon", sagte Melinda. „Aber hattest du nicht die Vermutung, dass er etwas mit den Grants zu tun hat?"

„Das stimmt. Und da haben wir dann schon 1,25 Milliarden Probleme", bemerkte ich sarkastisch.

„Wie bitte?", fragte Melinda verständnislos.

„Ich habe nur den Namen, und wenn man den in eine Suchmaschine eingibt, erhält man so viele Treffer."

„Du musst die Suche natürlich einschränken", bemerkte Melinda.

Ich seufzte. „Scherzkeks. Das habe ich schon versucht. Dann hatte ich am Ende immer noch ein paar Millionen Ergebnisse. Selbst wenn ich es mit den richtigen Parametern auf ein paar Tausend einschränken könnte – wobei ich keine Ahnung habe, wonach ich noch suchen sollte –, wie soll ich die paar Tausend Ergebnisse dann durchkämmen? Dazu bräuchte ich ja eine halbe Ewigkeit."

„Auch wieder wahr", erwiderte Melinda.

„Du hast ein DNA-Projekt erwähnt", sagte Henry. „Vielleicht können wir darüber nahe Verwandte finden, und die können uns dann weiterhelfen."

„Du meinst, wir machen eine DNA-Analyse von mir und schicken die ein?"

„So in der Art", bestätigte Henry.

„Ich weiß nicht. Eins habe ich inzwischen über diese ganze Angelegenheit gelernt, Henry: Wenn jemand unentdeckt bleiben will, dann bleibt er das auch und taucht garantiert nicht in einer DNA-Datenbank auf. Mit unseren Mitteln haben wir keine Chance, denjenigen zu finden."

In diesem Moment kam ein mürrisch aussehender Kellner mit einem Telefon an den Tisch.

Er hielt mir den Hörer hin. „Das ist für Sie!"

Es war wie ein Déjà-vu. Ich musste daran zurückdenken, wie ich im letzten Sommer in Worthing dieses Päckchen in einem Restaurant bekommen hatte, in dem ich nur zufällig gewesen war.

Sowohl Melinda als auch Henry runzelten die Stirn.

Zögernd nahm ich den Hörer entgegen. „Hallo?"

Leatherhead, Surrey

Wie ein zufälliger Spaziergänger schlenderte er im trüben Winternachmittagslicht am Gartenzaun entlang. Mehrmals verharrte er, um auf sein Handy zu sehen, doch ging sein Blick ebenso wachsam wie unauffällig in die Runde. Die Nachbarn waren vermutlich mit sich selbst beschäftigt und hatten Besseres zu tun, als auf die Straße zu blicken. Die gelegentlich vorbeifahrenden Autos registrierten ihn wahrscheinlich kaum. Als er sicher war, dass ihn niemand beobachtete, öffnete er das Gartentor des ehemaligen Farmhauses aus roten Backsteinen.

Im Erdgeschoss brannte Licht.

Er zögerte, sah sich erneut um, und da er niemanden entdeckte, huschte er um die Ecke außer Sichtweite der Straße und der Hausfenster. Das Nebengebäude mit der Arztpraxis war unbeleuchtet, ebenso der ehemalige Stall, in dem sich ein kleines Apartment befand. Auf leisen Sohlen und immer darauf bedacht, nicht entdeckt zu werden, umrundete er das Haupthaus. Weder in der ersten Etage noch im Dachgeschoss waren Lampen eingeschaltet, und da der verhangene Himmel sich schon verdunkelte, obwohl es bis zur Abenddämmerung noch eine Stunde hin war, ging er davon aus, dass sich alle im Haus anwesenden Personen im Erdgeschoss aufhielten. Vorsichtig und immer in Deckung bleibend, bewegte er sich durch den Garten. Neben dem Schuppen blieb er stehen und beobachtete das Haus eine Weile, schließlich sah er einen Mann in der rückwärtig liegenden Küche. Einige Minuten später ging er davon aus, dass der Mann allein war. Nirgendwo sonst im Haus bewegte sich etwas.

Sich erneut versichernd, dass er nicht gesehen wurde, trat er an die Vordertür. Der Windfang verbarg ihn vor neugierigen Blicken aus der Nachbarschaft oder von der Straße. Er tastete nach dem kleinen Fläschchen, das in seiner Anzugjacke steckte. Dann drückte er den Klingelknopf.

Im Inneren des Hauses ertönte ein leiser Dreiklang. Dann hörte man gedämpfte Schritte. Die Tür öffnete sich. Der ältere Mann war groß und schien in jungen Jahren sportlich gewesen zu sein, doch inzwischen hatte er einen deutlichen Bauchansatz. Sein mittellanges, für sein Alter noch beachtlich volles Haar war grau, und nur einzelne dunkle Strähnen zeugten von seiner ursprünglichen Haarfarbe. Sein sympathisches Gesicht war glatt rasiert, von einer Unmenge Falten durchzogen, und er blickte den Besucher offen an.

„Dr. Brown?"

„Senior. Ja, der bin ich", bestätigte der ältere Mann freundlich. „Aber wir haben keinen Wochenendnotdienst. Versuchen Sie es in der Notaufnahme der Klinik."

„Ich suche keine ärztliche Hilfe."

„Oh. Entschuldigen Sie. Es kommt häufig vor, dass jemand deswegen an unserer Tür klingelt. Kennen wir uns denn?"

„Nicht persönlich. Mein Name ist Duncan Featherston.“

Brown behielt sein professionelles Arztlächeln bei. „Ihr Name sagt mir leider gar nichts.“

„Es geht um Caitlyn. Ich bin der Direktor der Ysgol. Vielleicht erwähnte sie mich als Lord Scratby.“

Ein besorgter Ausdruck huschte über Browns Gesicht. „Ja, natürlich … jetzt … oh, mein Gott! Ist Caitlyn etwas zugestoßen?“

„Darf ich hereinkommen?“

„Ja, natürlich, kommen Sie nur!“ Brown trat beiseite und gab den Weg in den Flur frei.

Featherston bedankte sich mit einem Nicken, während Brown hinter ihm die Tür schloss.

„Was ist mit Caitlyn?“, fragte Brown.

„Caitlyn geht es gut“, versicherte Featherston.

„Gott sei Dank!“ Brown seufzte erleichtert und deutete auf die Garderobe. „Entschuldigen Sie meine Unhöflichkeit, Möchten Sie vielleicht ablegen, Lord Scratby?“

Er nahm Featherston den Mantel ab und hängte ihn an die Garderobe. Anschließend ging Brown voran, um Featherston in die Wohnküche zu führen. Auf dem Tisch stand eine halb ausgetrunkene Tasse mit Tee, daneben befand sich ein Teller mit Keksen sowie eine aufgeschlagene ärztliche Fachzeitschrift.

„Nehmen Sie doch bitte Platz.“

„Vielen Dank.“ Featherston setzte sich auf den Stuhl, der dem Platz von Brown gegenüberlag.

Brown kratzte sich am Kopf, dann hielt er den Zeigefinger in die Höhe. „Caitlyn hat in den Weihnachtsferien von Ihnen erzählt.“

„Hat sie das?" Featherston lupfte eine Braue.

„Nur Gutes, keine Sorge." Brown lachte herzlich. „Schön, Sie kennenzulernen. Möchten Sie auch einen Tee?" Brown schwenkte die bauchige Teekanne. „Ich mache noch welchen."

„Sehr gern", antwortete Featherston höflich.

Während Brown den Wasserkocher füllte, ließ Featherston seine Hand in die Anzugtasche gleiten, um das darin verborgene Fläschchen einhändig aufzuschrauben.

„Sind Sie allein?", erkundigte er sich beiläufig.

„Ja, alle ausgeflogen", erwiderte Brown gleichmütig, als er nach der Teedose griff, um losen Tee in den dafür vorgesehenen Behälter in der Teekanne zu geben.

Mit einer geschmeidigen Bewegung zog Featherston das braune Fläschchen aus der Tasche, hob den aufgeschraubten Deckel ab und gab einige Tropfen in Browns Teetasse. Er benötigte dazu keine drei Sekunden.

Als Brown sich Featherston zuwandte, hatte dieser das Fläschchen schon wieder in die Anzugtasche gesteckt. „Mein Sohn ist ganz überstürzt zu einem Notfall gerufen worden." Er verdrehte die Augen, um zu verdeutlichen, was er von dem Notfall hielt. „Melinda Jenkins. Caitlyn hat sie vielleicht einmal erwähnt, sie ist eine alte Freundin von ihr. Melinda behauptete, es ginge um Leben und Tod. Henry müsse sofort mitkommen, und es würde bis zum Abend dauern."

Featherston schmunzelte verhalten, als wisse er Bescheid, während er einhändig den Deckel des Fläschchens in seiner Anzugtasche wieder festschraubte, die andere Hand locker auf dem Tisch liegend.

„Sie hat einen unglaublichen Aufruhr veranstaltet", fuhr Brown fort. „Melinda ist manchmal etwas theatralisch, müssen Sie wissen." Er holte eine Teetasse für Featherston aus dem Schrank. „Zucker?"

„Ja bitte."

„Sogar sein Handy hat Henry im Hausflur liegen lassen, weil Melinda so ein Aufhebens gemacht hat." Brown schüttelte den Kopf. „Das vergisst er sonst nie!"

„Und wo ist Ihre Schwiegertochter? Caitlyn spricht häufig von ihr und sagte, dass sie sich gut verstehen."

„Ja, die beiden kommen Gott sei Dank sehr gut miteinander aus. Helen besucht heute ihre Schwester und kommt erst gegen Abend heim." Er zuckte mit den Schultern. „Henry wollte sich eigentlich einen gemütlichen Nachmittag zu Hause machen. Er hat unter der Woche immer viel zu viel Arbeit. Aber so ist es nun mal, wenn man Arzt ist. Jeder Bekannte, der am Wochenende krank wird, ruft einen an, und was tut man? Man hilft natürlich."

Das Wasser kochte inzwischen, und Brown goss den Tee in der Kanne auf, die er anschließend auf den Tisch stellte. Er setzte sich.

„Ach, der Zucker!", fiel Brown ein. Er holte ihn aus dem Küchenschrank und brachte auch noch mehr Kekse. „Auch Milch?"

Featherston schüttelte den Kopf. „Nein danke."

Brown setzte sich wieder auf seinen Platz, Featherston gegenüber. „Ich wollte mich eigentlich schon längst aus der Praxis zurückziehen, aber irgendwie bringe ich es nicht übers Herz. Schrecklich, wenn man so an seinem Beruf hängt." Sein Lächeln strafte seine Aussage allerdings Lügen.

Featherston schmunzelte verhalten, während er Zucker in seinen Tee gab. „Nein, das finde ich ganz und gar nicht schrecklich. Und diese Leidenschaft haben Sie offensichtlich Ihrem Sohn vererbt."

Jetzt lachte Brown herzlich. „Allerdings. Er kann auch nicht ‚Nein' sagen, wenn ihn jemand um Hilfe bittet."

Featherston hörte geduldig zu und unterbrach den Arzt nicht, als dieser von einem besonders heiklen Fall im Bekanntenkreis erzählte, der ihn vor vielen Jahren ein ganzes Wochenende lang auf Trab gehalten hatte. „Die Leute kennen mich zu gut, sie wissen, dass ich sofort alles stehen und liegen lasse, wenn mich ein Bekannter um Hilfe bittet. Und Sie haben völlig recht: Henry ist in diesem Punkt genau wie ich, da kann man wohl nichts machen." Er legte die Hände um seine Teetasse, die er geleert und bereits wieder gefüllt hatte. „Aber Sie sind ja nicht hier, um sich die Geschichten eines alten Mannes anzuhören. Sie sagten, es ginge um Caitlyn."

Featherston trank einen Schluck Tee und stellte dann die Tasse so abrupt ab, als habe er gerade einen heiklen Entschluss gefasst. „Caitlyn ist schwanger." Featherston sah Brown von unten herauf an und senkte gleich wieder den Blick.

Für eine Sekunde wirkte Brown verdutzt. „Oh", sagte er dann. „Oh."

Featherston verhielt sich still und sah vor sich auf den Tisch.

Brown räusperte sich. „Da Sie hier sind, um mir das zu sagen, darf ich annehmen von Ihnen?"

Featherston nickte. Wieder sah er Brown an, diesmal hielt er dem Blick des Arztes stand. „Wir wollten gemeinsam kommen, doch sie hat mit starker Übelkeit zu kämpfen, daher hielt ich es für besser, wenn sie in der Ysgol bleibt. Ihr war es allerdings sehr wichtig, dass Sie die Neuigkeit so schnell wie möglich und vor allem persönlich erfahren. Daher bot ich an, allein herzukommen und mit Ihnen zu sprechen."

Brown lachte leise. Dann stand er auf und klopfte Featherston auf die Schulter. „Junge, Junge, und Sie sind extra deswegen den ganzen Weg aus der Einöde dort oben zu mir gefahren, um mir das zu sagen? Was für eine Neuigkeit! Das muss ich erst mal verdauen!"

Er verließ den Raum und kam mit zwei Gläsern und einer Flasche Whisky zurück. Mit Nachdruck stellte er alles auf den Tisch. „Andere würden vielleicht mit Champagner anstoßen, aber abgesehen davon, dass ich gar keinen im Haus habe, ist der hier viel angemessener! Ein sehr seltener, fast dreißig Jahre alter Cadenhead's Single Malt aus Bruichladdich, Islay." Er goss in beide Gläser einen großzügigen Schluck und reichte eins Featherston. Er deutete auf die Flasche, die bereits vorher angebrochen worden war. „Vor drei Tagen hab ich mit Henry und Helen angestoßen – wobei Helen natürlich nur Wasser bekommen hat. Sie ist nämlich ebenfalls schwanger! Die beiden haben es bereits seit einer halben Ewigkeit probiert, aber es hat nie geklappt. Das heißt, sie hatte schon mehrere sehr frühe Fehlgeburten, aber jetzt sieht es wohl ganz gut aus. Sie sind zuversichtlich." Er stieß sein Glas gegen das von Featherston. „Ha! Großvater im Doppelpack!" Er strahlte.

Featherston nippte am Whisky, während er Brown nicht aus den Augen ließ. „Das ist ein wirklich guter Whisky", bemerkte er anerkennend.

Brown nickte. „Der Duke hat mir die Flasche geschenkt." Ein melancholisches Lächeln flog über sein Gesicht. „Caitlyn ist dort oben geboren."

Überrascht stellte Featherston das Glas ab. „Auf Islay?"

„Ja", bestätigte Brown. „Ihre Mutter, Liz ... Elisabeth ...", seufzend rieb er sich die Augen, „sie wollte nicht hier entbinden."

„Warum nicht?", fragte Featherston erstaunt.

„Sie ... ihre Familie stammt aus Schottland. Sie war ... ich glaube, sie war einfach ... ich weiß nicht, warum." Brown blinzelte ein paarmal.

Featherston hatte das sichere Gefühl, dass Brown den Grund sehr wohl kannte, doch er drängte den Mann nicht. Noch nicht.

Brown seufzte. Dann lächelte er. „Jetzt erzählen Sie erst einmal von sich, Lord Scratby. Woher stammen Sie?"

Featherston legte ihm sanft eine Hand auf den Unterarm. „Sagen Sie Duncan zu mir, Dr. Brown."

„Ja natürlich. Gern. Ich bin Richard. Wo waren wir gerade?" Er rieb sich die Augen.

„Ich stamme aus Norfolk. Richard, Sie sind blass. Geht es Ihnen nicht gut?"

„Hm ... mir ist plötzlich ... schwindelig ..." Wieder blinzelte er und rieb sich die Augen.

„Es wäre besser, wenn Sie sich hinlegen. Kommen Sie." Featherston stand auf und zog Richard mit sanftem Nachdruck auf die Füße.

„Ja, Sie haben recht. Das ist eine gute Idee. Viel-leicht
… vielleicht im Wohnzimmer auf dem Sofa …“

Behutsam geleitete Featherston Brown hinüber, damit dieser sich hinlegen konnte. Featherston zog sich
einen Hocker heran, auf dem er sich niederließ. Er
fühlte Brown den Puls, der gleichmäßig und kräftig
schlug.

Brown gab ein Kichern von sich. „Nanu, sind Sie etwa
nicht nur Schuldirektor, sondern auch Arzt?“ Seine
Sprache war verwaschen, und er leckte sich mehrfach
die Lippen.

„Ich bin der Direktor der Ysgol“, erklärte Featherston.
„Bleiben Sie liegen. Ihr Mund ist trocken, Sie sollten etwas trinken.“

Er holte ein Glas Wasser aus der Küche. Vorsorglich
hatte er heute in der Mine nicht nur Nachschub für
sein Labor mitgenommen, sondern auch ein Fläschchen seiner selbst kreierten K.-o.-Tropfen, weil sein
Vorrat in der Schule zur Neige ging. Er setzte sie nur
selten ein, doch sie hatten ihm schon in der Vergangenheit gute Dienste geleistet. Ihre Wirkung trat schnell
ein, und sie riefen eine anterograde Amnesie hervor,
sodass der Betreffende im Nachhinein Erinnerungslü-
cken aufwies, was gelegentlich sehr nützlich war. Die
spezielle Mischung aus Tranquilizern, GHB und anderen psychogenen Substanzen hinterließ, abgesehen
von einem trockenen Mund und einem anschließen-
den Katergefühl, bei gesunden Erwachsenen keine
nennenswerten Nachwirkungen. Er würde Brown später hinüber in sein Apartment bringen und ihn dort,
mit einem Schlafmittel versorgt, ins Bett stecken. Morgen würde Brown sich an Featherstons Besuch und an

den ersten Teil ihres Gesprächs erinnern, doch ein besorgter Anruf von Featherston, um sich nach Browns Gesundheitszustand zu erkundigen, würde ausreichen, um ihm eine von der Wahrheit abweichende Geschichte glaubhaft zu vermitteln: Brown wäre nach dem Whisky unwohl gewesen, sodass Featherston sich verabschiedet hätte. Selbst wenn Browns Sohn ihn untersuchen würde, wären die K.-o.-Tropfen längst nicht mehr nachweisbar. Die ganze Episode würde in Vergessenheit geraten. Bis dahin konnte er, Featherston, Brown gefahrlos die Fragen stellen, die ihm auf den Nägeln brannten.

Als er in der vorangegangenen Nacht lange neben Caitlyn wach gelegen hatte, war ihm der Gedanke gekommen, sowohl Dr. Brown senior als auch Dr. Brown junior zu befragen, um nicht nur herauszufinden, inwieweit sie tatsächlich in die Ereignisse involviert waren, sondern auch, um möglicherweise neue Erkenntnisse zu gewinnen und daraus neue Schlüsse ziehen zu können. Zwar hatte er nicht damit gerechnet, so schnell zum Zuge zu kommen, doch er war es gewohnt, Gelegenheiten zu ergreifen, wenn sie sich boten. Es war ihm daher mehr als recht, dass Dr. Brown senior heute zufällig allein war.

Zufall – dieses Wort hatte allmählich für Featherston einen seltsamen Beigeschmack bekommen. Er war nicht mehr davon überzeugt, dass alles, was in der Vergangenheit geschehen war, wirklich Zufall gewesen war. Während der langen Stunden in der Nacht hatte er sogar das Gefühl bekommen, in Wahrheit Teil eines groß angelegten Spiels zu sein. Er vermochte jedoch weder das gesamte Spielbrett zu übersehen, noch kannte er alle Regeln. Gerade das fasste er nun als Herausforderung auf, mehr herauszufinden, da ihm nichts mehr widerstrebte, als eine beliebige Figur zu sein. Alle Fäden liefen beim Duke zusammen, doch dass dieser nicht willens war, sein Wissen zu teilen, hatte Featherston schon mehr als einmal erleben müssen. Es hatte also keinen Zweck, ihn zu befragen – zumal er bereits die Erfahrung gemacht hatte, dass der Duke nicht so leicht zu überlisten war. Ihm K.-o.-Tropfen zu verabreichen, hatte noch nie geklappt.

Je länger Featherston in der letzten Nacht in die Dunkelheit gestarrt und dabei Caitlyns regelmäßigen Atemzügen gelauscht und versucht hatte, alle Ereignisse und Erkenntnisse in eine sinnvolle Ordnung zu bringen, desto mehr hatte er den Eindruck gewonnen, etwas Entscheidendes zu übersehen. Da seiner Ansicht nach jedoch kein unmittelbarer Grund zum Handeln bestand, hatte er nach der Rückkehr in die Ysgol in Ruhe weiter darüber nachdenken und einen Plan entwickeln wollen. Doch nachdem es Caitlyn in Shrewsbury tatsächlich gelungen war, das GPS im Armreif auszutricksen – wobei das für eine kluge Frau wie sie eigentlich nicht schwer war, wie er halb amüsiert zugeben musste –, hatte er die Gelegenheit beim Schopf ergriffen. Zunächst war er verärgert gewesen, und es hatte beinahe eine viertel Stunde gedauert, bis die Männer an der Tankstelle ihn hatten gehen lassen. Sie hatten seiner „Frau" einen ausreichend großen Vorsprung verschaffen wollen. Zumindest hatte er sie davon abbringen können, die Polizei zu verständigen, indem er den Zerknirschten spielte. Zwar war es ihm schwergefallen, doch immerhin war es von Erfolg gekrönt gewesen. Als er den gesamten Bereich um die Tankstelle herum abgesucht und schließlich die Lokalisierungsapp auf seinem Handy aufgerufen hatte, hatte er Caitlyns Position merkwürdigerweise nicht ermitteln können. Er hatte geflucht, doch da er nicht dazu neigte, vorschnell aufzugeben, hatte er sich auf den direkten Weg nach Leatherhead gemacht – zu dem Ort, an dem sie seiner Ansicht nach am ehesten Zuflucht suchen würde. Auf der knapp dreistündigen Fahrt hatte er in Erwägung gezogen, den Duke zu kontaktieren, doch vorerst davon abgesehen, um seinen momentanen Vorteil nicht aus der Hand zu geben. Der Duke würde auf der Stelle wieder die Fäden in die Hand nehmen, doch er, Featherston, wollte zunächst in Ruhe mit Caitlyn sprechen.

Er ging davon aus, dass er vor Caitlyn eintreffen würde, da sie so kurzfristig kaum jemanden gefunden haben würde, der sie dorthin brächte. Vermutlich war sie ohnehin auf den Zug angewiesen. Dass sie kein Geld dabeihatte, war wohl eher nebensächlich, denn im Zweifel würde sie sicherlich riskieren schwarzzufahren. Mit Beherztheit und Cleverness würde sie einen Weg finden – Eigenschaften, die er sehr an ihr schätzte.

Inzwischen hatte er einen vagen Plan gefasst: Sofern er Caitlyn nicht antreffen würde – wovon er ausging, denn wahrscheinlich war sie noch unterwegs –, wollte er zunächst versuchen, von den Mitgliedern der Familie Brown in einem zwanglosen Gespräch etwas in Erfahrung zu bringen.

Einem Instinkt folgend, hatte er die K.-o.-Tropfen und das Schlafmittel eingesteckt, denn je nachdem, wie sich die Situation entwickelte, wollte er handlungsfähig sein. Positiv überrascht hatte er dann festgestellt, dass nur Brown senior anwesend war, was sein Vorhaben erleichterte.

Als er mit dem Wasser ins Wohnzimmer zurückkehrte, fasste Brown sich beim Aufsetzen an den Kopf. „Meine Güte. Dieser Schwindel." Er stöhnte, trank dann aber zunächst das Wasser, bevor er wieder ein Stück tiefer in die Kissen rutschte.

„Bleiben Sie liegen, Richard!"

Featherston setzte sich auf den Stuhl, den er sich zuvor herangezogen hatte. „Seit wann kennen Sie den Duke, Richard?"

„Oh, seit ... seit ..." Brown runzelte die Stirn. „Fast vierzig Jahre."

„Und woher kennen Sie ihn?"

„Liz. Meine Frau. Er war ihr Pate und hat sich um sie gekümmert, nachdem ihre Eltern gestorben waren. Sie war damals ja erst neun. Eine schreckliche Tragödie."

„Was ist denn passiert?"

„Man sagt, es sei eine Gasexplosion gewesen." Brown zog dabei eine merkwürdige Grimasse.

„*Man sagt,* es sei eine Gasexplosion gewesen?", hakte Featherston betont nach.

„Ja. Na ja." Brown senkte die Stimme. „Aber das stimmt gar nicht."

„Was genau ist denn passiert?"

Brown zuckte mit den Schultern. „Ich weiß es nicht. Der Duke hat es nur angedeutet. Aber ehrlich gesagt ... ich wollte das auch lieber gar nicht wissen ... haben Sie noch etwas zu trinken?" Er stützte sich auf die Ellbogen hoch.

Da er keine Anstalten machte, selbst nach dem Glas zu greifen, setzte Duncan es an seine Lippen. „Warum wollten Sie das nicht wissen?"

Brown lehnte sich wieder in die Kissen und hob einen Zeigefinger. „Der Duke hat so viele Geheimnisse. Schreckliche Geheimnisse. Fürchterliche Geheimnisse." Er schüttelte sich wie ein Hund. „Ich will damit nichts mehr zu tun haben."

„Nichts *mehr*?"

„Nein. Nichts!" Brown klang sehr rigoros.

Kurz überlegte Featherston, ihn zu fragen, um welche Geheimnisse es sich denn handelte, entschied sich dann aber dagegen. Brown zu drängen, hatte keinen Sinn. Unter dem Einfluss der K.-o.-Tropfen waren Menschen im Allgemeinen mitteilsamer und leichter zu etwas zu überreden, was sie unter normalen Umständen nicht tun oder sagen würden, doch auch das war limitiert. Featherston spürte, dass es hier eine Grenze gab, der er sich nur sehr vorsichtig nähern durfte, wenn er Brown nicht verprellen wollte.

Also wechselte er zunächst das Thema. „Ihre Frau war noch sehr jung, als Sie sie kennengelernt haben, nicht wahr?" Er kannte die Geschichte, Caitlyn hatte sie ihm erzählt.

„Oh ja, das war sie." Brown grinste selig. „Sie war erst 16 und hat in den Schulferien in dem Krankenhaus, in dem ich gerade arbeitete, ein Praktikum absolviert. Ich war schon 26 und noch mitten in der Ausbildung. Ja, und dann traf ich sie. Wir mochten uns auf Anhieb. Sie war so ein liebenswerter Mensch. So lebensfroh und geradeheraus. Aber stur war sie!" Er lachte. „Sie erreichte immer, was sie wollte. Immer!" Jetzt kicherte er geradezu ausgelassen. „Ich habe mich auf der Stelle in sie verliebt." Seufzend rieb er sich die Augen. „So verliebt." Er schniefte. „Aber sie war ja noch viel zu jung, deswegen dachte ich nicht, dass aus uns etwas werden könnte. Sie ging ja noch zur Schule und kehrte nach den Ferien dorthin zurück, doch sie bestand darauf, dass wir unsere Adressen austauschten. Erst wollte ich nicht, weil ich dachte, das sein unangemessen, aber sie wollte es unbedingt und … na ja. Wie ich bereits sagte, sie war sehr stur. In den nächsten Ferien sahen wir uns wieder. Und in den übernächsten. Schließlich fuhr ich sie besuchen, wann immer ich konnte, und weil niemand davon erfahren durfte – sie war ja noch nicht volljährig –, trafen wir uns heimlich. Sie kletterte einfach über die Mauer und lief hinüber nach Glasmaris. Dort wohnte ich immer in derselben Pension – die Besitzer wunderten sich, weil ich so häufig kam, aber ich sagte, mir täte die Seeluft so gut." Er kicherte wieder. „Irgendwie habe ich es jedes Mal geschafft, Liz hineinzuschmuggeln."

„Glasmaris?", fragte Duncan überrascht. „Sie war also auch in der Ysgol?"

„Ja, wussten Sie das nicht?"

Duncan schüttelte den Kopf. Wenn Liz dort zur Schule gegangen war, dann musste es im Archiv eine Schülerakte über sie geben. Er machte sich eine gedankliche Notiz, das zu überprüfen, und ärgerte sich gleichzeitig, dass er an diese naheliegende Möglichkeit nicht schon früher gedacht hatte. „Wie lautete ihr Mädchenname?"

„Smith", sagte Brown. „Aber eigentlich war sie eine geborene Grant."

Das deckte sich mit Featherstons Wissen.

„Und dann, eines Tages, war sie schwanger", sagte Brown da.

Duncans Mundwinkel zuckten unwillkürlich, weil Brown dabei so verdutzt aussah, als hätte selbst er als Arzt keine Erklärung dafür, wie das hatte passieren können.

„Das hatten wir nicht beabsichtigt. Natürlich nicht, sie war ja noch so jung, und wir waren schließlich nicht verheiratet und ... na ja, ich war eigentlich kein Draufgänger, aber irgendwann hat mein Verstand einfach ausgesetzt, wenn Sie verstehen, was ich meine." Er sah Featherston bedeutungsvoll an, der zustimmend nickte. Unwillkürlich dachte er an Caitlyn.

„Sie war so süß, so ... ach", fuhr er fort. „Als sie dann völlig aufgelöst schrieb, dass sie ein Kind von mir erwartet, da war ich natürlich erschüttert, aber ich konnte sie ja damit nicht alleinlassen. Das tut ein Mann von Ehre nicht! Sie tun das ja auch nicht!" Er klopfte Featherston auf das Knie.

„Natürlich nicht, Sir", stimmte Featherston ihm zu.

Brown hob den Zeigefinger. „Guter Junge! Werden Sie Caitlyn heiraten?"

„Selbstverständlich, Sir!" Featherston hob seine Mundwinkel.

„Lord Scratby of Norfolk", sinnierte Brown. „Dann wird Caitlyn eine Lady. Haben Sie viel Besitz?" Er hob die Hände. „Ich frage nur aus reiner Neugier, nicht, weil ich persönlich Wert darauf lege. Als Lehrer haben Sie beide ja ein gutes Auskommen."

„Mein Vater hat mir Besitz in Norfolk hinterlassen“, erwiderte Featherston. „Ich … war der einzige Erbe.“

Brown pfiff durch die Zähne. „Junge, Junge.“

Featherston wollte das Thema nicht weiter vertiefen. „Sie haben also Caitlyns Mutter ebenfalls geheiratet, als sie erfuhren, dass sie schwanger war“, brachte er das Gespräch wieder auf Spur.

„Ja. Ja, das habe ich.“ Brown kratzte sich am Kopf. „Sie war schon hochschwanger, und wir hatten nur eine sehr kleine Feier. Nur ihre Adoptiveltern, meine Eltern und der Duke. Henry kam bald darauf zur Welt. Er war ein echter Sonnenschein, genau wie seine Mutter. Von Anfang an.“ Man merkte, wie stolz er auf seinen Sohn war. „Nach der Geburt bestand Liz darauf, ihre Schule zu beenden und zu studieren. Sie war sehr ehrgeizig.“ Brown rieb sich die Augen.

Featherston reichte ihm noch einmal das Wasser. „Trinken Sie noch etwas.“

„Hm.“ Brown tat es gehorsam. Dann gähnte er. „Meine Eltern haben sich viel um Henry gekümmert. Ich war ja auch noch nicht fertig. Aber ohne den Duke hätten wir das alles wohl trotzdem nicht geschafft.“

„Inwiefern?“ Featherston nippte am Whisky, dessen weichen Geschmack er mochte. Er lehnte sich zurück.

„Er hat dieses Anwesen hier gekauft und uns geschenkt. Meine Eltern ließ er ebenfalls hierherziehen.“ Er machte eine umfassende Geste. „Als junger, angehender Arzt hätte ich mir das niemals leisten können. Meine Eltern kommen aus dem Norden und waren nicht reich. Aber der Duke wollte sein … Mündel gut versorgt wissen.“

Featherston, der gerade wieder einen Schluck genommen hatte, hielt inne. Ihm war die kurze Pause vor dem Wort „Mündel" aufgefallen. Brown angelte nun ebenfalls nach seinem Whiskyglas. Featherston ließ ihn gewähren.

Während Brown Featherston nun ausführlich darüber informierte, wie der Alltag mit Baby aussah, und dabei immer wieder erwähnte, dass er sich das nur ja gut merken sollte, weil das ja schließlich auch auf ihn zukäme, hing Featherston seinen eigenen Gedanken nach.

Er wusste, dass Liz beim Tod ihrer Eltern rund acht Jahre alt gewesen sein musste. Der Duke war damals nicht nur erwachsen und alt genug, um die Vormundschaft zu übernehmen, sondern auch einflussreich – die Vermutung lag nahe, dass er kein junger Mann wie Brown gewesen war. Wenn Brown jetzt ungefähr Mitte sechzig war, konnte der Duke gut und gerne zehn Jahre älter sein.

Featherston dachte an seine erste Begegnung mit dem Duke vor rund dreißig Jahren, als er selbst als Schüler an die Ysgol gekommen war. Es war keine wirkliche Begegnung gewesen, denn der Duke hatte ihn, Featherston, damals vermutlich nicht einmal wahrgenommen. Damals war der Duke mit zwei neuen Mitgliedern des Kollegiums, Avril O'Donohoe sowie einem jungen Sportlehrer, der schon lange nicht mehr an der Schule war, und dem damaligen Schulleiter und somit Vorgänger im Amt, Marcus Pennyworth, über das Schulgelände geschritten. Featherston hatte sie alle nur von Weitem gesehen und erst später erfahren, dass es sich bei dem Ältesten um den Duke of Anglesey, den Mäzen der Schule, gehandelt hatte.

Er sah Brown an, der sein Alter nicht verhehlen konnte. Dreißig Jahre waren eine lange Zeit. Avril war inzwischen beinahe sechzig, und obwohl das Alter gnädig mit ihr umging, hatte auch sie graue Strähnen und Falten. Der Duke hatte sich in all den Jahren kaum verändert. Damals hatte er ganz der Mode entsprechend einen Schnauzbart gehabt, mittellange Haare mit getrimmten Koteletten, heute trug er einen gepflegten Dreitagebart und kurz geschnittenes Haar, dessen graue Farbe annähernd dieselbe war wie damals. Featherston hatte sich nie Gedanken darüber gemacht, gab es doch Menschen, die schon früh ergrauten, und er hatte stets angenommen, dass der Duke dazugehörte. Natürlich war das immer noch keine Erklärung, doch je mehr er über das Aussehen des damals dreißig Jahre jüngeren Dukes nachdachte, desto unveränderter kam er ihm vor. Wäre der Duke rund zehn Jahre älter als Brown, wäre er damals, vor dreißig Jahren, Mitte vierzig gewesen. Er hatte jedoch älter ausgesehen. Heute, mit etwas über siebzig, sah er bedeutend jünger aus als siebzig.

Featherston rieb sich die Nasenwurzel. Brown redete immer noch und schien Featherstons Unaufmerksamkeit nicht im Geringsten wahrzunehmen. Featherston stand auf. Brown unterbrach seinen Redefluss kurz, nur um dann unverändert weiterzuplappern, weil Featherston ihm aufmunternd zunickte und sich dabei mit dem Hintern an die Fensterbank lehnte. Während

Brown seinen Monolog fortsetzte, verfolgte Featherston einen Gedanken, der mit einem Mal wie ein Leuchtfeuer über allem schwebte.

Dass auch Caitlyns Mutter über ein außergewöhnliches Immunsystem verfügt hatte, es aber zum Schutz ihrer Kinder nicht hatte offenlegen wollen, war unstreitig. Doch auch der Duke besaß beachtliche Selbstheilungskräfte. Nach dem Sturz vom Pferd, kurz vor Weihnachten, der die Teilnahme des Dukes an der Veranstaltung im British Museum verhindert hatte, war er außergewöhnlich rasch wieder auf den Beinen gewesen. Kein einziges Mal in all den Jahren, seit er den Duke kannte, hatte Featherston ihn krank erlebt – was natürlich Zufall sein konnte. Stets wirkte er gesund und voller Energie – man könnte behaupten, seit Jahren, eher Jahrzehnten, unverändert, abgesehen von wechselnden modebedingten Äußerlichkeiten. Es mochte ein kühner Gedanke sein, doch was, wenn der Duke älter als Mitte siebzig war? Was, wenn diese merkwürdige Mutation des Immunsystems auch den Alterungsprozess verlangsamte?

Er marschierte kreuz und quer durchs Wohnzimmer wie ein Tiger im Käfig. Ihm war entgangen, dass Brown inzwischen aufgehört hatte zu erzählen und vor sich hin döste, doch bevor er ihn weckte, musste er wissen, welche Fragen er stellen sollte.

Da Brown sich später an nichts erinnern würde, konnte er natürlich einfach geradeheraus fragen, doch falls sich Brown unter Druck verweigerte, wäre nichts gewonnen. Er musste diplomatisch vorgehen.

Grübelnd blieb Featherston vor den Fotos stehen, die an der Wand neben dem Wohnzimmerschrank hingen.

Wie in unzähligen anderen Wohnstuben waren es Familienschnappschüsse aus den letzten Jahrzehnten. Kinder, Eltern und Großeltern in den unterschiedlichsten Situationen und Jahren. Ein Foto war eine Studioaufnahme von Liz und ihren Kindern. Henry, der auf dem Foto schon Anfang zwanzig sein musste, hatte große Ähnlichkeit mit seinem Vater Richard, wohingegen Caitlyn ihrer Mutter Liz glich. Beide hatten wilde, lockige Haare, doch die von Caitlyn schimmerten rötlich, wohingegen Liz fast weißblond war. Das Foto musste einige Jahre vor ihrem Tod entstanden sein, trotzdem sah sie genau so aus, wie Featherston sie in Erinnerung hatte. Mit ihren grünen Augen konnte sie einen mit so kühler Distanziertheit mustern wie eine Katze.

Er nahm seine Wanderung wieder auf. Henry und Dr. Brown senior hatten braune Augen. Caitlyn hellblaue. Mit einem Mal hielt Featherston inne.

Hellblaue Augen, dunkelrote Haare.

Mit geschlossenen Augen beschwor er das Bild herauf, das Caitlyn ihm vor einigen Wochen gezeigt hatte. Es sei ihr Großvater gewesen, Jacob Grant, der Mann, der in Deutschland gewesen war und dort Karoline aus Jägers Fängen befreit hatte.

Featherston erinnerte sich an eine entstellende, wulstige Narbe, die unter dem rechten Auge des Mannes begonnen und bis hinunter zum Mundwinkel geführt hatte. Da er das Foto nur sehr kurz zu Gesicht bekommen hatte, konnte er sich an keine auffällige Ähnlichkeit erinnern – Haarfarbe, Narbe und seine flüchtige Betrachtung konnten ihn in die Irre geführt haben. Der Duke besaß keine entstellende Narbe – doch warum sollte er ausschließen, dass seine außergewöhnliche Kondition, aufgrund der körperliche Schäden wie auch Krankheiten schnell heilten, nicht auch Narben mit den Jahren – oder in diesem Fall Jahrzehnten – verschwinden ließ?

War es vielleicht denkbar, dass der Duke nicht nur deutlich älter war, als er vorgab, sondern womöglich sogar Caitlyns Großvater?

Der Duke hatte Caitlyn gegenüber behauptet, es habe eine Schießerei gegeben, als Konrad Jäger die Familie Grant aufgespürt hatte. Auch wenn er impliziert hatte, dass Jacob ebenfalls gestorben war, hatte er dessen Tod nicht ausdrücklich erwähnt. William war zu jung gewesen, um sich an die Ereignisse zu erinnern, und sein Vater Konrad hatte vielleicht aufgrund eines geschickten Täuschungsmanövers geglaubt, dass Jacob gestorben war.

Featherston ging hinüber zu Brown, der nun mit offenem Mund vor sich hin schnarchte. Wenn seine Theorie stimmte, war es dann überhaupt möglich, dass Brown ahnte oder sogar wusste, dass der Duke Liz' Vater war? Bevor er jedoch dazu kam, Brown zu wecken, spürte er die Vibration seines Telefons in seiner Tasche.

Die Nummer war unterdrückt. „Ja?" Er lauschte. „Nein, wir können uns nicht treffen, denn wir sind nicht in der Ysgol. Caitlyn hat mich gebeten, sie nach Hause zu ihrer Familie zu fahren, weil sie ihnen die gute Nachricht persönlich überbringen wollte." Die Lüge kam ihm glatt über die Lippen, denn er hatte sie sich vorher zurechtgelegt. „Warum hätte ich dich darüber informieren müssen, Marion? Ich bin dir keine Rechenschaft schuldig." Während er weiter lauschte, zogen sich seine Brauen immer mehr zusammen. „Es ist mein Kind, Marion. Und ich werde dafür Sorge tragen, dass ... wie bitte? Natürlich sieht William das genauso! Frag ihn. Es kommt keinesfalls infrage, dass ...“ Er stockte. „Ja, sie hat einen Bruder“, antwortete er langsam. „Bisher hat er keine Kinder“, erklärte er dann. Einige Sekunden lang hörte er zu, als sich mit einem Mal ein Schlüssel in der Haustür drehte. „Ich muss Schluss machen, Marion!“

Abrupt unterbrach Featherston das Gespräch, ließ das Telefon in seine Tasche gleiten und löschte das Licht im Wohnzimmer gerade noch rechtzeitig.

„Hi ihr!“, rief eine weibliche Stimme. „Ich bin wieder da!“ Das Rascheln einer Jacke, die aufgehängt wurde. „Haben wir Besuch? Wem gehört der Mantel?“ Ein Schlüsselbund klirrte. „Henry? Schatz, ich hab dir so viele Nachrichten geschickt, warum antwortest du nicht? Dein Handy liegt doch hier!“ Schritte in Richtung Küche, in der immer noch Licht brannte. „Henry? Dad?“ Ein kurzer Moment Schweigen. „Wo seid ihr?“ Sie klang unsicher.

Featherston stand hinter der Tür, seine Gedanken rasten. Brown, der durch Helens Rufe offenbar aus seinem Schlummer erwacht war, regte sich.

„Helen?“ Seine Stimme war nicht laut, aber laut genug.

„Dad? Wo bist du denn?“ Helen trat durch die Tür und drückte auf den Lichtschalter. Das Deckenlicht flutete den Raum. „Dad! Geht es dir nicht gut?“ Mit schnellen Schritten durchquerte sie den Raum, um zum Sofa zu gelangen.

Sie hörte ihn nicht kommen. Erst als Featherstons rechter Arm sich wie ein Hebel um ihren Hals legte, versuchte sie vor Schreck einen Schrei auszustoßen. Doch es war nur ein ersticktes Gurgeln, was noch aus ihrer Kehle entweichen konnte. Sekunden später verdrehte sie die Augen und sackte leblos in Featherstons Arm zusammen.

Brown, der das Ganze mit desorientiertem Blick beobachtet hatte, kam schwankend auf die Füße. „Wassolldenndas?"

Featherston ließ Helen sanft zu Boden gleiten, griff in seine Anzugjacke und trat auf Brown zu.

„Gute Nacht, Richard!" Er drückte etwas, das aussah wie ein Kugelschreiber an seinen Hals. Als die Nadel die Haut durchstach, zuckte Brown kurz und fasste sich an den Hals. Im nächsten Moment gaben seine Beine nach. Featherston fing ihn auf und legte ihn zurück auf das Sofa.

Dann richtete er sich auf und atmete tief durch. Er sah auf die Uhr. Wo auch immer Henry Brown war, er würde nicht ewig wegbleiben, außerdem würde Helen nicht lange bewusstlos sein. Er musste sich also beeilen.

Während er eilig im Erdgeschoss nach etwas suchte, das als Knebel und Fessel für Helen taugte, wählte er eine Nummer auf seinem Handy.

„Marion? Duncan hier. Ich habe Neuigkeiten."

Rio de Janeiro, Januar 1947

Liebe Patricia!

Wahrscheinlich hast du mich schon aufgegeben, doch wie durch ein Wunder lebe ich noch und habe es sogar fertiggebracht, Karoline aus Jägers Fängen zu befreien. Sie ist jetzt bei mir, und gemeinsam suchen wir eine sichere Passage nach Europa.
Ich habe Wochen gebraucht, um Misiones zu durchkämmen, ohne dabei zu sehr aufzufallen. Schließlich bekam ich den Hinweis auf eine Zufluchtsstätte für Nazis, die mitten im Dschungel erbaut worden sein soll. Weit und breit gab es keine andere Siedlung, was sich zunächst als Glücksfall erwies, denn so waren die Sicherheitsvorkehrungen sehr gering.
Schwierigkeiten gab es erst bei unserer Flucht, doch auch das gelang uns am Ende. Erschrick daher nicht, wenn du mich siehst, denn Jäger hat mich mit einer Machete im Gesicht erwischt. Nun sehe ich verwegener aus, als ich mich fühle.
Karoline geht es den Umständen entsprechend gut, und sie ist froh, dem Dschungel entkommen zu sein. Doch einen herben Verlust muss sie verkraften: Das kleine Mädchen, an das ich mich auch noch aus dem Haus Sonnenschein erinnere und das eine Spielkameradin Finleys gewesen ist, musste zurückbleiben. Auch

wenn die Kleine ihr wie eine Tochter ans Herz gewachsen ist, konnten wir sie nicht mitnehmen.
Am Ende hieß es für mich, Karoline oder die kleine Karin zu retten. Ob es falsch war, dass ich mich für Karoline entschieden habe? Noch immer liege ich nachts
wach und stelle mir diese Frage, auf die ich wohl nie
eine Antwort erhalten werde.
Doch nun genug Trübsal geblasen und auf ein baldiges
Wiedersehen.

SFCE

Jacob

Cape Breton, Nova Scotia

Es war gegen halb drei am Nachmittag, als Patricia endlich steifbeinig vom Motorschlitten abstieg und sich von Greg verabschiedete. Der Rückweg zu ihrer Farm hatte länger gedauert als der Hinweg zum Loch Corran, denn die dunklen Wolken, die sie beim Verlassen der Höhle gesehen hatte, hatten jede Menge Schnee und einen kräftigen Wind mit sich geführt. Sie war froh gewesen, nicht selbst fahren zu müssen.

Als sie das Haus betrat und sich Schicht für Schicht aus ihrer Kleidung schälte, ließ die Wärme ihre Haut kribbeln. Bis sie nach Port Hawkesbury aufbrechen musste, hatte sie noch genug Zeit für ein heißes Bad und einen Tee. Sie machte sich nicht die Mühe, ihre Kleidung gleich aufzusammeln, dazu war nach dem Bad noch Gelegenheit, und sie wollte sich lieber früher als später im warmen Wasser aufwärmen. Während sie nur in Unterwäsche die Treppe hochstieg, überlegte sie, wo Finley inzwischen sein mochte, und überprüfte das Telefon mit der Prepaidkarte, das sie diesmal zur Kommunikation nutzten.

In einer Kurznachricht hatte er sie wissen lassen, dass er nach Paris geflogen war, um von dort den Eurostar nach London zu nehmen. Dort würde er in eines seiner Autos umsteigen, um weiterzufahren. Inzwischen hatte er sogar mehrmals versucht anzurufen. Das erste

Mal vor rund zweieinhalb Stunden, das letzte Mal vor fünfzehn Minuten.

Stirnrunzelnd ging sie ins Bad und drehte gleich das heiße Wasser auf, dem sie ein Schaumbad hinzufügte. Sie mischte kaltes Wasser dazu, entledigte sich ihrer restlichen Kleidung und prüfte gerade mit einem Fuß die Wassertemperatur, als das Telefon klingelte.

„Ja?"

„Na endlich. Sekunde, bleib dran!"

Sie hätte Finleys Stimme in jeder Situation erkannt. Im Hintergrund hörte sie Menschen reden, doch Finley schien sich von ihnen fortzubewegen. Mit beiden Füßen im warmen Wasser wartete sie geduldig darauf, dass er zu erzählen begann. Schließlich änderte sich die Geräuschkulisse, und statt Unterhaltung hörte sie das Brummen von Autos.

„Ich bin in Reading", sagte Finley endlich.

„In Reading? Warum das?" Patricia hob einen Fuß nach dem anderen aus dem inzwischen knöchelhohen Wasser und tauchte ihn wieder ein, anschließend ließ sie sich auf dem Rand der Badewanne nieder.

„Als ich in London ankam, habe ich zuerst Avril, dann Kieran und schließlich Jonathan Pfefferkorn angerufen, der inzwischen bei sämtlichen Ärzten und Krankenhäusern im weiteren Umkreis nachgefragt hat. Caitlyn ist bisher nirgendwo aufgetaucht, weder in der Ysgol noch in Glasmaris Hall und auch sonst nicht irgendwo auf Anglesey oder in Nordwales. Weil ich mir nicht sicher war, wo ich anfangen sollte, bin ich dann von London aus auf direktem Weg nach Leatherhead gefahren – es war mehr ein Gefühl." Finley klang angespannt. „Ich dachte, falls Caitlyn ... falls sie irgendwie selbst bestimmen kann, wohin sie geht, ist es nicht Anglesey, sondern ihr Zuhause. Sie würde sich am ehesten mit Henry oder Richard in Verbindung setzen, daher wollte ich mit den beiden sprechen."

Patricia hatte schon den Mund geöffnet, um zu sagen, dass sie es für keine besonders gute Idee hielt, die beiden auch noch mit hineinzuziehen, doch sie schloss ihn unverrichteter Dinge wieder.

„Ich weiß, du findest es falsch", sprach Finley da mit einem leicht spöttischen Unterton ihre Gedanken aus.

„Genau." Patricia musste schmunzeln. „Henry sollte so lange wie möglich außen vor bleiben, und Richard …" Sie seufzte. „Er hat wegen Liz schon genug mitgemacht."

„Hmhm", brummte Finley zustimmend. „Das stimmt allerdings. Ich wollte mich sowieso erst mit dir beraten, bevor ich mit den beiden spreche. Wo warst du so lange?"

„Unterwegs. Ich musste etwas überprüfen."

Finley stutzte, bevor er fragte: „Überprüfen? Und was genau war so wichtig?"

„Ich werde es dir erklären, sobald ich da bin", versicherte Patricia, war sich aber insgeheim noch nicht darüber im Klaren, ob sie das wirklich tun würde. Andernfalls hatte sie genug Zeit, bis dahin eine glaubhafte Alternative zu ersinnen. „Hast du denn inzwischen mit den beiden gesprochen?"

„Zu deiner Beruhigung: Nein. Als ich ein Stück vom Haus entfernt geparkt und ein paarmal versucht habe, dich anzurufen, klingelte eine gute Freundin von Caitlyn bei den Browns. Ich habe Melinda nie persönlich kennengelernt, aber Caitlyn hat mir oft von ihr erzählt, und ich kannte sie vom Sehen. Es dauerte nicht lange, dann kam sie mit Henry im Schlepptau heraus. Ich konnte nicht hören, was sie geredet haben, doch sie hat ihm ziemlich klargemacht, dass er unbedingt mitkommen soll, aber er wollte eigentlich nicht. Schließlich hat sie ihn wohl überzeugt, und sie stiegen in ihr Auto." Er machte eine kurze Pause. „Soviel ich weiß, waren Melinda und Henry nie wirklich miteinander befreundet. Sie kennen sich natürlich, aber der Kontakt lief immer nur über Caitlyn, und ich kann mir nicht vorstellen, weshalb sich das geändert haben sollte. Also warum zerrt Caitlyns beste Freundin ihren Bruder am Schlafittchen aus dem Haus? Caitlyn ist nicht dumm, deshalb dachte ich: Wenn sie aus irgendeinem Grund nicht ihren Bruder direkt anrufen will, wen ruft sie dann an? Melinda!"

„Natürlich", stimmte Patricia zu. „Ja, das ergibt Sinn." Das Wasser war inzwischen hoch genug, sodass sie sich mit geschlossenen Augen ganz langsam hineingleiten ließ und gerade noch ein wohliges Geräusch unterdrücken konnte.

„Sag mal, was machst du da eigentlich gerade?", fragte Finley irritiert. „Badest du etwa?"

„Ja", gab Patricia zu und stellte nun das Wasser ab. „Mir ist kalt."

„Kalt?", erwiderte Finley gedehnt, als sei das etwas völlig Absurdes. „Ausgerechnet dir ist kalt? Wie lange warst du denn unterwegs?"

„Sieben Stunden."

Finley pfiff durch die Zähne. „Ich nehme nicht an, dass die Temperatur seit gestern wesentlich gestiegen ist."

„Eher im Gegenteil. Aber das ist jetzt unwichtig. Wieso bist du jetzt in Reading?“

„Ich bin Melinda nachgefahren, und rate, wen sie dann tatsächlich am Bahnhof in Reading aufgegabelt haben!“

Patricia setzte sich kerzengerade hin. „Ist alles in Ordnung mit Caitlyn?“

„Rein äußerlich schon. In der Bahnhofshalle hatte sie einen kurzen Schwächeanfall, aber jetzt sind sie in einem Pub. Ich habe eine ganze Weile an der Theke gesessen, doch ich war zu weit weg. Zweimal konnte ich an ihnen vorbeigehen, aber wenn ich noch häufiger zur Toilette gegangen wäre, wäre das womöglich aufgefallen. Ich hatte sowieso schon Sorge, dass sie oder Henry mich erkennen.“

Patricia schnippte mit dem Finger gegen den Schaum. „Hast du etwas in Erfahrung bringen können?“

„Es war zu laut. Sie sind jetzt schon sehr lange hier, also erzählt sie ihnen wohl ziemlich ausführlich.“

Auf ihrer Handfläche balancierte Patricia jetzt einen großen Batzen Schaum. Er schimmerte in allen Regenbogenfarben wie die Kristalle, die sie in der Höhle gefunden hatte. „Bist du sicher?“

„Ich weiß es wirklich nicht.“ Finley atmete tief durch. „Aber ich erkenne ein ernsthaftes Gespräch, wenn ich eins sehe. In jedem Fall ist es wichtig, dass keiner von ihnen es noch weiter herumplaudert.“

Patricia konnte förmlich sehen, wie Finley sich die Haare raufte. „Wie heißt der Pub, in dem sie sind?“

„Was willst du tun? Vorbeikommen?“, fragte Finley sarkastisch.

„Nein, ich werde sie anrufen." Die Stille am Telefon wurde nur von gedämpften Motorengeräuschen und leisem Gelächter von Passanten unterbrochen. „Finley?"

„Was willst du ihr denn sagen?" Finley klang mehr als skeptisch.

„Ich brauche die Telefonnummer. Falls du sie mir nicht geben willst, werde ich jeden Pub in der Nähe des Bahnhofs von Reading anrufen und fragen, ob sie dort ist. Nachdem ich sie letzten Sommer gesehen habe, kann ich sie und Henry beschreiben." Sie klang entschlossener, als sie sich fühlte, denn dass sie Finley nicht erzählte, worüber sie mit Caitlyn reden wollte, lag eher daran, dass sie es selbst nicht so genau wusste. Sie hatte lediglich das Gefühl, dass es wichtig war, mit Caitlyn persönlich zu sprechen.

„O'Neill's, Friar Street. Soll ich dir die Nummer schicken?"

„Nein, schon gut. Ich suche sie mir selbst raus." Nur widerwillig die Wärme des Wassers verlassend, stand Patricia schon aus der Badewanne auf. Immerhin hatte es die eisige Kälte aus ihrem Innersten vertrieben. „Bleib in der Nähe, und folge ihnen, aber lass dich nicht blicken, es sei denn, du kannst es nicht vermeiden."

Finley seufzte. „Aye. Ruf mich an!"

Nachdem sich Patricia gründlich abgetrocknet hatte, zog sie ihren flauschigen Bademantel über und schlüpfte in ihre Hausschuhe. Während ihr Computer hochfuhr, nahm sie sich noch die Zeit, einen Tee aufzugießen. Schließlich ließ sie sich an ihrem Schreibtisch nieder und suchte die Telefonnummer des Pubs heraus. Es kostete sie ein bisschen Überredungskunst, den

Kellner zu veranlassen, die junge Frau zu suchen, die sie ihm beschrieb, und ihr den Hörer zu reichen.

„Hallo?", hörte sie Caitlyn zögernd fragen.

„Hallo, Caitlyn", antwortete Patricia.

„Wer ist da?"

Patricia unterdrückte einen Seufzer. Wie gerne hätte sie Caitlyn diese Frage beantwortet. Sie hätte es vorgezogen, ihr die Wahrheit oder wenigstens das, was Patricia als Wahrheit kannte, zu erzählen. Nach ihrem Besuch in der Höhle war sie nämlich mehr denn je davon überzeugt, auch nicht alles zu wissen. Das aufklärende Gespräch am Telefon zu führen, kam schon allein wegen des immensen inhaltlichen Umfangs nicht in Betracht. Dieses Gespräch mussten sie – hoffentlich bald – unter vier Augen führen.

„Du kennst mich nicht, Liebes", sagte Patricia daher.

„Woher wissen Sie überhaupt, wo ich bin?" Caitlyn klang ungeduldig, so, als sei sie es endgültig leid, ständig unter Beobachtung zu stehen.

„Liebes, ich weiß, dass du jetzt in Erwägung ziehst, den Pub zu verlassen und dich aus dem Staub zu machen." An Caitlyns hörbarem Einatmen erkannte sie, dass sie mit dieser Vermutung zumindest nicht ganz danebenlag. „Tu das nicht. Bitte." Caitlyn würde ihrer Versicherung, dass sie ihr nichts Übles wollte, wohl kaum Glauben schenken, daher sparte sie sich derartige Plattitüden.

Es dauerte ganze fünf Sekunden, bis Caitlyn antwortete. „Was wollen Sie?"

„Geht es dir gut?", erkundigte sich Patricia, ohne auf Caitlyns Frage einzugehen.

„Ja, alles in Ordnung. Also?"

„Du bist nicht allein. Dein Bruder ist bei dir. Und deine Freundin Melinda.“

Sie hörte, wie Caitlyn die Luft ausstieß. „Was wollen Sie von mir, verflixt noch mal?“

„Zuerst einmal wollte ich nur gern von dir selbst hören, dass es dir gut geht“, antwortete Patricia ehrlich. „Ich habe mir Sorgen gemacht, weil du verschwunden warst.“

Caitlyn lachte humorlos. „Prima, dann wissen Sie ja jetzt Bescheid.“

„Ja, und darüber bin ich sehr froh.“ Sie überlegte kurz, dann sagte sie entschieden: „Liebes, ich würde dich gern fragen, wo du gewesen bist, aber ich weiß, dass du mir das nicht sagen wirst. Sofern Scratby bei dir war: Bitte sei vorsichtig ihm gegenüber.“

„Okay“, antwortete Caitlyn gedehnt. „Sonst noch etwas?“

„Ich habe dir im letzten Sommer ein Päckchen geschickt.“

„Tatsächlich?“ Das Misstrauen in Caitlyns Stimme war unverhohlen.

Patricia lächelte. „Ja. Und da du offenbar sichergehen möchtest, dass ich es auch wirklich war: Du hast im ‚Blue Ocean‘ in Worthing gesessen, als der UPS-Mann dir das Päckchen brachte. Dein zweiter Vorname lautet Rolanda.“

Sie hörte nur Caitlyns Atem. Gerne hätte sie gewusst, ob Caitlyns Miene ausdruckslos war oder ob sie ihre Gedanken nicht verbergen konnte. Patricia war es immer schwergefallen, sich ungerührt zu geben. Es hatte sie jahrelange Übung gekostet.

„In dem Päckchen war eine bronzefarbene Gliederkette mit zwei Anhängern", fuhr Patricia fort. „Ein Schlüssel und eine Scheibe, in die sieben Kristalle in unterschiedlichen Farben eingelassen sind. Hast du sie bei dir?"

Caitlyns Antwort kam zögernd. „Nein."

„Ist sie in der Ysgol?"

„Ja."

Patricia unterdrückte einen Seufzer der Erleichterung. Zwar war weder jemandem außer ihr und Emrys bekannt, was die Kristalle bewirken konnten, noch bestand die Wahrscheinlichkeit, dass sie bei einer beliebigen Person, die diese Kette trug, dieselbe Reaktion wie bei Caitlyn hervorriefen, doch es war allemal besser, das Schicksal nicht herauszufordern.

„Was ist so Besonderes an dieser Kette?", wollte Caitlyn wissen.

Es war die falsche Frage, dachte Patricia. Die richtige lautete: Was hatte Caitlyn Besonderes an sich, dass ihr Immunsystem auf die Kristalle reagiert hatte? Doch laut sagte sie: „Ich glaube, du verstehst, dass ich am Telefon nicht darüber sprechen kann, Caitlyn."

„Natürlich", räumte Caitlyn etwas friedfertiger ein als zuvor. „Zählt dazu auch die Antwort auf die Frage, warum Sie sie mir geschickt haben?"

„Ja, das tut es."

„Lautet Ihr Nachname zufällig Grant?"

Patricia hob die Brauen und ließ ihr Schweigen Antwort genug sein.

„Kennen Sie Patricia Grant?"

Patricia war froh, dass Caitlyn sie nicht sehen konnte, denn trotz allem Training wäre sie nicht dazu in der Lage gewesen, ihre Überraschung zu verbergen.

„Jacob Grant?", fragte Caitlyn unbeirrt weiter. „Karoline?"

„Deine Großmutter Karoline war eine tapfere, liebenswerte Frau", sagte Patricia langsam.

„Dann wissen Sie auch von Henry und William?"

Patricia schwieg überrascht.

„Die Brüder meiner Mutter", half Caitlyn ihr mit spekulativem Unterton auf die Sprünge.

„Sie sind gestorben", antwortete sie zögernd.

„Nur Henry", sagte Caitlyn. „William lebt."

Mit ihrer Hand bedeckte Patricia ihren Mund, um zu verhindern, dass ihr ein Laut der Überraschung entschlüpfte. Emrys hatte ihr im letzten Sommer erzählt, dass Konrad Jäger zwei Jahre vor Liz' Tod durch einen Messerstich ins Herz umgekommen war. Nähere Umstände waren ihr nicht bekannt, auch wenn sie Emrys' Beteiligung vermutete – doch er hatte nicht erwähnt, wer nach Jägers Tod seine Forschungsarbeit fortgesetzt hatte. Wenn es tatsächlich stimmte, was Caitlyn sagte, dann war der Betreffende wohl Liz' eigener Bruder ... was bedeutete, dass er auch für Liz' Tod verantwortlich gewesen war.

„Grundgütiger!", stieß Patricia aus.

„Sie wussten das nicht?"

„Nein", gab Patricia zu.

„Irgendwie bin ich froh zu hören, dass ich nicht die Einzige bin, der es an Durchblick fehlt." Caitlyns Stimme triefte vor Zynismus. „Können wir uns treffen?"

Überrascht von dieser Spontaneität, war Patricia einen Moment lang sprachlos. „Ja, ich glaube, es ist an der Zeit", sagte sie schließlich. „Ich gebe dir Bescheid, wann und wo."

„Kein Problem, Sie wissen ja anscheinend immer, wo Sie mich finden können", bemerkte Caitlyn trocken.

Jetzt lachte Patricia hell auf. „Nein, nicht immer, Liebes. Aber tu mir bitte einen Gefallen: Vertrau deinem Bruder. Und von mir aus auch deiner Freundin Melinda, soweit du es verantworten kannst, denn ich kann mit Sicherheit sagen, dass beide nicht in die Angelegenheit involviert sind. Solange niemand weiß, dass du ihnen etwas erzählt hast, sind sie sicher. Ansonsten behalte die Schlüsse, die du bisher gezogen hast und noch ziehen wirst, für dich." Nach kurzem Zögern wiederholte sie nachdrücklich: „Behalte es *für dich*."

Da Caitlyn nicht sofort antwortete, hatte Patricia den Eindruck, dass sich gerade der letzte Ratschlag mit dem deckte, was Caitlyn längst vorhatte.

„In Ordnung", stimmte Caitlyn zu.

Patricias Zeigefinger schwebte über der Disconnect-Taste. Eine Sekunde, zwei. Mit einer energischen Bewegung tippte sie darauf, entfernte anschließend die SIM-Karte aus dem Handy und warf sie in den Mülleimer. Manchmal kam sie sich paranoid vor, doch die Tatsache, dass sie fast ein ganzes Jahrhundert Tätigkeiten im Verborgenen – für verschiedene Geheimdienste oder ihre eigenen Zwecke – ausgeübt hatte, ohne jemals entdeckt zu werden, sprach für sich.

Aus ihrer Schreibtischschublade holte sie eine neue SIM-Karte und setzte sie ein. Dann wählte sie Finleys Nummer.

„Es ist kalt hier draußen", beschwerte er sich. „Worüber hast du so lange mit ihr geredet?"

In knappen Worten informierte sie Finley über das Gespräch.

„William lebt?" Finley klang ungläubig. „Und du glaubst Caitlyn das?"

„Ich habe keine Ahnung, wie sie zu dieser Annahme kommt, aber sie klang völlig überzeugt. Entweder jemand hat ihr mit sehr einleuchtenden Argumenten einen Bären aufgebunden, oder sie hat ihn höchstpersönlich getroffen."

„Und Emrys hat uns darüber im Dunkeln gelassen", grollte Finley. „Warum das Ganze? Wir hätten William damals suchen und ihn aus Jägers Klauen befreien können! Wir hätten es besser machen können als mit Karin."

„Finley, wir können das alles nicht ungeschehen machen", beschwichtigte sie ihn. „Vielleicht wusste Emrys nicht, dass William überlebt hat."

„Seit wann glaubst du an Märchen?"

„Der Punkt geht an dich", erwiderte Patricia. „Ich muss mich beeilen. Wir reden weiter, wenn ich in Holyhead an Land gehe. Die Fähre kommt am Montag um 17:15 Uhr an."

„Ich werde da sein. Pass auf dich auf!"

Sie verabschiedeten sich kurz und bündig. Patricia legte den Kopf in den Nacken und rieb sich mit beiden Händen über das Gesicht. Was auch immer Caitlyn erlebt hatte, hatte ihr zumindest keinen Schaden zugefügt, und das musste erst einmal genügen. Sie stand auf, reckte sich und ging in ihr Ankleidezimmer. Gerade als sie die passende Reisekleidung herausgelegt hatte, hörte sie ihr Festnetztelefon klingeln. Sie bekam sehr wenige Anrufe, und nur Nachbarn und einige ausgewählte Menschen, mit denen sie einen Umgang pflegte, der dem Begriff „Freundschaft" recht nahe kam, besaßen ihre Telefonnummer. Sie beschloss, nicht ranzugehen. Doch kaum war der Klingelton verstummt, ertönte er erneut. Schließlich begann es zum dritten Mal zu läuten.

Seufzend lief sie die Treppe hinunter und sah sich nach dem Gerät um. Bevor sie es gefunden hatte, hörte es auf zu klingeln, nur um wenige Sekunden später wieder anzufangen. Sie fand das Telefon auf dem Sofa. Diesmal hob sie nach dem zweiten Klingeln ab.

„Hallo?"

„Wir haben ein ernstes Problem, Patricia!"

„Emrys?", fragte sie überrascht, als sie seine Stimme erkannte.

Er hatte noch nie ihre Festnetznummer gewählt. Ein Gefühl wie ein Schlag in die Magengrube durchfuhr sie, daher ließ sie sich auf das Sofa sinken. Sie beruhigte sich damit, dass sie erst vor wenigen Minuten mit Caitlyn und auch Finley telefoniert hatte. In dieser kurzen Zeit konnte ihnen nichts zugestoßen sein.

„Was ist passiert?", fragte sie so ruhig, wie es ihr möglich war.

Reading, Surrey

Obwohl Henry und Melinda vor Neugier schier platzten, brachte ich es fertig, das Telefon in aller Seelenruhe zurück zur Theke zu bringen. Anstatt zum Tisch zurückzukehren, marschierte ich schnurstracks zur Toilette. Meine Gedanken schwirrten wie ein aufgeregter Bienenschwarm umher, daher brauchte ich einen Moment für mich allein.

Die Frau am Telefon hatte eine angenehme Stimme gehabt, die mich entfernt an Mum erinnerte. Obwohl ich deren Stimme eine Ewigkeit nicht mehr gehört hatte, hatte ich nicht vergessen, wie sie geklungen hatte: Warm und hell, ein bisschen energisch, und besonders das Lachen der Frau hatte mich an Mum erinnert. Auch wenn sie ein Standard-Englisch gesprochen hatte, hätte ich Stein und Bein geschworen, dass sie nicht aus Südengland stammte. Ich glaubte, einen schottischen Anklang wahrgenommen zu haben. Ob es nun meine Einbildung war oder nicht, ich war mir sicher, dass sie der Grant-Familie entstammte. Sie hatte nicht widersprochen und somit indirekt bekräftigt, dass ich recht hatte. Oder interpretierte ich da zu viel hinein?

Ich rieb mir die Nasenwurzel. Allein hier herumzusitzen und zu grübeln war wohl auch nicht der Weisheit letzter Schluss, also kehrte ich zu Melinda und Henry zurück und erzählte ihnen von dem Inhalt des Telefongesprächs.

„Dann können wir uns wohl die Suche nach der ominösen Verwandtschaft sparen", schloss Melinda.

„Jep." Ich unterdrückte ein Gähnen.

„Und aus dem Chaos sprach eine Stimme zu dir: Lächle und sei froh, denn es könnte schlimmer kommen …", murmelte Melinda. „Ich weiß gerade nicht, ob ich lächeln soll oder lieber nicht."

Ich grinste. „Klar doch."

Melinda grinste zurück. „Und ich lächelte und war froh, und es kam schlimmer."

Ich verdrehte die Augen.

Henry hatte seine Arme verschränkt. „Wir müssen allmählich heim. Helen wird sich Sorgen machen. Sie ist bestimmt längst zu Hause. Sie wollte ihre Schwester besuchen, um ihr …" Er stockte.

„Um was?", fragte ich.

Er grinste schief. „Um ihr die gute Nachricht zu überbringen."

Melinda begriff schneller als ich. „Oh! Wow! Ihr auch? Herzlichen Glückwunsch!"

Dann fiel auch bei mir der Groschen. „Und das sagst du erst jetzt?" Ich fiel ihm um den Hals.

„Na ja, vorher gab es nicht wirklich die Gelegenheit dazu, oder?", sagte er gutmütig. „Dad wird sich bestimmt freuen, gleich im Doppelpack Opa zu werden!"

Ich hatte mich wieder hingesetzt. „Dad! Mit ihm müssen wir unbedingt reden."

„Ja, aber nicht mehr heute", beschied Henry. „Außerdem wartet Scratby wahrscheinlich irgendwo bei uns.

Ihr lasst mich raus, und du fährst mit zu Melinda und übernachtest bei ihr. Morgen sehen wir dann weiter."

„Gute Idee!", befand auch Melinda. „Also los, ab nach Hause."

Der Weg zurück zum Bahnhof kam mir weiter vor als der Hinweg, doch wahrscheinlich lag das nur daran, dass ich mich irgendwie leer und ausgebrannt fühlte. Mit all den Worten, die ich in den vergangenen beiden Stunden gesprochen hatte, schien mir auch alle Energie abhandengekommen zu sein. Ich hatte das Gefühl, meine Augen würden bald zufallen, und ich sehnte mich nach Melindas Sofa und einer Mütze voll Schlaf. Untergehakt stapfte ich neben Melinda her, während Henry mit Melindas Telefon versuchte daheim anzurufen. Weil sich niemand meldete, wählte er Helens Handynummer.

„Seltsam", sagte er. „Sie nimmt bei beiden nicht ab."

„Vielleicht ist sie noch bei ihrer Schwester", mutmaßte ich.

Henry runzelte die Stirn und tippte erneut. „Dad geht auch nicht ran."

Ich blieb stehen.

„Was ist?", fragte Melinda.

Henry und ich tauschten einen langen Blick.

„Du würdest jetzt gern noch mal betonen, dass ich mir keine Sorgen machen soll", sagte er mit einem unsicheren Lächeln. „Aber ich mach mir trotzdem gerade welche."

Er wollte wieder wählen, doch ich hielt ihn davon ab. „Wen willst du noch anrufen?"

„Helens Schwester", sagte er.

„Und wenn Helen nicht mehr dort ist? Was willst du dann sagen? Sie werden sich ebenfalls Sorgen machen, und dann musst du Ausflüchte finden“, gab ich zu bedenken.

Er nickte. „Du hast recht.“

Obwohl ich ein mulmiges Gefühl in der Magengegend hatte, drückte ich seinen Oberarm und sagte: „Lass uns zusehen, dass wir heimkommen, Bruderherz. Es ist bestimmt nichts passiert.“ Mit dem letzten Satz wollte ich nicht nur ihm, sondern auch mir Mut zusprechen. Es konnte nur Zufall sein, dass niemand erreichbar war.

Melinda hatte ihren kleinen Fiat im Parkhaus hinter dem Bahnhof geparkt. Da Henry bedeutend größer war als ich, quetschte ich mich durch die Beifahrertür auf die Rückbank. Auf der Rückfahrt sprachen wir nicht viel. Die Müdigkeit, die mich auf dem Weg zum Parkhaus fest im Griff gehabt hatte, war verflogen.

Als wir eine Dreiviertelstunde später den Bahnhof in Leatherhead passierten, sagte Henry: „Fahr in die Belmont Road, und lass mich in der Emlyn Lane raus. Ich lauf von da über die Brücke.“

„Danke“, sagte ich.

„Wofür?“

„Dafür, dass du mich ernst nimmst!“ Ich beugte mich vor und drückte ihm einen Kuss auf die Wange. „Wenn du zu Hause bist, schreib Melinda eine Nachricht, dass alles gut ist.“

Dass alles gut ist, wiederholte ich im Geiste. Hoffentlich!

„Mach ich!“ Er klang genauso unsicher, wie ich mich fühlte.

Melinda bog um die letzte Ecke der Sackgasse und erreichte somit das Ende der Straße an dem Fußweg, der den River Mole entlangführte. Nur einen Steinwurf entfernt lag die Brücke, auf deren anderer Seite unser Haus stand.

Melinda stoppte sehr abrupt. Wir starrten alle drei hinüber. Hinter den Häusern am gegenüberliegenden Flussufer war flackerndes blaues Licht zu sehen. Brandgeruch lag in der Luft, und der Widerschein eines Feuers erhellte den Nachthimmel. Auf dieser Seite des Flusses stauten sich vor der Brücke die Autos. Polizisten regelten den Verkehr und bewegten die Fahrer zur Umkehr. Auf dem Fußweg entlang des Ufers waren Schaulustige unterwegs. Im Nu war Henry aus dem Auto gesprungen.

„Oh, verdammt!" Melinda sah mich an. „Das kann jetzt aber nicht sein, oder?"

Ich ließ mich nicht auf Spekulationen ein, sondern war schon dabei hinauszuklettern, um Henry zu folgen. Melinda ließ ihr Auto, wo es war, und schloss sich mir an. Im Laufschritt hatte Henry beinahe schon das Ende des Fußwegs erreicht, während wir noch hinterhersprinteten und versuchten ihn einzuholen. Als wir ihn erreichten, diskutierte er lautstark mit einem der Polizisten, der sich vehement weigerte, ihn passieren zu lassen.

Wie paralysiert starrte ich auf die andere Seite der Brücke. Genaues konnte ich nicht erkennen, doch es war eindeutig unser Haus, aus dem die Flammen schlugen. Henry schrie inzwischen auf den Polizisten ein und wollte sich durchdrängen, doch er wurde von zwei

Uniformierten daran gehindert, die ihrem Kollegen zu Hilfe kamen.

Mit einem Mal drängte jemand an uns vorbei und fasste Henry resolut am Arm. Henry wirbelte zu ihm herum – und prallte mit offenem Mund zurück.

Völlig verblüfft trat ich neben meinen Bruder. Obwohl ich meinen Augen ebenfalls nicht traute, hatte ich mit einem Mal das absonderliche Gefühl von Erleichterung.

„Finley?"

„Hey, Catkin!" Er zwinkerte mir kurz zu und sah dann Henry direkt in die Augen. Da Finley sogar noch ein wenig größer war als mein Bruder, hatte sein Blick von oben herab eine beeindruckende Wirkung. „Komm mit, Henry."

Henry, der so blass und zittrig wirkte, wie ich ihn seit Mums Tod nicht mehr erlebt hatte, warf mir einen unsicheren Blick zu. Ich nickte. Henry murmelte eine Entschuldigung in Richtung der Polizisten, die sichtlich froh waren, dieses Problem so einfach losgeworden zu sein. Die Hand auf Henrys Rücken legend, führte Finley ihn den Fußweg entlang wieder zurück in Richtung von Melindas Auto.

„Wer zum Henker ist das denn jetzt?" Energisch zupfte Melinda an meinem Ärmel.

„Finley", murmelte ich.

Sie stieß einen überraschten Laut aus. „*Der* Finley?"

Henry weiter mit sich ziehend, warf Finley einen Blick über seine Schulter und musterte Melinda kühl.

Die starrte zurück, ohne zu blinzeln.

„Was hat das alles zu bedeuten, Finley?", fragte ich ihn rundheraus.

Unvermittelt blieb Henry stehen. Er tippte Finley auf die Brust. „Ich mache keinen Schritt, bevor du mir nicht haarklein erklärst, was passiert ist! Da drüben“, er deutete auf die andere Seite des Flusses, „sind irgendwo meine Frau und mein Vater, und wahrscheinlich geht gerade meine ganze Existenz in Flammen auf!“ Er war immer lauter geworden. Die letzten Worte schrie er förmlich heraus. Einige der Schaulustigen sahen sich um.

Obwohl er es vermutlich in Erwägung zog, sah Finley davon ab, Henry wieder am Arm zu nehmen. Seine Stimme war extrem ruhig und leise. „Henry, nach allem, was deine Schwester dir inzwischen sehr wahrscheinlich erzählt hat, dürfte dir klar sein, dass Aufmerksamkeit das Letzte ist, was ihr momentan braucht!“

Dies hatte nicht die gewünschte Wirkung auf Henry, denn der machte keine Anstalten, leise zu sein, sondern antwortete laut: „Das ist mir scheißegal! Was ist mit Helen?“

„Und mit Dad?“ Während ich mich umsah, erkannte ich Leute aus der Nachbarschaft unter den Schaulustigen und wandte rasch den Blick ab, um nicht mit ihnen sprechen zu müssen. „Er hat recht, Henry, lasst uns zum Auto gehen!“

Henry, der zuerst wohl widersprechen wollte, setzte sich nach einem Blick auf mich sichtlich widerwillig in Bewegung. „Wo sind sie?“, fragte er in Finleys Richtung.

„Das weiß ich nicht“, erwiderte Finley. „Wirklich nicht! Auch nicht, was in eurem Haus passiert ist. Was ich weiß, ist, dass Richard und Helen in Sicherheit sind und es ihnen den Umständen entsprechend gut geht. Das ist aber alles, was ich sagen kann."

Abrupt blieb Henry wieder stehen und sah Finley entgeistert an. „In Sicherheit? Wo denn? Und den Umständen entsprechend gut? Was heißt das?"

Unvermittelt machte Finley einen Schritt auf Henry zu, sodass dieser reflexartig zurückwich. „Je eher du dich zusammenreißt, Henry, desto eher bist du bei ihnen. Also halt jetzt den Mund, und lass uns gehen!"

Melinda neben mir schnappte nach Luft, und auch ich war sprachlos über die Autorität, die Finley an den Tag legte. Bisher hatte ich ihn ausnahmslos freundlich und umgänglich erlebt.

Sein Tonfall machte unmissverständlich klar, dass er keinen Widerspruch duldete. „Du und du", er deutete nacheinander auf Henry und mich, „ihr zwei kommt mit mir. Melinda fährt nach Hause."

„Nur über meine Leiche, Schätzchen!" Sie stützte die Hände in die Hüften.

Finley musterte sie mit hochgezogenen Brauen. „Ungern, Darling. Außerdem würde das mehr Aufmerksamkeit erregen, als wir brauchen. Deine Adresse?"

Melinda klappte den Mund zu. „Erst soll ich abhauen und jetzt lädst du dich selbst zum Tee ein oder was?"

„Adresse?", hakte Finley nach.

„Oak Road", ging ich dazwischen, um die Sache abzukürzen. „Hast du ein Auto, Finley? Dann fahre ich mit dir."

Henry, der inzwischen aussah, als würde er jeden Moment umfallen, hielt Finley zurück. „Geht es Helen gut? Bitte, Finley!" Er sah ihn flehend an.

Finleys Blick wurde so weich, wie ich ihn kannte. Er legte Henry eine Hand auf die Schulter. „Wenn ich mehr wüsste, würde ich es dir verraten, Mann. Sie leben, mehr kann ich dir nicht sagen."

Henry stieß lange die Luft aus. „Danke. Tut mir leid, dass ich ..."

„Schon gut", unterbrach Finley ihn. „Lasst uns fahren."

Wortlos marschierte ich neben Finley her zu einer dunklen Limousine, die unweit von Melindas Ford parkte. Geschickt wendete er auf der schmalen Straße und ließ Melinda vorbei, um ihr hinterherzufahren.

Ich betrachtete ihn von der Seite. „Du also auch." Es war irgendetwas zwischen einer Feststellung und einem Stoßseufzer.

„Ja", antwortete er schlicht.

Keine Ausflüchte, keine Erklärungen. Nur eine knappe Bestätigung. In seinem Lächeln glaubte ich Wehmut zu entdecken. Er hatte sich kaum verändert. Seine blonden Haare waren vielleicht länger, und er war glatt rasiert. Im Laufe der Jahre, in denen wir uns gekannt hatten, hatte er die verschiedensten Bärte und Frisuren getragen, und auch modisch war er nie auf einen Stil festgelegt gewesen.

Plötzlich fiel bei mir der Groschen. „Warst du das vorhin in Reading? An der Bar? Als du an unserem Tisch vorbeigegangen bist, hast du zum Fernseher gesehen."

Anerkennend verzog er das Gesicht. „Ja, das war ich. Und lass mich raten: Du willst wissen, wie ich dorthin gekommen bin."

„Jep", sagte ich. „Und ich hab gerade nicht die Geduld, um mehrfach zu fragen."

Er lachte leise. „Ich war am Nachmittag in Leatherhead, weil ich dich gesucht habe. Als du nicht mehr in der Ysgol auftauchtest, nachdem Kieran deine Stute gestern im Wald abgeholt hat, haben die Yates sich Sorgen gemacht. Kieran sagte, du und Scratby seien völlig von der Bildfläche verschwunden. Keiner von euch beiden war erreichbar."

Kieran Yates, Butler und Verwalter in Glasmaris Hall, war mitsamt seiner Frau Ruby und ihren zahlreichen Kindern Emrys tief verbunden. Er und sein Sohn Tyron fugierten in dessen Abwesenheit als Emrys' rechte Hand. „Warum hat Kieran ausgerechnet dich informiert?"

Er schien seine Worte sorgfältig abzuwägen. „Weil der Duke nicht erreichbar war."

„Er ist auf irgendeiner Konferenz im Nahen Osten, soviel ich weiß", erwiderte ich.

„Möglich", sagte Finley ausweichend.

Erstaunt nahm ich seinen skeptischen Unterton zur Kenntnis.

„Ich habe vor eurem Haus gewartet", fuhr Finley fort. „Irgendwann habe ich angerufen und mich als alter Studienkollege ausgegeben, der dich sprechen wollte. Richard war am Telefon und sagte, du seist auf Anglesey. Ich bat ihn, dir meine Handynummer zu geben. Ich wusste also, dass du nicht daheim warst, und als Melinda schließlich kam und Henry abholte, bin ich den beiden aus einem Gefühl heraus gefolgt. Ich hätte auch schiefliegen können."

Ein bisschen enttäuscht, dass er mir eine so simple wie glaubwürdige Erklärung lieferte, runzelte ich die

Stirn. „Warst du zufällig auch an der Zustellung des Päckchens im letzten Sommer beteiligt?“

„Schuldig im Sinne der Anklage“, gab er zu. „Ich hätte es dir gern selbst gebracht, aber ich fürchte, du hättest mich erkannt.“

„Haha! Wer war die Frau, die mich vorhin angerufen hat?“

„Kein Kommentar, Catkin. Nicht jetzt zumindest.“

Anstatt zu antworten, seufzte ich nur.

Je länger ich darüber nachdachte, desto weniger überraschte es mich, dass Finley ebenfalls involviert war. Nach Mums Tod hatte Dad mich zu Freunden nach Schottland geschickt, während Henry sich für ein Praktikum in einem Krankenhaus in Nordirland entschieden hatte. Dad hatte versichert, dass er allein zurechtkäme, und da ich so mit meiner eigenen Trauer beschäftigt gewesen war, hatte ich mir keine weiteren Gedanken gemacht. Rückblickend erschien es mir, als habe nicht Dad, sondern Emrys uns vorsorglich aus dem Weg geschafft, bis er sicher war, dass uns keine Gefahr drohte. Möglicherweise ... nein, eigentlich wahrscheinlich, hatte Dad einfach mitgespielt.

Dad *musste* also mehr wissen.

Aber wie es aussah, würde es noch dauern, bis ich mit ihm darüber sprechen konnte. Ich verdrängte den Gedanken daran, wo Dad und Helen jetzt wohl sein mochten, und hoffte einfach, dass das, was Finley uns gesagt hatte, die Wahrheit war. Die Frage war eher, ob er wirklich Bescheid wusste. Dass er uns rundheraus anlügen würde, glaubte ich nicht.

Während meines Aufenthalts in Ullapool in den schottischen Highlands hatte ich ihn vor über zehn Jahren kennengelernt. Angeblich hatte er Schafe gezüchtet, und um ein wenig Beschäftigung zu haben, war ich häufig zu seinem Hof hinübergeradelt und hatte ihm auf seiner Farm geholfen. Außerdem besaß er einige der robusten Highlandponys, die ich reiten durfte, wann immer ich wollte. Vermutlich war er eine Art Aufpasser für mich gewesen, allerdings hatte er ebenso wahrscheinlich weder geplant, sich in mich zu verlieben, noch war unsere Romanze nur Mittel zum Zweck gewesen – nach diesem Sommer hätte er sich schließlich nicht mehr bei mir melden müssen, und Kontaktversuche meinerseits hätte er leicht abblocken können. Doch wir hatten unsere sehr zwanglose, aber trotzdem intensive Beziehung sieben Jahre lang aufrechterhalten. Der Grund, warum er plötzlich wie vom Erdboden verschluckt schien, war mir immer schleierhaft geblieben. Eine einzige Nachricht hatte ich von ihm noch bekommen. Es ginge ihm gut, ich solle mir keine Sorgen um ihn machen. Das war alles.

Ich wurde aus meinen Gedanken gerissen, weil er hinter Melindas Auto stoppte.

Als ich aussteigen wollte, hielt er mich zurück. „Wir gehen nicht mit hinauf. Wir fahren gleich weiter."

Ich verengte die Augen zu Schlitzen. „Wohin?"

„Das weiß ich noch nicht." Er sah zu Henry, der steifbeinig aus Melindas Auto ausstieg. „Ich muss telefonieren, danach kann ich mehr sagen. Ich wollte vorhin nicht riskieren, dass deine Freundin einen Aufstand macht, nur deswegen sind wir erst hierhergefahren."

„Melinda wird jetzt trotzdem einen Aufstand machen", erklärte ich, als ich die Tür öffnete.

„Das befürchte ich auch", bemerkte Finley düster. „Aber hier ist weniger Publikum."

Melinda und Henry waren auf dem Weg zum Hauseingang. „Hey, wartet!", rief ich.

Melinda drehte sich um und legte den Kopf schief. „Nicht wirklich, oder?"

„Doch", sagte ich. „Wir fahren gleich weiter."

„Wohin?", stellte nun auch Henry dieselbe Frage wie ich zuvor.

Finley öffnete den Mund, doch bevor er etwas sagen konnte, hakte ich ein: „Geh telefonieren, Finley. Wir laufen nicht weg, versprochen."

Er nickte, dann entfernte er sich.

„Henry, es ist in Ordnung", versuchte ich meinen Bruder zu beruhigen. „Ich vertraue ihm."

Henry rieb sich über das Gesicht. Er, der normalerweise stets die Nerven behielt, wirkte ausnahmsweise überfordert.

„Hey." Ich legte ihm meine Arme um die Hüften. „Finley bringt gerade in Erfahrung, wo Helen und Dad sind." Henry schlang seine Arme um mich und barg seinen Kopf an meinem Hals. Er gab einen erstickten Laut von sich.

Während ich meinen Bruder festhielt, sah ich, wie Finley auf der anderen Straßenseite in sein Handy sprach.

Melinda stand mit verschränkten Armen neben mir und beobachtete ihn. „Ich würde ja gerne behaupten, dass er mir suspekt ist, aber ehrlich gesagt finde ich ihn ziemlich sympathisch."

Henry richtete sich auf und rieb sich die Augen. „Das fand ich eigentlich immer", murmelte er. „So eine gottverdammte Scheiße!"

Melinda schnalzte mit der Zunge. „Deine Ausdrucksweise war auch schon vornehmer, Dr. Brown." Aber dann umarmte sie Henry, der sie ebenfalls fest drückte.

Finley kam zurück. „Okay, los geht's!"

„Moment!" Aus den Tiefen ihrer Handtasche förderte Melinda einen Stift und ein Stück Papier zutage, auf das sie etwas kritzelte. „Ruf mich an, Baby", sagte sie, während sie Finley den Zettel reichte.

Der starrte sekundenlang darauf, bevor er ihn entgegennahm. Melinda ließ den Zettel nicht gleich los. „Ich mein es ernst, Finley, oder wie auch immer du wirklich heißt. Ich will wissen, was los ist! Mit den beiden ...", sie nickte in Henrys und meine Richtung, „... und mit den anderen."

„Aye", antwortete Finley seufzend. „Du bist ja schlimmer als jeder Terrier."

„Danke für das Kompliment." Melissa grinste. „Ich hab zwar keinen blassen Schimmer, was du mit dieser ganzen verzwickten Sache zu tun hast, aber ich weiß, dass du der Typ bist, der jahrelang nicht wollte, dass sie ihn uns vorstellt. Das kann ich dir noch verzeihen, aber wehe", sie hob den Zeigefinger, „wehe, du verletzt Caitlyn noch einmal so, wie du es getan hast! Sie hat gelitten wie ein Hund, als du dich nicht mehr gemeldet hast!"

„Melinda!", empörte ich mich.

Finley rieb sich die Nase. „Okay", sagte er. „Versprochen."

„Gut!" Melinda umarmte mich. „Und jetzt haut endlich ab, ich muss morgen früh arbeiten." Als sie von mir abrückte, sah ich, dass ihre ruppige Art nur Fassade war. Ihre Miene drückte große Besorgnis aus.

Ich drückte ihr einen Kuss auf die Wange. „Ich melde mich bei dir."

Sie wiegte den Kopf. „Wir werden sehen." Dann umarmte sie auch Henry und reichte Finley die Hand.

Der drückte sie. „Frieden?"

„Von mir aus", meinte Melinda. „Aber denkt dran! Ihr dürft mich nicht dumm sterben lassen! Ich will alles wissen! Klar so weit?"

Ich salutierte lässig. „Aye, Captain."

Als wir in der Limousine saßen, nahm ich freiwillig auf der Rückbank Platz. Finley fuhr los. Anstatt, wie ich erwartet hatte, nach rechts in Richtung M25 abzubiegen, fuhr er nach links, vorbei am Golfclub, weiter in Richtung Chessington.

„London?", fragte ich überrascht.

„Ja", antwortete Finley und warf sowohl Henry als auch mir einen kurzen Blick zu. „Wir fahren direkt zu Helen und Richard."

Ich hörte, wie Henry aufatmete. Dann fragte er zögernd: „Weißt du irgendetwas darüber, wie schlimm der Schaden am Haus ist?"

„Die Praxis und das Nebengebäude mit Richards Apartment sind auf jeden Fall unversehrt. Im Haus ist es wohl vor allem das Erdgeschoss. Der Rest ..." Er zuckte mit den Schultern. „Löschwasser, Rauch. Keine Ahnung." Er sah Henry von der Seite an. „Tut mir leid, Mann."

Henry rieb sich die Nase. „Wir sind ja versichert“, brummte er düster.

Resolut verdrängte ich die Bilder des zerstörten Hauses, die sich prompt in meinem Kopf formten. Von hinten drückte ich Henrys Schulter. Er legte kurz seinen Kopf auf meine Hand.

„Mit wem hast du telefoniert?“, wollte ich an Finley gewandt wissen.

Er antwortete nicht.

Schließlich sagte ich: „Ist schon gut. Du willst es nicht verraten, und ehrlich gesagt, reicht es mir für heute mit dem Nachhaken.“ Ich lehnte den Kopf an die Kopfstütze und starrte aus dem Fenster.

„Tut mir leid, Catkin.“ Finley klang ehrlich.

Diesmal zog ich es vor, nicht zu antworten. Auch Henry war still. Ich konnte es ihm nicht verdenken, denn momentan war wohl seine größte Sorge, ob mit Helen alles in Ordnung war. Während ich aus dem Fenster starrte, versuchte ich mir vorzustellen, wie ich mich fühlen würde, wenn Duncan an Helens oder Dads Stelle wäre und ich nicht wüsste, wie es um ihn steht. Wie ein Schachtelteufel durchzuckte mich plötzlich ein Gefühl der Unruhe.

Wo war er wohl inzwischen?

Eigentlich hatte ich damit gerechnet, ihn in Leatherhead zu finden. Ich betrachtete den gut verpackten Armreif. Auf jeden Fall hatte er keine Ahnung, wo ich mich herumtrieb. Ob er sich Sorgen machte? Und ob er ebenfalls von dem Brand gehört hatte? Hatte Jäger damit zu tun? Marion und Hans? War Duncan vielleicht wirklich etwas zugestoßen?

Ich hätte Stein und Bein geschworen, dass das Feuer kein Zufall gewesen war. Vorsichtig, als näherte ich mich einer Bombe, die jeden Moment zu detonieren drohte, näherte ich mich gedanklich an Duncan an. Ich hatte tatsächlich Angst um ihn. Etwas, das ich so nicht erwartet hätte.

Doch warum eigentlich nicht? Bis gestern Mittag war ich mir meiner Gefühle für ihn sicher gewesen. Ich war froh, dass er unser Kind nicht ablehnte. Unserem Gespräch hatte ich zwar mit gemischten Gefühlen, aber im Grunde meines Herzens optimistisch entgegengesehen. Insgeheim hatte ich mir bereits vorgestellt, wie es sein könnte, mit Duncan und einem Kind in seinem kleinen Haus auf dem Schulgelände zu wohnen. Ich hatte darüber nachgedacht, wie unser gemeinsames Leben aussehen könnte.

Und dann hatte sich mit einem Schlag alles geändert. Unbehagen kroch in mir hoch, daher übersprang ich die Erinnerung an den gestrigen Tag zum größten Teil. Darüber hatte ich heute mehr als genug nachgedacht. Stattdessen ließ ich mir noch einmal die letzte Nacht durch den Kopf gehen, die Stunden, in der er mich im Arm gehalten hatte, um mir Trost und Wärme zu spenden. Gegen Ersteres hatte ich mich gewehrt, Wärme hingegen hatte ich dringend gebraucht und ihn daher gewähren lassen. Doch wenn ich tief in mich hineinhorchte, dann hatte mich seine Nähe auch getröstet. Das Wissen, dass er sich um mich und unser Kind sorgte, hatte ein wohliges Gefühl in mir erzeugt – auch wenn ich das nicht hatte wahrhaben wollen.

Mit einem Mal erstarb das Motorgeräusch. Abrupt setzte ich mich auf. Offenbar war ich eingenickt. „Was ist los?"

„Wir sind da", sagte Finley. „Du hast geschlafen."

Ich rieb mir die Augen und versuchte zu erkennen, wo wir waren. Henry war bereits ausgestiegen. Ich tat es ihm nach.

„Ernsthaft?" Ich sah mich in der Tiefgarage um.

Henry grinste schief. „Überrascht dich das wirklich?"

Ich pustete meine Wangen auf, dann schüttelte ich den Kopf. „Nein, eigentlich nicht."

„Ihr wisst, wo es langgeht, nehme ich an?" Finley drückte auf den Schlüssel, sodass sich die Autotüren mit einem lauten „Klack" verschlossen.

Wie auf Kommando marschierten wir alle drei zum Aufzug, der uns in die oberste Etage des zehnstöckigen Gebäudes bringen würde, wo die Privatklinik untergebracht war, in der Mum gestorben war.

Das Zahlenpad am Aufzug sah immer noch genauso aus wie damals. Wahrscheinlich hatte sich jedoch der Zahlencode zur Nutzung geändert. Finleys Finger flogen über die Tasten, die außer einem leisen Klicken keinen Ton von sich gaben. Einen Moment später kam der Aufzug, und wir stiegen ein. Der Geruch im Innern beschwor mit einem Mal ein Déjà-vu herauf. Ich hatte dasselbe ungewisse Gefühl wie damals, als ich Mum besucht hatte, stets in der Hoffnung, dass es ihr besser ginge, nur um dann wieder enttäuscht festzustellen, dass das Gegenteil der Fall war. Energisch schob ich die Empfindungen beiseite. Es ging nicht um Mum. Dad und Helen waren nicht todkrank. Diese Privatklinik – oder was auch immer es in Wahrheit war, war der beste und sicherste Ort für die beiden. Sofern sie medizinische Hilfe benötigt hatten, war sie ihnen hier sicher gewährt worden.

Im Aufzug gab es keine Etagenknöpfe. Mit dem Zahlencode, mit dem man ihn anforderte, wählte man gleichzeitig die Etage – auch das hatte sich nicht geändert. Mit kaum wahrnehmbarem Rucken setzte sich der Aufzug in Bewegung und hielt schließlich auch wieder an. Beinahe lautlos glitten die Türen zur Seite.

Wir betraten den Flur, der sich ebenfalls kaum verändert hatte. Die Wände wiesen nun ein helles Beige auf anstatt ein steriles Weiß. Die Bilder an den Wänden waren ausgetauscht worden, und der Fußbodenbelag bestand nicht mehr aus grauem Linoleum, sondern aus einem Holzimitat. Insgesamt wirkte es freundlicher als damals. Schräg gegenüber dem Aufzug befand sich allerdings immer noch der Glaskasten, in dem zwei weißbekittelte Frauen saßen. Eine von ihnen erhob sich und kam direkt auf uns zu.

„Dr. Brown?" Es war eigentlich keine Frage, denn sie sah Henry direkt an.

„Ist meine Frau hier?" Henry wirkte angespannter als noch vor einem Moment.

Die Frau, deren Namensschild an der Brust sie als „Dr. Smith" auswies, lächelte. „Es geht ihr gut. Kommen Sie!" Sie ging voraus.

Ich sah, dass Henry für einen Moment die Augen schloss, bevor er sich in Bewegung setzte. Nur wenige Meter weiter klopfte Dr. Smith an eine Tür, die sie gleich darauf öffnete und den Kopf durch den Spalt steckte. „Mrs Brown, Sie haben Besuch!"

Schon drängte sich Henry an Dr. Smith vorbei. Ich hörte, wie Helen einen Freudenschrei ausstieß. Dr. Smith schloss die Tür wieder.

„Wie geht es meinem Vater?" Mein Herz klopfte plötzlich heftig.

„Ms Brown, nehme ich an?" Dr. Smith machte eine einladende Handbewegung und führte uns zum Nebenraum.

Hier klopfte sie nicht an, sondern öffnete und ging voran. Der Grund war mir gleich nach dem Eintreten klar, denn in dem in ein dämmriges Zwielicht getauchten Raum lag Dad leise schnarchend im Bett. Mitten im Raum blieb ich stehen. Tränen schossen mir in die Augen. Energisch wischte ich sie ab und ging zu ihm. An seinem Finger klemmte ein Messgerät, und der Monitor, der neben seinem Bett stand, gab ganz leise Töne von sich.

Dr. Smith deutete darauf. „Das ist eigentlich nicht notwendig. Nur medizinische Routine. Wir glauben, dass er Schlafmittel genommen hat, denn er schläft sehr tief. Seine Werte sind aber allesamt normal, daher halten wir es für das Beste, ihn einfach ausschlafen zu lassen."

Ich nickte nur. Meine Augen brannten wieder, und ein Kloß hatte sich in meiner Kehle breitgemacht.

„Sie wissen, wo Sie mich finden, wenn Sie Fragen haben", sagte Dr. Smith und verließ mit einem letzten freundlichen Lächeln den Raum.

Kaum hatte sie die Tür geschlossen, nahm Finley mich in den Arm. Ich barg mein Gesicht an seiner Brust und kämpfte immer noch verzweifelt um meine Beherrschung. Doch seine altgewohnte Umarmung, seine liebkosenden Hände, seine leise gemurmelten Worte, die ich nicht mal verstand, ließen alle Dämme brechen. Tränen schossen aus meinen Augen wie ein Wasserfall. Ich zitterte mit einem Mal. Es hatte keinen Sinn mehr, mich zu wehren, daher ließ ich es zu. Mit den Tränen und den Emotionen, denen ich freien Lauf ließ, kam Stück für Stück die Erleichterung. Alles war gut. Zumindest für den Moment. Ganz allmählich spürte ich meinen Herzschlag langsamer werden. Die Tränen versiegten, das Zittern hörte auf. Schließlich seufzte ich tief hinunter bis in die Zehen.

Ich blinzelte Finley von unten herauf an. „Geht wieder."

Er trat an den Nachttisch, auf dem Papiertücher lagen, und reichte mir eins. „Ich glaube, das kannst du brauchen."

„Danke." Kräftig schnäuzte ich mich und benutzte noch ein paar Tücher, um mein Gesicht abzuwischen. „Was genau ist passiert?"

Finley betrachtete mich eingehend. „Was glaubst du denn, was passiert ist?"

Durch die geschlossenen Lippen stieß ich Luft aus. „Würde ich fragen, wenn ich auch nur einen Schimmer hätte?"

Finley lachte leise. „Wir können jetzt die ganze Nacht damit verbringen, uns gegenseitig leere Phrasen entgegenzuschleudern, aber das bringt uns nicht weiter."

Er ging zum Fenster, an dem wie in vielen Krankenzimmern zwei Stühle neben einem kleinen Tisch standen, und ließ sich mit ausgestreckten Beinen nieder. Die Arme hinter dem Kopf verschränkt, beobachtete er, wie ich mich auf den anderen Stuhl setzte.

„Hunter." Ich beobachtete Finleys Reaktion, doch er sah mich nur weiter mit demselben freundlichen, jedoch nichtssagenden Ausdruck an wie zuvor. „Ich glaube, William Hunter hat irgendetwas damit zu tun."

Finley nickte. „Das glaube ich auch."

Ich stützte meine Ellbogen auf die Knie und rieb mit beiden Händen kräftig über mein Gesicht. „Ich kann nicht mehr geradeaus denken, Finley. Ich bin müde. Ausgelaugt. Und ehrlich gesagt, im Moment würde ich am liebsten einfach die Augen zumachen und morgen früh in meinem Bett in der Ysgol aufwachen und zum Unterricht gehen." Ich blinzelte. „Aber zumindest daraus wird wohl nichts. Ich weiß nicht mal mehr, wie spät es inzwischen ist."

Finley sah auf die Uhr. „Halb zwölf. Was hältst du davon, wenn du deiner Schwägerin kurz ‚Hallo' sagst und ich in der Zwischenzeit etwas für dich arrangiere?"

„Ein Bett?", fragte ich hoffnungsvoll.

„Ein Bett", bestätigte er.

Ich stand auf. „Danke. Bis gleich."

Er blieb, wo er war, und machte eine scheuchende Handbewegung in Richtung Tür. „Ich warte hier."

Auf dem Gang blieb ich einen Moment stehen. Der Gang war nicht sehr lang, höchstens zehn Türen zweigten davon ab und natürlich der Glaskasten, in dem ich Dr. Smith und ihre Kollegin sitzen sah. Da ich mich nicht sofort bewegte, stand Dr. Smith auf und kam in meine Richtung.

„Möchten Sie vielleicht etwas trinken? Einen Tee? Wasser?"

„Ein Wasser wäre toll", antwortete ich.

Im Nu hatte sie mir ein großes Glas mit angenehm kühlem Wasser gebracht, das ich beinahe in einem Zug leerte. Ich hatte gar nicht gemerkt, wie durstig ich war.

„Möchten Sie noch mehr?"

„Nein danke." Ich trank den Rest aus und reichte ihr das Glas zurück. „Kann ich zu meiner Schwägerin hinein?"

„Sicher, klopfen Sie ruhig. Ihr Bruder ist noch drin."

Das tat ich dann auch. Als ich den Raum betrat, saßen Helen und Henry nebeneinander auf dem Bett. Sie hielten sich an den Händen, und ihr Kopf lehnte an seiner Schulter. Helen glitt vom Bett und umarmte mich stürmisch.

„Cat! Geht es dir gut?" Sie sah mich mit ihren großen Augen an. Ihr rundes Gesicht war voller Sorge.

Ich drückte sie fest an mich. „Das sollte ich eher dich fragen! Was ist passiert?"

Henry hatte inzwischen einen Stuhl neben das Bett gestellt, sodass ich mich hinsetzen konnte. „Schläft Dad noch? Helen sagte, dass die Ärzte behaupten, er habe ein Schlafmittel genommen." Henry schüttelte ungläubig den Kopf. „Ich kann das nicht glauben, so ein Zeug nimmt er nie!"

„Er schläft", bestätigte ich. „Außerdem hängt er am Monitor, aber alles ist in Ordnung. Dr. Smith hat mir das mit dem Schlafmittel auch gesagt. Es klingt irgendwie ... seltsam. So gar nicht nach Dad."

„Sie wurden überfallen", sagte Henry düster.

„Was?" Ich sah Helen schockiert an. „Um Himmels willen!"

„Ich war den Nachmittag über bei meiner Schwester. Als ich heimkam, sah ich Henrys Handy auf dem Tisch im Flur liegen und hab mich gewundert, warum er nicht auf meine Nachrichten geantwortet hatte. Ich glaubte ja, er wäre die ganze Zeit zu Hause gewesen. Ein fremder Mantel hing an der Garderobe. Besuch, nahm ich an. Ich habe gerufen. Dann bin ich in die Küche gegangen, aber da war niemand. Ich hab noch mal gerufen. Erst hat wieder niemand geantwortet ..." Sie stockte.

„Und dann?", fragte ich.

Henry drückte aufmunternd ihre Hand. Nervös strich sie sich die Haare aus dem Gesicht. „Plötzlich hörte ich Dad aus dem Wohnzimmer rufen. Er klang seltsam. So leise, ein bisschen heiser. Außerdem war es stockdunkel im Zimmer. Als ich reinging, habe ich das Licht angemacht. Dad lag auf dem Sofa, er schien nicht richtig wach zu sein, aber geschlafen hat er auch nicht." Sie zuckte die Achseln. Dann schluckte sie.

Diesmal fragte ich nicht, sondern ließ ihr die Zeit, die sie brauchte, um sich zu sammeln.

Schließlich seufzte sie. „Ganz plötzlich war jemand hinter mir ... ich hab ja nicht geahnt, dass noch jemand im Raum war. Es war doch vorher dunkel ..."

„Schatz, es ist in Ordnung", beruhigte Henry sie. „Du konntest es nicht wissen."

„Wie sah er aus? Oder war es kein Mann?", wollte ich wissen.

„Ich ... ich glaube, es war ein Mann. Der Statur nach zu urteilen. Ich habe ihn nicht gesehen. Er kam von hinten und hat ... er hat ..." Sie rieb sich die Nase, doch dann riss sie sich zusammen. „Er hat mir von hinten seinen Arm um den Hals gelegt. Ich hab versucht zu schreien, aber es gelang mir nicht. Ich habe gedacht, ich sterbe ..." Plötzlich presste sie die Augenlider zusammen.

Henry nahm sie in den Arm und wiegte sie. „Ist schon gut, mein Schatz. Es ist ja vorbei."

„Oh, mein Gott!" Ich legte ihr eine Hand auf den Oberschenkel und streichelte sie vorsichtig. „Das klingt ja furchtbar."

Schließlich schüttelte sie sich wie ein Hund und lächelte tapfer. „Als ich wach wurde, war ich gefesselt und geknebelt. Keine Ahnung, wie lange. Dann roch es, als würde es brennen. Ich hörte Sirenen. Die ganze Zeit über hatte ich totale Panik ... und dann ... dann kam plötzlich ein Polizist und hat mich losgemacht. Er hat mich zu einem Krankenwagen geführt. Dad war schon darin. Er schlief, aber es ging ihm gut, sagte der Notarzt. Sie wollten nicht auf einen zweiten Krankenwagen warten, deswegen haben sie uns gemeinsam hierhergebracht." Sie lächelte, rieb sich die Augen und schwieg einen Moment. „Henry hat gesagt, dass unser Haus abgebrannt ist."

Er küsste sie auf die Wange. „Nicht alles. Und du wirst schon sehen, das wird alles wieder. Das Wichtigste ist, dass es dir gut geht."

„Und eurem Baby", ergänzte ich.

Helen strahlte plötzlich und wirkte trotz ihrer Betroffenheit gleich wieder viel lebendiger. „Er hat es dir erzählt! Ist das nicht ein Wunder? Wir haben es bisher für uns behalten, weil wir ganz sichergehen wollten, dass nicht wieder etwas schiefläuft. Selbst Dad haben wir es erst vor ein paar Tagen erzählt. Er war völlig aus dem Häuschen."

Sie legte ihre Hand auf den Bauch – dieselbe Geste, die ich auch schon gemacht hatte. Es fühlte sich seltsam an, das bei ihr zu sehen. Wie ein unsichtbares Band, das uns werdende Mütter verband. Ihr Babybauch zeichnete sich allerdings unter ihrem Pullover schon ab.

„Wie weit bist du denn?"

„Sechzehnte Woche."

„Oh, wow!" Ich freute mich wirklich für die beiden. „Ich bin auch schwanger."

Helen riss die Augen auf, sodass es wieder einmal wirkte, als fielen sie ihr aus dem Kopf. „Nein! Ernsthaft?"

„Jep."

Sie stieß Henry ihren Ellbogen in die Seite. „Warum hast du mir nichts davon erzählt?"

„Au!" Er rieb sich die betreffende Stelle. „Ich wusste nicht, ob Caitlyn das recht ist."

„Warum denn nicht?", fragte Helen, als sei das der absurdeste Gedanke, den sie jemals gehört hatte.

„Genau", stimmte ich ihr zu. „Warum nicht?"

Sie ergriff meine Hände. „Wie schön! Ich freu mich so für dich! Wer ist denn der Vater?"

Ihre Frage war so unbefangen und arglos, dass ich unwillkürlich lächeln musste. Sie kam überhaupt nicht auf die Idee, darüber zu spekulieren, von wem das Kind war.

„Der Direktor der Ysgol."

Sie hielt sich die Hand vor den Mund. „Nein!"

„Doch", sagte ich.

„Lord Scratby! So heißt er doch, oder?"

Bevor wir dieses Thema weiter vertiefen konnten und dann zwangsweise zu anderen, unangenehmeren Dingen gekommen wären, deren Erklärung ich heute lieber nicht mehr liefern wollte, klopfte es und Finley kam herein.

„Hey, Helen!" Lässig hob er die Hand.

„Finley?" Diesmal runzelte Helen die Stirn.

Abgesehen von Dad und Henry war sie die Einzige, die von Finley und mir gewusst und ihn auch kennengelernt hatte.

Ungewöhnlich ernst blickte Helen nun von einem zum anderen. „Ich glaube allmählich, ich habe etwas Wichtiges verpasst", sagte sie langsam.

Henry öffnete den Mund, um etwas zu sagen, doch sie unterbrach ihn: „Wenn du mir jetzt sagen willst, dass das nicht stimmt oder ich mir nur etwas einbilde, dann kannst du dir den Atem sparen. Also? Hab ich recht?"

„Kluge Frau", bemerkte Finley anerkennend.

Henry rutschte auf dem Bett herum und nickte schließlich. Derweil überlegte ich, Dr. Smith um einen Kaffee zu bitten, denn es schien, als würde es eine sehr lange Nacht werden.

„Darf ich?" Ich langte nach der Packung Butterkekse, die auf Helens Nachttisch lagen.

„Oh ja, klar. Hast du auch ständig Hunger?" Sie grinste verständnisvoll, als ich nickte.

Ich kaute gründlich. „Essen hilft manchmal gegen die Übelkeit. Sonst noch jemand?" Ich reichte die Kekse herum, doch nur Helen nahm einen.

„Also?", sagte sie. „Ich warte."

Helen in die ganze Sache einzuweihen, widerstrebte mir, doch nach den Geschehnissen des Abends blieb uns wohl kaum etwas anderes übrig. Außerdem war sie ebenfalls schwanger – ein Umstand, dessen Konsequenzen mir in diesem Moment erst richtig bewusst wurden: Wenn Hunter oder seine Handlanger Marion und Hans tatsächlich involviert waren und er von Helens Schwangerschaft erfuhr, waren sie und das Kind in Gefahr. Mich und mein Kind schützte momentan allein die Tatsache, dass es Duncans Kind war und der es nicht zuließ, dass wir durch einen der unsäglichen Versuche zu Schaden kamen. Für Henry, Helen und ihr Kind galt das jedoch nicht.

„Oh, verdammt", rutschte es mir heraus.

„Was?", fragte Helen alarmiert.

„Ja, wirklich", sagte Finley an mich gewandt. „Du meinst das Kind, Caitlyn. Es ist eine potenzielle Versuchsperson für Hunter."

„Oh, mein Gott!" Henry legte einen Arm um Helen.

„Wovon redet ihr?" Helen war blass geworden.

Finley holte sich den zweiten Stuhl und setzte sich neben mich. „Kurzversion." Finley sah auf die Uhr, dann auf mich. „In zwanzig Minuten müssen wir los."

„Wohin?", fragten Henry und ich gleichzeitig.

Finley atmete tief durch. „Eins nach dem anderen: Helen, hör gut zu, damit du wenigstens das Wichtigste weißt. Sowohl Caitlyn als auch Henry sind Träger eines besonderen Gens, das ihr Immunsystem außergewöhnlich gut funktionieren lässt. Sehr außergewöhnlich."

„Die Platzwunde hier habe ich mir erst gestern zugezogen." Ich tippte auf die kaum noch sichtbare ehemalige Platzwunde.

„Ich verstehe nicht …" Helen schüttelte kaum merklich den Kopf.

„Es ist möglich, dass euer Kind dieselben genetischen Voraussetzungen besitzt", fuhr Finley fort, ohne auf sie einzugehen.

„Aber ...", begann Helen, doch Finley unterbrach sie mit einer Geste.

„Es gibt eine ... Gruppierung ...", sagte Finley.

„Alte Nazis", knurrte Henry dazwischen.

„Was?" Helen wirkte wie vor den Kopf geschlagen.

„Es gibt eine Gruppierung ...", wiederholte Finley und blickte Henry eindringlich an, damit er nicht wieder dazwischenredete, „... diese Leute betreiben Forschungen, weil sie glauben, dass man diesen genetischen Vorteil ausnutzen kann. Sofern sie es schaffen, würden sie es natürlich nicht allen Menschen zur Verfügung zu stellen, sondern nur bestimmten, besonders auserwählten Menschen. Menschen, die ihrer Ideologie entsprechen. Und ganz nebenbei wollen sie größtmöglichen Profit daraus schlagen. Sie suchen dazu Versuchspersonen aus, die diese Genvariante besitzen. Liz ... Henry und Caitlyns Mutter ist ... sie ist aufgrund dieser Versuche gestorben."

„Ich dachte, sie hatte Krebs?" Helen sah Henry mit großen Augen an, als hoffe sie, dass er das Ganze als schrecklichen Irrtum aufklärte.

Er nickte jedoch. „Es stimmt, was Finley sagt, Schatz. Ich habe die wahren Hintergründe auch erst heute erfahren."

Einen Moment lang schien Helen hin und her gerissen, doch dann atmete sie sehr tief durch. „Oh, mein Gott. Dann sind wir in Gefahr? Der Überfall?"

„Ja", stimmte Finley ihr rundheraus zu. „Der Überfall heute Abend hatte damit zu tun. Helen, du wirst zusammen mit Richard noch heute Abend außer Landes gebracht."

„Dann hat Richard auch dieses Gen?"

„Nein. Aber er weiß eine ganze Menge darüber, und daher ist es besser, wenn er ebenfalls untertaucht."

„Und Henry? Er kommt doch mit?" Sie griff nach der Hand ihres Mannes, der sie sehr festhielt. „Und was ist mit Caitlyn? Sie ist doch auch schwanger."

Sanft legte Finley seine Hand auf die der beiden. „Henry kommt bald nach, Helen, versprochen." Dann sah er Henry fest an. „Wir wissen nicht genau, wie groß die Gefahr wirklich ist. Daher möchten wir sichergehen und Helen und deinen Vater wegbringen. Bist du einverstanden?"

Henry nickte sehr entschlossen. „Natürlich. Und was soll ich dann tun?"

„Du wirst wie immer in deiner Praxis arbeiten, um vorläufig möglichst wenig aufzufallen. Die offizielle Version wird lauten, dass es Brandstiftung war. Dein Vater ist im Wohnzimmer eingeschlafen, während jugendliche Brandstifter Feuer gelegt haben. Du wirst dich um die Renovierung des Hauses kümmern, alles, was man normalerweise erwartet, das man tun würde. Richard hat eine Rauchvergiftung und dann aufgrund der Aufregung einen Schlaganfall erlitten und befindet sich derzeit im Krankenhaus. Sein Zustand ist kritisch, er kann keinen Besuch empfangen."

Wir nickten alle.

„Helen kam gerade nach Hause und hat eine Rauchvergiftung erlitten, weil sie versuchte Richard zu helfen. Sie wohnt vorübergehend bei Verwandten, bis das Haus wieder bewohnbar ist. Wer weiß von deiner Schwangerschaft, Helen?“

„Nur meine Schwester. Ich habe es ihr erst heute gesagt.“

Finley biss sich auf die Unterlippe. „Gut, Henry, du rufst sie an und teilst ihr mit, dass Helen das Kind verloren hat. Sie will momentan niemanden sehen und bittet, in Ruhe gelassen zu werden.“

„Aber …“, begann Helen.

Henry unterbrach sie, indem er ihre Hand tätschelte. „So machen wir es. Es ist besser, Schatz.“

Helen sah ihn zweifelnd an. „Was ist mit dir? Warum kommst du nicht sofort mit?“

Henry sah Finley an. „Ich soll als Köder dienen, oder? Um zu sehen, ob sie es noch einmal versuchen.“

Erschrocken sog Helen die Luft ein. „Nein! Das kommt nicht infrage!“

Finley nickte. „Ich wollte es deiner Frau eigentlich ersparen, Henry.“ Er klang nur milde vorwurfsvoll. „Aber ja. So ist es. Zu deiner Sicherheit bekommst du eine neue Sprechstundenhilfe, Henry.“ Finley lächelte verschmitzt.

„Etwa dich?“ Henry schlug bewusst einen scherzhaften Tonfall an, obwohl ihm vermutlich nicht danach zumute war.

„Nein. Tyron wird dich nicht aus den Augen lassen“, erwiderte Finley.

Ich prustete. „Tyron? Soll er Henry im Zweifel mit dem Bügeleisen verteidigen? Ich hab euch Weihnachten von ihm erzählt. Er hat letztes Jahr die Butlerschule absolviert. Er ist ganz zauberhaft, aber als Aufpasser finde ich ihn nicht geeignet."

„Du täuschst dich in ihm, Catkin. Was glaubst du, warum der Duke ihn dir als persönlichen Butler zur Seite gestellt hat?" Finley grinste. „Tyrons Vorteil ist, dass man ihn leicht unterschätzt. Er hat eine sehr gründliche taktische und militärische Ausbildung absolviert."

„Oh", sagte ich, „das wusste ich nicht."

Er wandte sich an Helen. „Tyron wird deinem Mann nicht von der Seite weichen, versprochen."

Zaghaft nickte sie.

Finley stand auf. „Es wird Zeit. Ich bringe dich jetzt in die Ysgol, Catkin." Weil er meine skeptische Miene sah, fügte er sogleich hinzu: „Es ist wichtig, dass alle erst einmal zur Ruhe kommen. Wir können nichts tun, solange wir nicht wissen, was genau wir tun sollen. Es gibt einfach zu viele Unklarheiten. Der Überfall war nicht klug geplant, sonst wäre er gelungen, und bevor wir nicht alles analysiert haben, werden wir nichts unternehmen. In der Ysgol bist du auf jeden Fall am besten geschützt, und vor allem gibt es den Anschein von Normalität."

„Also habe ich sowieso keine Wahl", erwiderte ich müde.

„Eben. Ich frage draußen nach, ob alles bereit ist." Dann verließ er den Raum.

Kaum war die Tür hinter ihm zu, sagte Henry: „Besorg dir bei nächster Gelegenheit ein Prepaidhandy, Caitlyn, und schick die Nummer mit der guten alten Post an Melinda. Ich lege mir auch eins zu und ruf dich an."

„Gute Idee." Ich war froh über den Weitblick meines Bruders.

„Kannst du dir selbst Blut abnehmen?", fragte er weiter.

Ich blinzelte zweimal. „Warum?"

„Ich möchte ein paar Tests mit unserem Blut durchführen. Ein Kumpel von mir arbeitet in einem Labor. Ich hoffe, dass er mir Zugang verschaffen kann. Ich lasse dich wissen, wann, doch dazu brauche ich dann eine oder noch besser mehrere Kanülen Blut von dir."

Ich kratzte mich am Kopf. „Ist schon eine Ewigkeit her, dass ich das gemacht habe. Aber ja, ich glaube, das kriege ich hin."

„Wie kann ich dir Nadeln und Röhrchen schicken?"

„Postlagernd nach Bangor an Shannon Gilmartin. Ich bitte Shannon dann, es mir mitzubringen, dann kommt es nicht über die gewöhnliche Schulpost und fällt niemandem auf." Shannon, die Tochter von Ruby und Kieran, hatte die Geheimnisse in Glasmaris Hall quasi mit der Muttermilch aufgesogen, auf sie war Verlass.

„Gut." Henry stand auf und umarmte mich. „Wie gut, dass ich heute Morgen beim Aufstehen noch nicht wusste, was heute alles passieren würde."

Ich umarmte ihn ebenfalls. „Ist manchmal besser. Pass auf dich auf, großer Bruder." Dann nahm ich auch Helen in den Arm, die mir auf einmal noch kleiner vorkam, als sie sowieso schon war. „Pass auch gut auf dich auf. Und auf meine Nichte oder meinen Neffen." Ich tätschelte ihren Bauch.

„Du auch. Wie weit bist du eigentlich?", fragte sie.

„Ich weiß nicht. Siebte Woche vielleicht. Ich war noch nicht beim Arzt.“

Finley betrat wieder den Raum. Er warf Henry seinen Autoschlüssel zu. „Hier, irgendwie musst du ja zurückkommen. Behandle ihn gut, ja?“

„Klar.“ Mit einem Mal sah Henry viel jünger aus, als er war. Für ihn war es am schwierigsten. Er kehrte allein zu einem abgebrannten Haus zurück und hatte in den nächsten Tagen alle Hände voll zu tun – ohne Helen oder Dad an seiner Seite. Er schluckte.

„Tyron ist schon auf dem Weg zu euch“, sagte Finley. „Die Polizei ist noch vor Ort und wird es auch bleiben. Du musst dir also keine Sorgen um deine Sicherheit machen.“ Er klopfte Henry auf die Schulter. „Wir lassen euch jetzt allein. Helen, sobald du bereit bist, sag Dr. Smith Bescheid. Nehmt euch ruhig noch Zeit.“

„Danke.“ Henrys Stimme war rau.

Zusammen mit Finley verließ ich den Raum. Anstatt wie erwartet zum Aufzug zu gehen, führte er mich zu einer alarmgesicherten Tür. Mit einer Magnetkarte deaktivierte er den Alarm und ging voraus in ein Treppenhaus. Ich folgte ihm die Stufen hinauf. Oben angekommen benutzte er die Karte ein zweites Mal, um das Dach zu betreten. Hier oben wehte ein scharfer Wind. Rings um uns war ein Lichtermeer, in der Ferne sah ich das dunkle Band der Themse und die kreisrunde Silhouette des London Eye. Finley deutete in die entgegengesetzte Richtung. Nur ein Dutzend Meter entfernt standen zwei Helikopter.

Finley deutete auf den Kleineren. „Der da.“

Zwei Männer in Uniform salutierten lässig. Finley erwiderte den Gruß und half mir, neben den Pilotensitz zu klettern. Ich war noch nie mit einem Helikopter geflogen, und die Aussicht darauf erzeugte ein ziemlich flaues Gefühl in meiner Magengegend. Finley half mir, die Gurte anzulegen. Ich wandte den Kopf, doch keiner der Soldaten machte Anstalten, zu uns zu kommen. Erst als Finley es sich auf dem Pilotensitz bequem machte, dämmerte es mir.

Nachdem Finley zuerst mir und dann sich selbst die Kopfhörer übergestülpt hatte, hörte ich seine Stimme technisch verzerrt dicht an meinem Ohr. „Wenn du willst, darfst du später steuern. Ist ganz einfach."

Ich schüttelte vehement den Kopf. „Nein danke, das überlasse ich lieber jemandem, der sich damit auskennt."

„Mir zum Beispiel." Er startete die Rotorblätter.

„Zum Beispiel", murmelte ich und drückte meine Schultern gegen den Sitz, um die Spannung loszuwerden.

Der Lärm über uns schwoll an, während Finley unzählige Knöpfe und Hebel betätigte. „Keine Sorge, Catkin. Ich war Hubschrauberpilot bei der Armee, da bin ich Kampfeinsätze geflogen. Ein Nachtflug von gerade mal 360 Kilometern von London nach Holyhead ist ein Spaziergang für mich."

„Angeber", versuchte ich zu scherzen, obwohl mir gerade nicht danach zumute war und ich mich fragte, in welchem Kriegsgebiet er wohl gewesen war. Ich verschob die Frage auf ein anderes Mal. „Wie lange brauchen wir?"

„Eineinhalb Stunden ungefähr. Und los geht's!"

Wir hoben ab. Ich krallte meine Hände ineinander und hielt die Luft an, als Finley den Heli über den Rand des Hochhauses steuerte. Doch abgesehen davon, dass unter uns plötzlich kein Hausdach mehr zu sehen war, passierte nichts Außergewöhnliches. Und dann fand ich es sogar sehr angenehm, so dahinzugleiten. Stetig stiegen wir höher, doch ich hatte nicht das Gefühl, in den Sitz gepresst zu werden wie bei einem Flugzeugstart. Die Kurven, die Finley flog, waren eher behäbig und nicht schlimmer, als wenn man mit dem Auto Serpentinen entlangfuhr. Allmählich entspannte ich mich. Unter uns breitete sich London aus. Es war wunderschön anzusehen, ein bisschen surreal höchstens, doch deshalb auch irgendwie ein passender Abschluss für das hinter uns liegende Wochenende.

Schon bald erreichten wir die Außenbezirke der Stadt, und danach war unter uns hauptsächlich tiefe Schwärze, durchsetzt mit Lichtern von Siedlungen und Straßenzügen.

„Fliegen Helen und Dad mit dem anderen Hubschrauber?", fragte ich nach einer Weile.

„Ja", antwortete Finley. „Mach dir keine Sorgen um die beiden. Ihnen wird es gut gehen."

„Wohin bringt ihr sie?" Wer auch immer „ihr" waren, dachte ich.

Finley lächelte. „Besser, wenn du es nicht weißt."

„Sagt ihr es Henry?"

„Nein."

Ich schwieg einen Moment. Doch diese Frage brannte mir schon die ganze Zeit unter den Nägeln. „Was ist eigentlich genau mit Dad und Helen passiert? Wer war das?"

Finley kontrollierte seine Anzeigen, bevor er antwortete. „Hunter hat erfahren, dass Helen schwanger ist."

„Wie? Er wusste doch noch nicht mal, dass ich einen Bruder habe. Oder etwa doch?" Wenn, dann hatte Duncan es ihm gesagt, dachte ich. Doch von Helens Schwangerschaft konnte er nichts gewusst haben.

Finley zuckte mit den Schultern. „Frag mich was Leichteres. Wie genau das geschehen ist, weiß ich nicht. Allerdings war es wohl Scratby, der Helen und deinen Vater rausgeholt hat. Er hat sie in den Krankenwagen verfrachtet und nach London geschickt."

„Was?" Nur die Sicherheitsgurte hielten mich davon ab, mich aufzurichten. „War Duncan etwa dieser Polizist, den Helen gesehen hat?" Erleichterung durchströmte mich. Duncan ging es gut.

„Wahrscheinlich. Jedenfalls nach dem zu urteilen, wie sie ihn Dr. Smith gegenüber beschrieben hat. Außerdem hat er auch den Duke alarmiert."

„Und der hat dich instruiert", schloss ich messerscharf.

„Nein."

Ich hob die Brauen. „Wer dann?" Doch bevor er etwas sagen konnte, fiel mir die Antwort ein. „Diese Frau, mit der ich telefoniert habe."

Er nickte. „Mehr weiß ich über die ganze Sache allerdings auch nicht, Catkin. Wirklich."

Ich seufzte. Ob er die Wahrheit sagte, vermochte ich nicht einzuschätzen. Außerdem war es ziemlich schwierig, sich bei dem Lärm zu unterhalten, und mit jeder Minute spürte ich die Müdigkeit deutlicher. Ich beließ es also vorerst dabei. Ich lehnte den Kopf zurück und starrte auf die dunkle Landschaft unter uns. Hin und wieder fielen mir die Augen zu.

Irgendwann schreckte ich auf, als Finley mich antippte. „Gute Nachrichten. Du musste nicht bis Holyhead mitkommen und dann mit dem Auto zurück. Ich kann auf dem Parkplatz von Beaumaris Castle landen, dort lasse ich dich raus."

Gähnend rieb ich mir die Augen. „Aha. Und dann?"

„Kieran holt dich ab und bringt dich zur Ysgol. Dann bist du schneller im Bett. Ich fliege den Vogel weiter nach Holyhead."

„Hmhm", machte ich.

So, wie Finley es sagte, klang es ein bisschen, als würde ich nur den Bus wechseln.

Wenige Minuten später erkannte ich die Hängebrücke über die Menai Strait, die Anglesey mit dem Festland verband.

Môn mam cymru – Mona, die Mutter von Wales. Ich dachte daran, wie Duncan meine Aussprache im letzten September korrigiert hatte, nachdem er mich am Bahnhof abgeholt hatte. Ohne es zu wollen, lächelte ich bei dem Gedanken daran.

„Freust du dich auf dein Bett?", fragte Finley da.

„Und wie!", gab ich zu.

Morgen würde ich wieder in der Schule sein. Alles wäre wie vor zwei Tagen, als ich am Samstagmorgen zum Frühstück gegangen war. Die Kollegen, die Schüler. Alles wäre unverändert, als sei ich nie weg gewesen.

Nur, dass sich inzwischen alles verändert *hatte*.

Als Finley den Helikopter langsam auf den Parkplatz zusteuerte, sah ich, dass Kieran bereits auf uns wartete.

Ob Duncan inzwischen auch wieder in der Ysgol war?

Islay, Mai 1955

Liebste Patricia!

Ich bin Vater!
Kannst du dir das vorstellen? Elisabeth ist ein wahrer Sonnenschein. Sie schläft und trinkt an der Brust ihrer Mutter. Stundenlang könnte ich die beiden beobachten. Ich liebe sie so sehr und war nie glücklicher!
Karo ist eine wunderbare Frau. Sie klagt nie, obwohl ich weiß, dass sie hier auf der kleinen Insel Islay nicht glücklich ist. Die Sprache der Menschen hier zu verstehen, fällt ihr immer noch sehr schwer. Sie vermisst den Kontakt zu anderen. Immerhin hat sie jetzt ein kleines Wesen, um das sie sich mit ihrer ganzen Liebe kümmern kann. Vielleicht hilft ihr das auch endlich über den Verlust ihrer Ziehtochter Karin hinweg. Immer noch nach all den Jahren spricht sie von ihr und hofft, sie eines Tages wiederzufinden.
Ich erwäge, ihr vorzuschlagen, in die Nähe einer Stadt zu ziehen, denn ich finde, wir haben uns lange genug versteckt. Glasgow könnte ihr gefallen.
Was hältst du von dieser Idee?

SFCE!

Jacob

PS: Hat der Bengel die Ysgol inzwischen dem Erdboden gleichgemacht oder endlich gelernt, sein Temperament zu zügeln? Ich weiß, es macht dir Sorgen, dass er nach seinem Vater zu geraten scheint, aber ich bin sicher, es wird sich legen, wenn er erst älter geworden ist. Eines Tages werden wir uns auf ihn verlassen können, denn schließlich hat er deine Erziehung genossen!

Montag, 1. März

Es war, als glitte ich auf watteweichen Wolken dahin. Völlig entspannt kam ich im Zeitlupentempo zu Bewusstsein. Ich spürte das weiche Laken auf meiner Haut, die Matratze unter mir, in die mein Körper eingesunken war – gerade so, wie es bequem war. Zu träge, um mich zu bewegen, fuhr ich fort mit der gedanklichen Reise durch meinen Körper. Ich lag auf dem Rücken, den Kopf auf dem weichen Kissen, das sich an meine Wange schmiegte. Eine Hand befand sich neben meinem Kopf, die andere ruhte auf meinem Bauch. Durch meine geschlossenen Lider nahm ich dämmriges Licht wahr, die Luft war kühl und frisch. Leise, entfernte Stimmen drangen an mein Ohr.

Als Erstes bewegte ich die Finger der Hand auf dem Kissen. Seltsamerweise kostete es mich eine gehörige Portion Anstrengung, so, als sei mein Körper umgeben von einer zählen Masse, die ich dazu überwinden musste. Dann rührte sich erst ein Finger, dann ein zweiter, schließlich bewegte ich sie wie die Beine eines krabbelnden Insekts. Ganz allmählich bekam ich mehr Gefühl für meine anderen Körperteile, eins nach dem anderen, schließlich reckte ich mich und rollte auf die Seite. Blinzelnd öffnete ich die Lider.

Die Vorhänge am Fenster waren zugezogen, daher rührte das dämmrige Licht, doch durch die Ritzen fiel helles Tageslicht. Tief und gleichmäßig waren meine

Atemzüge, jeden tat ich bewusst und spürte nach, wohin er strömte. Für eine Weile gab ich dem Drang nach, die Augenlider wieder zu schließen und das körperliche Wohlgefühl der absoluten Ruhe und des Friedens zu genießen.

Doch mit jeder Sekunde, die verstrich, wurde mir leider deutlicher bewusst, dass es sich nur um eine kurze Pause handeln konnte, bevor ich mich wieder den Tatsachen stellen musste. Schließlich atmete ich noch einmal tief durch und schwang die Füße aus dem Bett. Auf der Bettkante blieb ich sitzen.

Ich war in meinem Zimmer in der Ysgol. Nach kurzer Fahrt von Beaumaris war ich dank Kieran ziemlich schnell in der Ysgol angekommen. Nur einen kurzen Gruß murmelnd, war ich ohne weitere Umstände in mein Zimmer verschwunden. Auf dem Stuhl hatte ich meine Kleidung abgeworfen und war nach einem flüchtigen Aufenthalt im Bad direkt schlafen gegangen.

Ich bewegte die Zehen, bevor ich mich endgültig dazu entschloss aufzustehen. Ich warf mein Nachthemd aufs Bett und marschierte ins Bad. Den Armreif, den ich ja nicht abnehmen konnte, hatte ich noch am Abend mithilfe einer Schere von der Folie befreit, denn es gab schließlich keinen Grund mehr, meinen Aufenthaltsort zu verschleiern. Jetzt zögerte ich, ihn mit unter die Dusche zu nehmen. Allerdings war der Armreif ja ausdrücklich nicht zum einfachen Abnehmen gedacht, und sollte Wasser ihm schaden, dann wäre das nun wahrlich nicht mein Problem. Unter der Dusche unterzog ich meinen Körper erst einmal einer gründlichen Musterung. Mein Knie war nicht nur vollkommen abgeschwollen, sondern tat nicht einmal mehr im Ansatz weh. Beim vorsichtigen Abtasten spürte ich auch keinen Schmerz mehr im Gesicht. Lediglich die Klammerpflaster waren noch an Ort und Stelle. Beim Haarewaschen legte ich den Kopf schief, sodass das Wasser an dieser Stelle vorbeiströmen konnte, obwohl ich eigentlich vermutete, dass das unnötig war. In mein Handtuch gewickelt, inspizierte ich nach der Dusche mein Gesicht im Spiegel. Obwohl ich im Grunde damit gerechnet hatte, war ich überrascht, wie unspektakulär die Wunde inzwischen aussah. Vorsichtig löste ich die Pflaster. Nun war es nur noch ein schmaler Schnitt im letzten Stadium des Verheilens.

Ich starrte mich selbst im Spiegel an.

Hätte ich noch irgendeinen Beweis dafür gebraucht, dass mein Körper irgendwie außergewöhnlich reagierte, dann wäre jetzt wohl der Zeitpunkt, mir das einzugestehen. Ich riss mich von meinem eigenen Anblick los, putzte mir die Zähne und föhnte meine Haare. Als ich mich angezogen hatte, warf ich einen ersten Blick auf die Uhr. Es war beinahe Mittag, und mein Magen knurrte deutlich. Kieran hatte mir mitgeteilt, dass ich vom Unterricht befreit war und ausschlafen sollte, daher hatte ich auch keinen Wecker gestellt.

Schnell räumte ich die Kleidung, die ich am Vortag getragen hatte, fort. Die graue Stoffhose und die Schuhe verbannte ich in die hinterste Ecke meines Schrankes, die Jacke hängte ich an die Garderobe und den Rest stopfte ich in den Wäschesack. Dann ließ ich mich auf meinen Schreibtischstuhl fallen.

In wenigen Minuten würde die Mittagspause beginnen, in der Lehrer wie Schüler in die Speisesäle strömten. Bis auf den Schnitt unter dem Auge sah ich wieder vollkommen normal aus, genau so, wie Schüler und Kollegen mich kannten. Die offizielle Story über mich, die Kieran mir noch kurz berichtet hatte – ich sei am Samstag nach einem Reitunfall zur Beobachtung im Krankenhaus gewesen und könne daher heute noch nicht unterrichten –, war plausibel und würde, abgesehen von ein paar Fragen, die ich mit Allgemeinplätzen beantworten konnte, keine weiteren Spekulationen hervorrufen. Denn niemand in der Schule hatte auch nur die leiseste Ahnung von den Hintergründen – abgesehen von Avril wahrscheinlich, die ja in der Silvesternacht dabei gewesen war und laut Emrys zwar keine Fragen stellte, aber wahrscheinlich trotzdem spekulierte.

Es war, wie ich schon bei der Landung im Helikopter festgestellt hatte: Ich war nicht mehr dieselbe, die ich noch vor achtundvierzig Stunden gewesen war, als mein größtes Problem in der Frage bestanden hatte, wie ich mit Duncans Verhalten bezüglich der Schwangerschaft umgehen sollte. Doch hier zu sitzen und Trübsal zu blasen, würde nichts ändern. Weder ich noch die Tatsachen würden sich einfach so in Luft auflösen, daher wurde es Zeit, sich der Situation zu stellen.

Sanft klopfte ich auf meinen Bauch. „He du, wir schaffen das, was meinst du?" Ich lauschte in mich hinein. Natürlich spürte ich nichts, dazu war es noch viel zu früh, und doch fühlte ich mich nicht mehr allein.

Der Gedanke an mein Kind war immer noch eine Mischung aus Freude und Furcht. Gerade Letzteres lag allerdings nicht ausschließlich an meiner außergewöhnlichen Situation, sondern gründete sich insbesondere darauf, dass ich keine Ahnung hatte, ob ich jemals eine

gute Mutter sein würde. Ich wollte dieses Kind, daran
hatte ich keine Sekunde gezweifelt. Aber war ich dem
auch gewachsen?

Ich rieb mir die Schläfen und schob diesen Punkt
ganz nach hinten auf meiner Liste an Dingen, über die
ich mir Gedanken machen wollte.

Als ich kurz darauf die Eingangshalle der Schule betrat, strömten die Schüler wie eh und je durch die Kor-
ridore und den überdachten Innenhof. Die meisten lä-
chelten mir zur Begrüßung zu, viele der Jüngeren
stürmten mit einem kurzen „Hallo Ms Brown" an mir
vorbei in Richtung Schülerspeisesaal. Niemand beachtete mich mehr oder weniger als sonst auch. Ich blieb
einen Moment stehen, um mich von dieser herrlichen
Normalität einfangen zu lassen. Nicht zum ersten Mal
wurde mir bewusst, wie wohl ich mich hier an der Y-
sgol fühlte. Ich war nicht nur heimisch geworden, sondern auf eine merkwürdige Art und Weise angekommen.

Guten Mutes begab ich mich zum Lehrerspeisesaal
und öffnete dort die schwere Eichentür. An den fünf Tischen herrschte bereits ein reges Treiben, denn der
größte Teil meiner Kollegen war schon eingetroffen.
Mein Magen hüpfte begeistert bei dem Geruch der Spei-
sen, die von unseren dienstbaren Geistern gerade
durch die zum Wirtschaftsgebäude führende Hintertür
hereingebracht wurden. Anders als die Schüler, deren
Speisesaal eine gewöhnliche Essensausgabe besaß, bekamen wir Lehrer unser Essen an einem Büfett.

Das waren die Annehmlichkeiten einer Privatschule
mit einem reichen Mäzen, dachte ich, denn es war
Emrys, der für diese Dinge sorgte.

Warum tat er das eigentlich?, fragte ich mich plötzlich. Was war an der Ysgol – an ihren Schülern – so außergewöhnlich? War es wirklich nur Philanthropie oder steckte mehr dahinter? Wählte er die Schüler nach bestimmten Kriterien aus?

Energisch verdrängte ich die Fragen und setzte sie ebenfalls auf meine imaginäre Liste, um mich zunächst auf die Gegenwart zu konzentrieren. Offiziell gab es zwar keine festen Plätze, doch da der Mensch ein Gewohnheitstier ist, nahm jeder zu nahezu jeder Mahlzeit seinen angestammten Platz ein. Meiner lag am letzten Tisch am Kopfende des Saals, sodass ich nun den gesamten Raum durchquerte.

„Caitlyn!" Dr. Arnold, der gerade auf dem Weg zum Büfett war, hielt mich auf. „Ich habe gehört, dass Sie einen Unfall hatten!" Er musterte mich mit echter Besorgnis. „Ich bin froh, Sie wohlauf zu sehen."

„Danke, Carl, ich bin beim Reiten gestürzt und war zur Beobachtung in der Klinik. Aber es ist alles in Ordnung. Ich soll mich nur noch etwas schonen."

„Ja, Avril erwähnte so etwas." Er tätschelte mich kollegial. „Nehmen Sie sich alle Zeit, die Sie brauchen. Sie haben ja jetzt Unterstützung."

Ich öffnete den Mund, um zu fragen, was er damit meinte, doch er war schon weitergegangen.

Weitere Kollegen sprachen mich an, denen ich genauso freundlich wie nichtssagend antwortete. Als ich schließlich an den letzten Tisch kam, blieb ich jedoch wie angewurzelt stehen. Wie gewöhnlich hatten dort meine Kollegen Peter Primes und Lily Harper Platz genommen. Auf meinem Stuhl neben einem sauertöpfisch dreinblickenden Duncan saß Finley, in ein Gespräch mit unserer stellvertretenden Schulleiterin Avril O'Donohoe vertieft.

„Oh, Caitlyn! Da bist du ja!", sagte Avril, als sie mich kommen sah. „Ich hoffe, dir geht es wieder besser!"

„Ja, danke", antwortete ich, unsicher, wie ich auf Finleys Anwesenheit reagieren sollte.

Der war höflich aufgestanden und hatte mir mit einem freundlichen, aber distanzierten Lächeln seine Hand entgegengestreckt. „Finley McFarlane. Wir kennen uns noch nicht."

Zumindest das war dann wohl geklärt. Verspätet bemerkte ich, dass ich meinen Mund schließen und seine Hand ergreifen sollte. „Ja. Hallo. Ich bin Caitlyn. Brown. Caitlyn Brown." Ich hatte das Gefühl, völlig albern zu klingen.

Finley ließ seine Hand sinken, weil ich keine Anstalten machte, ihm meine entgegenzustrecken. „Kann es sein, dass ich auf Ihrem Platz sitze?", fragte er mit unschuldigem Augenaufschlag. „Ich kann mich gerne woanders hinsetzen."

„Ja. Nein. Ich meine, das macht nichts", beeilte ich mich zu antworten. „Ich … setze mich einfach auf die andere Tischseite. Da ist ja frei."

Duncan, der die Begrüßung schmallippig beobachtet hatte, zog die Brauen zusammen, als ich mir etwas zu essen holte und mich dann gegenüber niederließ. Ich mied die Blicke beider Männer.

Ich spürte, dass Peter und Lily mich und Duncan genau beobachteten. Schließlich hatten sie am Samstag die Spannung zwischen uns ebenfalls gespürt. Besonders Peter konnte ich ansehen, dass er vor Neugier schier platzte.

„Mr McFarlane wird den Rest des Schuljahres bei uns hospitieren", erklärte Avril gerade.

„Sagen Sie doch bitte alle Finley zu mir", warf Finley an die Runde gewandt ein. Als Letztes blieb sein Blick an mir hängen. Ich hoffte, dass ich die Einzige war, die das winzige Zwinkern seiner himmelblauen Augen bemerkt hatte.

„Was genau machen Sie denn hier?", erkundigte sich Lily. „Unser Kollegium ist doch eigentlich schon jetzt sehr gut besetzt ... ich meine, verstehen Sie das bitte nicht falsch, Mr McFarlane ... Finley, denn welcher Lehrer hat nicht gerne Unterstützung netter Kollegen?" Lächelnd drehte sie die Handflächen nach oben.

Finley strahlte zurück. „Oh, wenn ich kann, unterstütze ich Sie natürlich gern, Lily. Welche Fächer unterrichten Sie noch gleich?"

Beinahe hätte ich laut gelacht, als ich zufällig einen Blick auf Peter warf, der zurückgelehnt mit verschränkten Armen Finley mit der gleichen Ablehnung betrachtete, die auf Duncans Gesicht zu erkennen war.

„Chemie und Englisch", erwiderte Lily.

„Was für ein Zufall, meine Fächer sind Chemie, Biologie und Sport. Ich könnte Ihnen bei Experimenten unter die Arme greifen. Die Schüler lernen so viel mehr, wenn sie praktisch arbeiten können."

„Oh ja, da haben Sie recht", sagte Lily eifrig und lehnte sich vor, während sie auf Finley einredete, der ihr mit scheinbar großem Interesse zuhörte.

Peter schnaubte leise und erhob sich, um zum Büfett zu gehen. Derweil starrte Duncan mich an, als könne er mich allein dadurch dazu bewegen, mit ihm zu reden. Hier würde ich ihm diesen Gefallen allerdings nicht tun, denn ich traute mir nicht zu, ihm gegenüber so normal zu tun wie immer.

„Caitlyn, würdest du gleich nach dem Essen in mein Büro kommen?", bat Avril mich.

„Sicher."

Während Peter und Duncan dem Rest der Mahlzeit schweigend beiwohnten, entspann sich schließlich ein kurzweiliges Gespräch zwischen Avril, Lily, Finley und mir. Ich hatte vergessen, wie leicht es war, mit Finley über Gott und die Welt zu plaudern, denn in der vergangenen Nacht war dazu keine Gelegenheit gewesen.

Er hatte zu allen Themen etwas beizutragen, brachte ganz nebenbei neue auf und hatte zu Fragen stets eine Meinung, die er wortgewandt und mit stichhaltigen Argumenten äußerte, ohne jedoch anderen das Gefühl zu geben, dass er ihnen etwas diktierte. Er lachte gern und viel, und ich war mir schon jetzt sicher, dass die Schüler ihn mögen würden.

Allerdings fragte ich mich ernsthaft, wie er Fächer wie Chemie und Biologie unterrichten oder auch nur dort hospitieren wollte, ohne über das nötige Hintergrundwissen zu verfügen. In all den Jahren, in denen ich mit ihm in Kontakt war, hatte er meines Wissens nie einen anderen Beruf ausgeübt als den des Farmers. Dass er gebildet war, hatte ich von Anfang an gemerkt, doch auf meine Frage, ob er studiert habe, hatte er nur vage geantwortet, dass er verschiedene Berufe ausprobiert hatte. Einen Abschluss in irgendetwas hatte er nie erwähnt, und selbst wenn er einmal an einer Universität Kurse in Naturwissenschaften besucht haben sollte, würde das kaum für den Unterricht ausreichen. Vielleicht hatte er bei der Armee studiert, überlegte ich. Er war sicher nicht nur Hubschrauberpilot gewesen. Was man bei der Armee allerdings mit Chemie und Biologie anfangen sollte, war mir schleierhaft. Blieb also nur die Möglichkeit, dass er nur so tat, als habe er Ahnung.

Mir war es stets egal gewesen, womit er sein Geld verdiente, ob mit Schafzucht oder einem anderen Beruf. Allerdings würde er hier schnell auffliegen, wenn er nicht das war, was er vorgab. Je länger ich dem Gespräch folgte, hatte ich allerdings überraschenderweise den Eindruck, dass er tatsächlich Ahnung von Schule im Allgemeinen und seinen erwähnten Fächern im Besonderen hatte.

Ich erwischte mich selbst dabei, dass ich Finley intensiver beobachtete, als es für einen neuen Kollegen angemessen war. Rasch wandte ich den Blick ab, war mir allerdings ziemlich sicher, dass Duncan das längst registriert hatte.

Als ich meinen Nachtisch aß, stand Duncan auf. Er kam zu mir, legte seine Hand auf meine Schulter und beugte sich zu mir. Ich versteifte mich unwillkürlich.

„Nach dem Unterricht bei mir", sagte er leise. Sein Lächeln erreichte seine Augen nicht.

Ich zwang mich, ihn anzusehen und ebenfalls zu lächeln. Als Antwort nickte ich nur, denn ich traute meiner Stimme nicht. Die Konfrontation mit ihm war natürlich unvermeidbar, doch trotzdem hätte ich sie gerne noch ein bisschen vor mir hergeschoben.

Ohne seine Hand von meiner Schulter zu nehmen, wandte er sich an Finley. „Sie hospitieren heute Nachmittag in meinem Unterricht, Mr McFarlane", sagte er frostig. „Ich möchte mir ein Bild von Ihnen und Ihren ... Kenntnissen machen."

Mir war die winzige Pause nicht entgangen. Duncan war also ebenfalls skeptisch, was Finleys Eignung betraf.

„Gern, Sir." Finley hob die Mundwinkel. Ihn schien die Aussicht auf eine Prüfung auf Herz und Nieren jedenfalls nicht zu beeindrucken.

Einen kurzen Moment lieferten sich die Männer ein Blickduell, dann berührte Duncan meine Wange und ging.

Unwillkürlich stieß ich die Luft aus.

Besorgt beobachtete mich Lily von der Seite. „Du siehst auf einmal so blass aus."

„Alles gut", versicherte ich, obwohl genau das Gegenteil der Fall war und mir mein Magen deutlich zu verstehen gab, dass ich zu viel gegessen hatte. „Ich glaube, ich lege mich gleich wieder ein bisschen hin." Dass ich bis kurz vor dem Essen geschlafen hatte und kein bisschen müde war, ließ ich unerwähnt.

„Ja, das solltest du tun", pflichtete Peter mir bei. Er schien merkwürdig zufrieden mit der Tatsache, dass Finley den Nachmittag über bei Duncan verplant war. „Lily, würdest du nach dem Unterricht zu mir kommen? Wir haben doch noch etwas wegen der Theateraufführung zu besprechen. Es sind ja nur noch vier Wochen bis dahin."

An Lilys fast schon diabolischem Grinsen konnte ich sehen, dass sie Peter durchschaute. „Sicher. Vielleicht hat Finley auch Lust darauf, sich noch spontan zu beteiligen. Unterstützung können wir immer brauchen. Zum Beispiel bei der Technik." Ihr Seitenblick zu Peter sprach Bände.

Als Finley mit amüsiert glitzernden Augen „Aber gern!" antwortete, verdüsterte sich Peters Miene zusehends. Ich tarnte mein Lachen als Hustenanfall.

Nach dem Essen schnappte ich noch für einige Minuten frische Luft, bevor ich an Avrils Bürotür klopfte. Mit ihrer üblichen energischen Stimme rief sie mich herein. Kaum war ich drinnen, sprang sie auf und umarmte mich.

Dann schob sie mich auf Armeslänge von mir. „Geht es dir wirklich gut?" Sie bugsierte mich auf einen Stuhl. „Du bist blass!"

„Das höre ich im Moment ständig", antwortete ich. „Es geht schon."

„Emrys hat mich mitten in der Nacht angerufen und gesagt, dass Finley ab heute auf unbestimmte Zeit hier sein wird. Ich solle mir eine plausible Begründung einfallen lassen, warum." Sie verdrehte die Augen. „Manchmal hat er einen seltsamen Humor."

„Du kennst Finley also?", fragte ich.

Sie ließ einige Sekunden verstreichen, bevor sie den Blick senkte. „Ja."

„Dann ... weißt du ... Bescheid?"

Sie griff nach einem Bleistift und drehte ihn zwischen den Fingern. „Caitlyn, ich weiß nicht, was genau du damit meinst." Jetzt sah sie mich direkt an. „Belassen wir es dabei, dass du jederzeit auf mich zählen kannst. Egal wann, egal, um was es sich handelt. Ich werde dir zuhören, nicht fragen, sondern dich einfach unterstützen. In Ordnung?"

Ich nickte. Dieses Gefühl, auf Eiern zu laufen, was Offenheit betraf, ständig aufpassen zu müssen, was man zu wem sagte, war nicht nur unangenehm, sondern etwas, an das ich mich nicht gewöhnen würde. Nicht gewöhnen wollte. Doch trotzdem blieb mir momentan wohl keine andere Wahl.

„Du bist schwanger", sagte Avril da.

Seufzend verdrehte ich die Augen. „Warum weiß eigentlich gefühlt jeder alles über mich und ich nichts über irgendetwas?" Ich gab mir keine Mühe, den Ärger aus meiner Stimme zu halten.

Avril lächelte schief. „Wenn ich jetzt mit ‚keine Ahnung' antworte, würde das wohl einer gewissen Ironie nicht entbehren."

Eher unfreiwillig musste ich lachen. „Allerdings. Aber ja, ich bin schwanger. Ungeplant, falls das nicht zu viel verraten ist."

Mit der Bleistiftspitze tippte sie auf ihre Schreibtischunterlage. „Auch wenn es mich eigentlich nichts angeht: Das dachte ich mir. Bist du dir sicher, dass du ... dass du es ...?" Sie beendete den Satz nicht.

„Dass ich es behalten will? Absolut!" Als müsste ich es schützen, legte ich die Hand auf meinen Bauch. „Es kann ja nichts für die Umstände."

Avrils Miene erhellte sich. „Ich hätte Verständnis gehabt, wenn du dich anders entschieden hättest, Catilyn, doch ich freue mich, dass du so denkst."

„Shannon schafft es auch", sagte ich. „Natürlich hat sie die besten Voraussetzungen dafür, mit ihren Eltern in der Nähe und ihrem Arbeitsplatz quasi vor ihrer Wohnungstür, aber meine Situation ist im Grunde ja auch nicht schlechter." Ich zögerte. „Oder willst du mir sagen, dass ich nicht bleiben kann?"

„Im Gegenteil: Ich freue mich, wenn du uns auch zukünftig erhalten bleibst. Aber ich nehme an, die Zeit wird erweisen, wie sich alles am besten fügt." Sie kritzelte auf der Unterlage herum. „Wirst du bei Scratby einziehen?"

Ich seufzte inbrünstig. Wie sollte ich Avril die vertrackte Situation erklären, ohne wirklich etwas zu sagen? „Nein", antwortete ich daher entschieden, was meinem momentanen Gefühl definitiv am nächsten kam. „Zumindest vorläufig nicht."

Sie hob einen Mundwinkel. „Es wird ihm kaum gefallen."

„Damit muss er leben." Ich musste schließlich auch mit all den Dingen zurechtkommen, die in den letzten Tagen auf mich eingeprasselt waren.

„Es ist einzig und allein deine Entscheidung, Caitlyn. Lass mich nur wissen, wenn sich etwas ändert." Sie sah auf die Uhr. „Ich muss zum Unterricht. Du solltest dir diese Woche freinehmen. Finley kann dich einstweilen vertreten."

„Kann er das?", fragte ich zweifelnd.

„Ja, er kann", erwiderte Avril ohne den Anflug von Bedenken.

„Hat er schon mal hier unterrichtet?"

„Mach dir keine Sorgen. Er kann dich vertreten."

„Schon gut, du willst mir also nicht mehr verraten." Ich stand auf. „Ehrlich gesagt wäre es mir lieber, wenn ich so schnell wie möglich wieder unterrichten könnte."

Avril musterte mich. Dann nickte sie. „Gut, ich verstehe. Du brauchst eine Ablenkung, oder?"

„Ja, schon."

„Dann ab morgen. Aber sag bitte Bescheid, sobald es dir zu viel wird."

„Versprochen", antwortete ich.

Sie rieb sich die Nase. „Wie du vorhin gehört hast, habe ich Finleys Anwesenheit im Kollegium bisher nur sehr vage erklärt. Wäre es in Ordnung, wenn ich dich als Grund nenne?"

„Du meinst, weil ich schwanger bin?"

„Ja. Allerdings", sie hob die Hände, „nur, wenn es dir nicht unangenehm ist. Ich mache das nicht ohne dein Einverständnis."

„Danke", sagte ich ehrlich. „Was wäre denn die Alternative?"

„Ich habe nicht den leisesten Schimmer", seufzte Avril. „Aber mir würde schon etwas einfallen."

Drei Sekunden lang dachte ich nach. Dann sagte ich: „In Ordnung. Nimm meine Schwangerschaft als Vorwand und dass Finley gründlich eingearbeitet werden soll. Obwohl ich ja im Grunde selbst schon überflüssig bin. Das Kollegium ist ja groß genug, und er unterrichtet andere Fächer als ich."

Avril lachte. „Das ist richtig, aber solch eine Begründung klingt immerhin halbwegs plausibel." Sie stand auf. „Danke, meine Liebe!"

Als ich schon an der Tür war, hielt Avril mich noch einmal zurück. „Caitlyn, verlass bitte niemals allein das Schulgelände."

Ich wandte mich um. „Ja, ich weiß."

Einen Moment sahen wir uns in die Augen, beide wohl wissend, dass es viel Unausgesprochenes gab, doch ich hatte das Gefühl, dass Avril im Gegensatz zu anderen Beteiligten nicht aus Eigennutz handelte.

Nachdem ich mich verabschiedet hatte, kehrte ich in mein Zimmer zurück. Mit hinter dem Kopf verschränkten Armen legte ich mich auf mein Bett. Ich war nicht müde, sondern eher rastlos und hätte am liebsten einen Spaziergang entlang der Klippen gemacht. Wenn ich stattdessen über das Schulgelände spazierte, würde ich mich höchstens wie ein Tiger im Käfig fühlen. Schwimmen gehen oder in eine Sporthalle konnte ich nicht, da noch Unterricht stattfand. Also tat ich etwas Sinnvolles und setzte mich an den Schreibtisch, um mich mit den Unterrichtsvorbereitungen der restlichen Woche zu beschäftigen.

Zum Tee fand ich mich wieder im Lehrerspeisesaal ein. Weder Finley noch Lily und Peter waren dort. Auch Duncan und Avril fehlten, und so setzte ich mich zu Dr. Arnold, der mir von den Proben zu dem Theaterstück berichtete. Diesmal würde Shakespeares Macbeth aufgeführt, und wieder würde Arnold die Titelrolle übernehmen. Lily spielte mit viel Hingabe und einem Hauch Glamour die ehrgeizige Lady Macbeth. Besonders beim Spielleiter – seines Zeichens natürlich Peter – lagen inzwischen die Nerven blank, denn das Stück sollte nicht nur vor der Schulbelegschaft und extra angereisten Eltern und Verwandten aufgeführt werden, sondern auch die Leute aus der Umgebung waren auf Emrys Betreiben eingeladen worden. Außerdem hatte er angekündigt, für Schüler, Eltern und Belegschaft nach dem Stück den Tag mit einem Fest in der Schule ausklingen zu lassen. Es würde also ein generalstabsmäßig geplantes Happening werden, mit allem, was möglicherweise schiefgehen konnte und in Peters Augen auch ganz sicher würde.

„Ach, wissen Sie, am Ende wird alles funktionieren, das ist doch immer so." Arnolds Bass dröhnte, als er schallend lachte. „Oh, hallo, da ist ja unser neuer Kollege! Kommen Sie doch zu uns. Setzen Sie sich, setzen Sie sich! Wir haben uns noch gar nicht richtig vorgestellt. Ich bin Carl. Arnold."

„Finley McFarlane." Er stützte seine Hände auf die Lehne des Stuhls neben mir. „Ich hole mir nur rasch einen Tee."

Arnold sah Finley mit gerunzelter Stirn hinterher.

„Was ist?", fragte ich.

Arnold schüttelte den Kopf. „Hm."

Wenige Sekunden später zog Finley den Stuhl neben mir zurück. „Darf ich?" Erst als ich nickte, nahm er Platz.

„Was verschlägt Sie denn hierher in diese Einöde?", erkundigte sich Arnold.

„Ich bin auf der Suche nach einer neuen Stelle. Ein Neuanfang ist manchmal die richtige Entscheidung, wenn gewisse ... gewisse Dinge passiert sind." Er machte ein betrübtes Gesicht.

Arnold kratzte sich seinen dichten, grauschwarzen Bart, dass es nur so raschelte. „Ah", machte er höflich, wobei er allerdings klang, als habe er keine rechte Idee, was Finley meinte.

Finley ließ den Teebeutel in seiner Tasse auf und ab hüpfen. „Ich war ein bisschen ziellos ... danach. Es war so ... unerwartet. Plötzlich. Von heute auf morgen."

Ich verbiss mir ein Grinsen. Finleys Andeutungen implizierten entweder den Tod einer Partnerin oder eine unschöne Trennung.

„Dann ist ... Ihre Frau ...?" Arnold ließ den Satz unvollendet, wohl um nicht ins Fettnäpfchen zu treten.

Finley tat ihm den Gefallen und erklärte: „Ja." Er zog ganz untypisch für ihn ein wenig die Nase hoch. „Gegangen. Einfach so." Allein diese Aussage wirkte irgendwie zu dramatisch für meinen Geschmack.

Murmelnd entschuldigte ich mich, um mir Scones zu holen. Die Schokoladenmuffins ignorierte ich. Als ich zurückkam, hörte ich Finley gerade sagen: „... empfahl mir mein Vater, mich mit dem Duke in Verbindung zu setzen. Und nun, hier bin ich." Er breitete die Arme aus.

„Ihr Vater?", fragte Arnold.

„Mason Harris", sagte Finley. „Vielleicht erinnern Sie sich an ihn. Er hat vor vielen Jahren hier unterrichtet."

„Mason Harris? Ja natürlich!" Arnolds Gesicht erhellte sich bei der Nennung dieses Namens. „Wie geht es ihm?"

„Gut, danke."

„Bitte richten Sie ihm meine Grüße aus! Ich würde mich freuen, ihn einmal wiederzusehen, wenn er in die Gegend kommt."

Finley nickte. „Ich richte es ihm aus."

Arnold hob den Zeigefinger. „Sie kamen mir gleich irgendwie bekannt vor. Ich wusste nur nicht, wo ich Sie einordnen sollte. Und Ihr Name sagte mir nichts."

„Mein Name, ja. Ich habe den Namen meiner Frau …
Exfrau angenommen." Er zuckte mit den Schultern. „So
schnell wird man ihn ja dann auch nicht wieder los."

„Ja, das ist wohl richtig", pflichtete Arnold ihm bei.
„Haben Sie Kinder?"

„Nein", seufzte Finley. „Leider. Wobei ich jetzt wohl
eher ,Gott sei Dank' sagen muss."

„So ist es wohl", brummte Arnold. „Ihr Vater hat Sie
nie erwähnt. Sie müssen damals ja noch recht jung gewesen sein. Wie alt sind Sie, wenn ich fragen darf?"

„Meine Eltern hatten sich getrennt, kurz bevor mein
Vater anfing in der Ysgol zu arbeiten. Sie sehen,
manchmal geht das Schicksal seltsame Wege, und die
Dinge wiederholen sich. Ich war noch sehr klein, gerade in die Schule gekommen."

„Dann haben Sie trotzdem ein gutes Verhältnis zu
ihm?"

„Ja, absolut. Wir treffen uns regelmäßig."

Die beiden plauderten weiter, und meine Gedanken
schweiften ab. Finleys Eltern waren tot – zumindest
war es das, was er mir erzählt hatte. Genauso überzeu-
gend, wie er Arnold dargelegt hatte, dass er von seiner
Frau verlassen worden war, deren Namen er angenommen hatte, und dass seine Eltern getrennt waren und
sein Vater hier unterrichtet hatte. Dass es einen Lehrer
namens Mason Harris gegeben hatte, konnte ich
Arnolds Aussage zufolge als gegeben annehmen, ebenso, dass besagter Harris eine gewisse Ähnlichkeit mit
Finley aufweisen musste. Ich fragte mich jedoch, wer
dieser Harris wirklich gewesen war, woher Finley ihn
kannte und wie der Mann sonst ins Bild passte. Diesmal war ich es, die sich am Kopf kratzte. Allmählich

hatte ich das Gefühl, eine Mindmap zeichnen zu müssen, um den Überblick zu behalten.

Nachdem ich meinen Muffin im Zeitlupentempo verspeist hatte, blieb mir nichts anderes übrig, als mich zu verabschieden. Der Unterricht war längst vorbei, und ich wusste, dass Duncan mit Sicherheit bereits auf mich wartete. Es würde seine Laune kaum verbessern, wenn ich später kam.

Ich wünschte Arnold und Finley einen guten Abend. Finley lächelte mich freundlich, aber immer noch distanziert an, wie man einen x-beliebigen Menschen eben behandelt, den man gerade erst kennengelernt hat. Er war ein wirklich guter Schauspieler. Während ich zum hinteren Ausgang lief, dachte ich daran, wie unglücklich ich damals gewesen war, als ich realisiert hatte, dass er sich wohl nicht mehr melden würde. Ich spürte Ärger aufwallen, denn nachdem ich gerade mit eigenen Augen erlebt hatte, wie selbstverständlich er in irgendeine Rolle schlüpfte, fragte ich mich ernsthaft, wie wichtig ihm unsere Beziehung damals tatsächlich gewesen war.

Als ich schließlich vor Duncans Tür stand, verbannte ich die Gedanken an Finley aus meinem Bewusstsein.

Ich betätigte den Türklopfer.

Während ich wartete, trat ich von einem Fuß auf den anderen. Dann öffnete sich die Tür. Wortlos trat Duncan zurück, um mich einzulassen. Ebenso wortlos ging ich an ihm vorbei, auf direktem Weg in sein Wohnzimmer. Mein erster Blick fiel automatisch auf den Kamin, in dem ein heimeliges Feuer loderte und auf dessen Sims wie auch sonst, wenn er mich erwartete, seine Waffe lag. Er wusste, dass es mir unangenehm war, wenn er sie bei sich trug. Mitten im Raum blieb ich stehen. Als ich mich umdrehte, lehnte er mit verschränkten Armen im Türrahmen. Er trug kein Jackett, und die obersten Hemdknöpfe waren offen. Seine Miene war unbewegt.

„Falls du eine Entschuldigung von mir erwartest, dann hast du leider Pech gehabt", sagte ich angriffslustiger, als ich es vorgehabt hatte.

Er zuckte mit den Brauen und löste die Arme. „Setz dich."

Einen Moment lang war ich versucht abzulehnen, doch dann dachte ich, dass es Blödsinn wäre, aus reinem Trotz stehen zu bleiben. Ich nahm allerdings nicht das Sofa, sondern den Sessel, denn ich wollte vermeiden, dass er sich neben mich setzte. Ich sah ihm an, dass er meine Motive erkannte, doch er ließ sie unkommentiert. Er holte drei Gläser und eine Karaffe mit Wasser sowie eine Flasche mit Rotwein. Er schenkte uns beiden Wasser und sich selbst Rotwein ein. Dann lehnte er sich zurück. Ich wartete darauf, dass er etwas sagte, mir womöglich Vorwürfe machte und doch noch eine Entschuldigung von mir verlangte oder sonst wie ein Gespräch begann.

Das Feuer im Kamin prasselte leise vor sich hin. Ab und zu verrutschte ein Scheit. Ich spürte die Wärme der Flammen auf meiner linken Wange. Duncan hielt sein Weinglas in der Hand, den anderen Arm hatte er auf der Sofalehne. Was war nur mit ihm los? Das Feuer spiegelte sich in seinen dunklen Augen. Hin und wieder sah er mich an, wandte den Blick jedoch gleich wieder ab.

Das Schweigen wurde unbehaglich.

Ich riss mich zusammen, um weiter still zu sitzen und abzuwarten. Diese bewährte psychologische Taktik, das Schweigen so lange auszudehnen, bis das Gegenüber es nicht mehr aushielt und so womöglich einfach zu sprechen begann, nur um die Stille zu füllen, und sich schließlich um Kopf und Kragen redete, wandte er zumeist erfolgreich bei seinen Schülern an. Ich war jedoch entschlossen, ihn mit seinen eigenen Waffen zu schlagen. Als ich nach einigen Minuten immer noch beharrlich schwieg, bemerkte ich, wie er mit seinem Daumen kaum sichtbar auf seinem Oberschenkel herumklopfte. Es war wie ein geräuschloses Kräftemessen zwischen uns.

Irgendwann kam jedoch der Punkt, an dem ich es tatsächlich nicht mehr aushielt. Anstatt allerdings das Gespräch in Gang zu bringen, stand ich auf, marschierte in den Hausflur, wo ich meine Jacke von der Garderobe nahm, und öffnete die Haustür. Als ich sie gerade hinter mir schließen wollte, spürte ich Widerstand.

Ich wandte mich um.

Eine Mischung aus Verblüffung und Verärgerung stand Duncan ins Gesicht geschrieben. „Warum gehst du?"

Ich bemühte mich um einen möglichst neutralen Tonfall. „Du wolltest, dass ich zu dir komme, also habe ich das getan. Aber da du anscheinend nichts zu sagen hast, gehe ich wieder, denn ich muss noch Unterricht für morgen vorbereiten." Ohne eine Antwort abzuwarten, entfernte ich mich.

„Caitlyn! Komm wieder rein!" Er klang tatsächlich empört.

Ein Grinsen unterdrückend ging ich einfach weiter.

Er fluchte. Dann hörte ich seine Schritte, doch anstatt mich festzuhalten, womit ich eigentlich gerechnet hatte, passte er seine Schritte an meine Geschwindigkeit an, um mit mir auf einer Höhe zu bleiben.

„Komm wieder rein. Bitte!", ergänzte er nachdrücklich.

Ich legte die Hand auf den Knauf der Hintertür zum Hauptgebäude. „Keine Spielchen mehr und ausschließlich die Wahrheit." Ich sah Duncan fest in die Augen. „Wenn du mir irgendetwas nicht sagen willst oder kannst, dann möchte ich wenigstens wissen, dass es so ist. Damit kann ich leben, aber nicht mit Lügen!"

Einen Sekundenbruchteil schien er zu wanken, dann nickte er. Gemeinsam kehrten wir in sein Wohnzimmer zurück. Diesmal zog ich meine Schuhe aus, bevor ich es mir mit untergeschlagenen Beinen auf dem Sessel bequem machte. „Hast du einen Tee für mich?"

Er bereitete eine ganze Kanne Kräutertee für mich zu, bevor er sich neben den Sessel hockte.

„Darf ich?" Er deutete auf den Reif an meinem rechten Arm.

„Ja." Ich hob den Arm an.

Er drehte den Armreif, bis die Nahtstelle nach oben zeigte, dann holte er aus seiner Hosentasche einen kleinen Schlüssel mit einem geradezu winzigen Bart und eine wenige Millimeter dicke Scheibe, deren Durchmesser ungefähr der Breite des Armreifs entsprach und die an einem Ring hing. Den Schlüssel steckte er in eine Öffnung seitlich am Armreif, die Scheibe platzierte er darüber. Mit dem Schlüssel beschrieb er eine viertel Drehung. Es klickte, und der Armreif sprang auf. Er nahm ihn ab und hielt ihn mir hin.

„Sieh ihn dir an.“

Zögernd nahm ich ihn. Auf den ersten und auch zweiten Blick wirkte er wie ein gewöhnliches Schmuckstück: rund zwei Zentimeter breit und vielleicht einen halben Zentimeter dick. Das Material sah aus wie Titan, verziert mit schwarzen Kunststoffelementen. Die auf der Haut liegende Fläche war glatt. Wie genau der Verschluss funktionierte, konnte ich nicht sagen, doch es war wohl eine Kombination aus Schlüssel und Magnet notwendig. Objektiv betrachtet, war der Reif sogar recht hübsch gestaltet, aber etwas wirklich Auffälliges konnte ich nicht erkennen.

„Im Innern ist ein GPS-Sender, dessen Signal du erfolgreich blockiert hast.“ Duncan lächelte, und zu meiner Überraschung wirkte es nicht nur echt, sondern enthielt auch eine Spur Bewunderung. „Was hast du dazu benutzt?“

„Eine alubeschichtete Rettungsdecke.“ Ich ließ den Verschluss des Armreifs zuschnappen.

„Ist dir aufgefallen, dass das Material des Armreifs viel zu dünn ist, um einen Sprengsatz und einen Zünder unterzubringen?“

Ich behielt meine Gesichtszüge unter Kontrolle. „Sehr witzig, Duncan. Nein. Ist es nicht.“

Er nahm wieder auf dem Sofa Platz. „Gut. Denn ich hatte darauf gesetzt, dass du das nicht erkennst und mir daher die Behauptung abnimmst.“

„Und warum zum Kuckuck hast du mir dann so ein Märchen aufgetischt?“ Ich warf ihm den Armreif wie ein Frisbee zu.

Er fing ihn auf und legte ihn mit Schlüssel und Magnet zusammen seitlich auf ein Beistelltischchen. „Ich wollte, dass du Angst hast."

„Du wolltest was?" Ich starrte ihn an. „Spinnst du?"

Er zuckte mit den Schultern. „Du willst die Wahrheit hören. Angst macht vorsichtig, Caitlyn. Sie macht aufmerksam, man überdenkt jeden Schritt dreimal, bevor man ihn tut. Genau das war notwendig. Du hattest keine Ahnung, in welcher Gefahr du in der Mine schwebtest, und du wolltest mir nicht zuhören und noch weniger glauben."

„Hat dich das ernsthaft gewundert?"

„Nein", gab er zu. „Es wäre mir lieber gewesen, du hättest mir vertraut, aber ..." Er zuckte mit den Schultern. „Es war wohl etwas viel verlangt."

„Hört, hört", brummte ich.

„Ich musste daher einen anderen Weg finden, damit du dich nicht durch unangebrachten Übereifer umbringst."

„Vielleicht hättest *du mir* vertrauen können?", erwiderte ich empört. „Und mir einfach erklären können, was ich tun soll?"

„Und ganz plötzlich hättest du mir einfach so geglaubt und dich an meine Anweisungen gehalten?" Seine Stimme troff vor Zynismus.

Ich verschränkte die Arme und starrte ins Feuer.

Seine Stimme klang nun gelassen. „Ich kenne dich inzwischen gut genug, um daran meine Zweifel zu haben – deine Flucht von der Tankstelle hat meine Annahme bestätigt, dass du jede Gelegenheit ergreifen würdest, irgendeinen Plan in die Tat umzusetzen, den du dir ausgedacht hast und für sinnvoll hältst. Es gab keine Möglichkeit, dich zuverlässig dazu zu bringen, einfach nur genau das zu tun, was ich dir sage. Es war viel zu gefährlich, und ich wollte kein Risiko eingehen."

Ich stieß die Luft zwischen den geschlossenen Lippen aus. Wirklich widersprechen konnte ich ihm nicht. Unter keinen Umständen hätte ich ihm völlig vertraut, daher war ich an der Tankstelle ja auch geflohen.

„Dich kann man lesen wie ein offenes Buch", sagte er. „William ist nicht zu unterschätzen. Er hätte womöglich durchschaut, wenn du lügst, und angenommen, dass du mehr weißt, als du zugibst, und dann hätte er dich nicht gehen lassen. Glaubst du wirklich, ich hätte mit ansehen wollen, wie er dir und unserem Kind etwas Ähnliches antut wie deiner Mutter?"

Ich schluckte. „Natürlich nicht."

„Ich wusste nicht genau, was William dir alles erzählen würde, aber ich war mir sicher, dass du klug genug bist, entsprechend umsichtig darauf zu reagieren, sodass er dich am Ende mit mir gehen lässt. Dabei war es allerdings wichtig, dass du nicht zu selbstsicher wirkst, sondern ängstlich und vorsichtig."

„Wusste er, dass du mir eingeredet hast, dass der Armreif Sprengstoff enthält?"

„Nein."

„Und wenn ich es ihm gesagt hätte? Ich habe mit ihm über den Armreif gesprochen!"

Duncan zuckte mit den Schultern. „Er hätte angenommen, dass ich dir das erzählt habe, um dir Angst zu machen. Er hätte mitgespielt."

Ich dachte daran, was ich zu Melinda gesagt hatte, als sie Duncan mit dem Sheriff von Nottingham verglichen hatte: Immerhin war Nottingham ein scharfsinniger Taktiker. Das allerdings am eigenen Leib zu spüren, war eine Erfahrung, die ich nicht häufiger machen wollte.

„Hat ja anscheinend alles nach deinem Plan funktioniert", brummte ich.

„Ja. Und ich bin sehr froh deswegen."

Sehr kurz erwiderte ich seinen Blick, der offen war und ehrlich. Eine innere Stimme, die auffällige Ähnlichkeit mit der von Melinda hatte, fragte spöttisch, ob es mir lieber sei, wenn er lügen würde oder wenn er mir wirklich eine Mini-Bombe um den Arm gelegt hätte. Natürlich weder das eine noch das andere, doch was er stattdessen bereit gewesen war, für mich und mein Wohlergehen zu tun, fand ich mehr als bizarr.

„Wie bist du nach Leatherhead gekommen?" Zu meinem Erstaunen fragte er das ohne den leisesten Anflug von Ärger, sondern anscheinend aus echtem Interesse.

Einen kurzen Moment dachte ich darüber nach, ihm nicht die ganze Geschichte zu erzählen, damit er dieses Wissen nicht nutzen konnte, um mein Verhalten zukünftig noch besser vorauszusagen, doch dann rief ich mir ins Gedächtnis, dass ich nicht Vertrauen von ihm verlangen konnte, ohne ihm meinerseits welches zu schenken. Was konnte es auch schaden? Die Angelegenheit war schließlich vorbei. Also erzählte ich ihm alles.

Am Ende schmunzelte er sogar, wenn auch etwas widerwillig. „Beeindruckend. Ich muss zugeben, dein Auftritt an der Tankstelle war sehr effektiv. Vielleicht habe ich dein schauspielerisches Talent doch unterschätzt."

Diesmal musste ich lachen. Mit Abstand betrachtet und in der Sicherheit der Ysgol wirkte die Episode tatsächlich amüsant, insbesondere die Tatsache, dass ich ihn in dem Moment nicht nur völlig überrumpelt, sondern ihn regelrecht ausgebootet hatte.

„Danke für die Blumen. Aber ich war stinksauer auf dich, da gab es nicht viel zu schauspielern."

Er drehte die Handflächen zur Decke. „Ich könnte jetzt behaupten, dass es mir leidtut, so gehandelt zu haben, aber das wäre gelogen." Über den Rand des Glases sah er mich an.

Kopfschüttelnd rieb ich mir die Nasenwurzel. „Ich hätte es dir auch nicht geglaubt."

„Wohin bist du dann gefahren?"

„Nach Reading", antwortete ich. „Ich habe mich dort mit Henry getroffen."

„Und deiner Freundin? Melinda." Es war mehr eine Feststellung als eine Frage.

„Ja", gab ich zu. „Woher weißt du das?"

„Dein Vater sagte, die beiden seien zusammen weggefahren."

„Du hast mit Dad gesprochen?" Ich war ehrlich überrascht.

„Ja." Er machte eine Geste, dass ich weiterreden sollte.

Also schob ich die Frage, wann und warum er mit Dad gesprochen hatte, auf. „Henry, Melinda und ich haben gemeinsam in Reading zu Abend gegessen." Ich zögerte, aber da Duncan sich an fünf Fingern abzählen konnte, dass ich meinen Bruder eingeweiht hatte, fuhr ich fort: „Ich habe den beiden alles erzählt."

Er runzelte die Stirn. „Deine Freundin weiß Bescheid?"

„Melinda ist zuverlässig, Duncan. Sie plaudert nichts aus." Es war mir nicht recht, dass er von Melindas Beteiligung wusste, doch wohl oder übel musste ich mich darauf verlassen, dass er sie weder selbst behelligen noch irgendwem etwas davon erzählen würde.

„Später sind wir zurück nach Leatherhead gefahren." Ich sah auf meine Hände. „Was ist gestern Abend wirklich dort passiert?" Obwohl ich keine Ahnung hatte, ob er schon vor dem Brand dort oder überhaupt in der Nähe gewesen war, konnte ich mir nicht vorstellen, dass er es nicht wusste.

Dass Duncan sich Rotwein nachschenkte, obwohl er das Glas noch nicht ausgetrunken hatte, wertete ich klar als Versuch, Zeit zu schinden. Ich wollte schon weiterzureden, doch dann hielt ich mich zurück. Er hatte meine Frage gehört und verstanden. Er hatte den Ball.

Erst nachdem er einen Schluck getrunken und ein paar weitere Sekunden die Oberfläche des Weins betrachtet hatte, sah er mich an.

„Ich ging davon aus, dass du früher oder später bei deiner Familie auftauchen würdest. Ich habe eine Weile im Auto auf der Straße gewartet, allerdings wurde es mir irgendwann zu kalt." Er machte eine Handbewegung, die seine Aussage wohl unterstreichen sollte. „Schließlich ging ich zum Haus und klingelte."

War es wirklich so simpel gewesen? Er wartet vor dem Haus, ihm wird kalt, er klingelt. In meinen Ohren klang es fast schon zu einfach, doch ich wollte ihm nicht von vornherein eine Lüge unterstellen.

„Weder dein Bruder noch deine Schwägerin waren da“, fuhr Duncan fort. „Nachdem ich deinem Vater gesagt hatte, wer ich bin, bat er mich hinein. Da ich einen Grund brauchte, weshalb ich kam, erzählte ich ihm, dass du ein Kind von mir erwartest.“ Er sah mich direkt an.

„Oh“, machte ich überrascht. So viel spontane Offenheit gegenüber Dad hatte ich nicht von ihm erwartet. „Warum?“

„Zum einen, weil es die Wahrheit ist. Zum anderen brauchte ich einen triftigen Grund, warum ich den weiten Weg von Anglesey bis zu ihm gefahren bin, um mit ihm zu sprechen. Ich sagte, du fühltest dich nicht wohl, aber es sei dir wichtig, dass er es möglichst bald und vor allem persönlich erfährt. Nicht am Telefon.“

Ich öffnete den Mund, schloss ihn aber unverrichteter Dinge wieder. Es wäre tatsächlich mein Wunsch gewesen, es meiner Familie persönlich zu sagen und nicht am Telefon. Während ich durch den Pentreath Forest geritten war, hatte ich sogar kurz darüber nachgedacht, wann ein geeigneter Zeitpunkt für eine Stippvisite in Leatherhead sein würde. Das konnte Duncan natürlich nicht wissen, da wir danach keine Gelegenheit mehr gehabt hatten, um darüber zu reden. Hätte ich selbst nicht fahren können, wäre es für mich tatsächlich ein annehmbarer Kompromiss gewesen, wenn Duncan allein gefahren wäre. Dad hätte mich sicher auch so eingeschätzt, doch ich war verblüfft, wie gut Duncan sich in mich hineinversetzen konnte.

„Und wie hat Dad reagiert?“, wollte ich wissen.

„Er hat sich sehr gefreut", antwortete Duncan. „Er holte gleich eine Flasche Whisky, um darauf anzustoßen."

„Typisch Dad, andere Leute wählen Champagner für solch eine Gelegenheit", merkte ich an.

Duncan lächelte. „Außerdem erzählte er mir, dass Helen ebenfalls schwanger ist."

„Ja, das habe ich inzwischen auch gehört. Ich freue mich sehr für die zwei." Ich seufzte tief und bedauerte, dass die beiden ihr Glück momentan nicht gemeinsam genießen konnten. „Und was geschah dann?"

Duncan wischte einen imaginären Fleck von seiner Hose. „Nachdem er den Whisky getrunken hatte, bekam dein Vater Kreislaufprobleme. Ich riet ihm, sich hinzulegen."

„Dad hatte was? Das hatte er noch nie. Ist er krank?"

Duncan zuckte mit den Schultern. „Ich weiß es nicht. Ich bekam in dem Moment einen Anruf und blieb zum Telefonieren in der Küche, während er ins Wohnzimmer ging, um sich aufs Sofa zu legen." Er machte eine Pause. „Es war Marion."

Angewidert verzog ich das Gesicht. „Was wollte sie?"

„William geht es schlechter, als er zugegeben hat."

„Was genau hat er eigentlich?"

„Eine chronisch obstruktive Lungenerkrankung. Aufgrund von Allergien ist er Asthmatiker und hat noch dazu jahrelang geraucht wie ein Schlot." Duncan schüttelte den Kopf. „Er wollte auf niemanden hören, sodass es immer schlimmer wurde."

„Dann ... hat er nicht mehr lange zu leben?" Ich konnte nicht verhindern, dass meine Stimme hoffnungsvoll klang.

„Das ist schwer einzuschätzen", antwortete Duncan ausweichend. „Er wird vorläufig nicht zurück nach Südamerika fliegen. Marion hat die Hoffnung noch nicht aufgegeben, ihn zu heilen, und meint, dass wir schneller zu Ergebnissen kommen müssen. Sie weiß von Henry und schlug vor, ihn statt deiner als Versuchsperson zu nutzen."

Es sollte mich weder überraschen noch schockieren, doch mein Magen krampfte sich zusammen.

„In dem Moment war mir klar, dass nicht nur dein Bruder, sondern auch deine Schwägerin und ihr Kind in Gefahr sind."

„Ich sagte Marion daher, sie solle deinen Bruder in Ruhe lassen, und sie antwortete, ich hätte das nicht zu bestimmen und sie würde selbst nach Leatherhead fahren. Ich ..." Er schluckte. Dann stieß er die Luft aus und schlug sich mit den flachen Händen auf die Schenkel. „Ich musste handeln, Caitlyn, und zwar schnell. Dein Vater hatte gesagt, es könne nicht mehr lange dauern, bis deine Schwägerin wiederkomme. Dein Bruder war noch mit deiner Freundin Melinda unterwegs. Ich habe deinem Vater ein Schlafmittel verabreicht und ..."

„Du hast was?" Entgeistert stellte ich meine Füße auf den Boden und beugte mich vor. „Warum?"

„Ich wollte Zeit gewinnen, um mit dem Duke zu sprechen und irgendetwas zu tun, ohne dass dein Vater es mitbekommt. Alles, was er weiß, kann er weitererzählen."

„Du glaubst doch nicht allen Ernstes, dass Dad das tun würde?"

Duncan lächelte kühl. „Und du glaubst nicht allen Ernstes, dass er es nicht tun würde – unter gewissen Umständen."

„Unter gewissen ..." Ich traute mich nicht mal, den Satz zu Ende zu denken.

„Ich habe schon genug erlebt, um kein Risiko einzugehen. Ich war gezwungen, schnell zu entscheiden, also habe ich das getan. Leider kam Helen zurück, bevor ich den Duke erreicht hatte. Ich ..." Er atmete tief durch. „Es war sinnvoller, dass sie mich nicht zu Gesicht bekam, und ich konnte ihr das Mittel nicht geben, da ich nicht sicher war, ob es ungefährlich ist in der Schwangerschaft. Ich habe ..." Er räusperte sich. „Kurzzeitige Bewusstlosigkeit hervorzurufen ist in so einem Fall das Einfachste. Es führt zu keinerlei Schäden."

Diesmal gab ich nur noch einen erstickten Laut von mir. Keine Schäden abgesehen von dem traumatischen Erlebnis, hinterrücks überfallen worden zu sein, dachte ich.

Ich stand auf. Sitzen zu bleiben war einfach nicht mehr möglich. Ich trat vor das Feuer, blieb stehen, drehte mich herum und ging ans andere Ende des viel zu kleinen Raums. Ich stellte mich ans Fenster und sah hinaus in die Dunkelheit. Mit einem Mal spürte ich Duncan hinter mir. Er war sehr nah, berührte mich jedoch nicht.

„Ich musste doch etwas tun. Ihnen allen durfte nichts geschehen", sagte er leise. „Das hättest du mir niemals verziehen."

Verblüfft drehte ich mich herum. Sein Gesicht war nicht weit von meinem entfernt. Sein schwarzer Blick ruhte auf mir, so verletzlich, wie ich ihn noch nie gesehen hatte. Mit einem Mal legte er eine Hand ganz sanft auf meinen Unterbauch. Ich schloss die Augen, wagte kaum zu atmen, erwartete, seine Lippen auf meinen zu spüren. Doch plötzlich war er fort. Ganz langsam öffnete ich die Augen und ließ die Luft aus meinen Lungen entweichen. Duncan saß schon wieder auf dem Sofa. Ich nahm auf dem Sessel Platz.

„Was …?" Ich räusperte mich. „Was hast du dann getan?"

„Nachdem ich mit dem Duke gesprochen hatte, habe ich beide in den Garten geschafft", berichtete Duncan nüchtern. „Der Duke sorgte dafür, dass ein spezieller Krankenwagen kam, der die beiden fortschaffte. Wir brauchten einen Grund, warum beide plötzlich von der Bildfläche verschwinden konnten, daher das Feuer."

Ich nickte, unfähig, zu Duncans Erzählung Stellung zu nehmen. Was er getan hatte, war skrupellos. Und doch konnte ihm ein Teil von mir nur recht geben. Der Plan ging auf, Helen und Dad waren Gott weiß wo, aber in Sicherheit. Zeit war gewonnen, um einen neuen Plan zu ersinnen. Eigentlich, um überhaupt erst einmal einen Plan zu ersinnen, denn momentan hatte ich nicht den Eindruck, dass die langfristigen Absichten schon annähernd klar waren. Am wenigsten mir.

„Wann kommt Emrys wieder?" Ich pustete auf meinen Tee, den ich mir nachgeschenkt hatte.

„Er hat nichts darüber gesagt. Ich nehme an, er wird sich bald melden."

„Hoffentlich", bemerkte ich düster.

Duncan schwenkte sein Weinglas. „Das alles hätte nicht passieren müssen."

Ich verengte die Augen zu Schlitzen. „Ist das etwa ein Vorwurf?"

Er lächelte mild. „Nein. Es war ein unglücklicher Zufall, dass du zur falschen Zeit am falschen Ort warst. Dafür kannst du nichts." Er zuckte mit den Schultern. „Wichtig ist nur, dass wir nun keine Fehler machen."

Die Teetasse mit beiden Händen umfassend, lehnte ich mich im Sessel zurück. „Keine Fehler zu machen ist dann am schwierigsten, wenn man nicht alle Gegebenheiten kennt."

Er nickte. „Ja, das ist richtig."

Wir schwiegen eine Weile. Ich hatte immer noch das Gefühl, dass ich ihm nicht mit gutem Gewissen alles sagen konnte, was ich wusste. Auch wenn ich im Gegenzug hoffen konnte, dass er mir Dinge berichtete, von denen ich noch keine Ahnung hatte, war ich mir unsicher. Ich hatte die Warnung der mir immer noch unbekannten Anruferin im Kopf, niemandem zu vertrauen. Konnte das wirklich richtig sein? Oder war Vertrauen am Ende das Einzige, was mich weiterbrachte?

Mir wurde ebenfalls klar, dass auch Duncan mir vielleicht nicht völlig vertraute – denn ob er mir etwas Wichtiges verschwieg oder nicht, wusste auch ich nicht. Es war verzwickt.

„Ich fühle mich gerade ziemlich überfordert", gab ich zu. Wenigstens das war eine ehrliche Antwort. „Vielleicht können wir ein anderes Mal weiter darüber reden."

Die Falte zwischen seinen Brauen vertiefte sich. Es war deutlich, dass er nicht nachvollziehen konnte, warum ich plötzlich nicht mehr diskutieren wollte, wo ich vorher doch darauf beharrt hatte, alles bis ins letzte Detail zu besprechen.

Für einen Moment schien er mit sich zu ringen, nachzufragen, entschied sich dann aber dagegen. „In Ordnung.“

Ich lächelte unverbindlich. „Gut.“

Unentschlossen trank ich meinen Tee aus und überlegte, ob ich gehen sollte.

„Wer ist dieser McFarlane?“, fragte Duncan in diesem Moment.

Die Frage traf mich unvorbereitet. Einen Moment war ich versucht zu sagen, ich wisse es nicht, doch an Duncans Miene konnte ich ablesen, dass es dazu schon zu spät war. Mein Gesichtsausdruck hatte mich verraten. Außerdem wäre es keine gute Idee, meine eigene Bitte um Ehrlichkeit gleich ad absurdum zu führen.

„Nach Mums Tod war ich für eine Weile in Schottland bei alten Freunden von Dad“, erklärte ich. „Finley wohnte in der Nähe, und ich habe ihn häufiger besucht.“

Dass ich Finley beim Vornamen nannte, entging Duncan natürlich nicht. „Hast du ihn danach wiedergesehen?“

Ich war mir nicht sicher, ob ich mir den argwöhnischen Unterton nur einbildete. „Ab und zu. Zuletzt vor drei Jahren.“ Das entsprach immerhin die Wahrheit. Alles war momentan schon kompliziert genug, daher wollte ich nicht auch noch einen Nebenkriegsschauplatz eröffnen, indem ich ihm von meiner früheren Beziehung zu Finley berichtete. „Bis er gestern Abend in Leatherhead aufgetaucht ist, hatte ich keine Ahnung, dass er ebenfalls involviert ist. Ich schätze, er hat als eine Art Aufpasser für mich fungiert." Auch das war die reine Wahrheit.

„Hm", machte Duncan.

„Finley hat Henry und mich zu Helen und Dad gebracht." Ich machte eine winzige Pause, falls Duncan wissen wollte, wo das gewesen war, doch entweder wusste er es bereits oder es interessierte ihn tatsächlich nicht. „Schließlich ist er mit mir hierhergekommen." Auch hier ließ ich offen, wie das vonstattengegangen war.

Duncan starrte ins Feuer. „Wo sind die anderen jetzt?"

„Henry ist zu Hause – oder vielmehr das, was davon übrig ist – und kümmert sich um alles. Wo Dad und Helen jetzt sind, weiß ich nicht. Sie sollten an einen sicheren Ort gebracht werden."

Anstatt zu antworten, rieb Duncan sich mit beiden Händen über das Gesicht.

„Avril hat vorgeschlagen, Finleys Anwesenheit damit zu erklären, dass er mich demnächst vertreten soll, wenn ... wenn ich wegen unserem Kind aufhöre."

„Eine gute Idee", sagte er leise. Dann sah er mich direkt an. „Wie fühlst du dich?"

Ich war mich nicht sicher, worauf genau er sich bezog. „Passt schon", antwortete ich daher etwas vage.

Er schwieg einige Sekunden. Schließlich verließ er den Raum. Ich hörte, wie er einen Schrank in seinem Arbeitszimmer öffnete, und gleich darauf ein Schaben wie beim Herausziehen einer Schublade. Schließlich kam er zurück und überreichte mir drei vergilbte Umschläge. Als ich deren Inhalt herauszog, erkannte ich ebenjene drei Schreiben, die er mir vorenthalten hatte.

Alle drei stammten vom Februar 1944. Anhand der Schrift erkannte ich, dass zwei von Gregory stammten, der nun seinen richtigen Namen Jacob enthüllte, sowie einer von Konrad Jäger. Lesen konnte ich sie nicht, da sie auf Deutsch verfasst waren.

„Möchtest du, dass ich sie dir übersetze?"

Ich reichte sie Duncan. „Ja."

Er begann zu lesen und lieferte mir Stück für Stück die Übersetzung. Es war, wie er mir bereits in der Mine gesagt hatte: Karoline hatte alle Krankheiten überlebt, denen Jäger sie ausgesetzt hatte – im Gegensatz zu ihrer Familie, von denen laut Jacob niemand mehr aufzufinden gewesen war. Er hatte Karoline dringend ans Herz gelegt, Haus Sonnenschein zu verlassen. Heimlich. Schnell. Doch offenbar hatte sie noch eine Kündigung verfasst, die Jäger nicht angenommen und die ihn außerdem dazu veranlasst hatte, sie unter Beobachtung zu stellen. In seinem letzten Brief wies Jacob Karoline an, Jäger „Honig um den Bart zu schmieren" und so lange auszuharren, bis er, Jacob, sie holen würde.

„1944", sinnierte ich. „Das Foto mit Jacob stammt aus dem Jahr 1948. Ob er so lange gebraucht hat, sie zu sich zu holen?"

Duncan hielt mir die Briefe hin. „Ich weiß es nicht."

Ich winkte ab. „Würdest du mir die Übersetzung aufschreiben?"

„Sicher." Er legte die Briefe auf den Beistelltisch.

Ein vager Plan formte sich gerade in meinem Kopf. Auslöser war der – eigentlich gar nicht ernst gemeinte – Gedanke beim Nachmittagstee gewesen, dass ich allmählich eine Mindmap verfassen sollte, um aus den vielen Puzzleteilen ein Bild zusammenzusetzen. Genau das würde ich als Nächstes tun, denn ich rechnete fest damit, dass sich daraus interessante Schlussfolgerungen ergäben. Erst danach würde ich beginnen, systematisch die Lücken zu füllen – auch das nicht willkürlich, sondern mit Bedacht. Möglicherweise würde ich bis dahin keine neuen Erkenntnisse gewinnen, doch das nahm ich in Kauf. Helen, Dad und ich selbst waren in Sicherheit. Henry war in Tyrons Obhut gut aufgehoben – das hoffte ich zumindest.

Dass Duncan mir nicht schaden wollte, war mehr als deutlich geworden, obwohl ich immer noch nicht wusste, auf welcher Seite er wirklich stand. Vielleicht hatte Melinda recht, und er stand auf seiner eigenen. Möglicherweise konnte ich auf ihn Einfluss nehmen, wenn ich es richtig anstellte. Eines wusste ich allerdings gewiss: Ab sofort würde ich nach meinen eigenen Regeln spielen.

„Ich muss noch Unterricht für morgen vorbereiten." Ich trank meinen Tee aus und erhob mich.

Duncan begleitete mich zur Tür. Er legte die Hand auf die Klinke, doch anstatt zu öffnen, atmete er tief durch. „Wirst du das Kind wirklich behalten?"

Verblüfft sah ich ihn an. „Ja natürlich! Wie kommst du darauf, dass ich das nicht möchte?"

Von unten herauf sah er mich an. Ein kleines Lächeln umspielte seine Lippen. „Ich war einfach nicht mehr sicher, nach allem, was geschehen ist." Mit seinen Fingerspitzen berührte er ganz kurz meine Wange. „Ich liebe dich, Caitlyn!"

Ein aufgeregter Schwarm Schmetterlinge flatterte durch meinen Bauch, und es kostete mich alle Selbstbeherrschung, die ich hatte, ihm weder um den Hals zu

fallen noch zu antworten. Lediglich meine Mundwinkel, die sich gehoben hatten, konnten für ihn ein Indiz
dafür sein, wie tief mich sein unerwartetes Geständnis
berührte.

„Wir sehen uns morgen, Duncan." Beim Herausgehen
streifte ich seine Hand.

Hinter mir schloss er sanft die Tür.

Ysgol Glasmaris

Die Stirn an das kühle Holz der Haustür gelehnt, verharrte er. Der Aufruhr in seinem Innern, den er in Schach gehalten hatte, seitdem sie ihn im Wald erkannt hatte, brach sich Bahn. Er spürte seinen Atem und seinen Puls schneller werden, ohne bewusstes Zutun ballte er die Hände zu Fäusten, seine Augen brannten. Es war einer der seltenen Momente, in denen er seinen Gefühlen freien Lauf ließ.

Er spürte, wie das Brennen in seinen Augen stärker wurde, bis schließlich Tränen über seine Wangen rannen. Ein Zittern erfasste seinen Körper, und als er Luft holte, klang es beinahe wie ein Schluchzer. Schließlich begann er seine Atemzüge zu kontrollieren. Er zählte sie leise, konzentrierte sich so lange auf das Ein- und Ausatmen, bis er spürte, wie das Zittern nachließ. Langsam öffnete er seine Fäuste, richtete sich auf und sah sich um. Mit den Handballen rieb er sich die Augen. Er hatte das Bedürfnis, sich wie ein Hund zu schütteln, doch stattdessen holte er sich ein Taschentuch und schnäuzte sich.

Dann zog er seinen Mantel an und verließ das Haus. Ohne Umwege ging er zu der hölzernen Tür am Ende des Schulgeländes, die hinaus auf die Klippen führte. Er stieg den schmalen Pfad hinab, bis zu der Stelle, an der die Klippen steil abfielen. Die winterliche See war aufgewühlt. Wenige Möwen segelten im Wind. Der Wind war eisig und biss ihm ins Gesicht, doch er linderte auch das Brennen in seinen Augen, den Nachhall seines Gefühlsausbruchs. Dem Wind abgewandt, zündete er sich eine Zigarette an. Nach einem tiefen Zug stieß er lange den Atem aus und bemühte sich, die Anspannung mit entweichen zu lassen.

Er war durch und durch ein Verstandesmensch. Außerdem neigte er nicht dazu, sich selbst zu betrügen, daher war er sich seiner Gefühle für Caitlyn längst bewusst gewesen. Doch wie intensiv sie waren, hatte selbst ihn überrascht. Er hatte auch nicht geplant, ihr das zu gestehen, und die Worte waren ihm entschlüpft, bevor er darüber nachgedacht hatte. Mehr noch: Er liebte sie nicht nur, sondern freute sich auch über ihr gemeinsames Kind.

Ihre Mitteilung am Freitag hatte ihn so unvorbereitet erwischt, dass er nicht besonders klug darauf reagiert hatte. Die Ereignisse des Wochenendes hatten es nicht leichter gemacht, ihr seine wirkliche Einstellung dazu zu erklären. Dass diese so eindeutig und zweifellos war, hätte er selbst nicht erwartet.

Nach ihrer Auseinandersetzung am Freitagabend hatte er in

seinem Wohnzimmer gesessen und Zeit gehabt, alles sacken zu lassen. Obwohl er zuvor noch nie ernsthaft darüber nachgedacht hatte, ob er jemals Vater werden wollte, hatte ihm der Gedanke daran schließlich ein Lächeln entlockt. Ein warmes Gefühl hatte ihn durchströmt und gleichzeitig das überwältigende Bedürfnis, Caitlyn und das Kind zu beschützen. Er hatte sich geschworen, alles zu tun, um sie aus allem herauszuhalten – und war doch am nächsten Tag gezwungen gewesen, sie mitten in die Höhle des Löwen zu bringen.

Er betrachtete die glühende Spitze seiner erst halb gerauchten Zigarette, dann schnippte er sie im hohen Bogen über die Klippen.

Anstatt zurück zur Schule zu gehen, wandte er sich zur anderen Seite, wo der Pfad ein Dutzend Meter weiter entlang der Felswand führte. Vorsichtig setzte er einen Fuß vor den anderen, um nicht abzustürzen, bis er zu der kleinen Höhle gelangte, die rund zwei Meter in den Felsen hineinführte. Er setzte sich auf einen Stein, von dem aus er den Pfad beobachten konnte. Wenn überhaupt jemand in der Dunkelheit zu den Klippen kam, dann wagte sich jedoch niemand mehr bis in die Höhle.

Dann zog er sein Handy hervor und wählte. Es dauerte nicht lange, bis am anderen Ende abgehoben wurde. „Ich bin's", meldete er sich knapp. „Wie geht es ihm?" Während er eine Weile lauschte und nur zwischendurch Laute der Überraschung, Zustimmung oder Ablehnung von sich gab, beobachtete er, wie sich die Wellen an den Klippen brachen. Ein winziges Lächeln umspielte dabei seine Lippen. „Sobald ich weiß, wohin sie gebracht wurden, lasse ich es euch wissen, Marion. Es besteht kein Grund zur Eile, daher haltet euch zurück. Lasst Caitlyns Bruder einstweilen in Ruhe. Wir brauchen ihn vorläufig nicht."

Er beendete das Gespräch abrupt, denn er glaubte, einen Stein fallen gehört zu haben. Kurz darauf sah er den Mann, der unter dem Namen Finley McFarlane seit heute Mitglied des Kollegiums war. Ihm war nicht klar, warum der Duke es für nötig hielt, den Mann hier an die Ysgol zu holen. Nachdem er McFarlane zu sich gebeten hatte, hatte der wie erwartet abgelehnt, über seine Motive und seine Aufgabe zu sprechen. Nun führte McFarlane zwei kurze Telefongespräche, doch der Wind stand zu ungünstig, als dass er mithören konnte. Nach der Beendigung seines Telefonats entfernte McFarlane die SIM-Karte des Telefons und warf sie die Klippen hinunter.

Der Mann war beileibe kein Anfänger.

Nachdem McFarlane gegangen war, wartete er noch geraume Zeit, bevor er sich selbst auf den Rückweg zur Schule machte. Anstatt den Pfad zu nehmen, den er gekommen war, wählte er einen anderen Weg und umrundete das Schulgelände, sodass er schließlich durch das Torhaus hineinging. Niemand musste wissen, woher genau er kam.

Was auch immer McFarlanes Aufgabe war, war vermutlich kein Problem, solange alles ruhig blieb. Und dass es das tat, dafür hatte er gerade gesorgt, indem er Marion zurückgepfiffen hatte. William war aufgrund seiner gesundheitlichen Probleme kaum noch dazu in der Lage, alles zu überblicken, und überließ daher viele Entscheidungen Marion und ihm.

Er selbst benötigte vor allem Zeit. Es galt, nichts zu überstürzen, denn Williams Gesundheitszustand war so schlecht, dass für ihn sowieso jede Hilfe zu spät käme.

Für seinen eigenen Erfolg konnte er sich also Zeit lassen, daher würde er zunächst alles daransetzen, Caitlyns Vertrauen zurückzugewinnen.

Als er seine Haustür öffnete, musste er an Caitlyns Lächeln denken, mit dem sie auf sein Geständnis reagiert hatte. Zwar hatte sie noch versucht, ihre Freude darüber sowie ihre eigenen Gefühle für ihn zu verbergen, doch er kannte sie inzwischen zu gut.

In ihren tiefblauen Augen hatte der gleiche Ausdruck gelegen, mit dem sie ihn in den letzten Wochen so häufig angeschaut hatte: In den Momenten, wenn sie sich unbeobachtet fühlte und er sie unvermittelt ansah. Oder während jener leidenschaftlichen Stunden, in denen sie in seinen Armen gelegen hatte. Es war wie ein Blick in ihre Seele, der sein Innerstes auf eine Art und Weise berührte, wie er es nicht für möglich gehalten hätte.

Trotz der Dinge, die in den vergangenen drei Tagen geschehen waren, hatte er noch eine Chance, und er würde alles dafür tun, es wieder in Ordnung zu bringen.

Er wollte sie nicht auch noch verlieren.

Ihr durfte nichts geschehen!

Er würde es nicht ertragen, wenn sie ihn eines Tages mit demselben anklagenden Blick anschaute wie damals seine Schwester Julia.

Mechanisch schob er seinen rechten Ärmel hoch und hieb seine Fingernägel in die Brandnarben seines Unterarms, während er ins Wohnzimmer ging. Mitten im Raum blieb er stehen. Das Feuer im Kamin war beinahe heruntergebrannt. Er legte ein paar Scheite nach und beobachtete, wie die Flammen das trockene Holz entzündeten.

Wie in Trance ging er an einen Schrank und holte ein rotes Tuch heraus. Mit geschlossenen Augen sog er den nur noch für ihn wahrnehmbaren Duft nach Rosmarin ein. Julia hatte stets danach gerochen und seine Mutter auch. Es war auch Caitlyns ganz eigener Duft. Als sei das lodernde Feuer im Kamin ein Magnet, näherte er sich ihm und ging davor in die Knie. Er knöpfte seine Manschetten auf und krempelte den rechten Ärmel hoch. Langsam näherte er seinen Unterarm den Flammen. Er biss die Zähne zusammen, als die Hitze stärker wurde. Schweißperlen bildeten sich auf seiner Stirn. Wie schon unzählige Male zuvor war er versucht, das Tuch in die Flammen zu werfen. Doch wie jedes Mal tat er es nicht. Mit seiner Linken umklammerte er das rote Stück Stoff mit der schwarz-weißen Odal-Rune. Othala – einst Symbol des Ahnenerbes und für ihn die Erinnerung an die Menschen, die das Leben seiner Mutter zerstört hatten und die in Folge davon auch Julias Leben auf dem Gewissen hatten.

Die Geschehnisse jenes verhängnisvollen Tages, als er und Julia gerade zehn Jahre alt gewesen waren, hatte er so deutlich vor Augen wie eh und je.

Wie so oft im Sommer waren sie mit ihrer Mutter segeln gegangen. Das Boot war groß genug, um damit den ganzen Tag auf See zu verbringen. Es besaß eine Kajüte, in der es sogar einen kleinen gasbetriebenen Ofen zum Kochen gab. Es geschah, während Julia auf dem Herd die Suppe warm machte. Duncans Aufgabe war es, den Tisch zu decken, und er hatte beim Eingießen der Gläser Wasser verschüttet. Als er ein frisches Geschirrtuch aus der mitgebrachten Tasche holte, hatte er versehentlich auch das Tuch mit der Rune hervorgezogen. Er kannte es, denn seine Mutter trennte sich nie davon. Wie so häufig steckte er seine Nase hinein, um daran zu riechen, als seine Mutter mit einem Glas Wein in der Hand unter Deck kam. Es war nicht ihr erstes, seit sie losgefahren waren, und da sie bereits den ganzen Tag gute Laune gehabt hatte, wagte er die Frage zu stellen, die ihn schon lange beschäftigte. Er wollte wissen, woher sie das Tuch hatte.

Von einer Sekunde zur anderen verzerrte sich ihre Miene. Sie schrie, dass ihn das nichts anginge. Er versuchte sie zu beruhigen, doch es war, als hätte sich ein Schalter umgelegt. Er kannte die Launen und Zustände seiner Mutter, doch diesmal übertraf es alles. Sie schrie und tobte, dass „sie" schuld an allem waren. Wären „sie" nicht gewesen, ginge es ihr besser. Dann zerrte sie den Topf mit Suppe vom Herd und wollte das Tuch ans Feuer halten, doch die heiße Suppe schwappte über Julia, das Tuch landete auf dem Boden. Julia taumelte kreischend vor Schmerzen, während Duncan wie paralysiert danebenstand, anstatt zu verhindern, dass Julia den Halt verlor und genau in die Herdflamme stürzte. Haare und Kunstfaserkleidung fingen anstelle des Tuches Feuer.

Immer noch sah er in seinen Albträumen Julia brennend auf den Boden fallen, ebenso verzweifelt wie fruchtlos um sich schlagend, während seine Mutter wie eine Wahnsinnige lachend danebenstand. Als er endlich in der Lage war, sich zu bewegen, war es zu spät. Julia hatte durch das Wälzen die Flammen erstickt, doch hatten inzwischen die Polster und Vorhänge Feuer gefangen. Schlagartig war ihm klar, dass die Gasflasche eine Gefahr darstellte.

Er brüllte auf seine Mutter ein, dass sie vom Schiff hinuntermussten, und mit einem Mal schien ihr Blick etwas klarer zu werden. Tatsächlich zerrte seine Mutter die schwer verletzte und sich windende Julia hoch und scheuchte Duncan an Deck. Der warf den Rettungsring ins Wasser und sprang hinterher. Neben ihm plumpste Julia hinunter. Seine Mutter blieb an Bord, hinter ihr das sich ausbreitende Feuer, und starrte ihre Kinder mit versteinerter Miene an.

Er hatte die wimmernde Julia und den Rettungsring festgekrallt und versuchte verzweifelt, irgendwie vom brennenden Boot wegzukommen. Wie ein Besessener strampelte er mit den Beinen. Wieder und wieder schrie er nach seiner Mutter, die er jedoch nirgends mehr sehen konnte. Schließlich explodierte die Gasflasche, instinktiv tauchte er unter. Er hörte Julia wie von Sinnen schreien, weil sie es ihm nicht gleichtun konnte und so von der Hitze überrollt wurde. Als er auftauchte, sah er die brennenden Reste des Schiffs im Meer versinken.

Julia versuchte, sich an ihn zu klammern, doch ihre Verletzungen waren schwer, und wegen ihrer Lähmungen war sie noch nie in der Lage gewesen, sich längere Zeit allein über Wasser zu halten.

„Hilf mir!"

Sie flehte herzzerreißend, ihre großen, dunklen Augen voller Schmerz und Leid. Aber er spürte, wie seine Kräfte nachließen. Allein konnte er vielleicht mithilfe des Rettungsrings das Land erreichen. Mit ihr würde auch er ertrinken.

Als er sie schließlich losließ, waren Angst, Enttäuschung und Anklage das Letzte, was er in ihren Augen sah, bevor sie unterging. Sie war gesunken wie ein

Stein, ohne die geringste Kraft, noch dagegen anzu-
kämpfen.

Die Haut an seinem Unterarm brannte. Er zog den
Arm zurück und bedeckte die versengte Stellte mit dem
Tuch. Bis heute konnte er sich nicht erklären, wann
und warum er es auf dem Schiff eingesteckt hatte. Aber
es würde ihn immer an diesen Tag erinnern.

An seine Schuld.

Er hätte seine Mutter nicht fragen sollen. Nicht fragen *dürfen*. Sie könnten beide noch leben, wenn er es
nicht getan hätte. Und wenn Julia nicht krank gewesen
wäre, hätte sie sich mit ihm zusammen retten können.

Er musste dafür Sorge tragen, dass so etwas nicht
mehr geschah, dass Krankheiten wie ihre und unzählige andere zukünftig heilbar sein würden.

Caitlyn war der Schlüssel dazu.

Dublin, Irland

Nachdem Patricia pünktlich um halb zehn mit dem Flug aus St. John's auf dem internationalen Flughafen in Dublin gelandet war, überlegte sie, wie sie am besten zum Militärflughafen Baldonnel und zurück gelangen sollte. Beinahe eineinhalb Stunden mit verschiedenen Bussen unterwegs zu sein, nur um am Ende noch mal mehrere Kilometer zu Fuß zurückzulegen und später das Ganze wieder zurück, war weder in ihrem Sinne noch in der verbleibenden Zeit machbar. Außerdem verspürte sie allmählich Müdigkeit, denn auf dem Flug hatte sie kein Auge zugetan.

Entgegen ihrer sonstigen Gewohnheit entschied sie sich also für ein Taxi. Die Fahrt dauerte nur knapp dreißig Minuten. Umgeben von Wiesen und Feldern lag die Militärbasis im Südwesten Dublins. Die Sicherheitsvorkehrungen entlang des mehrere hundert Meter langen Zauns ließen jeden erkennen, dass es sich um ein lückenlos überwachtes Gebiet handelte. Vor der Zufahrt ließ sie den Taxifahrer anhalten und bat ihn zu warten. Dem Mann war anzusehen, dass er sich fragte, was eine alte Lady wie sie an einem Militärflughafen zu suchen hatte, doch wahrscheinlich hatte er schon ungewöhnlichere Fahrten unternommen. Patricia machte sich keine Gedanken darüber, denn abgesehen von Emrys ahnte niemand, dass sie überhaupt hier war.

Sie holte einen Pass heraus und trat auf den Soldaten zu, der das Tor bewachte. „Jane Frommond. Zwei Personen abzuholen.“

Der Mann war sehr jung und runzelte kurz die Stirn, bevor er ihr Anliegen über Funk weitergab. Nur einen Moment später öffnete sich die Tür des Wachhäuschens, und eine uniformierte Frau kam heraus. Sie kontrollierte den Pass und betrachtete Patricia eingehend.

Schließlich salutierte sie. „Wir haben Sie erwartet, Madam.“

Automatisch erwiderte Patricia den Gruß und fühlte sich im selben Moment seltsam dabei. Ihr militärisches Training war schon viele Jahrzehnte her. „Danke.“

Die Augen der Soldatin hatten sich bei Patricias Geste kurz geweitet. „Kommen Sie herein.“ Sie führte Patricia in das Wachhäuschen. „Wenn Sie Platz nehmen möchten, Madam.“ Sie deutete auf die unbequem aussehenden Stühle. „Es dauert nicht lange.“

„Ich stehe lieber“, erwiderte Patricia. Sie war froh, ihre Glieder etwas strecken zu können. Schließlich war sie gerade erst aus dem Flugzeug gestiegen, und auf dem Rückflug würde sie erneut lange sitzen.

Die anderen Soldaten, die sich im Wachhäuschen aufhielten, bemühten sich, Patricia ihre neugierigen Blicke nicht merken zu lassen. Beim Militär waren Geheimaufträge natürlich nichts Außergewöhnliches, doch Patricia war sich dessen bewusst, dass sie allein wegen ihres Alters dennoch auffiel. Sie wandte den Soldaten den Rücken zu und sah aus dem Fenster. Es dauerte in der Tat höchstens ein paar Minuten, bis sie ein

Auto über das weitläufige Gelände kommen sah, das auf das Tor zuhielt.

Drei Personen stiegen aus, einer davon ebenfalls in Uniform, die sich jedoch von der irischen unterschied. Der Soldat war groß und stattlich. Sein Alter war schwer einzuschätzen, denn seine roten Haare waren nur an wenigen Stellen grau durchsetzt. Er war glatt rasiert und hatte lediglich um die Augen ein paar Falten. Er geleitete die anderen hinein. Als sie den Raum betraten, wandte Patricia sich um.

Diesmal war sie es, die zuerst salutierte. „Brigadier Grant."

Der Mann salutierte zurück. Dann lächelte er, umarmte sie und hielt sie auf Armeslänge von sich. „Unglaublich. Unsere letzte Begegnung ist eine Ewigkeit her, doch du hast dich nicht verändert."

„Gute Gene", bemerkte Patricia trocken.

Der Brigadier lachte schallend. „Ja. Ich kann aber auch nicht klagen." Er neigte sich zu Patricia und raunte ihr ins Ohr: „Ich hab mein Geburtsjahr manipuliert. Man wollte mich schon längst in den Ruhestand schicken, aber ich fühle mich noch lange nicht danach."

Sie schmunzelte. „Danke für die Unterstützung."

„Ehrensache", bemerkte der Brigadier. „Das hier ist für die beiden." Er überreichte Patricia einen Umschlag. Dann tätschelte er Patricia den Oberarm. *„Stand fast Craig Ellachie!"* Er salutierte noch einmal, dann nickte er den beiden zu, die mit ihm hineingekommen waren, und verließ den Raum.

„Richard!" Patricia trat auf ihn zu.

Der Angesprochene strich sich das Haar zurück und streckte ihr die Hand entgegen. „Ist lange her, Pat…"

„Jane Frommond", unterbrach sie Richard nachdrücklich. „Sehr lange."

Richard starrte Patricia an, die sich jedoch nicht davon aus der Ruhe bringen ließ.

„Hallo, Helen!" Auch der jungen Frau streckte sie die Hand entgegen.

Die ergriff sie zögernd. „Hallo."

Mehr sagte sie nicht. Auch Richard schwieg. Patricia hatte damit gerechnet, denn es war nicht das erste Mal, dass sie Menschen in einer Ausnahmesituation beistand. Manche Leute waren geradezu hyperaktiv, redeten ohne Unterlass und legten übertriebenen Aktionismus an den Tag. Andere zogen sich wie unter Schock in ein Schneckenhaus zurück. Sie war noch nicht sicher, in welche Kategorie die beiden einzuordnen waren.

Patricia sah auf die Uhr. „Wir müssen uns beeilen. Unser Flug geht um Viertel nach eins." Sie verabschiedete sich von den Soldaten und deutete in Richtung Ausgang.

Richard bewegte sich nicht von der Stelle. „Wohin fliegen wir?"

Obwohl die Soldaten augenscheinlich anderweitig beschäftigt waren, schüttelte Patricia den Kopf. Sichtlich widerstrebend folgte Richard ihr hinaus in Richtung Taxi, das sich wohl auf Anweisung der Soldaten am linken Rand der Zufahrt platziert hatte. Helen trottete hinterher.

Kurz bevor sie das Taxi erreichten, blieb Patricia stehen. Obwohl sie außer Hörweite waren, senkte sie die Stimme.

„Wir fliegen nach Toronto.“

„Ich habe gar keinen Pass dabei“, sagte Helen. „Und überhaupt, wo sind wir eigentlich gerade?“

„In der Nähe von Dublin“, antwortete Patricia. Dann tippte sie auf den großen Umschlag, den sie noch in der Hand hielt. „Es wurden vorläufige Papiere für euch ausgestellt. Wir müssen los. Auch wenn wir kein Gepäck aufzugeben haben, sollten wir uns beeilen.“

Helen sah Richard an. Ganz offensichtlich war sie sich nicht sicher, was sie von der fremden Frau halten sollte. Erst als Richard Helen sanft die Hand auf den Rücken legte und selbst einen Schritt vorwärts machte, setzte sie sich mit ihm in Bewegung.

Bevor sie einstiegen, wandte sich Patricia noch einmal an die beiden. „Bitte keine Gespräche während der Fahrt.“

Richard atmete tief durch. Dann nickte er. Helen biss sich auf die Lippe, stimmte aber ebenfalls zu.

Die Rückfahrt zum internationalen Flughafen kam Patricia kürzer vor als die Hinfahrt zur Militärbasis. Als der Taxifahrer sie vor der Abflughalle aussteigen ließ, gab sie ihm ein großzügiges Trinkgeld. Anschließend betraten sie die gläserne Abfertigungshalle.

Patricia sah auf die große Anzeigetafel. Es war Viertel vor zwölf. „Unser Flug startet um kurz nach eins. Wir müssen auf die dritte Ebene und gehen direkt durch die Sicherheitskontrollen, dann haben wir vielleicht noch etwas Zeit am Gate.“ Sie deutete auf die Rolltreppen.

„Müssen wir nicht erst noch einchecken?“, fragte Helen, während sie hinauffuhren.

Patricia, die gerade in den braunen Umschlag sah, reichte ihr einen kleineren Umschlag, der mit ihrem

Namen beschriftet war. Ein weiterer ging an Richard. „Nein, da ist alles drin. Bordkarte und Pass."

Sie selbst benötigte nur noch die Bordkarte, die ebenfalls in dem Umschlag steckte. Zu ihrer Beruhigung herrschte an der Sicherheitskontrolle nur mäßiger Betrieb, und laut Anzeigetafeln würde der Durchgang lediglich fünfzehn Minuten dauern. Tatsächlich waren sie sogar noch schneller, sodass sie zwanzig Minuten vor der Boarding Time am Gate waren. Patricia suchte ihnen einen Platz, der weit genug von neugierigen Ohren entfernt war.

„In Toronto werden wir einen Zwischenstopp einlegen, um für euch einzukaufen", informierte sie die beiden. „Ihr braucht vor allem geeignete Winterkleidung. Es ist sehr kalt, dort, wo ich wohne."

„Und wohin geht es dann?", erkundigte sich Helen, die inzwischen etwas entspannter wirkte. Der normale Betrieb eines Flughafens war ihr vertrauter als der einer Militärbasis.

„Nach Halifax. Und von dort zu meiner Farm im Norden von Nova Scotia." Es kostete Patricia Überwindung, diese Auskunft zu geben, doch früher oder später war es unvermeidlich. „Es ist wichtig, dass niemand erfährt, wo ihr seid!"

„Wann kommt Henry?", fragte Helen. „Er kommt doch auch, oder?"

Patricia lächelte. „Sobald wir auf meiner Farm sind, kannst du ihn anrufen, dann erfährst du mehr. Versprochen."

Helen lächelte. Dann wurde sie ernst. „Aber wenn wir telefonieren ..." Sie runzelte die Stirn, weil sie anscheinend nicht wusste, wie sie es formulieren sollte.

„Prepaidhandys“, sagte Patricia. „Anders als früher ist es heutzutage kein Problem mehr, unbemerkt zu kommunizieren, sofern man ein paar Regeln beachtet.“ Sie sah Richard an, der die ganze Zeit nur wortlos vor sich hin starrte. Patricia berührte seinen Arm. Er wandte ihr den Kopf zu. „Es tut mir aufrichtig leid, Richard. Alles.“

Er schluckte sichtlich. „Es ist nicht deine Schuld, Pa… Jane. Ich hätte damals ja nicht …“ Er brach ab, als sein Blick auf Helen fiel. Seine Gesichtszüge wurden weich. Dann seufzte er.

Patricia überlegte, was genau er hatte sagen wollen. Dass er sich nicht auf Liz hätte einlassen sollen? Das war geschehen, bevor er überhaupt gewusst hatte, welches Geheimnis sie umgab. Patricia war nicht naiv genug zu glauben, dass Liz nicht mit Absicht von ihm schwanger geworden war. Sie hatte sich gezielt einen Mann gesucht, mit dem sie nicht nur ein normales Leben führen konnte, sondern der auch genügend medizinisches Verständnis besaß, sollte es einmal notwendig werden. Richard war der geeignete Kandidat gewesen. Nichts davon war Richards Schuld. Doch hier vor dem Gate war kaum der geeignete Ort, um diese Dinge zu diskutieren.

„Richard, wir können die Vergangenheit nicht ändern“, sagte Patricia. „Aber wir können die Zukunft gestalten.“

Wieder seufzte er. „Ja, du hast recht.“ Er zog die Brauen hoch. „Ich glaube, ich muss mich erst noch damit abfinden, dass ich auf meinem Sofa eingeschlafen bin und beim Aufwachen festgestellt habe, dass mein ganzes Leben durcheinander ist.“

„Es war ein Schock für dich“, stimmte Patricia zu.

„Ich habe mir nicht zufällig nur eingebildet, dass Caitlyn schwanger ist von diesem Scratby?"

„Nein", sagten Patricia und Helen gleichzeitig. Dann fuhr Helen fort: „Ich habe Dad alles erzählt, was ich weiß. Auch wenn das nicht viel ist und ich noch immer nicht alles verstehe."

Patricia sah Richard prüfend an. Der nickte mit schiefem Lächeln. „Wenig Neues."

„Du wusstest, dass Liz keine Leukämie hatte?"

„Ich bin Arzt ... Jane. Ich habe mir damals meinen Teil gedacht. Nicht mehr, aber auch nicht weniger. Daher überrascht es mich nicht wirklich. Ich weiß, dass sie es getan hat, um uns zu schützen ..." Plötzlich blinzelte er und sah an die Decke. Dann rieb er sich über die Augen. „Ich hatte gehofft, dass ihr Opfer es wert war, aber jetzt fürchte ich, dass es sinnlos war."

„Es hat euch zehn Jahre gebracht, Richard! Und jetzt werden wir weiter dafür sorgen, dass niemand zu Schaden kommt." Sie ergriff seine Hand.

In diesem Moment wurde ihr Flug aufgerufen. Helen stand als Erste auf. „Sie heißen gar nicht Jane, oder?"

„Nein."

Helen lächelte Patricia zu. Unsicher zwar, aber entschlossen. „Dachte ich mir. Also los, lasst uns gehen."

Freitag, 19. März

Mein Hirn fühlte sich an, als sei es kurz vor einer Kernschmelze. Inmitten meines Zimmers saß ich im Schneidersitz und starrte auf die beiden über und über mit Zetteln, Notizen und Strichen bedeckten Bretter, die an meinem Bett lehnten. Stirnrunzelnd schabte ich mit meinem Taschenmesser an der Spitze des Zimmermannsbleistifts herum.

Ich hatte schon viele Abende damit verbracht, alle Informationen zu sichten und mithilfe einer Art Mindmap in irgendeine Ordnung zu bringen. Da das größte Handicap dabei allerdings war, dass niemand es sehen sollte, konnte ich nicht einfach die Wand meines Zimmers als übergroßes Flipchart nutzen. Ich hatte mir also von Shannon zwei große Bretter besorgt, die übereinandergelegt unter mein Bett passten, sowie ein altes Laken, um sie abzudecken. Sie hatte gefragt, ob die Sachen für die Theateraufführung seien, und irgendwie hatte ich es nicht übers Herz gebracht, sie anzulügen. Daher hatte ich nur den Kopf geschüttelt.

Mit zusammengekniffenen Augen hatte sie schließlich genickt. Sie musste wissen, dass ihr Bruder Tyron nicht mehr in Glasmaris Hall und der Ysgol war. Ob sie ahnte, wo er sich aufhielt und warum, konnte ich natürlich nicht sagen. Auf jeden Fall würde ich nicht mit ihr darüber reden, denn schon Silvester hatte sie deutlich gemacht, dass sie über nichts sprechen wollte, was den Duke oder seine Geheimnisse betraf.

Jedes Mal wenn ich an meiner Mindmap weiterarbeiten wollte, musste ich die Bretter vorsichtig hervorholen und aufstellen. Ich hatte die Fotos und Briefe einzeln in zurechtgeschnittene Klarsichthüllen gesteckt, die ich mit Reißzwecken fixiert hatte. Jede Menge Haftnotizzettel unterschiedlicher Größe und Farbe ergänzten das Bild. Mit dem Zimmermannsbleistift hatte ich Linien mit Pfeilen daran gezogen, manche davon beschriftet oder Frage- und Ausrufezeichen gemalt. Ich hatte Jahreszahlen ergänzt, Orte und Namen. Obwohl sich Zusammenhänge ergaben, die ich vorher nicht so deutlich gesehen hatte, blieben so große Lücken, dass man einen ganzen Bus hindurchsteuern konnte.

Ich hatte noch keine Idee, wie genau Finley ins Bild passte, vermutete allerdings, dass sein richtiger Familienname Grant lautete. Möglicherweise war er der Enkel von Patricia Grant, die die Cousine meines Großvaters Jacob gewesen war. Ich hatte diese Idee mit einem Fragezeichen versehen. Ein weiteres Fragezeichen war „D", der ominöse Kopf des wissenschaftlichen Geheimdienstes, der einst Jacob auf seine Mission nach Deutschland geschickt hatte. Warum, konnte ich wiederum nur spekulieren. Schon sehr früh – dem Briefwechsel zwischen Jacob und Patricia zufolge bereits 1933 nach der Machtübernahme durch die Nazis – hatten ihn die fragwürdigen Ansichten der Nazis zu den Themen Erbbiologie und der sogenannten „Rassenhygiene" dazu veranlasst, sich mit deren Forschungen näher zu beschäftigen. Jacob hatte sich daraufhin um

Kontakt zur Forschungsgemeinschaft „Das Ahnenerbe e.V." bemüht, deren einer Institutsleiter Dr. Konrad Jäger gewesen war. Dort in Pottenstein war schließlich – Zufall oder nicht? – Karoline in den Fokus gerückt.

Ich stand auf, um das Blut in meinen Beinen wieder zum Zirkulieren zu bringen. Auf meinem Schreibtisch stand eine Karaffe mit Wasser, aus der ich mir etwas in ein Glas eingoss und mich dann auf den Schreibtischstuhl setzte. Bequem lehnte ich mich zurück und platzierte meine Füße auf der Tischplatte, die mit mehreren Stapeln noch zu korrigierender Hausaufgaben bedeckt war. Ich fluchte, weil sie verrutschten und in buntem Durcheinander auf dem Boden landeten. Anstatt sie jedoch gleich aufzuheben, ließ ich sie, wo sie waren, und rieb mir den Nacken.

Die beinahe drei Wochen zurückliegenden Ereignisse wurden im Schulalltag immer mehr zu einer Nebensächlichkeit. Ich sprach mit niemandem darüber, sodass es Momente gab, in denen ich fast schon davon überzeugt war, mir alles nur eingebildet zu haben. Natürlich hatte ich das nicht, und es fühlte sich unbefriedigend an, so, als würde ich auf der Stelle treten – was ich eigentlich auch tat.

Finley sah ich fast nur bei den Mahlzeiten und generell nie unter vier Augen. Er unterhielt sich genauso viel oder wenig mit mir wie mit allen anderen. Es war klar, dass er mir und damit auch meinen Fragen aus dem Weg ging.

Emrys war zwischenzeitlich nach Glasmaris Hall zurückgekehrt. Als ich ihn jedoch besucht hatte, waren rein zufällig seine alten Freunde, das Ehepaar Baskin, die ich aus dem British Museum und vom Silvesterball kannte, sowie Avril ebenfalls zum Tee eingeladen. Es war ein unterhaltsamer Nachmittag gewesen, doch abgesehen von einem sehr kurzen Moment, in dem Emrys sich erfreut über die Schwangerschaft gezeigt und mir versichert hatte, dass alles gut sei, konnten wir nicht miteinander reden. Ein zweites Mal war ich ihm mehr zufällig im Korridor der Schule über den Weg gelaufen, als er augenscheinlich aus Duncans Büro zurückkam. Doch auch da hatte er mich vertröstet.

Unwillkürlich wanderten meine Gedanken zu Duncan. Jedes Mal wenn wir uns begegneten, war es ein seltsamer Eiertanz. Er hatte seine Zurückhaltung aufgegeben, was seine Gefühle mir gegenüber betraf. Zwar war er in der Öffentlichkeit nach wie vor diskret, doch er machte keinen Hehl mehr aus unserer Beziehung. Geschickt hatte Avril den Grund für Finleys Anwesenheit durchsickern lassen, sodass die ganze Schule wusste, dass ich schwanger war. Obwohl es sich immer noch fremd anfühlte, so offen damit umzugehen, gewöhnte ich mich an die Situation.

Auch wenn ich mich sehr zu Duncan hingezogen fühlte, traute ich ihm immer noch nicht ganz über den Weg. Jedoch bedrängte er mich nicht, sondern respektierte die Distanz, die ich wahrte.

Vielleicht würde es helfen, wenn ich mit meinen Überlegungen vorwärtskäme und ihn besser einschätzen könnte.

Eines der beiden Handys, die auf dem Schreibtisch lagen, vibrierte. Obwohl die Rufnummer des eigehenden Anrufers unterdrückt war, wusste ich, um wen es sich handelte, denn es war nicht mein gewöhnliches Handy war, sondern mein neues Prepaidhandy.

„Hey, Bruderherz!"

„Hey, Schwesterchen! Ich hab dein Päckchen bekommen!"

Wie abgesprochen hatte ich ihm eine Blutprobe von mir geschickt. Ich wartete darauf, dass er fortfuhr, doch es kam nichts. „Hallo? Jemand da?" Ich hatte es flapsig gesagt, doch im selben Moment spürte ich ein mulmiges Gefühl.

„Ja, bin ich."

„Schön, aber warum klingst du so komisch?"

„Ich hab doch noch gar nicht viel gesagt", erwiderte Henry verwundert.

„Stimmt. Aber schließlich kenne ich dich schon länger. Also was ist los?"

Ich nahm ein schabendes Geräusch war, das klang, als reibe sich Henry das Kinn. „Ich kann erst morgen ins Labor, aber ich habe gerade einen dieser Blutgruppenschnelltests gemacht."

„Warum? Die solltest du als mein Haus- und Hofarzt doch kennen", bemerkte ich.

„Ja, an sich schon."

„Aber?"

„Aber." Er seufzte. „Ich habe mir vorgenommen, gründlich zu sein und nichts auszulassen. Du erinnerst dich, dass Blutgruppe 0 bedeutet, das Blut reagiert weder mit A- noch mit B-Antikörpern?"

„Ja", sagte ich gedehnt. „Und?"

„Und das tut es auch nicht."

„Das war doch zu erwarten. Und weiter?"

„Dein Blut reagiert neuerdings mit Blutgruppe 0."

„Ähm", machte ich verständnislos. „Wie kann das sein, wenn ich doch Blutgruppe 0 habe?"

„Blutgruppe 0 ist der Phänotyp, also das Erscheinungsbild. Dein Genotyp ist wohl ein anderer. Zumindest ist er das jetzt."

„Jetzt?", wiederholte ich. „Aha." Es sollte mich nicht überraschen, aber sprachlos machte es mich trotzdem.

Henry atmete tief ein, dann wieder aus, dann räusperte er sich. „Dein Blut reagiert wie die sogenannte Bombay-Blutgruppe. Lediglich etwa zwanzigtausend Menschen auf der ganzen Welt, vornehmlich in Indien, besitzen sie. Aber indische Vorfahren würde ich bei uns eigentlich nicht vermuten." Henry bemühte sich, es scherzhaft klingen zu lassen, doch er schien ziemlich verwirrt zu sein.

Ich spielte mit meinen blonden Locken herum. „Allerdings." Immerhin hatte ich meine Sprache wiedergefunden.

„Wenn Blutgruppe 0 vorliegt, befindet sich auf der Oberfläche der roten Blutkörperchen die sogenannte Vorläufersubstanz H. Bei der Bombay-Blutgruppe wird weder diese Vorläufersubstanz H, die im Grunde das Antigen der Blutgruppe 0 ist, noch werden die Antigene für die anderen Blutgruppen gebildet. Oder anders ausgedrückt, dein Blut hat nicht nur Antikörper gegen die Antigene A und B, sondern auch gegen die Vorläufersubstanz H und somit gegen sämtliche roten Blutkörperchen der Blutgruppen A, B, AB und O. Streng genommen handelt sich dabei um einen Gendefekt, der vererblich ist."

„Ein Gendefekt?" Allmählich kam ich mir dumm vor, weil ich immer nur Aussagen wiederholte, anstatt etwas Konstruktives zum Gespräch beizutragen.

„Gendefekt oder Genmutation beschreibt im Grunde das Gleiche: eine Veränderung im Erbgut. Von einem Defekt spricht man, wenn die Veränderung negative Auswirkungen hat. Daher bezeichnet man die Bombay-Blutgruppe als Gendefekt, weil es gefährlich für diese Menschen werden kann, wenn sie eine falsche Blutspende bekommen. Allerdings habe ich bisher noch nie von einem Fall gehört, bei dem jemand die Bombay-Blutgruppe erst später im Leben … ich weiß nicht, wie ich es nennen soll … *erworben* hat. Du hattest früher mit absoluter Sicherheit die ganz gewöhnliche Blutgruppe 0.“

„Und was bedeutet das jetzt“, ich schluckte und legte unwillkürlich die Hand auf meinen Bauch, „für mich und für mein Kind?“

„Frag mich was Leichteres. Möglicherweise hast du recht und die Kette, die du letztes Jahr getragen hast, hat etwas damit zu tun.“

Henry und Melinda waren bisher immer noch die Einzigen, denen ich von meinem Verdacht erzählt hatte. Derweil baumelte besagtes Objekt ganz unschuldig an der Ecke eines der Bretter, wohin ich es jedes Mal hängte, wenn ich an meiner Mindmap weiterarbeitete. Den Schlüssel – obwohl er vermutlich keine weitere Funktion gehabt hatte, als das Holzkästchen zu schließen, das die Bilder enthalten hatte – hatte ich als zweiten Anhänger mit darangelassen.

„Wie kann eine Kette, von der ich nicht mal weiß, woraus sie genau besteht, so etwas bewirken?“, überlegte ich zum gefühlt hundertsten Mal.

Henry lachte humorlos. „Frag Esoteriker, Naturheiler oder ähnliche Gestalten, die für alles Mögliche Talismane und dergleichen haben." Er gab ein gereiztes Brummen von sich, und ich stellte mir vor, wie er sich die Augen rieb.

„Die Wissenschaft sagt: Das kann nicht sein", bemerkte ich. „Aber manches wirkt trotzdem irgendwie."

„Ja, das ist richtig. Wobei in der Regel wohl psychologische Effekte wie der Placeboeffekt eine Rolle spielen", erwiderte Henry. „Aber ein Placebo bewirkt garantiert keine Veränderung der Blutgruppe."

„Eben. Hast du deine mal getestet?"

„Blutgruppe 0, wie immer. Vielleicht sollte ich die Kette auch tragen, dann wissen wir, ob es an ihr liegt."

„Du bist doch kein Versuchskaninchen!"

„Du auch nicht, Cat."

Aber jemand – diese Frau – hatte mich dazu gemacht, dachte ich. Oder war es am Ende kein Versuch, sondern Absicht gewesen? Wenn ja, also falls die unbekannte Absenderin gewusst hatte, was mit mir passieren würde, warum wollte sie es dann?

Während wir beide schwiegen, nahm ich die Kette an mich. An den groben, bronzenen Gliedern hing neben dem fein ziselierten Bartschlüssel die flache Scheibe, in die sieben funkelnde Schmucksteine an den Zacken des größten Sterns so eingelassen waren, dass sie von beiden Seiten zu sehen waren. Blau, grün, goldgelb, violett, braun, weiß und schwarz schillerten sie im Licht meiner Deckenleuchte. Auf beiden Seiten der Scheibe waren neben dem sieben– auch jeweils ein fünfzackiger Stern sowie ineinander verschlungene Kreise eingraviert. Plötzlich hatte ich ein anderes Bild vor Augen.

Eine andere Scheibe, in die ähnliche Symbole geritzt waren. Ich runzelte die Stirn.

„Morgen kann ich ins Labor", sagte Henry da. „Sobald ich Ergebnisse habe, melde ich mich."

„Wie? Ach so, ja. Gut."

Beinahe hatte ich vergessen, dass ich das Telefongespräch mit meinem Bruder noch gar nicht beendet hatte. Ein weiterer Gedanke ploppte gerade auf. Dr. Pfefferkorn, bei dem ich zwischenzeitlich noch mal vorstellig geworden war, musste meine Blutgruppe ebenfalls aufgefallen sein. Er hatte nichts gesagt, was nur bedeuten konnte, dass er Bescheid wusste.

Ich rieb mir die Augen, zückte den Bleistift und notierte es auf meiner Tafel.

„Hast du mal wieder mit Helen und Dad gesprochen?", wechselte ich derweil das Thema.

„Ja, sie melden sich regelmäßig. Ich muss aufpassen, dass ich die Prepaidhandys nicht eines Tages durcheinanderbringe. Tyron besteht darauf, dass wir das, mit dem ich Helen und Dan anrufe, regelmäßig austauschen. Er ist ziemlich streng in der Hinsicht. Von diesem hier weiß er Gott sei Dank nichts." Er lachte, aber es klang ein bisschen gezwungen.

Ich stimmte trotzdem mit ein. „Tyron ist ein Schatz. Ich vermisse ihn ehrlich gesagt ziemlich." Das stimmte sogar.

„Vorläufig musst du wohl noch auf ihn verzichten. Er hilft mir sogar im Haushalt." Das klang beinahe so, als sei Henry einer außerirdischen Lebensform begegnet.

„Er ist Butler, das ist sein Job! Ich bin jedenfalls froh, dass er auf dich achtgibt. Wie geht es Dad und Helen denn inzwischen?"

„Ihnen ist ein bisschen langweilig. Helen sagt, sie sind auf einer Farm, es liegt jede Menge Schnee und ist eiskalt. Es gibt Pferde dort, aber sonst wohl nicht viel. Außerdem habe ich das Gefühl, dass sie sich in einer anderen Zeitzone befinden."

Überrascht hob ich die Brauen. „Wie kommst du denn darauf?"

„Zum einen wüsste ich nicht, dass momentan irgendwo in Großbritannien solche Wetterverhältnisse herrschten. Zum anderen hat Helen bei unserem letzten Telefonat gesagt, sie ginge gleich schlafen. Dabei war es erst acht Uhr abends. So früh geht sie nie zu Bett."

„Was tippen Sie, Holmes?"

„Kanada, Watson. Allerdings nicht allzu weit westlich, sonst wäre der Zeitunterschied ziemlich groß."

„Östliches Kanada. Das schränkt den Bereich, wo sie sein könnten, natürlich ungemein ein, Holmes", kicherte ich.

„Ja, absolut", erwiderte er trocken. „Eigentlich ist es egal. Hauptsache, sie sind in Sicherheit vor diesem Hunter."

„Da hast du recht. Und wie sieht es im Haus inzwischen aus?"

Er stöhnte. „Frag nicht. Ich weiß, warum ich Arzt geworden bin und nicht Bauleiter." Während er erzählte, wie die Renovierungsarbeiten dort dank der Handwerker und Helfer, die allesamt Emrys geschickt hatte, trotz seines Lamentos gut vorangingen, war ich froh, dass er nicht wusste, dass Duncan für das Feuer verantwortlich war, sondern William Hunters Schergen dahinter wähnte. Vorerst war es besser so – möglicherweise musste er auch gar nicht erfahren, was wirklich geschehen war.

„Hör mal, ich mach jetzt Schluss", sagte ich, nachdem ich das Gefühl hatte, dass er alles Wesentliche erzählt hatte.

„Was ist los?" Er klang besorgt.

Ich biss mir auf die Unterlippe. Anlügen wollte ich ihn nicht. „Nichts", beruhigte ich ihn daher. „Du hast mich auf eine Idee gebracht, aber ich will mir erst ein paar Gedanken darüber machen, bevor ich dir mehr erzähle. Wir hören uns, in Ordnung?"

„Ja. Gut." Er klang nicht sehr überzeugt, doch er hatte mit seinem Teil des Rätsels genug zu tun, was ihn wohl davon abhielt nachzufragen, was genau ich meinte. „Bis dann!"

Kaum dass er aufgelegt hatte, hatte ich meinen Laptop aufgeklappt. Doch als ich die Suchmaschine in meinem Browser aufrief, hielt ich inne. Weil ich ständig das Gefühl hatte, auf Schritt und Tritt beobachtet zu werden, sei es real oder online, war ich bei allem, was ich tat, extrem vorsichtig geworden. In den letzten drei Wochen hatte ich es konsequent vermieden, irgendwo digitale Fußabdrücke zu hinterlassen, die über die gewöhnliche Schulroutine hinausgingen. Wollte ich das beibehalten, bedeutete das allerdings, dass ich mich nicht online, sondern nur vor Ort informieren konnte.

Und dazu musste ich nach London.

Noch einmal nahm ich das Prepaidhandy, um meinen Bruder anzurufen.

„Ist was passiert?"

Ich schmunzelte. „Nein, aber ich glaube, ich brauche Hilfe."

„Also doch!"

„Würdest du mir einen Gefallen tun?"

„Schieß los!"

Als ich am frühen Samstagnachmittag aus dem Bahnhof Euston trat und zum War Memorial hinüberging, wurde ich schon erwartet.

„Perfektes Timing, ich bin auch gerade angekommen!" Melinda nahm mich in den Arm. „Henry wollte mir nicht verraten, worum es geht, als er heute in aller Herrgottsfrühe bei mir klingelte!" Sie klang geradezu empört darüber, dass er es gewagt hatte, vor elf Uhr bei ihr vor der Tür zu stehen.

„Weil er auch keine Ahnung hat", nahm ich meinen Bruder in Schutz.

Melinda riss die Augen auf. „Ernsthaft? Was geht denn jetzt ab?"

„Hat Tyron irgendetwas mitbekommen?"

„Die Zuckerschnute hat brav im Auto gewartet. Henry hat ihm das Märchen aufgetischt, dass er mir versprochen hat, sich mein Handgelenk anzusehen, das ich mir beim Squash verletzt habe. Ich und Squash! Ausgerechnet! Ich wusste gar nicht, dass er eine so blühende Fantasie hat."

Ich musste lachen. „Du glaubst gar nicht, wie kreativ er sein kann. Tyron wäre sicherlich nicht begeistert, wenn er wüsste, dass er ausgetrickst worden ist."

„Tja, so kann es gehen. Was macht der Nachwuchs? Warst du inzwischen mal beim Arzt?"

„Nur noch mal bei unserem Arzt in Glasmaris, Dr. Pfefferkorn. Er ..."

„... lass mich raten, weiß auch Bescheid." Melinda rollte mit den Augen. „Allmählich solltest du eine Liste anlegen, damit du den Überblick behältst, wer was weiß!"

„Hab ich schon", bemerkte ich düster. „In den Osterferien habe ich übrigens einen Ultraschalltermin."

„Wo?"

„Ich weiß es nicht. Dr. Pfefferkorn hat es organisiert. Er wird mir noch Genaueres sagen."

„Und was ist mit deinem ...? Keine Ahnung, wie soll ich ihn nennen? Der Vater? Dieser Lord? Seht ihr euch?"

Ich seufzte. „Ja, täglich. Er ist schließlich der Schulleiter. Die Kurzversion lautet: Es ist zwar kompliziert, aber er hat mir gesagt, dass er mich liebt."

Melinda riss die Augen auf. „Oh, wow! Wie entzückend. Aber glaubst du ihm das?" Sie klang sehr skeptisch.

„Ja, allerdings, auch wenn ich noch keine Ahnung habe, wohin das führen wird. Ich warte einfach ab."

„Kluge Frau!" Melinda drückte mir einen Kuss auf die Wange. „Wohin wollen wir denn jetzt eigentlich?"

Ich setzte mich in Bewegung, um die Euston Road zu überqueren. „Ins British Museum. Das hier ist übrigens die Kette." Ich zog sie unter meiner Jacke hervor und reichte sie Melinda.

Beinahe ehrfürchtig nahm sie sie mir ab und betrachtete sie, während wir an der Ampel warteten. Schließlich sah sie mich an. „Ganz ehrlich, wirkt ein bisschen wie Modeschmuck."

Ich grinste. „Irgendwie schon. Wenigstens macht sie das unauffällig. Schau sie dir trotzdem gut an. Die Symbole vor allem.“

Die Ampel wurde grün, aber Melinda war in die Betrachtung der Kette vertieft. Ich zog sie am Ärmel mit mir, und wir überquerten die Straße.

„Wie geht es eigentlich dem blonden Hünen? Wie hieß er noch gleich? Finley?“, fragte sie, ohne hochzuschauen.

„Gut, soviel ich weiß.“

„Soviel du weißt?“ Sie sah mich verwundert an. „Da, nimm du sie wieder. Hast du ihn seitdem etwa nicht mehr gesehen?“

Ich steckte die Kette in meine Jackentasche. „Doch, er unterrichtet neuerdings auch an der Ysgol. Aber er geht mir aus dem Weg.“

Während des gut zehnminütigen Fußmarschs zum Museum setzte ich meine Freundin über ihn ins Bild, und wir plauderten über Belanglosigkeiten. Als wir schließlich das große schmiedeeiserne Tor an der Great Russel Street passierten, musste ich unwillkürlich an den Abend im Dezember denken, an dem ich mit Duncan hier gewesen war. Diesmal lag kein blauer Teppich unter den Säulen, und keine Schlange festlich gekleideter Menschen hatte sich vor dem Eingang gebildet, um durch die ausgedehnten Sicherheitskontrollen ins Innere zu gelangen. Weder Filmteams noch Pressefotografen und erst recht keine Prominenten waren weit und breit zu sehen. In der Eingangshalle fiel mein Blick unwillkürlich auf die große Treppe, die uns der Wachmann hinunterbegleitet hatte, nachdem er uns am Grabmal des Nebamun aufgegriffen hatte.

„Denkst du gerade an ihn?“, fragte Melinda da.

„Nein“, gab ich möglichst unverfänglich zurück.

Sie verdrehte die Augen. „Du hast doch an dieses Megaevent hier gedacht, bei dem du mit dem lieben Lord gewesen bist. Und deinem Grinsen nach zu urteilen, hast du an dem Abend eine Menge Spaß gehabt.“ Sie deutete auf die Treppe. „Ist die Ausstellung da oben?“

„Nein“, sagte ich und deutete geradeaus in Richtung des Great Court. „Da hinten.“

Melinda sah zwischen der Treppe und mir hin und her.

„Kein Kommentar“, sagte ich.

Melinda prustete. Dann setzten wir uns in Bewegung. „Du magst ihn also immer noch“, bemerkte sie.

„Ja, ich mag ihn. Immer noch“, gab ich zu. „Reicht das, euer Ehren?“

„Erst mal“, beschloss Melinda. „Die Langversion kannst du mir heute Abend beim Tee erzählen. Wein geht ja nicht … und bevor du Einspruch erhebst, du glaubst doch nicht allen Ernstes, dass ich dich heute schon wieder zurückfahren lasse?“

„Nicht mal im Traum hätte ich daran gedacht“, versicherte ich ihr.

Wir betraten den von unzähligen Besucherstimmen schwirrenden Great Court. Mein Blick ging hinauf zu der wabenartigen Struktur des Glasdaches, durch das nun helles Tageslicht fiel, das das allgegenwärtige Weiß strahlen ließ. Anstatt Prominenz in Abendgarderobe bevölkerten gewöhnlich gekleidete Besucher den riesigen Raum. Auf der linken Seite des runden Lesesaals im Zentrum des Great Court thronte immer noch der steinerne Löwe mit dem traurigen Blick, davor eine Gruppe, die den Ausführungen eines Guides lauschte.

Melinda stieß mich an. „Wir müssen nach rechts, oder?"

„Genau."

Während wir die angegebene Richtung einschlugen, überkam mich eine weitere Welle der Erinnerungen: Reden, Musik und ein gelungenes Abendessen. Der Tanz und die Ausstellungsführungen. George Mallory, der mich für eine Prostituierte gehalten hatte, die Emrys ihm zusätzlich zum Bargeld spendierte. Sein verblüffter Gesichtsausdruck, als er realisiert hatte, dass ich nicht nur vorgab, eine Lehrerin zu sein. Trotz seiner schleimigen Art hatte ich ihm nichts Böses gewünscht, und sein Tod machte mich immer noch betroffen.

Gemeinsam mit Melinda betrat ich nun die ebenfalls gut besuchte King's Library. Für einen Moment blieb ich stehen, um die einzigartige Atmosphäre dieses eleganten, lang gestreckten Raums in mich aufzunehmen. Hatte sich die Bewunderung des Museumserbauers für griechische Architektur schon in den Säulen am Museumseingang gezeigt, so setzte sich diese hier in diesem eleganten, mit Stuck und neoklassizistischen Elementen dekorierten Raum fort. Einst war sie für die Privatbibliothek Georg III. gebaut worden, doch der wertvolle Bestand war längst in die British Library umgezogen. Die auf der Galerie sowie die im unteren Bereich noch befindlichen Bücher waren eine Leihgabe der Bibliothek des House of Commons. Die Regale waren nun verglast und enthielten die unterschiedlichsten wertvollen Exponate aus dem Zeitalter der Aufklärung.

„Cool", bemerkte Melinda, während sie sich umsah. „Ich war schon ewig nicht mehr hier. Zuletzt mit der Schule, glaube ich. Meinst du, wir haben später noch Zeit für einen Gang durch den Rest? Oder sagen wir, zumindest durch einen kleinen Teil, denn hier kann man vermutlich einen ganzen Tag verbringen. Oder mehrere Tage. Und sich herrlich verlaufen."

„Ja, allerdings", erwiderte ich und stellte erst im Anschluss fest, dass diese Bemerkung nicht nur für die Aufenthaltsdauer im Museum galt, sondern auch für den Aspekt des Verlaufens. Doch das führte ich wohlweislich nicht näher aus.

Ich warf einen Blick auf den Plan gleich am Eingang, auf dem der Inhalt der einzelnen Vitrinen beschrieben war, um das zu finden, wonach ich suchte.

„Die Natur, Archäologie, alte Schriften …", las Melinda vor.

„Religion und Brauchtum. Ich glaube, dort war es!"

Wir begaben uns nach links, vorbei an der imposanten Piranesi-Vase und verschiedenen Vitrinen.

„Oh, schau mal, die Kopie des Steins von Rosetta!"

Begeistert blieb Melinda vor dem schwarzen Stein stehen, der in drei untereinanderstehenden Schriftblöcken denselben Text in unterschiedlichen Sprachen enthielt und daher von großer Bedeutung für die Entzifferung ägyptischer Hieroglyphen gewesen war. Ich drängte Melinda nicht mitzukommen, sondern ließ sie lesen und schlenderte derweil allein weiter. Die Hieroglyphen entziffern zu können war für die damaligen Forscher sicher ein großartiger Durchbruch gewesen. Sie hatten bis dahin nur Anhaltspunkte gehabt, über mögliche Bedeutungen spekuliert und waren mit ihren

Interpretationen mit Sicherheit häufiger auf dem Holzweg gewesen. Irgendwie kam auch ich mir vor wie einer jener Forscher, die zu Beginn ihrer Arbeit im Dunkeln tappten und – ganz passend zum Titel dieses Raums – auf der Suche nach Erleuchtung gewesen waren. Um Fortschritte zu machen, musste man Umwege und Sackgassen in Kauf nehmen, daher war ich zuversichtlich, dass ich zumindest eine Erkenntnis gewinnen würde, selbst wenn es die war, dass die Gegenstände in dieser Ausstellung mich auf den Holzweg geführt hatten.

Schließlich blieb ich vor der Vitrine mit der Nummer zwanzig stehen: „Religion und Brauchtum – Magie, Geheimnisse und Riten". Gleich in der vordersten Reihe der Vitrine wurde ich fündig. Die zugehörige Objektbeschriftung wies darauf hin, dass die Gruppe von Gegenständen dem Besitz von Dr. John Dee zugeordnet wurde. Im 16. Jahrhundert war er – ebenso respektiert wie umstritten – Gelehrter am Hofe Königin Elisabeth I. und als Mathematiker, Astrologe und Alchemist tätig gewesen. Während ich unauffällig den Anhänger der Kette, die ich inzwischen wieder umgehängt hatte, in die Hand nahm, trudelte auch Melinda ein.

Leise pfiff sie durch die Zähne. „Jetzt verstehe ich, was du meintest mit ‚verblüffend ähnlich'."

Sie deutete auf das große Wachssiegel, das laut Objektbeschriftung das „Gottessiegel" genannt wurde und einen Durchmesser von über zwanzig Zentimetern hatte. Gleich daneben gab es zwei etwa halb so große Siegel, die einst mit zwei weiteren – inzwischen verschollenen – unter den Tischbeinen des Tisches lagen, auf dem Dr. John Dee seine Magie praktizierte. Alle drei

Siegel besaßen Gravuren, die denen auf meinem Anhänger entsprachen. Ein fünfzackiger Stern wurde von einem siebenzackigen umschlossen und von merkwürdigen Zeichen und Symbolen begleitet. Ein schneller Vergleich ergab auch bei diesen eine große Ähnlichkeit, obwohl ich das durch das Glas der Vitrine und die winzige Ausführung auf dem Anhänger nicht im Detail vergleichen konnte. Auf keinem der Wachssiegel waren jedoch Kristalle eingearbeitet oder auch nur Plätze dafür vorgesehen.

Neben den Wachssiegeln befand sich eine goldene Scheibe mit eingravierten konzentrischen Kreisen sowie vier zinnenbewehrten Türmen, die die Scheibe wie ein gleicharmiges Kreuz in Viertel teilten. Über jedem Turm waren Wörter eingraviert, genau wie in den Vierteln, die durch den zweiten und den dritten Kreis gebildet wurden. Die Wörter konnte ich nicht entziffern, las jedoch auf der Tafel, dass die Gravur die „Vision der vier Türme" darstellte, die Dees Medium namens Edward Kelley von den Engeln erhalten haben soll.

Außerdem gab es noch einen schwarzen Spiegel aus poliertem Obsidian, vormals ein aztekisches Kultobjekt, der von Dee und Kelley dazu genutzt wurde, Geister zu beschwören. Zu guter Letzt lag auf einem Metallgestell eine Kristallkugel unbekannter Herkunft, etwas größer als ein Hühnerei, in der Dees Medium Kelley angeblich göttliche Wesen gesehen hatte.

Genau wie ich hatte Melinda sowohl die Objekttexte gründlich gelesen als auch die Gegenstände ausführlich unter die Lupe genommen, soweit das durch das Vitrinenglas möglich war.

Schließlich ging ich um die Vitrine herum, fand jedoch nichts Interessantes mehr.

Mit einem Mal kicherte Melinda los. „Da hatte aber jemand etwas zu kompensieren." Sie deutete auf die kleine Statue mit dem überdimensionalen Phallus, bei dessen zufälliger Betrachtung mich George Mallory erwischt hatte. Da es nicht die einzige Figur dieser Art war, nahmen wir uns die Zeit und lasen die zugehörige Tafel.

„Ernsthaft?" Halb belustigt, halb entsetzt hielt sich Melinda eine Hand vor den Mund. „Die Römer haben Amulette mit Glöckchen in ihre Türdurchgänge gehängt, die wie ein Phallus geformt waren, um sich vor bösen Geistern zu schützen?"

„Es war ein Symbol für Wohlstand, Reichtum, Erfolg und Fruchtbarkeit in den männerdominierten Gesellschaften. Man erhoffte sich dadurch Glück im Leben. In anderen Kulturen hatte man dafür Püppchen von schwangeren Frauen."

Melinda tätschelte meinen noch flachen Bauch. „Stimmt. Es ist schon interessant, wie abergläubisch die Menschen früher waren. Mal ehrlich, aber würdest du dir einen ... na ja ... so einen Phallus um den Hals hängen, nur um Glück zu haben?"

Ich lachte. „Nein. Aber heutzutage hängen sich viele einen Kleeblattanhänger an die Halskette. Aberglaube existiert in unserer aufgeklärten Gesellschaft immer noch." Ich ging weiter um die Vitrine herum. „Sapere aude! Wage es, weise zu sein! Das Zitat stammt von dem lateinischen Dichter Horaz wenige Jahrzehnte vor Christus. Immanuel Kant erklärte es fast 1800 Jahre später zum Leitspruch der Aufklärung und übersetzte es mit: Habe Mut, dich deines eigenen Verstandes zu bedienen! Im Klartext: Befreie dich vom Aberglauben."

Melinda starrte mich an. „Woher weißt du denn so etwas?"

„Als die Sonderausstellung damals eröffnet wurde, habe ich an einer Führung teilgenommen. Manchmal bleibt da etwas hängen." Wir waren wieder bei den Wachssiegeln angelangt. „Diese Objekte stammen aus der Zeit vor der Aufklärung, als noch reichlich Aberglaube herrschte und die Alchemie noch keine Wissenschaft war, die sich ausschließlich mit den Naturgesetzen befasste, sondern auch mit Mythen."

Melinda tippte sich auf den Mund. „Wollten die Alchemisten nicht Gold herstellen?"

„Genau. Aus unedlen Metallen wollten sie Gold herstellen. Außerdem waren sie auf der Suche nach etwas, das sie Panazee nannten. Besser bekannt als der Stein der Weisen oder das Allheilmittel." Erst vor ein paar Tagen hatte ich einen Abstecher in die Schulbibliothek gemacht, um den Begriff „Stein der Weisen" nachzuschlagen, den Emrys benutzt hatte, als er mir zum ersten Mal von den *Heredes* und ihren Bestrebungen erzählte. „John Dee war ein Alchemist."

Melinda betrachtete das Wachssiegel, dann mich. „Dann bist du also so etwas wie der Stein der Weisen und deswegen so wertvoll?"

Das Lachen blieb mir im Hals stecken. Es war nicht witzig, sondern eher ziemlich dicht an der Wahrheit.

Melinda rieb meinen Oberarm. „Tut mir leid. War das jetzt gemein?"

„Nein. Ich weiß nur gerade nicht, was ich mit dieser Erkenntnis anfangen soll."

Melinda schlenderte zu einer der Besucherbänke, die auf der Längsachse des Raums verteilt waren, und setzte sich. Ich folgte ihr.

Sie hob einen Zeigefinger, als doziere sie. „Was auch immer dieser Dee mit seinem Kumpel Kelley angestellt hat, war angeblich nur getrieben von Aberglauben. Aber vielleicht haben sie ja wirklich etwas herausgefunden. Ich meine, diese Symbole auf der Kette und die auf den Siegeln ... die Ähnlichkeit kann doch kein Zufall sein."

„Möglich." Ich rieb mir die Nasenwurzel. „Oder wohl eher wahrscheinlich. Was hältst du davon, wenn wir uns die Sonderausstellung ansehen, anschließend einen Teil des Museums und danach zu dir fahren? Pizza, Pyjama und ... Tee. Fast wie früher."

Melinda legte den Kopf schief. „Hatte ich das nicht bereits vorgeschlagen? Bis auf die Pizza."

„Hattest du."

„Dann frage ich mich, warum du so plötzlich bereit dazu bist. Ich dachte, du kämest jetzt mit der Ausrede, dass niemand weiß, wo du bist, alle sich Sorgen machen, du ganz schnell wieder zurückmusst ... bla, bla, bla."

Ich grinste. „Ich habe unserer Hausmutter Mrs Griffiths erzählt, dass ich möglicherweise über Nacht weg bin. Sie solle aber nur etwas sagen, falls es überhaupt auffällt. Zumindest ist dann klar, dass ich nicht entführt wurde, und das muss reichen. Ich brauche keine Babysitter."

Melinda lächelte diabolisch. „Du wirst gut."

„Ich arbeite daran. Ich nehme allerdings an, dass ich spätestens morgen zum Frühstück vermisst werde.

Aber dann ist es sowieso zu spät." Ich stand auf. „Und am Nachmittag bin ich ja wieder zurück."

Während wir uns den Rest der King's Library anschauten, fragte Melinda: „Wie bist du überhaupt rausgekommen aus der Ysgol?"

„Es ist doch kein Gefängnis, Melinda", sagte ich amüsiert.

„Na ja. Manchmal klingt es so."

„Ich bin nach Glasmaris gelaufen und habe den Bus nach Bangor genommen. So früh ist am Samstag niemand unterwegs, daher hat mich keiner gesehen. Außer Mrs Griffiths."

Sie stöhnte. „So früh aufstehen, und das freiwillig. Ich weiß schon, warum ich Hausmutter nie als einen attraktiven Beruf empfand. Aber jetzt lass uns erst mal woandershin gehen. Vielleicht sollten wir die Treppe am Eingang nehmen? Was ist in der Etage oben?"

Ich seufzte. „Ägypten. Das Grabmal des Nebamun würde ich eigentlich ganz gerne auch mal im Hellen ansehen."

„Ach ja?"

„Kein Kommentar", brummte ich.

Glasgow, August 1964

Liebe Patricia!

Ich weiß nicht, wie ich beginnen soll, doch ich habe Neuigkeiten. Es sind keine guten Neuigkeiten.
Ich mache mir große Vorwürfe, denn ich hätte Karolines Sorge um Karin viel ernster nehmen sollen.
SFCE. Stand fast Craig Ellachie – das Motto der Grants. Diese vier Buchstaben könnten uns alle am Ende in Gefahr bringen! Wir haben die ganze Nacht geredet, Karoline und ich, und ich bin immer noch ganz erschüttert. Aber der Reihe nach. Sie erzählte mir, dass Karin einen der Briefe fand, den ich Karoline noch im Haus Sonnenschein schrieb. Karin konnte kaum lesen, doch diese vier Buchstaben haben sie fasziniert, besonders weil keiner der beiden verstand, was sie bedeuten. Sie hielten es für eine Art Code. Natürlich weiß Karoline es inzwischen, und es ist eigentlich ja auch kein Geheimnis.
Und diese vier Buchstaben führten sie irgendwann zu Karin. Jahrelang hat Karoline nämlich ohne mein Wissen in deutschen Zeitungen Südamerikas Anzeigen geschaltet mit diesem unserem Motto und einer Chiffre, um vielleicht eines Tages Karin aufmerksam zu machen.
Irgendwann wurde sie dann wirklich kontaktiert von einer jungen Frau, von der sie die Hoffnung hatte, es sei

Karin. Das war schon vor drei Jahren, Patricia! Drei Jahre, kannst du dir das vorstellen? Ich war sprachlos, als ich das hörte, und glaubte, es sei eine Ungeheuerlichkeit, weil ich von nichts wusste, doch lass mich erst zu Ende berichten, bevor du urteilst.

Karin – sie war es wirklich – kam nach Glasgow, und wenn du nun Furchtbares erwartest, so ist es noch nicht genug. Konrad Jäger ist ihr gefolgt. Als er bemerkte, was sie vorhatte, hat er sie als Köder benutzt, um Karoline zu finden. Und wenn du dich nun fragst, warum ich erst jetzt davon erfahre, wo die Angelegenheit doch schon drei Jahre her ist, und warum Konrad Jäger uns nie behelligt hat, so sei gewiss, das Schlimmste kommt erst noch.

Karoline hat mir gestanden, dass Jäger seither regelmäßig nach Glasgow kommt und ... ich kann es kaum aufschreiben, so tief trifft es mich: Sie hat seitdem eine Affäre mit Jäger. Ich weiß nicht, ob ich ihr glauben kann, dass er sie dazu zwang, weil er mich und Liz und Karin bedrohte, oder ob ... oh, Patricia, ich will es nicht wahrhaben, und doch habe ich viel zu lange die Augen verschlossen. Ich glaube, nein, eigentlich ahne ich schon lange, dass Karoline mit ihm intim war, bevor ich sie damals in Rom befreite. Sie redete nie schlecht von ihm, und er muss ihr erfolgreich Gefühle für sie vorgespielt haben. In meinem letzten Brief riet ich ihr, ihm Honig um den Bart zu schmieren, doch niemals hätte ich mir träumen lassen, dass sie so weit geht. Gehen musste und am Ende auch wollte? Ich weiß es nicht.

Die Zwillinge sind seine Söhne. Karoline ist sicher. Und das ist nun auch der Grund, warum sie mir die Wahrheit erzählte, denn er will sie zu sich holen. Zum Glück ist sie trotz allem besonnen genug und erkennt, dass sie keine strahlende Zukunft bei ihm haben werden. Karin ist das beste Beispiel dafür, denn sie ist psychisch am Ende. Karoline will mir nicht erzählen, was das arme Mädchen alles erleiden und ansehen musste, doch es muss schrecklich gewesen sein.

Wir alle müssen untertauchen, und zwar schnell! Ich bin nur froh, dass Liz gerade nicht hier ist. Karoline packt gerade, und wir werden mit den Jungs verschwinden. In Glasgow werden wir Karin abholen. Karoline hat ihr eine Stellung als Zimmermädchen in einem Hotel verschafft, sodass sie ein kleines Auskommen hatte. Auch für sie wird es nun zu gefährlich.

Gerade fährt ein Auto auf den Hof, das ich nicht kenne. Ich muss später weiterschreiben ...

Bangor, Wales

Wie schon die gesamte Zugfahrt über, war ich immer noch tief in Gedanken versunken, als ich in Bangor aus dem Zug stieg. Melinda und ich hatten den ganzen Abend vor ihrem Computer verbracht und gefühlt alles gelesen, was es zu Alchemie im Allgemeinen und John Dee im Besonderen gab. Ich war froh gewesen, alles mit ihr diskutieren zu können, denn sie entdeckte manchmal Zusammenhänge, die mir entgingen. Es war die richtige Entscheidung gewesen, den Alleingang aufzugeben.

In meinem Kopf schwirrten Begriffe umher wie „Hermetische Philosophie", „Tabula Smaragdina", „Henochische Sprache" und „Engelsrufe".

‚Die Lippen der Weisheit sind verschlossen, ausgenommen für die Ohren des Verstehens', dachte ich.

Zugeschrieben wird dieser Ausspruch Hermes Trismegistos, dem dreimal Größten. Als fiktionale Gestalt war er eine Verschmelzung der Lehren des griechischen Gottes Hermes und des ägyptischen Gottes Thot und führte im sogenannten „Corpus Hermeticum", einer Sammlung von Weisheitsliteratur aus dem zweiten Jahrhundert, als Lehrer Dialoge mit einem Schüler über den Kosmos, die Natur sowie menschliche und göttliche Weisheit. Wiederentdeckt wurden sie Ende des fünfzehnten Jahrhunderts, also rund hundert Jahre vor den Forschungen, die John Dee mit Edward Kelley betrieb und die sich in Teilen auf die Hermetik bezogen.

Dieses eher ungleiche Paar erschien mir inzwischen der Schlüssel zum Verstehen. Nach allem, was ich nun wusste, war mir besonders Dees Medium Edward Kelley merkwürdig erschienen. Ich konnte mir nicht vorstellen, dass die Botschaften, die er angeblich von den Engeln oder engelähnlichen Geistwesen erhalten hatte, echt gewesen waren. Ich hatte eher den Eindruck, er habe sich all das entweder im Drogenrausch ausgedacht oder unter einer psychischen Erkrankung gelitten.

Unbestreitbar war jedoch, dass die Zeichen, die sich auf dem Anhänger der Kette befanden, denen des sogenannten Henochischen Alphabets ähnelten. Die auf 49 Tafeln aufgezeichneten Rufe sollten das Tor zur Weisheit öffnen. Erhalten waren davon 48, die 49. Tafel hingegen galt als verschollen.

Ich hatte mir jede Menge Notizen gemacht, die ich in den nächsten Tagen durchgehen wollte. Möglicherweise gab ja auch unsere Schulbibliothek noch etwas Interessantes her.

Als ich nun den Bahnsteig Richtung Ausgang entlangging, kam mir in den Sinn, dass ich überhaupt noch nicht darüber nachgedacht hatte, wie ich weiter zur Ysgol gelangen sollte. Sonntags war die Busverbindung nach Glasmaris oder Beaumaris sehr eingeschränkt, und für ein Taxi reichte mein Bargeld definitiv nicht mehr. Mir blieb also nichts anderes übrig, als den Fahrplan an der Haltestelle zu studieren und im Zweifel so lange zu warten, wie es eben dauerte, oder einen Geldautomaten zu suchen und doch ein Taxi zu nehmen.

Das Wetter, das hier in Wales deutlich kälter und ungemütlicher war als in London, lud allerdings nicht gerade dazu ein, längere Zeit an einer Haltestelle zu verbringen oder auf der Suche nach einer Bank durch den Ort zu spazieren. Ob in der Nähe ein Pub war, der geöffnet hatte und in dem ich warten konnte, wusste ich ebenfalls nicht.

„Tolle Organisation, Brown", grummelte ich.

Auf der Hauptstraße neben dem Bahnhof fuhr ein Bus vorbei. Ich reckte den Hals, um einen Blick auf das Schild zu werfen, das sein Ziel anzeigte, damit ich im Notfall loslaufen konnte. Als ich dabei einen Schritt zurücktrat, weil eine Säule im Weg war, erwischte ich einen fremden Fuß.

Leises, dunkles Lachen ließ mich herumfahren. „Du lernst es nie."

„Wie kommst du denn hierher?" Verblüfft starrte ich Duncan an.

„Mit dem Auto", bemerkte er trocken.

Ich verdrehte die Augen. „Warum bist du hier?"

„Um dich abzuholen. Ich dachte, dass du bei diesem Wetter vielleicht lieber eine Mitfahrgelegenheit hättest."

Ich klappte den Mund auf, doch anstatt etwas zu sagen, holte ich nur tief Luft und klappte ihn hörbar wieder zu.

Einladend deutete Duncan zur Treppe, die auf die Brücke über die Gleise führte, und setzte sich in Bewegung. „Das Handy deiner Freundin Melinda", sagte er, während ich neben ihm herging. „Du wolltest doch wissen, wie ich herausgefunden habe, wo du warst und wann du hier sein würdest."

Ich lupfte eine Braue. „Woher kennst du ihre Nummer?"

„Neben deinem Exfreund und deiner Familie hast du noch eine weitere Person in den letzten Monaten regelmäßig angerufen. Ich wusste nicht sicher, wem die Telefonnummer gehörte, habe aber aus deinen Erzählungen schließen können, dass es Melinda sein muss. Als du gestern verschwunden warst und Mrs Griffiths mir sagte, du seist vielleicht über Nacht fort, und du dein Handy in der Ysgol zurückgelassen hattest, habe ich zunächst überprüft, ob du mit den bekannten Nummern kommuniziert hattest."

Er legte eine kunstvolle Pause ein, um mir die Möglichkeit zu geben, etwas dazu zu sagen, doch ich behielt ein Pokerface. Immerhin wusste ich jetzt, dass er den Zugangscode für mein Handy trotz Änderung kannte.

Weil ich nichts sagte, fuhr er fort: „Ich fand keinen Hinweis darauf, dass du irgendwen angerufen hattest, also habe ich alle im Auge behalten. Dein Exfreund war den ganzen Tag zu Hause – wobei ich eigentlich auch nicht davon ausging, dass du ihn kontaktieren würdest. Melinda und dein Bruder hatten ihr GPS ausgeschaltet, daher habe ich ein Bewegungsprofil mittels GSM-Ortung und stillen SMS erstellt. Deine Freundin war gestern, knapp fünf Stunden nachdem du die Ysgol verlassen hattest, in London nahe der Euston Station – wo die Züge aus Bangor ankommen. Anschließend konnte ich sie in der Nähe des British Museum orten, am Abend wieder in Leatherhead, und heute Morgen bewegte sie sich dort in Richtung Bahnstation." Er zuckte nonchalant mit den Schultern. „Da ich so die Abfahrtszeit eingrenzen konnte, war es nicht schwer herauszufinden, wann du voraussichtlich hier eintreffen würdest. Der Zugverkehr zwischen London und Bangor in einem eingegrenzten Zeitraum ist übersichtlich."

Ich war mir nicht sicher, ob ich es schockierend oder bemerkenswert finden sollte, mit welcher Treffsicherheit er mich gefunden hatte, obwohl ich wirklich alles darangesetzt hatte, nicht gefunden zu werden. Bemerkenswert war es insbesondere, weil er sowohl über technische Mittel als auch über die Fähigkeit verfügte, ein x-beliebiges Handy nur anhand der Nummer zu orten. Schockierend war es, weil er es, ohne mit der Wimper zu zucken, tatsächlich getan hatte.

Da ich zugegebenermaßen sprachlos war, blieb er stehen und sah mich geradeheraus an. „Auch wenn du Mrs Griffiths Bescheid gesagt hast – eine Entscheidung, die ich im Übrigen sehr begrüße –, habe ich mir große Sorgen um dich gemacht, Caitlyn."

Ich atmete tief durch. „Ist das eine Entschuldigung?"

„Nein."

Wieder hatte ich ein ambivalentes Gefühl, diesmal schwankte ich zwischen Verblüffung wegen seiner Offenheit und seinem offensichtlich nicht vorhandenen Ärger sowie Erleichterung, weil er unsere Vereinbarung, die Wahrheit zu sagen, so ernst nahm.

Diesmal war ich diejenige, die den Weg in Richtung Parkplatz fortsetzte. Während er schweigsam neben mir herging, hatte ich den Eindruck, dass er auf eine Erklärung wartete, warum ich mit Melinda im British Museum in London gewesen war.

Doch bevor ich damit begann, wollte ich noch etwas anderes wissen. „Die Technik, die du genutzt hast, ist normalerweise den Behörden vorbehalten. Woher hast du sie?“

„Der Duke stellt mir die nötige Ausrüstung dafür zur Verfügung“, antwortete er. „Ich habe nie gefragt, woher oder warum er sie besitzt.“

„Genau das ist wohl das Problem“, bemerkte ich düster. „Nie fragt jemand nach dem ‚Warum‘ oder ‚Woher‘. Ehrlich gesagt geht mir das ziemlich auf die Nerven.“

Inzwischen waren wir an seinem roten Mini angelangt. Er öffnete mir die Beifahrertür. „Warum warst du im British Museum?“

„Haha. Sehr witzig.“ Ich stieg ein.

Er schlug die Beifahrertür zu und nahm neben mir Platz. „Also?“

Ich konnte ihm kaum vorenthalten, was ich von ihm erwartete. Ich öffnete meine Jacke und holte die Kette hervor. „Es ging um sie.“

Er startete den Motor. „Inwiefern?“

„Hast du sie dir jemals genau angesehen?“

Er war bereits angefahren, doch noch einmal stieg er auf die Bremse. Sein Blick war kritisch. „Nein. Weshalb? Der Schlüssel gehörte zu dem Kästchen, in dem die Fotos waren. Ansonsten hielt ich es für eine Art Erinnerungsstück. Was hat es damit auf sich?“

„Fahr zur Ysgol“, bat ich. Und dann fügte ich aus einem plötzlichen Impuls heraus hinzu: „Ich glaube, es ist an der Zeit, dass wir ehrlich sind. Richtig ehrlich, meine ich.“

Vorsichtig gab er Gas, um auszuparken und den Parkplatz zu verlassen. „Was meinst du mit ‚richtig ehrlich‘?“

„Ich meine, dass ich es leid bin, ständig wie auf Eiern zu laufen. Ich verliere langsam den Überblick, wem ich was erzählt habe und wem ich was überhaupt erzählen *darf* oder sollte oder besser *nicht* sollte." Ich seufzte tief. „Duncan, vielleicht ist es der größte Fehler meines Lebens, wenn ich ausgerechnet dir vertraue, nach dem, was geschehen ist."

Er schluckte hart, sein Kiefer mahlte, und er schien etwas sagen zu wollen, doch ich unterbrach ihn, indem ich meine Hand auf seine legte, als er gerade den Schalthebel betätigte.

„Bitte sag mir, dass du auf meiner Seite bist. Nicht auf Williams, nicht auf Emrys', sondern nur auf meiner!"

Duncan fuhr an den Straßenrand, wo er anhielt. Er wandte sich mir zu. Der Blick seiner dunklen Augen war so weich und zärtlich, wie er es sonst nur in intimen Momenten gewesen war. Prompt waren die Schmetterlinge wieder da.

„Ich liebe dich, Caitlyn. Das ist die Wahrheit. Ich werde nicht zulassen, dass dir oder unserem Kind etwas geschieht, und dazu werde ich tun, was immer notwendig ist."

Ich legte meine Hand an seine Wange. „Danke."

Er deckte seine darüber und küsste mich zart auf die Innenseite meines Handgelenks. Die Berührung seiner Lippen ließ mich erschauern.

Ich seufzte leicht. „Würdest du in den Osterferien mit mir zum Arzt gehen? Zum Gynäkologen."

Seine Miene erhellte sich. „Natürlich. Wohin?"

„Ich weiß es noch nicht. Dr. Pfefferkorn hat kein Ultraschallgerät, will aber bei irgendwem einen Termin für mich organisieren. Sobald ich Genaueres weiß, sage ich dir Bescheid. Dr. Pfefferkorn meint, es wäre gut zu wissen, ob ... ob alles in Ordnung ist." Ich lächelte scheu und senkte den Blick.

Wie schon unzählige Male zuvor schob er sanft eine meiner Haarsträhnen hinter mein Ohr. Eine Geste, von der ich bis gerade nicht gewusst hatte, wie zärtlich sie war und wie sehr ich sie vermisst hatte. „Es wird sicher alles in Ordnung sein."

In einträchtigem Schweigen fuhren wir weiter. Unterwegs ergriff Duncan meine Hand und hielt sie fest, wie er es sonst auch getan hatte, wenn wir gemeinsam mit dem Auto unterwegs gewesen waren. Als ich seine drückte, erwiderte er es.

Obwohl es sich eigentlich richtig anfühlte, kamen mir während der Fahrt wieder Zweifel. War es wirklich vernünftig, ausgerechnet ihm zu vertrauen? Alles, was er mir bisher erzählt hatte, war entweder richtig oder ich hatte es noch nicht überprüfen können. Alles ergab jedoch Sinn, und nichts weckte in mir den Verdacht, dass er log. Ich hoffte, dass ich mich auf mein Gefühl verlassen konnte und mit ihm zusammen einen Schritt weiterkam, so, wie ich es mit Melinda erlebt hatte. Mir selbst hatte ich inzwischen bewiesen, dass ich allein zurechtkam, wenn es notwendig war, doch ich war ungeduldiger, als ich angenommen hatte. Wenn ich misstrauisch wurde, konnte ich immer noch Dinge geheim halten – vor ihm oder vor anderen. Ich musste niemanden in meine Karten schauen lassen. Doch momentan hatte ich das Gefühl, dass es zu viele Geheimnisse gab und es die bessere Strategie war, sich zu verbünden.

Als wir in der Ysgol ankamen, gingen wir in mein Zimmer, wo ich die Bretter unter meinem Bett hervorholte. An Duncans überraschtem Gesichtsausdruck erkannte ich, dass er zumindest in der letzten Zeit meine Privatsphäre respektiert und nicht wie zuvor in meinem Zimmer herumgeschnüffelt hatte.

Ich organisierte ihm Tee und mir Kaffee und uns beiden Sandwiches und Muffins, sodass einem gemütlichen Nachmittag in meinem Zimmer nichts mehr entgegenstand. Nachdem ich Duncan zunächst die Mindmap erläutert hatte, lehnte er an der Wand, einen Unterarm lässig auf einem angewinkelten Knie.

„Beeindruckend", sagte er.

Ich lachte. „Ein Lob aus deinem Mund, dann bekomme ich dafür ein A?"

Er stimmte in mein Lachen ein. Einen langen Moment sahen wir uns an, dann senkte er den Blick. „Warum also warst du gestern im British Museum?", wiederholte er nun die Frage, die uns hierhergebracht hatte.

„Gestern habe ich sehr wohl mit Henry telefoniert. Prepaidhandy."

Duncan hob die Brauen, und seine Mundwinkel zuckten amüsiert. „Wenig überraschend."

Dann berichtete ich ihm über Henrys Erkenntnisse wegen meiner Blutgruppe. Anstatt überrascht zu sein, nickte Duncan jedoch nur.

„Ich weiß", sagte er leise.

Lange stieß ich die Luft aus, doch bevor ich fragen konnte, woher er es wusste, fuhr er schon fort.

„An deinem ersten Abend in der Ysgol habe ich dir K.-o.-Tropfen verabreicht und dir Blut abgenommen."

Mir klappte der Mund auf. Ich wusste sofort, dass es stimmte: Besagter Abend hatte aus unerfindlichen Gründen in meiner Erinnerung an den Klippen geendet. Am nächsten Morgen hatte ich mich in meinem Bett wiedergefunden, ohne die geringste Ahnung, wie ich dorthin gekommen war. Duncan hatte mir eingeredet, alles sei in Ordnung gewesen und ich nur müde. Ich hatte es so stehen lassen, weil ich meinem neuen Vorgesetzten natürlich nicht sagen wollte, dass ich ein Blackout gehabt hatte. Anschließend hatte ich das Ereignis – wieder einmal – gekonnt verdrängt.

Anstatt etwas dazu zu sagen, machte ich meinen Mund wieder zu und stand auf, um mir Kaffee nachzugießen. Mit der Tasse in der Hand setzte ich mich neben Duncan auf den Boden.

„Irgendwelche weiteren Erkenntnisse?", fragte ich so neutral wie möglich.

Er lachte mit geschlossenen Lippen. „Nicht schockiert?"

Ich warf ihm einen Blick von der Seite zu. „Ehrlich? Nicht wirklich. Und selbst wenn ich es wäre, würde es uns nicht weiterbringen, wenn ich dir jetzt eine Szene machen würde. Also?"

„Keine weiteren Erkenntnisse, außer dass du ausgezeichnete Blutwerte hast. Einen Gentest habe ich allerdings nicht gemacht. Wird Henry das tun?"

„Keine Ahnung. Übrigens habe ich ihm nicht erzählt, dass du das Feuer gelegt hast. Soviel ich weiß, geht er davon aus, dass das Marion oder Hans oder was weiß ich wer war. Seinem Wissensstand zufolge warst du der Retter in der Not für Dad und Helen." Ich gab mir keine Mühe, den Sarkasmus zu unterdrücken. „Du stehst in Henrys Gunst nicht gerade weit oben, und ich wollte ihn nicht noch mehr gegen dich aufbringen, daher habe ich ihm nichts davon gesagt."

„Danke", antwortete Duncan schlicht. „Deine Familie muss sich keine Sorgen machen. Niemand wird sie behelligen."

Ich verengte die Augen zu Schlitzen. „Wieso bist du dir da so sicher?"

„Weil ich das Marion nahegelegt habe", erwiderte er mit einem eisernen Unterton, der mir das Gefühl vermittelte, selbst Marion würde sich nicht seinem Unmut aussetzen wollen.

„Heißt das, wir haben momentan so etwas wie Burgfrieden?"

„Ja. Ich bin der Meinung, dass nichts überstürzt werden muss. Jeden Einfluss, den ich nehmen kann, werde ich nutzen, um William davon abzuhalten, sich mit dir oder deiner Familie zu beschäftigen. Aber wenn wir sinnvoll handeln wollen, dann sollten wir genau wissen, womit wir es bei dir zu tun haben – nur dann können wir herausfinden, ob dein Zustand, dein *genetischer* Zustand, für medizinische Zwecke überhaupt relevant ist."

„Das klingt ziemlich nüchtern", bemerkte ich.

Er zuckte mit den Schultern. „Das ist es auch." Er lehnte den Kopf an die Wand und sah mich von der Seite an. „Das British Museum?"

„Du lässt nicht locker", erwiderte ich spöttisch und reichte ihm die Kette. „Nachdem ich im letzten Sommer angefangen hatte, sie zu tragen, wurde ich krank. Du erinnerst dich, dass ich das an meinem ersten Abend erwähnt hatte?"

Er nickte, während er das Schmuckstück eingehend untersuchte.

„Ich hatte Fieber, nichts Dramatisches, aber da ich zuvor fast nie krank gewesen war, fiel es natürlich auf. Mein Immunsystem muss in irgendeiner Form reagiert haben, und ich halte es nicht für Zufall, dass es passierte, als ich anfing, die Kette zu tragen."

Duncan reichte sie mir zurück, mit deutlicher Skepsis im Blick. „Hatte deine Krankheit vor einigen Wochen auch damit zu tun?"

„Nein. Damals hatte ich die Kette schon lange Zeit nicht mehr getragen." Ich hängte sie mir um. „Die Übelkeit und die migräneartigen Kopfschmerzen, die ich damals hatte, waren eher PMS. Ich habe kurz darauf meine Tage bekommen." Ich seufzte. „Und im nächsten Zyklus wurde ich schwanger."

Duncan ergriff meine Hand und drückte einen Kuss darauf. „Ich habe nichts damit ...", er grinste plötzlich schief, „... nichts damit zu tun."

„Und die Erde ist eine Scheibe", spottete ich. „Du meinst, du hast nichts damit zu tun, dass die Pille versagt hat. Ehrlich gesagt, ist das gerade auch gar nicht unser Hauptproblem. Die Symbole und Zeichen, die sich auf der Kette befinden, hatte ich schon einmal gesehen, und gestern erinnerte ich mich daran, wann das gewesen ist: bei der Ausstellungseröffnung im British Museum. Deswegen wollte ich dorthin."

Ich berichtete ihm, was Melinda und ich herausgefunden hatten, und zeigte ihm meine handschriftlichen Notizen sowie die Ausdrucke aus dem Internet.

„Überwachst du eigentlich auch meine Onlineaktivitäten hier in der Schule?", erkundigte ich mich beiläufig, während er die Blätter studierte.

Er sah auf. „Du traust mir ja allerhand zu."

„Liege ich damit denn so falsch?"

Er hob eine Braue. „Ich kann mir Zugriff auf nahezu alle im Netzwerk angemeldeten Geräte verschaffen. Da jeder seinen eigenen Account hat, wäre es für mich grundsätzlich nachvollziehbar, was du getan hast. Allerdings hat auch mein Tag nur vierundzwanzig Stunden, und gelegentlich schlafe ich auch. Also nein, ich überwache dich nicht rund um die Uhr. Nur wenn du, ohne mir Bescheid zu sagen, verschwindest."

Ich atmete tief durch. Ein bisschen erleichtert fühlte ich mich durchaus und beschloss, zukünftig weniger paranoid zu sein. „Was sagst du dazu?" Ich reckte mein Kinn in Richtung der Aufzeichnungen.

Er spitzte die Lippen, während er die Kette mit den Fotos verglich, die leider eine ziemlich schlechte Auflösung hatten. „Die Ähnlichkeit ist eindeutig vorhanden. Die Zeichen am Rand sehen denen des Henochischen Alphabets, das Dee und Kelley benutzten, sehr ähnlich. Allerdings habe ich meine Zweifel, dass sie von Engeln stammen."

„Die beiden könnten sie sich auch einfach ausgedacht haben", mutmaßte ich. „Oder irgendein dubioses Kraut geraucht haben."

„Oder sie sind viel älteren Ursprungs, und sie haben sie nur wiederentdeckt." Duncan rieb sich das Kinn. „Welchen Sinn mögen die Kristalle in der Kette haben?"

„Keine Ahnung. Aber apropos Kristall. Was hat es eigentlich mit diesem Kristall aus Wüstenglas auf sich?
Mallory ist deswegen gestorben!"

Unbehaglich bewegte Duncan die Schultern. „Der
Kristall war ein Ablenkungsmanöver des Duke, was
mir aber auch erst kürzlich klar geworden ist. Wie genau William davon erfahren hat, dass dieser Kristall
oder Kristalle im Allgemeinen eine Rolle spielen, ist mir
nicht bekannt. Er erwähnte, dass schon sein Vater von
der Anwendung von Kristallen gesprochen hat. Ich
weiß auch nicht, woher der Duke die Information
hatte, dass William davon weiß. Möglicherweise hat es
ihm deine Mutter schon damals mitgeteilt." Er lehnte
den Kopf an die Wand. „Da der Duke mich zu Mallory
schickte, war mir klar, dass es in seinem Sinne ist, dass
William von dem geplanten Handel mit dem Kristall
erfährt."

„Aha." Ich versuchte, die Gedankengänge nachzuvollziehen. „Wäre es nicht einfacher, so etwas abzusprechen?"

Er blinzelte mich von der Seite an. „Ich spiele dieses
Spiel schon lange, Caitlyn. Da brauche ich nicht mehr
für alles eine Anweisung."

„Hört, hört. Für Mallory war es doch nur ein ganz normales Geschäft, das ihm Geld einbrachte. Was ist in seinem Büro passiert, nachdem ich weg war? Ich habe
noch gesehen, wie Hans hineinging."

Duncan zögerte zunächst einige Sekunden. „Es war
nicht Hans, sondern sein Bruder Michael. Sie waren
Zwillinge."

Weil mir auffiel, dass er die Vergangenheitsform benutzte, schwante mir nichts Gutes.

„Ich hatte versucht, Marion auszureden, den Kristall an sich zu nehmen. Da ich mit dem Duke nichts abgesprochen hatte, ging ich davon aus, dass er ihn auf jeden Fall erst einmal selbst haben wollte. Mir fiel auf, dass zwar Hans in Marions Nähe geblieben war, aber Michael verschwunden. Also habe ich Mallory gesucht. Als ich in sein Büro kam, diskutierte er gerade mit Michael. Er behauptete, dass er den Kristall dir gegeben hätte. Bevor ich eingreifen konnte, brach Michael George Mallory das Genick und sagte, wir müssten dich auf der Stelle suchen. Michael war hitziger als sein Bruder. Er war ehrgeizig und wollte William den Kristall um jeden Preis selbst bringen. Er hätte niemals auf mich gehört, wenn ich versucht hätte, es ihm auszureden. Ich musste handeln.“ Er sah auf seine Hände. „Da er nicht mit meinem Angriff rechnete, schlug ich ihn von hinten nieder und … ich ließ es Marion und Hans gegenüber so aussehen, als habe Mallory sich gewehrt und Michael sei gerade unglücklich auf die Schreibtischkante geschlagen, als ich dazukam. Ich hätte die Sache beendet, konnte aber nichts mehr für Michael tun. Sie glaubten mir.“

„Oh. So war das“, sagte ich leise. Auch da hatte er mich geschützt, indem er jemanden aus dem Weg geräumt hatte. Ich schluckte. Er war skrupellos, und das machte mir Angst. Aber Angst zu haben, bedeutete Stillstand, daher riss ich mich zusammen.

Ich wollte Offenheit. Ich bekam Offenheit. Punkt.

Er räusperte sich. „Wir können also davon ausgehen, dass der Kristall aus Wüstenglas keine Rolle spielt, aber die Kristalle in der Kette scheinen etwas mit der Optimierung des Immunsystems und der Veränderung deiner Blutgruppe zu tun gehabt zu haben. Der Glaube an die Wirkung von sogenannten Heilsteinen ist Jahrtausende alt, und auch wenn wissenschaftlich nichts nachweisbar ist ...", er sah mich an, „... ist deine körperliche Verfassung definitiv verändert. Einen Placeboeffekt können wir also ausschließen."

„Hm", machte ich vage, denn diese Erkenntnis hatte auch Henry schon gewonnen. „Aber was können die Kristalle denn überhaupt bewirken?"

Duncan betrachtete die Kette. „Den Gesetzen der Thermodynamik zufolge ist alles oberhalb des absoluten Nullpunkts in Bewegung. Da die Atome fester Stoffe ein Gitter bilden, erzeugt diese Gitterschwingung durchaus eine messbare Vibration, doch die erzeugte Energie bleibt dabei im Bereich von wenigen Millielektronenvolt – also eigentlich vernachlässigbar."

„Aber uneigentlich passierte trotzdem etwas mit mir", sagte ich.

„Möglicherweise, weil gewisse andere Voraussetzungen erfüllt sind. Genetische Voraussetzungen." Er hob den Zeigefinger. „Denk an Tauben, die in der Lage sind, sich am Erdmagnetfeld zu orientieren. Sie spüren es und können es sich wie einen Kompass zunutze machen. Nehmen wir an, dass jemand die Gitterschwingungen der Steine wahrnehmen kann und dadurch wird eine Immunantwort des Köpers provoziert ..." Er brach stirnrunzelnd ab.

„Das würde bedeuten, dass es nicht für jeden Menschen möglich ist."

Er reichte mir die Kette. „Eine Voraussetzung könnte die Blutgruppe 0 sein. Oder eine Frau zu sein."

„Oder beides", schloss ich. „Oder noch ein halbes Dutzend andere Eigenschaften." Ich lehnte mich an Duncans Schulter. „Mir raucht der Kopf."

Er rieb seine Wange an meinem Scheitel. „Lassen wir es gut sein für heute."

Das erste Mal seit beinahe vier Wochen fühlte ich mich wirklich entspannt. Die gewohnten Sonntagabendgeräusche in der Mädchenunterkunft, in deren Erdgeschoss mein Zimmer lag, hüllten mich ein wie ein Kokon. Am liebsten wäre ich ewig so sitzen geblieben.

„Ich will nicht heiraten, Duncan." Ich hatte es ausgesprochen, bevor ich weiter darüber nachgedacht hatte. Seit dem Abend in der Mine hatte er eine Verlobung oder gar Hochzeit nicht mehr erwähnt – allerdings hatte ich ihm auch keine wirkliche Gelegenheit dazu geboten. Von anderen darauf angesprochen, hatte ich bisher stets ausweichend geantwortet. Jetzt war ich mir plötzlich sicher.

„Warum nicht?", fragte er schlicht, ohne sich zu bewegen.

Es war beileibe nicht die Reaktion, mit der ich gerechnet hatte. Ich setzte mich auf, um ihn anzusehen.

„Weil wir für unser Kind auch so gute Eltern sein können. Dazu müssen wir nicht verheiratet sein. Ich will nicht aus Pflichtgefühl heir..."

Weiter kam ich nicht, denn ganz unvermittelt küsste er mich. Im ersten Moment versteifte ich mich, doch dann gab ich nach. Wir rangen beide nach Atem, als er schließlich innehielt, seine Stirn an meine gepresst, seine Hand immer noch in meinem Nacken.

„Dann heiraten wir nicht." Seine Lippen strichen über meine Wange.

„Bis du sicher?“ Ich bekam eine Gänsehaut, als ich seinen Atem nah an meinem Ohr spürte.

„Wenn das deine Bedingung ist“, flüsterte er. „Dann nehme ich sie an.“

„Ich will nicht heiraten“, bekräftigte ich.

„Ich liebe dich ...“

Wieder küsste er mich, diesmal zärtlich und voller Hingabe. Der rationale Teil in mir schlug Alarm. Ich sollte aufstehen und ihn bitten zu gehen, doch stattdessen neigte ich mich weiter zu ihm. Er zog mich zu sich, bis ich auf seinem Schoß saß. Seine Hände glitten unter meinen Pullover. Ich stöhnte, als seine Finger den Weg in meinen BH fanden und behutsam meine Brust massierten. Sanft knabberte er an meinem Ohrläppchen und hinterließ schließlich mit seiner Zunge eine brennende Spur entlang meines Haaransatzes. Verlangend presste ich meinen Schoß an seinen und spürte sofort seine Reaktion. Mit fliegenden Fingern half er mir aus Pullover und BH, streichelte meine Brustwarzen, erst eine, dann die andere. Mein Atem ging schneller.

„Deine Brüste haben sich verändert“, sagte er heiser. „Sie sind voller geworden.“ Seine Hände glitten zu meinem noch flachen Bauch. „Ich will dich ansehen. Ganz.“

Langsam erhob ich mich, öffnete meine Hose und zog sie aus. Er beobachtete jede meiner Bewegungen, während ich mich weiter entkleidete. Erst als ich nackt war, stand er auf. Er umkreiste mich, berührte mich nur leicht wie eine Feder. Eine Gänsehaut nach der anderen überfiel mich. Ich schloss die Augen und wagte kaum zu atmen.

Schließlich blieb er vor mir stehen. Ich sah ihn an, seine dunklen Augen glühten vor Leidenschaft. Ohne meinen Blick loszulassen, begann er sich auszuziehen. Als ich nur einen Moment später auf dem Bett lag und endlich seine Haut auf meiner spürte, setzte mein Denken aus.

Viel später lag ich in seinem Arm, meinen Kopf in der gewohnten Kuhle zwischen seiner Brust und Schulter. Ich beobachtete, wie sich sein Brustkorb hob und senkte.

Mit der Entspannung kam die Vernunft zurück. Ihre Stimme wollte ich nicht hören, und doch war sie in meinem Kopf, wie ein Mantra.

„Pass auf! Pass auf! Pass auf!"

Ich stieß hörbar die Luft durch die Nase aus.

„Was ist los?" Seine Stimme hatte jenen samtig dunklen Klang, den sie nur in Momenten absoluter Zufriedenheit hatte.

Ich drehte mich so, dass ich auf dem Bauch lag, meine Hände auf seiner Brust verschränkt, und ich ihn ansehen konnte. „Ich will dir vertrauen, Duncan. Aber es fällt mir schwer."

Er spielte mit meinen Haaren. „Ich weiß."

„Als ich dich mit Marion und Hans im Wald gesehen habe … es war … es war ein furchtbares Gefühl. Ich habe mich nicht nur betrogen gefühlt oder hintergangen. Es war, als sei der Mann, den ich kannte, den ich …" Ich schluckte hart, weil ich es eigentlich nicht sagen wollte, aber es doch der Wahrheit entsprach. „Als sei der Mann, den ich liebe, plötzlich gestorben und der, der da stand, nur jemand, der ihm zufällig ähnlich sieht. Das warst plötzlich nicht mehr du. Und jetzt … jetzt bist du wieder da und ich … ich habe Angst. Angst, dass es nicht echt ist. Dass du plötzlich wieder fort bist und an deiner

Stelle wieder dieser andere Mann da ist." Ich blinzelte, weil mir plötzlich Tränen in die Augen schossen.

Duncan legte seine Hand an meine Wange und strich zart mit seinem Daumen darüber. „Ich bin immer noch derselbe, Caitlyn. Ich war nie fort."

„Es hat sich so angefühlt, Duncan. Und das will ich nie wieder fühlen, hörst du? Nie wieder!"

Sanft drehte er mich auf den Rücken und nahm mein Gesicht zwischen seine Hände. „Ich liebe dich, Caitlyn. Daran wird nichts etwas ändern."

Ich versuchte mich an einem Lächeln. „Ich liebe dich auch, Duncan."

Als ich mich wieder in seinem Kuss verlor, ignorierte ich die Stimme in meinem Kopf.

Abzug

„Der Spieler zieht sich bewusst zurück und gibt den Weg frei. Hierbei nimmt er in Kauf, einen Angriff zu provozieren."

Donnerstag, 25. März

Die letzte Woche vor den Osterferien war so vollgepackt mit schulischen Angelegenheiten, dass ich kaum wusste, wo mir der Kopf stand. Da ich am vorangegangenen Wochenende nicht mehr dazu gekommen war, den Unterricht vorzubereiten, geschweige denn irgendwelche Aufgaben zu kontrollieren, war ich zu Wochenanfang jede freie Minute damit beschäftigt.

Ich hatte kaum noch einen Gedanken an John Dee, die Kristalle oder deren Gitterschwingungen verloren. Mit Henry hatte ich nur kurz telefoniert, doch nichts anderes von ihm erfahren, als dass mein Blut abgesehen von der veränderten Blutgruppe tatsächlich keinerlei Auffälligkeiten aufwies. Ein Gentest stand noch aus, da er keinen Laborzugang bekommen hatte.

Zwischen Duncan und mir schien alles wieder beim Alten zu sein. Als sei nichts geschehen, waren wir zu einem normalen Umgang miteinander zurückgekehrt, dessen Selbstverständlichkeit mich gleichzeitig freute und verunsicherte. Obwohl die Stimme in meinem Kopf immer noch nicht ganz verstummt war, ignorierte ich sie, so gut ich konnte. Ich hatte mit mir selbst vereinbart, weiter auf der Hut zu sein, ihm jedoch eine Chance zu geben.

Am vorletzten Schultag war der reguläre Unterricht bereits mittags zu Ende. Die Schule summte wie ein Bienenstock, denn vor der Generalprobe für „Macbeth" musste die Dreifachturnhalle bestuhlt und die Bühne dort aufgebaut werden. Der überdachte Innenhof wurde für das anschließende Büfett hergerichtet, da die Speisesäle zu klein waren. Jede helfende Hand war im Einsatz. Mir hatte Duncan höchstpersönlich untersagt, irgendetwas zu heben, was mehr wog als eine Teetasse, und mir stattdessen aufgetragen, den Programmheften den letzten Schliff zu geben und sie auszudrucken. Eine Arbeit, die im Grunde auch ein Schüler hätte tun können, aber da es Duncan zufriedenstellte und niemand Einwände erhob, hatte ich den Job übernommen. Eigentlich war ich auch ganz zufrieden damit, nicht mitten im Trubel sein zu müssen.

Da im Lehrerzimmer gerade geputzt wurde, zog ich mich in die Bibliothek zurück. Neben himmlischer Ruhe und einem Computer gab es dort auch einen Drucker. Nachdem ich also mein Bestes gegeben hatte, um verrutschte Grafiken wieder an Ort und Stelle zu bringen und Rechtschreib- und andere Fehler zu korrigieren, druckte ich ein Probeexemplar aus.

„Na toll!"

Die hellen Streifen auf dem Papier ließen keinen anderen Schluss zu, als dass die Druckerkartusche dringend gewechselt werden musste. Es passierte mit schöner Regelmäßigkeit, dass niemand – sei es Lehrer oder Schüler – Bescheid gab, wenn ein Drucker meldete, dass der Inhalt der Kartusche sich dem Ende zuneigte. Im Allgemeinen wäre dann noch ausreichend Zeit, sich darum zu kümmern, doch jeder ging anscheinend davon aus, dass der nächste Nutzer es schon tun würde – bis es zu spät war. Shannon, die dafür zuständig war, konnte ein Lied davon singen, weil sie beinahe jedes

Mal erst gerufen wurde, wenn es jemand besonders eilig hatte und sie dann alles stehen und liegen lassen musste.

Ausgerechnet heute steckte sie bis über beide Ohren in den Vorbereitungen für den nächsten Tag und wäre alles andere als erfreut, diesen Job noch zusätzlich erledigen zu müssen. Da ich weder wusste, wo sie die Ersatzkartuschen aufbewahrte, noch sie jetzt damit behelligen wollte, speicherte ich den Entwurf des Programms zunächst auf dem Schulserver. Ich verließ also die Bibliothek, um nachzusehen, ob das Lehrerzimmer inzwischen frei war, sodass ich dort Computer und Drucker nutzen konnte. Zwischen den Säulen des Kreuzganges hindurch konnte ich in den Innenhof schauen, in dem es wie in einem Ameisenhaufen wimmelte. Stühle und Tische wurden geschleppt, Heizstrahler aufgestellt. Es herrschte ein Heidenlärm. Ich sah davon ab, quer hindurchzugehen, sondern umrundete lieber den Innenhof im Kreuzgang.

Gerade als ich um die Ecke bog, um zum gegenüberliegenden Lehrerzimmer zu gelangen, kreuzte Finley meinen Weg. Er kam vom Innenhof und strebte durch die Eingangshalle zum Ausgang. Er hatte sein Telefon am Ohr, und da es drinnen nicht nur laut, sondern dort auch der Empfang sehr schlecht war, suchte er offenbar einen geeigneteren Ort zum Telefonieren. Dass er das überhaupt im Schulgebäude tat, war an sich schon ungewöhnlich, da es zwar für Lehrer und Angestellte nicht ausdrücklich verboten war, aber nur ungern gesehen wurde. Es musste also etwas sehr Wichtiges sein. Unwillkürlich dachte ich an Henry, Helen und Dad und überlegte, hinter ihm herzugehen. Doch das, was mich abrupt innehalten ließ, waren die Worte, die ich aufschnappte.

„Einen Moment noch, Patrica."

Finley konnte mich nicht gesehen haben, sonst hätte er wohl kaum diesen Namen genannt.

Patricia?

Ich schüttelte den Kopf. Das konnte unmöglich dieselbe Person sein, die mit meinem Großvater im Briefwechsel gestanden hatte. Aber ich hatte das unbestimmte Gefühl, dass es sich bei der Dame am anderen Ende der Leitung mit hoher Wahrscheinlichkeit um ein Familienmitglied der Grants handelte.

Während ich ins Lehrerzimmer ging und erfreut feststellte, dass die Putzfrau den Raum verlassen hatte und sowohl der Computer frei als auch der Drucker funktionstüchtig war, kreisten meine Gedanken trotz des Lärms von draußen weiter. Das Ausdrucken funktionierte abgesehen von zwei Papierstaus einwandfrei. Als ich fertig war, trat ich in den Kreuzgang und versuchte im Durcheinander des Innenhofes Finley zu entdecken. Ich brauchte ein paar Minuten, dann sah ich ihn im Gespräch mit Shannon.

„Finley!" Suchend schaute er sich um. Als er mich erblickte, verengte er irritiert die Augen.

„Würdest du kurz mitkommen?" Ich deutete in eine unbestimmte Richtung. „Tut mir leid, Shannon, aber es ist wichtig."

Shannon zuckte mit den Schultern. „Heute ist alles wichtig. Komm einfach später wieder dazu, Finley, ja? Die Chaoten hier habe ich im Griff ... He, ihr! Habe ich nicht gesagt, die Tische für das Büfett auf die *linke* Seite

…? Nein, die *andere* Linke, ihr Knallköpfe!" Ihre Hand wie eine Lanze ausgestreckt marschierte Shannon los.

„Links und rechts ist eine Frage des Standpunkts", bemerkte Finley.

„Lass das lieber nicht Shannon hören."

„Ich bin nicht lebensmüde. Was ist los?"

„Das frag ich dich. Ich hab gesehen, wie du mit dem Telefon in der Hand raus bist. Ist was mit Dad oder Helen?" Ich gab mir bei der Frage einen möglichst unbefangenen Anschein.

Finley sah sich um, doch niemand beachtete uns. „Dein Dad ist unglücklich gestürzt – Oberschenkelhalsbruch. Er muss operiert werden."

„Oh je." Ich schlug mir die Hand vor den Mund. „Wie ist das passiert?"

„Er ist … ausgerutscht, als er aus dem Auto stieg, und unglücklich gefallen."

Ich hörte die winzige Pause deutlich, in der Finley wohl abwägte, was er sagen sollte. Auf Eis ausgerutscht, tippte ich. Worauf sonst rutschte man aus und brach sich den Oberschenkelhals, wenn man eigentlich fit war? Laut fragte ich: „Ist es sehr schlimm?"

Finley zuckte mit den Schultern. „Nein. Nichts Kompliziertes, also kein Grund zur Sorge. Er ist schon in der Klinik und wird so schnell wie möglich operiert."

„Wann ist es passiert?"

„Heute Morgen."

Wann immer dort, wo er sich gerade befindet, Morgen gewesen war, dachte ich und sagte: „Weiß Henry schon Bescheid?"

„Nein. Ich rufe ihn nach der Sprechstunde an. Ich will
ihn nicht unnötig beunruhigen. Es ist ja nichts Lebens-
bedrohliches. Dir hätte ich es auch bald gesagt.“

Ich lächelte. „Ich weiß.“

Finley musterte mich. „Wie geht es dir eigentlich?“

„Prima.“

Er trat etwas näher. „Es tut mir leid, Catkin, wenn ich
dauernd so abweisend zu dir bin. Aber ich möchte
meine Tarnung nicht auffliegen lassen.“

Verstohlen rieb er meinen Rücken. Sein himmel-
blauer, warmer Blick war wie ein Sonnenstrahl. Lang
vergessene Gefühle stiegen in mir auf. Erstaunt bemerkte ich, dass ich mich immer noch stark zu Finley
hingezogen fühlte – wenn auch auf eine völlig andere
Art und Weise als zu Duncan. Ich trat einen Schritt zurück.

„So viel dann zum Thema Tarnung“, bemerkte ich trocken.

Er grinste diabolisch. „Oh, ich kann auch anders. Wie
wäre es, wenn ich anfinge, unseren lieben Schulleiter
eifersüchtig zu machen?“

Ich kicherte. „Das ist er bereits. Was glaubst du, warum er sich so bemüht, dich und mich nicht zusammen
unterrichten zu lassen?“

„Weiß er eigentlich von uns?“

Ich schüttelte den Kopf. „Nur, dass ich dich damals in
Schottland kennengelernt habe und wir bis vor drei
Jahren in Kontakt geblieben sind. Rein freundschaft-
lich.“

„Gut zu wissen. Habt ...?“ Er räusperte sich. „Es wirkt,
als hättet ihr euch wieder zusammengerauft?“ Es war
halb Frage, halb Feststellung.

„Haben wir. Ich meine, ich …" Ich legte eine Hand auf meinen Bauch. „Es ist schließlich sein Kind, und vorher haben wir uns gut verstanden."

Das klang furchtbar lahm und nicht einmal ansatzweise nach einer erfüllenden Beziehung. Dementsprechend skeptisch sah Finley mich an. „Du kannst auf mich zählen! Jederzeit!"

„Ich weiß. Danke dir." Ich biss auf meine Unterlippe. „Finley, ich …"

Er legte den Kopf schief. „Was ist los?"

„Als du vorhin hinausgingst, habe ich gehört, wie du einen Namen genannt hast."

Er verschränkte die Arme, doch ein Muskel in seinem Gesicht zuckte verräterisch.

„Du hast ‚Patricia' gesagt."

Immer noch rührte sich nichts in seiner Miene.

„Ich habe den Namen ‚Patricia' schon einmal gehört", fuhr ich fort.

Er beobachtete das Treiben um uns herum. „Ja und? Er ist häufig."

„Ich kenne den Namen von den Briefen, die ich auf unserem Dachboden gefunden habe. Mein Großvater Jacob war ein Grant. Er hat einer Patricia Grant Briefe geschrieben, und gerade kam mir in den Sinn, dass diese Patricia, mit der du telefoniert hast, vielleicht eine Verwandte von ihr sein könnte … und wenn du mir nicht auf der Stelle mehr über sie verrätst und mich weiter so ignorierst, werfe ich mich auf den Boden und schreie, was das Zeug hält!"

Völlig überrumpelt lachte er. „Was?"

„Spaß beiseite, Finley, aber hör endlich auf, so zu tun, als wäre ich minderbemittelt oder dumm! Ich hab diese

Spielchen so satt! Wer zum Teufel ist diese Patricia, mit der du gerade telefoniert hast? Trägt sie etwa wirklich nur zufällig den gleichen Namen?"

Finley atmete tief durch.

Ausgerechnet in diesem Moment stürmte Peter Primes herbei, als ginge es um sein Leben. „Finley! Gott sei Dank! Wir brauchen dich für die Beleuchtung! Die Probe geht gleich los."

„Ich komme." Finley wandte sich ab. Er machte ein paar Schritte, hielt dann inne und kam noch einmal zu mir zurück. „Es ist kein Zufall. Es ist dieselbe Person." Dann folgte er dem auf ihn einplappernden Peter Primes.

Eine geschlagene Minute starrte ich vor mich hin. Erst als ich von einer Tische tragenden Schülergruppe zur Seite gedrängt wurde, setzte ich mich in Bewegung.

Wie im Trance durchquerte ich den Innenhof, um schließlich im Kreuzgang die Treppe zu Duncans Büro hinaufzusteigen. Oben angekommen klopfte ich.

„Herein!"

Jedes Mal wenn ich den imposanten Raum betrat, hatte ich wie beim ersten Mal das Bedürfnis, „Wow!" zu sagen. Ehemals Teil des Allerheiligsten der Klosterkirche wurde der Raum von dunklen Eichenmöbeln, schwerem Leder und uralten Büchern in turmhohen Regalen dominiert. Der Duft nach Bienenwachs, den die polierten Holzdielen verströmten, mischte sich mit dem würziger Kräuter, die nahe dem Fenster auf einer Pflanztreppe gediehen. Das alte Kirchenfenster schillerte wie immer in leuchtenden Farben.

Bei meinem Eintreten hatte Duncan, der über seinen Schreibtisch gebeugt saß, den Kopf gehoben. Die Falte zwischen seinen Augenbrauen vertiefte sich bei meinem Anblick. „Ist irgendetwas passiert?"

„Sieht man mir das so deutlich an?" Ich ließ mich auf den Stuhl vor seinem Schreibtisch plumpsen.

„Ob ‚man‘ das sieht, weiß ich nicht", konstatierte Duncan, „aber ich sehe es." Er lehnte sich zurück, die Fingerspitzen aneinandergelegt, wohl ansatzweise beruhigt, da ich offensichtlich nicht in Panik war, wie er es anscheinend im ersten Moment angenommen hatte.

„Dad hat einen Oberschenkelhalsbruch und muss operiert werden."

„Das tut mir leid. Ist es ein komplizierter Bruch?"

„Laut Finley nicht. Er ist auf Eis ausgerutscht, als er aus dem Auto stieg."

„Auf Eis?"

Ich winkte ab. „Sie sind nicht in Europa. Glaube ich zumindest."

Duncan legte den Kopf schief, wohl ahnend, dass Dads Unfall nicht der Grund war, weswegen ich zu ihm kam.

„Du erinnerst dich doch sicher an Patricia Grant", sagte ich daher.

„Die aus den Briefen?"

„Ja. Dad und Helen sind bei ihr."

Duncans Mienenspiel zu beobachten war sehr interessant. Stück für Stück sank die Information tiefer, bis er mit einem Mal die Augen so weit aufriss, wie ich es bei ihm noch nicht erlebt hatte. „Bist du dir sicher?"

„Finley hat es mir gerade bestätigt." In knappen Worten berichtete ich ihm, wie es dazu gekommen war. „Duncan, korrigier mich bitte, wenn ich falsch rechne ... ich unterrichte zwar Mathematik, aber ... Patricia

Grant! Wenn sie bereits 1933 für den Geheimdienst gearbeitet hat, muss sie jetzt über hundert sein." Laut ausgesprochen hörte sich das Ganze noch absurder an als nur in Gedanken.

„Richtig." Duncan rieb sich das Kinn.

Der aufgeregte Lärm in der Schule war hier oben nur wie ein fernes Echo zu hören, doch er sorgte dafür, dass ich die Bodenhaftung nicht verlor. Es war real. Genauso wie alles, was ich in letzter Zeit erlebt hatte.

„Warum überrascht dich das?", fragte Duncan da.

„Ähm. Dich etwa nicht?" Verdutzt sah ich ihn an.

„Eigentlich nicht. Mit zunehmendem Alter verringert sich die Fähigkeit, neue Zellen zu bilden, die die alten ersetzen. Das hat logische, unvermeidliche Konsequenzen, die irgendwann zum Tod führen. Menschen, die sehr alt werden, haben ein besonders gut funktionierendes Immunsystem, was bedeutet, dass beides eng miteinander verknüpft ist. Das legt den Schluss nahe, dass Menschen wie du", sein Lächeln war zärtlich und traurig zugleich, „wahrscheinlich älter werden als der Durchschnitt."

Ich stieß lange die Luft aus. „Menschen wie ich. Das klingt merkwürdig. Wenn Patricia noch lebt, dann wären Karoline und Mum vielleicht auch sehr alt geworden."

„Wahrscheinlich", bestätigte Duncan.

„Heißt das, nur Frauen haben dieses Wundergen?"

Mit der Fingerspitze schob Duncan einen Bleistift über die Schreibunterlage. „Vielleicht. Vielleicht aber auch nicht. Hast du schon einmal über die Rolle des Duke in dieser Sache nachgedacht?"

„Ja, natürlich. Ständig. Aber er lässt sich von niemandem in die Karten schauen. Worauf willst du hinaus?"

Er stützte seine Ellbogen auf den Tisch und legte die Hände ineinander. „Hältst du es für möglich, dass der Duke dein Großvater ist? Jacob Grant."

Ich starrte ihn an. Schließlich stand ich auf und ging zu den Kräutern. Duncan drehte seinen Schreibtischstuhl, sodass er mich im Blick behielt. Ich rieb meine Finger an der Zitronenmelisse.

„Wie kommst du denn darauf?" Mit geschlossenen Augen schnupperte ich an meinen Fingern und sog den angenehmen Duft ein.

Hinter mir hörte ich Duncan ungewöhnlich tief durchatmen. „Ich war nicht ganz ehrlich zu dir, Caitlyn."

Ich lehnte mich mit dem Hintern an das Fensterbrett und verschränkte die Arme. Obwohl ich einen Stich der Enttäuschung verspürte, sagte ich mir, dass ich nicht sofort ein Urteil fällen durfte, sondern mir erst anhören sollte, was er zu sagen hatte.

„Nachdem du an der Tankstelle verschwunden warst, bin ich nicht nur nach Leatherhead gefahren, um dort auf dich zu warten", begann Duncan, ohne dass ich ihn noch weiter auffordern musste. Er hatte den Blick nicht auf mich, sondern auf seine Pflanzen gerichtet. „Ich wollte herausfinden, was dein Bruder und dein Vater über die Sache wissen. Besonders was deinen Vater betraf, interessierte es mich, denn ich konnte mir kaum vorstellen, dass er gar nichts mitbekommen hatte von dem, was deine Mutter tat." Er machte eine Pause.

„Okay", sagte ich. „Weiter."

Duncan rieb sich die Nasenwurzel. „Als ich feststellte, dass weder dein Bruder noch deine Schwägerin zu Hause war, konnte ich die Gelegenheit nicht ungenutzt verstreichen lassen." Jetzt sah er mich an. „Ich habe deinem Vater K.-o.-Tropfen verabreicht."

Mit beiden Händen rieb ich über mein Gesicht und gab ein Knurren von mir. „Ich hätte es wissen müssen. Dad wird nicht einfach so schwindelig!"

Duncan stand auf. Doch anstatt zu mir zu kommen, begab er sich auf die andere Seite des Schreibtisches, wo er auf und ab ging, während er mir berichtete, was er von Dad erfahren hatte. Im Wesentlichen nichts Neues für mich, obwohl Dad mit mir nie darüber geredet hatte, sondern lediglich Mum, als ich sie vor vielen Jahren danach gefragt hatte, wie sie und Dad sich kennengelernt hatten.

„Der Duke übernahm die Vormundschaft über deine Mutter, als sie ungefähr acht war", folgerte Duncan schließlich. „Er war damals nicht nur alt genug dazu, sondern auch schon sehr einflussreich – also muss er älter sein als dein Vater, was bedeutet, er ist heute mindestens Anfang oder Mitte siebzig."

Ich löste mich von der Fensterbank und schlenderte nun ebenfalls durch den Raum. „Ja, das nehme ich auch an. Aber was beweist das?" Vor Duncan blieb ich stehen.

„Vor rund dreißig Jahren kam ich als Schüler hier an die Ysgol. Das erste Mal sah ich den Duke, als er mit dem damaligen Schulleiter und zwei neuen Lehrern über das Schulgelände ging: Avril und einem Mann namens Mason Harris."

„Finleys Vater", warf ich ein.

Duncan setzte sich auf die Schreibtischkante. „Angeblich", erwiderte er. „Der Duke war damals also nur ein paar Jahre älter als ich jetzt. In meiner Erinnerung sah er jedoch nicht anders aus als heute, Caitlyn."

„Manche Menschen verändern sich nicht so sehr."

Er hob eine Braue. „Ob ich in dreißig Jahren noch so aussehen werde wie heute, wage ich zu bezweifeln. Wenn man einen Menschen nur selten sieht, fallen einem äußerliche Veränderungen nur auf, wenn sie sehr deutlich sind – das heißt, jemand hat viele Falten oder graue Haare bekommen. Wenn das Gegenüber jedoch so aussieht, wie man es gewohnt ist, nimmt man diese Nichtveränderung häufig gar nicht wahr. Man macht sich erst Gedanken darüber, wenn man mit der Nase darauf gestoßen wird. Bis heute ist es mir nie wirklich aufgefallen, dass der Duke eigentlich schon immer gleich aussah."

Ich war nicht überzeugt. „Hast du Dad danach gefragt?"

Er zuckte mit den Schultern. „Deine Schwägerin kam in dem Moment zurück, als ich es ansprechen wollte – wobei ich mir nicht sicher bin, ob er es überhaupt weiß, falls es so ist."

„Jacob hatte auf dem Foto eine Narbe", gab ich zu bedenken.

„Narben entwickeln sich bei jedem Menschen unterschiedlich", erwiderte Duncan. „Viele verblassen mit der Zeit, und außerdem trägt der Duke einen Bart, der die Überreste verdecken könnte."

„Ziemlich viele Konjunktive", fand ich.

„Eine Menge." Er griff nach meinen Händen. „Ich habe es dir vorher nicht gesagt, weil ich ..." Er suchte nach den richtigen Worten und fand keine. „Ich weiß nicht, warum ich es dir noch nicht gesagt habe."

„Weil du ein Idiot bist?" Ich schob ihm eine widerspenstige Locke aus der Stirn und umarmte ihn. „Danke, dass du jetzt ehrlich zu mir bist."

Für einen kurzen Moment barg er sein Gesicht an meiner Schulter. Dann rückte er von mir ab, um mich ansehen zu können. „Seit wann kennst du McFarlane?"

Ich legte den Kopf schief und suchte nach der Fußangel in der Frage. „Seit ungefähr zehn Jahren. Kurz nach Mums Tod habe ich ihn in Schottland kennengelernt. Das habe ich dir doch bereits erzählt. Und ja, er sieht noch genauso aus wie damals. Er war dreiunddreißig, als ich ihn kennenlernte."

Duncan verengte die Augen zu Schlitzen. „Bist du dir sicher?"

„Das hat er gesagt. Es passte zu seinem Aussehen, deshalb habe ich das nie infrage gestellt."

„Das bedeutet, er ist jetzt älter als ich."

Ich küsste die Stelle zwischen seinen Augenbrauen, wo die Falte wieder deutlich sichtbar war. „Willst du jetzt hören, dass du jünger aussiehst?"

Mit demselben tadelnden Blick, den er für seine Schüler gebrauchte, wenn sie mit ihrer Antwort völlig danebenlagen, schob Duncan mich beiseite. Aus der Schreibtischschublade holte er eine dünne Mappe, die er mir reichte. „Das habe ich im Archiv gefunden."

In der Mappe war ein einzelnes Blatt, das den Briefkopf der Schule trug. Es war eine Art Datenblatt, wie es jede Schule über jedes Belegschaftsmitglied besaß, doch dieses enthielt nur wenige Angaben.

„Mason Harris", las ich laut. „Ledig, keine Kinder – ich wusste doch, dass Harris nicht Finleys Vater ist und er Carl nur irgendetwas erzählt hat." Ich sah Duncan an, der zustimmend nickte. „Geboren am 17. August 1950 in Glasgow. Fächer: Sport und Biologie." Mein Blick fiel auf das Foto. „Oh, mein Gott!" Trotz des Vollbarts und der dunkelblonden, damals modernen Föhnfrisur: die himmelblauen Augen, aus denen einem der Schalk förmlich entgegensprang, waren unverwechselbar. „Er könnte wirklich Finleys Vater sein. Er sieht ihm unglaublich ähnlich!"

„Schön, dass es dir genauso geht", bemerkte Duncan trocken. „Ich war mir nicht sicher, ob ich mir die Ähnlichkeit nur einbilde."

Ich sank auf den Stuhl und raufte mir die Haare. „Entweder hat Harris gelogen, was seine Kinderlosigkeit anbelangt, oder ..."

„Oder es handelt sich um ein und dieselbe Person", ergänzte Duncan.

„Oh, mein Gott." Ich gab ein ersticktes Geräusch von mir. „Am einfachsten wäre es, wenn ich Finley damit konfrontieren würde."

„Ja, das könntest du", pflichtete mir Duncan bei. „Aber bevor du das tust: Was genau hilft uns das weiter? Wird er offen mit uns reden oder uns nur Ausflüchte liefern?"

„Ich weiß es nicht", gab ich zu. Ich legte die Stirn in Falten. „Vielleicht sollte ich lieber direkt mit Emrys reden. Er ist derjenige, bei dem alles zusammenläuft. Wegen morgen müsste er in Glasmaris Hall sein. Und wenn er noch nicht dort ist, dann werde ich so lange warten, bis er kommt."

Duncan hob eine Hand. „Caitlyn, du solltest nichts ..."

„Was? Überstürzen? Warum nicht?"

„Wir sollten uns gut überlegen, was du ihn fragen willst, denn ..."

„Die Zeit des Herumlavierens ist vorbei, Duncan! Endgültig. Ich *wollte* abwarten, aber mir alle Fakten mühsam wie ein Eichhörnchen zusammenzusuchen, erscheint mir immer idiotischer. Ich will mir auch nicht mehr ständig Gedanken darüber machen, ob hinter der nächsten Ecke Gefahr lauert. Ob mich irgendjemand entführen und als Versuchskaninchen missbrauchen könnte. Oder unser Kind, wenn es erst einmal auf der Welt ist, oder Henry oder sein Kind."

„Im Moment besteht keine Gefahr", sagte Duncan.

Ich warf ihm einen zweifelnden Blick zu. „William hört vielleicht auf dich. Aber was ist mit den anderen? Es gibt doch bestimmt noch andere, die an den Forschungen beteiligt sind. Und was ist, wenn William stirbt?"

Duncans Schweigen entnahm ich, dass ich mit meinen Bedenken zumindest nicht ganz danebenlag. Ich wandte mich zum Gehen.

„Warte." Duncan folgte mir. „Ich komme mit."

Ich überlegte einen Moment. „Nein. Emrys wird mir allein vielleicht mehr sagen." Und weil Duncan seine Brauen zusammenzog, setzte ich nach: „Aber du kannst mich hinüberfahren, wenn du möchtest."

Es war natürlich keine wirklich Wahl, daher antwortete er auch nicht, sondern lief mit mir gemeinsam die Treppe hinunter. Ich machte mir nicht die Mühe, mir eine Jacke zu holen, keine fünf Minuten später stieg ich im Hof von Glasmaris Hall aus Duncans Mini.

Ich gab ihm einen Kuss. „Ich habe übrigens kein Handy dabei. Falls Kieran mich nicht zurückbringt, lasse ich es dich wissen."

Er nickte, immer noch wenig begeistert von meinem Vorhaben. „Bis später."

Erst als ich durch das Tor verschwunden war, hörte ich, wie er den Motor startete und davonfuhr. Als ich auf die Eingangstür zuhielt, öffnete sich diese. Mit einer Verbeugung bedeutete mir Kieran einzutreten.

„Guten Tag, Mylady! Wir haben Sie gar nicht erwartet." Es war Kierans unnachahmliche Art, einen Vorwurf zu formulieren, weil man nicht angemeldet war.

Mir fehlte heute allerdings die Geduld für lange Rechtfertigungen. „Wo ist Emrys?"

Ein kaum sichtbares Zucken der Augenbrauen war das einzige Zeichen von Irritation, das sich Kieran wegen meiner ruppigen Art anmerken ließ. „Seine Gnaden ist in der Bibliothek."

Er ging in den ersten Stock, hieß mich warten, klopfte an der großen Eichentür und war gerade im Begriff zu öffnen, als ich einfach an ihm vorbeimarschierte und die Tür dabei weit aufstieß.

„Hallo Emrys!"

Unter ohrenbetäubendem Gekläffe stürzte Haf, der Welsh Corgie, auf mich zu. Caddy, der Irische Wolfshund, beäugte mich nur, während er auf dem Rücken liegend von Emrys am Bauch gekrault wurde und alle viere in die Luft reckte.

„Ruhe, Haf!", donnerte Emrys.

Haf setzte sich erschrocken hin, nur um gleich darauf wieder anzufangen. Caddy erhob sich träge.

„Es tut mir leid, euer Gnaden", entschuldigte sich Kieran, die Stimme über dem Lärm erhoben und mit einem irritierten Seitenblick auf mich. „Ich wusste nicht, das Mylady heute kommt."

„Danke, Kieran. Das ist schon in Ordnung." Emrys stand auf und musterte mich, sich offensichtlich wundernd, was ich wollte. „Möchtest du etwas trinken, Liebes? Tee? Kaffee? Oder etwas essen?"

Mit verschränkten Armen stand ich immer noch an derselben Stelle und schüttelte nur den Kopf. Mit einem Nicken entließ Emrys seinen Butler, der die Tür jedoch nicht schließen konnte, weil ich im Weg stand. Um Kieran nicht noch mehr zu brüskieren, trat ich einen Schritt vor und tätschelte Haf, damit er endlich Ruhe gab. Caddy stupste mich an, sodass ich auch ihm ein paarmal über den Kopf strich.

Emrys hatte sich wieder hingesetzt, die Hände rechts und links auf den Armlehnen. „Was kann ich für dich tun, Liebes?"

Seine gewohnt joviale Art ärgerte mich heute besonders, und da die Zeit der taktischen Manöver vorbei war, verbarg ich das auch nicht.

„Wann genau dachtest du eigentlich, mich über alles aufzuklären, Emrys?"

„Was meinst du damit?", fragte er liebenswürdig.

Ich unterdrückte den Impuls, ihn mit einem Schwall von Erklärungen zu überschütten. Die wollte ich von ihm, daher beschränkte ich mich auf eine Sache.

„Zum Beispiel darüber, was diese Kette hier auslöst!"
Ohne besagtes Stück abzunehmen, hielt ich ihm den
Anhänger entgegen.

Mit immer noch derselben freundlichen Miene fragte
er: „Und das wäre?"

Sein betont ruhiger Tonfall machte es mir immer
schwerer, ihn nicht anzuschreien. „Nein, Emrys, diese
Gesprächstaktik funktioniert mit mir nicht mehr. Du
stellst mir Fragen, die ich brav beantworte, nur um mir
am Ende dann zu sagen, dass das alles ist und es nicht
mehr zu sagen gibt. Oder du tischst mir womöglich irgendwelche Märchen auf. Vergiss es!"

Als einziges Zeichen dafür, dass ich sehr wahrscheinlich recht hatte, rieb er sich die Hände. Er schien abzuwägen, wie er weitermachen sollte.

Da es keinen Sinn ergab, weiter herumzustehen,
setzte ich mich auf den anderen Sessel. „Ich bin nicht
dumm, Emrys. Also versuch auch nicht, mich für solches zu verkaufen. Du hast mir nach Silvester manches
erzählt, und ich habe inzwischen selbst einiges herausgefunden, und jetzt möchte ich endlich die Wahrheit
wissen. Und zwar die ganze Wahrheit! Keine Häpp-
chen, wie du sie den Hunden zuwirfst, damit sie aufhören zu bellen!"

Mit einem Mal sah er mich direkt an. Es war, als
scannte er mich von oben bis unten, weil er mich zum
ersten Mal wirklich wahrnahm. Seine Augen hatten
ein ganz ähnliches Blau wie die von Finley, doch anstatt wie ein heller Lichtstrahl zu wirken, besaßen sie
eine Tiefe und Dunkelheit, die ich bisher noch nie
wahrgenommen hatte.

„Warum jetzt?", wollte er wissen.

„Warum nicht?", fragte ich zurück.

Ein kleines Lächeln huschte über seine Lippen, als amüsiere ihn meine Hartnäckigkeit. „Die Wahrheit also." Es war weder eine Frage noch eine Feststellung, sondern es klang eher wie ein Seufzer. Etwas Belastendes, über das man nicht sprechen möchte, aber plötzlich stellt man fest, dass man es muss. Ich gab ihm Zeit, nach dem richtigen Anfang zu suchen.

Er lehnte den Kopf an und sah zu den Hunden, die es sich zu meinen Füßen bequem gemacht hatten. „Bist du dir wirklich sicher, dass du die Wahrheit wissen möchtest?"

„Natürlich!" Mit verschränkten Armen lehnte ich mich nun ebenfalls zurück.

Er seufzte. „Und du bist dir sicher, dass du sie verkraftest?"

Ich runzelte die Stirn. „Woher soll ich das wissen, wenn ich keine Ahnung habe, worum es geht?"

Er lachte leise. Es klang allerdings nicht amüsiert, sondern eher müde. „Ja, das ist das Problem daran. Vorher kann man es nicht wissen, doch sobald man die Wahrheit kennt, kann man sie weder vergessen noch ignorieren. Dann muss man damit leben." Er sah mich an. „Du bist genau wie deine Mutter."

Ich rollte mit den Augen. „Ja, den Spruch habe ich schon häufiger gehört. Lenk nicht vom Thema ab."

Er rieb sich den Bart. „Du warst letzte Woche im British Museum, nicht wahr?"

Ich rieb mir den Nacken. „Und woher weißt *du* das?"

„Tyron", sagte er knapp. „Nachdem er Henry zu deiner Freundin Melinda gefahren hat, weil sie sich angeblich beim Squash das Handgelenk verletzt hat. Sie spielt kein Squash, also hat er sie überwacht. Mrs Griffiths hat mir außerdem gesagt, dass du über Nacht nicht in der Schule gewesen bist."

Diesmal explodierte ich. „Verflixt und zugenäht!" Ich sprang auf, die Hunde taten es mir gleich. Haf fing wieder an zu kläffen. „Genau das ist das Problem, Emrys. Jeder, absolut jeder, weiß, wo ich bin und was ich gerade tue. Ich bin ja schon dankbar, dass ich noch allein duschen gehen darf!" Anklagend deutete ich mit dem Finger auf Emrys. „Seit ich hier in der Ysgol bin, wird mein Leben von vorn bis hinten fremdbestimmt!"

Während ich redete, stapfte ich vor dem Kamin hin und her. Caddy hatte sich wieder zu Emrys Füßen niedergelegt und fragte sich offensichtlich, wozu das Herumgerenne gut sei. Haf tapste neben mir her. Immerhin hatte er beschlossen, dass es unnötig war, mich anzubellen.

„Du bist derjenige, der das angeordnet hat! Der mich rund um die Uhr beobachten lässt. Um mich zu *beschützen!*" Der abfällige Laut, den ich von mir gab, machte mehr als deutlich, was ich davon hielt. „Nach der Silvesternacht hast du mir versprochen, mir mehr zu erzählen. Das ist fast drei Monate her, und nichts ist geschehen. Seit ich von Hunter zurückgekommen bin, weichst du mir aus. Willst du nicht wissen, was dort vorgefallen ist? Ach so, lass mich raten, du weißt es natürlich. Duncan wird es dir erzählt haben. Finley hat dir sicher berichtet, was danach passiert ist. Mit allen sprichst du! Mit allen! Nur nicht mit mir!" Ich blieb neben dem Gestell mit dem Kaminbesteck stehen, die Hände in die Seiten gestützt.

„Wenn ich dir empfehle, dich zu beruhigen, würdest du dann davon absehen, mich mit dem Schürhaken zu attackieren?"

„Ich will mich nicht beruhigen", knurrte ich. „Und hör auf, alles ins Lächerliche zu ziehen." Ich atmete durch. „Bist du Jacob Grant? Mein Großvater?"

Ich hatte nicht erwartet, dass ich Emrys jemals verblüfft oder gar sprachlos erleben würde, doch ich wurde eines Besseren belehrt. Mit halb offenem Mund starrte er mich an.

„Das bin ich nicht."

Zu meiner eigenen Überraschung glaubte ich ihm diese offenbar spontane Antwort sogar, weil er derart überrumpelt wirkte. Natürlich konnte ich mich täuschen, daher war ich auf der Hut.

„Wie kommst du zu der Annahme?", fragte er nun ehrlich neugierig.

„Das ist eine lange Geschichte", sagte ich ausweichend.

„Ich habe Zeit."

„Ich auch." Mehr sagte ich nicht dazu.

Ein Holzscheit im Kamin verrutschte. Ich nahm den Schürhaken und stocherte im Feuer herum. Hinter mir erhob sich Emrys und verließ den Raum. Es dauerte nicht lange, bis er zurückkam. Diesmal kam er zu mir und reichte mir mit der Rückseite voraus ein gerahmtes Bild, das nur etwas größer war als ein Schulbuch.

„Was ist das?", fragte ich.

„Sieh selbst."

Ich drehte das Bild herum. Es war ein altes Gemälde, Öl auf Holz. Die ehemals sicher lebhafteren Farben waren nachgedunkelt. Ein an einem Tisch sitzender Mann war darauf zu erkennen, der mir vage bekannt vorkam. Gekleidet war er nach der Mode der frühen Neuzeit und besaß ein ebenmäßiges, ovales Gesicht, dessen längliche Form durch seinen spitz zulaufenden grau melierten Vollbart betont wurde, der Schnauzer war deutlich dunkler als der Rest. Er trug eine Halskrause sowie eine Kappe auf dem Kopf. Sein weiter dunkelblauer Mantel hatte einen edlen Pelzkragen, das darunterliegende rote Gewand war mit einer aufwendigen Stickerei versehen. Er sah den Betrachter nicht direkt an, sondern erweckte den Eindruck, als habe er seitlich etwas Interessantes entdeckt. Seine dunklen Augen strahlten Ruhe und Besonnenheit aus. Hinter ihm waren auf der einen Seite verschiedene Wappen zu erkennen. Auf der anderen Seite war ein halb geöffneter Schrank mit einem Sammelsurium an Büchern, Flaschen und Phiolen, wie sie von Alchemisten genutzt wurden. An der Schranktür hing eine Gliederkette mit einem runden Anhänger.

Unwillkürlich griff ich nach meiner Kette. Es war nicht zu erkennen, ob es sich um dieselbe Kette handelte. Dann sah ich die auf dem Tisch liegende Skizze, die der Mann offenbar gerade anfertigte, denn er hielt einen Zirkel in der Hand. Auf dem Pergament vor ihm erkannte ich die Zeichnung der goldenen Scheibe mit den vier Türmen aus dem British Museum.

„Das ist John Dee.“

Während ich das Bild betrachtete, war Emrys durch den Raum gegangen. Ohne auf meine Aussage einzugehen, reichte er mir das gerahmte Foto, das auf dem Tischchen zwischen den Sesseln gestanden hatte.

Am Abend vor der Veranstaltung im British Museum im vergangenen Jahr hatte ich das Foto in den verblichenen Sepiafarben zum ersten Mal gesehen. Der alte Mann saß unter der knorrigen Eibe im Hof von Glasmaris Hall auf der Steinbank, die Hände auf einem Stock abgestützt. Der Ulster-Mantel mit großem Cape aus schwerem Tweed, das weiße Haar, das unter einem Homburg hervorlugte, und sein dunkelgrau melierter Bart. Der Schnauzer war etwas dunkler als der Rest. Der Bart war sorgfältig getrimmt und lief spitz zu, was sein länglich ovales Gesicht betonte. Mit stillvergnügtem dunklem Blick schien er mich direkt anzusehen.

Emrys Worte von damals klangen in meinem Ohr: „Das ist mein Urgroßvater John. Er war gesund und munter bis ins hohe Alter, ohne jemals einen Arzt aufzusuchen."

Ich schluckte und sah abwechselnd erst auf das eine, dann auf das andere Bild. Allerdings lagen zwischen den Darstellungen mehr als dreihundert Jahre.

Ich starrte die Bilder abwechselnd an. „Dein Urgroßvater war John Dee?"

Emrys schmunzelte verhalten, ohne meine Frage zu bejahen oder zu verneinen. „Bitte komm mit mir, Liebes. Ich möchte dir noch etwas anderes zeigen."

Er führte mich durch die Gänge von Glasmaris Hall, das ich plötzlich mit ganz anderen Augen sah. Als wir einmal über die alte Eibe gesprochen hatten, die im Hof wuchs, hatte er gesagt, sie habe schon dort gestanden, bevor Glasmaris errichtet worden war. Es war eine im Kern mittelalterliche Anlage, die jedoch im Laufe des 16. Jahrhunderts im Tudorstil umgebaut und erweitert worden war. War das womöglich Johns Werk gewesen und er hatte die Eibe damals stehen lassen, anstatt sie fällen zu lassen?

Wir erreichten eine Zimmerflucht, die ich nicht kannte. Er öffnete eine der Türen, und zum ersten Mal betrat ich sein Schlafzimmer. Es war ein gemütlicher, holzvertäfelter Raum, in dem die Zeit stehen geblieben war. Neben einem großen Himmelbett gab es einen Ohrensessel vor dem Kamin, in dem momentan allerdings kein Feuer brannte. Schwere dunkelrote Samtvorhänge hingen vor dem Fenster, der Holzboden war bedeckt mit flauschigen Teppichen. Durch eine halb geöffnete Tür sah man in ein Ankleidezimmer.

Vor einem Gemälde, das an der Wand neben dem Kamin hing, blieb Emrys stehen. Das Gemälde zeigte eine junge Familie unter der knorrigen Eibe von Glasmaris. Der rotblonde Mann mit zusammengebundenen Haaren trug Kniehosen aus cremefarbenem Brokat und einen dunklen, einreihigen Rock, der nur an einer Stelle über der Brust zugeknöpft war. Unten lugte eine zum Stoff der Hose passende Weste und oben ein weißer Umlegekragen hervor. Die eine Hand hatte er auf den Rücken eines großen Jagdhundes gelegt, der brav neben ihm Platz genommen hatte. Er lächelte den dunkelhaarigen Jungen an, der mit ernstem Gesichtsausdruck auf seinem Schoß saß und höchstens zwei Jahre alt war. Neben der Bank stand eine junge Frau in einem weißen Kleid, das sie wie eine Wolke einhüllte. Dunkle Locken quollen unter dem weißen Hut hervor, und der einzige Farbtupfer war ein roter Gürtel, der ihre schlanke Taille betonte. Die Hand der Frau ruhte auf der Schulter eines kleinen Mädchens, das ebenso wie die Frau ganz in Weiß gekleidet war. Im Gegensatz zu ihrer Mutter hatte die Kleine jedoch keinen Hut auf dem blonden Haar. Sie lächelte den Betrachter verschmitzt von unten herauf an. Der Schalk sprang ihr förmlich aus dem Blick.

Emrys berührte mit einer Fingerspitze zärtlich das Bildnis der jungen Frau. Ein wehmütiges Lächeln umspielte seine Lippen. „Marian ist schon sehr früh gestorben."

Ich sollte sagen, dass mir das leidtut, dachte ich. Aber kein Wort kam mir über die Lippen, als ich das Bild eines ungefähr zweihundert Jahre jüngeren Emrys inmitten seiner Familie betrachtete.

„Die unerwartete Nachricht von ihrem Tod hat mich erschüttert." Trotz der langen Zeit, die seither vergangen war, hörte man seiner Stimme die Trauer noch immer an. „Sie starb, weil sich eine kleine, unscheinbare Wunde entzündete, die sie sich in ihrem Kräutergarten zugezogen hat. Eine Blutvergiftung folgte. Ich war zu der Zeit in London, als die Nachricht kam, dass sie schwer erkrankt war. Ich bin geritten wie der Teufel, doch sie war bereits tot, ehe ich eingetroffen war. Es war unfassbar, dass sie plötzlich nicht mehr da war. Wenn ich an meinem Schreibtisch saß, hatte ich noch eine lange Zeit danach das Gefühl, sie käme jeden Moment herein, um mit mir Tee zu trinken und über dies und jenes zu plaudern. Sie war sehr klug und bescheiden. Und sie hatte einen großartigen Sinn für Humor."

Verstohlen rieb er sich die Augen. Ich wagte es kaum zu atmen.

„Ich habe versucht, unseren Kindern Vater und Mutter zugleich zu sein. Grace war erst sieben, als Marian starb, Arthur vier." Er sah mich an. „Arthur war sein ganzes Leben lang bei bester Gesundheit. Er hat nie geheiratet und wanderte gegen meinen ausdrücklichen Wunsch nach Amerika aus. Im amerikanischen Bürgerkrieg kämpfte er für die Nordstaaten. Er starb am 19. Oktober 1864 in der Schlacht am Cedar Creek. Es war ein Überraschungsangriff der Konföderierten. Ich habe weder erfahren, wie er fiel, noch seine Leiche gefunden." Dann zeigte er auf das Mädchen. „Grace war ein Sonnenschein. Sie heiratete in den Grant-Clan ein und starb in der Nähe von Drumnadrochit als sehr, sehr alte Frau eines natürlichen Todes."

Unsicher sah ich Emrys an. Er war noch derselbe Mann, den ich schon Zeit meines Lebens kannte. Wie eine Konstante war er immer im Hintergrund gewesen. Obwohl ich ihn nur wenige Male im Jahr gesehen hatte, hatte ich stets das Gefühl gehabt, er sei doch ein Teil meines Lebens. Jetzt hatte ich den Eindruck, dass ich ihn gar nicht wirklich kannte.

„Grace und ihr Mann Jacob sind die Urgroßeltern von deinem Großvater Jacob und von Patricia."

„Oh."

Beim Nachrechnen verlor ich den Überblick, wie viel „Ur" ich dem Begriff Großvater würde voranstellen müssen, um Emrys zu bezeichnen. Ich räusperte mich und stellte endlich die Frage, die mich schon die ganze Zeit beschäftigte. „Wie alt bist du?"

Sein blauer Blick war sehr intensiv. „Ich wurde geboren im Jahr des Herrn 1644. Mein Name lautet wie der meines Vaters Rowland Dee. Wie du dir denken kannst, musste ich ihn häufiger ändern. Inzwischen habe ich den Namen meiner Großmutter Isabella de Prestwich angenommen. Es ist übrigens ihr Zobel, den du im Museum getragen hast. Kurz vor ihrem Tod bekam sie ihn vom russischen Zaren geschenkt, zu dem sie ein freundschaftliches Verhältnis unterhielt. Sie starb noch vor meiner Geburt im Jahr 1637 in Moskau."

Rowland Dee. Rolanda. Daher mein zweiter Vorname. Es machte den Namen nicht besser, aber zumindest wusste ich jetzt, warum Mum ihn ausgesucht hatte. Sie musste den Familienstammbaum gekannt haben.

Meine Knie fühlten sich weich an, doch als ich Emrys' – Rowlands – Gesichtsausdruck sah, spürte ich mit einem Mal einen Knoten in meinem Magen. Was kam noch?

„Ich bin also nicht dein Großvater, Caitlyn", bekundete er das nunmehr Offensichtliche. Er schien sich aufzurichten. „Aber ich bin dein Vater."

Ich starrte in seine blauen Augen. Mums waren grün gewesen, die von Dad braun. Erst ganz allmählich begriff ich den Sinn seiner Worte. Ich konnte nicht sagen, womit ich eigentlich gerechnet hatte, als ich herkam, um Emrys zu konfrontieren, aber das war es ganz sicher nicht gewesen. Mein Kopf war wie leer gefegt. Ich konnte nicht reagieren.

„Ich möchte gern allein sein", bat ich leise.

Ich konnte ihn nicht ansehen.

„Du findest mich unten", sagte er sanft.

Hinter ihm fiel die Tür ins Schloss.

Was man nicht aufgibt,
ist nicht verloren …

Liz war erst acht, als ihre Eltern und Brüder starben. Er kümmerte sich um sie, doch da er zu wenig Zeit hatte und zu häufig unterwegs war, suchte er in der weitläufigen Verwandtschaft des Grant-Clans nach Adoptiveltern. Zunächst protestierte sie, doch als er ihr schließlich versprach, die Ysgol besuchen zu dürfen, sobald sie alt genug war, war sie einverstanden.

All die Jahre ihrer Schulzeit besuchte Liz ihn unauffällig in Glasmaris Hall. Findig und gewieft wie sie war, fand sie immer wieder einen Weg, wie sie ihm Zeit abringen konnte. Irgendwie gelang es ihr, nichts davon nach außen dringen zu lassen. Durch ihre Hartnäckigkeit wurde sie so im Laufe ihrer Schulzeit ein fester Bestandteil seines Lebens. Stets wirkte sie erwachsener als ihre Altersgenossinnen und besaß trotz ihres unbeschwerten Auftretens und ihres sonnigen Gemüts eine tiefe Ernsthaftigkeit. Nie tat sie Dinge unüberlegt.

Aus dem quirligen Mädchen von einst wurde schließlich eine hübsche junge Frau. Er glaubte, ihr immer noch dieselbe freundschaftliche Zuneigung entgegenzubringen wie eh und je, doch eines Tages ertappte er sich bei dem Gedanken, wie schön es wäre, viele Jahre jünger zu sein. Gleichermaßen belustigt wie schockiert über sich selbst, schob er diesen Gedanken jedoch wieder beiseite. Auch wenn ihm das Alleinsein nie etwas ausgemacht hatte, dachte er wieder häufiger an Marian und daran, wie glücklich er mit ihr gewesen war. Es erstaunte ihn selbst, doch er war achtsam genug, nichts von seinen Gedanken nach außen dringen zu lassen.

Dann kam der Abend, als sie ihm von dem Praktikum erzählte, das sie während der Ferien in einem Krankenhaus gemacht hatte. Etwas hatte sie verändert, sie wirkte – falls das überhaupt möglich war – noch erwachsener als vorher. Gereifter.

Wie schon ungezählte Male flachsten sie bei ihrem Abschied, und wie jedes Mal ließ sie sich von ihm in den Arm nehmen. Er küsste sie auf die Stirn, wie er es schon immer getan hatte. Doch als sie ein wenig von ihm abrückte, fand er in ihren funkelnden grünen Augen etwas, bei dem sich schlagartig ein lange vergessenes Gefühl in seinem Bauch regte. Völlig unvermittelt legte sie ihre Fingerspitzen auf seine Lippen und war im nächsten Moment durch die Tür verschwunden.

Aus der Fassung gebracht, starrte er die geschlossene Tür an, während sein Verstand messerscharf analysierte, was sie da in ihm ausgelöst hatte. Rigoros rief er sich zur Ordnung und verdrängte sehr entschlossen seine ungebetenen Gefühle.

Anders als gewöhnlich suchte sie in der nächsten Zeit keinen Kontakt zu ihm, und auch er tat das wohlweislich nicht. Als sie ihn jedoch eines Abends wieder besuchte, schien alles wieder wie gewohnt. Sie lachten und scherzten miteinander, und Emrys war schon zu der Überzeugung gelangt, dass ihm offenbar seine Fantasie einen Streich gespielt hatte.

„Gute Nacht, Emrys!“ Ohne ihn wie gewohnt zu umarmen, ging sie zur Tür.

„Gute Nacht, Liz!“ Er blieb, wo er war.

Sie hatte die Hand bereits auf der Klinke liegen, als sie zögerte.

„Was ist los?“, fragte er und hätte im nächsten Moment am liebsten seine Worte zurückgenommen.

Als sie sich ihm zuwandte, erkannte er bestürzt, dass er sich nicht in dem getäuscht hatte, was er vor Kurzem in ihrem Blick erkannt zu haben glaubte. Ehe er reagieren konnte, lag sie in seinen Armen, schmiegte sich an ihn und er hielt sie fest.

„Liz ...“ Er brach ab. Was sollte er überhaupt sagen, ohne töricht zu klingen?

„Zuerst solltest du mich daran erinnern, wie alt du bist“, murmelte sie da an seiner Brust.

Unfreiwillig lachte er. „Unverschämtes Gör!“ Dann schob er sie entschlossen von sich weg. „Du bildest dir etwas ein.“

Kurz wandte sie den Blick ab, sah ihm aber schließlich fest in die Augen. „Das tue ich nicht!“

„Oh doch! Und das meine ich ernst, Liz!“

„Ich auch“, entgegnete sie, und ihre katzengrünen Augen funkelten herausfordernd.

„Hat dir eigentlich schon jemand gesagt, dass du ein Dickkopf bist?“

„Du. Beinahe jedes Mal, wenn wir uns sehen“, gab sie zurück. „Übrigens wäre an dieser Stelle die Bemerkung fällig, dass du der Duke of Anglesey bist und ich ein Schulmädchen.“

„Himmel! Liz, was glaubst du eigentlich, was das wird?“

„Ich weiß es nicht, aber ich bin kein kleines Kind mehr. Du kannst mir nichts vormachen!" Ihr Tonfall klang trotzig und provozierend zugleich. „Ich kenne dich viel zu genau, Emrys. Genauer als jeder andere Mensch. Und ich weiß einfach, was du für mich fühlst. Versuch bloß nicht, mir weiszumachen, es wäre anders."

Emrys schnappte nach Luft über die Schonungslosigkeit, mit der sie ihn über seine eigenen Gefühle aufklärte. Das Schlimme daran war, dass sie recht hatte. Nein, das Allerschlimmste war eigentlich, dass sie wusste, dass sie recht hatte.

„Elizabeth Grant, du hörst mir jetzt genau zu: Ich bin dein Pate und sehr, sehr, sehr viel älter als du."

„Dreihundertneun Jahre! Ja und?"

Als hätte sie nichts gesagt, fuhr er fort: „Das allein sind schon zwei Gründe, die vollkommen dagegen sprechen, dass ich irgendwelche Gefühle für dich hege, die über das gebotene Maß hinausgehen. Du suchst dir besser einen netten Jungen in deinem Alter, anstatt deine Abende zukünftig mit mir altem Esel zu verbringen. Das ist mein letztes Wort in dieser Angelegenheit. Hast du mich verstanden?"

Er legte alle Autorität, die er aufbringen konnte, in diese Rede, sodass sie den Ernst hinter seinen Worten spürte und nickte – wenn auch sichtlich zähneknirschend. Nachdrücklich gab er ihr einen kurzen Kuss auf die Stirn, drehte sie an den Schultern herum und schob sie in Richtung Tür. Sie ging, ohne noch ein Wort zu sagen.

Schon eine Woche später war Liz wieder da, wobei keiner das Geschehene auch nur ansatzweise erwähnte. Er gelangte zu der Überzeugung, es sei nur eine Schwärmerei von ihr gewesen, allerdings kam er nicht umhin, vor sich selbst zuzugeben, dass es ihn schmeichelte. Trotzdem war er besonnen genug, dem keine weitere Bedeutung beizumessen. Liz war beliebt, und es gab sicher genügend Mitschüler, die sich für sie interessierten. Den kleinen Stich Eifersucht, den er bei diesem Gedanken registrierte, ignorierte er geflissentlich.

Schließlich standen die nächsten Ferien ins Haus, und Liz kam, um sich zu verabschieden.

„Hallo Emrys." Viel leiser als sonst schloss sie die Tür.

„Nanu, was ist passiert?" Besorgt sah er sie an.

Sie zuckte mit den Schultern, die sie ungewöhnlicherweise hängen ließ. Er stand auf, um zu ihr zu gehen, doch als er sich näherte, blieb er abrupt stehen. In ihrem Gesicht konnte er lesen wie in einem Buch – sie versuchte nicht einmal, etwas zu verbergen.

Einen Schritt zurückweichend, hob er abwehrend die Hände. „Oh nein!"

„Ich will nicht wieder weg von dir!"

Sie kam näher, und als sie dicht vor ihm stand, zog er sie resigniert seufzend an sich, während sie ihn ihrerseits fest umarmte. Er ertappte sich dabei, sachte mit seinen Fingerspitzen über ihre Wange zu streichen. Gerade als er sich zusammenreißen wollte, um sie von sich zu schieben, wandte sie ihm den Kopf zu. Ihre Lippen waren weich, und hingerissen lehnte sie sich in seinen sanften, sehr zögerlichen Kuss. Er gestattete sich nur einen winzigen Moment, in dem er sich ganz diesem wunderbaren Gefühl hingab, bevor er sich vorsichtig von ihr löste und sie auf Armeslänge von sich schob.

„Liz, das geht einfach nicht", erklärte er entschieden.

„Warum nicht?", fragte sie trotzig.

„Weil du dir etwas einbildest", sagte er fest. „Bald wird es dir bestimmt unendlich peinlich sein, dass du dich von deinem alten Patenonkel sogar hast küssen lassen", und im Versuch, die Situation zu entschärfen, setzte er hinzu: „Aber keine Sorge, ich werde es niemandem verraten."

Sie funkelte ihn erbost an. „Es ist mir aber nicht peinlich."

„Jetzt vielleicht nicht, aber irgendwann", entgegnete er mit mildem Spott.

Sie sah ihn sehr ernst an. „Ich liebe dich, Emrys."

Er holte tief Luft. Stieß sie wieder aus. Dann schüttelte er den Kopf: „Nein, Liz, ich denke, du hast keine Ahnung, was Liebe …"

„Du denkst eindeutig zu viel, Emrys!", unterbrach sie ihn ärgerlich. „Ich meine immer, was ich sage, und ich habe mehr Ahnung, als du glaubst."

Obwohl es ihm schwerfiel, richtete er sich auf und nahm einen autoritären Tonfall an. „Es reicht, Liz! Du bildest dir etwas ein! Ende der Diskussion!"

Eine schier endlose Zeit fochten sie ein Duell mit ihren Blicken aus. Schließlich schnaubte Liz, wirbelte auf dem Absatz herum und stürmte aus dem Raum.

Lange Zeit ließ Liz sich nicht mehr in Glasmaris Hall blicken, und nur wenige Monate später, noch in ihrem letzten Schuljahr auf der Ysgol, war sie schwanger von

Dr. Richard Brown. Emrys erfuhr erst von der Beziehung, als Dr. Brown, ein junger, ambitionierter Arzt, bei ihm vorsprach, um bei ihm als ihrem Paten förmlich um Liz' Hand anzuhalten. Emrys gab seine Zustimmung, nachdem er mit Liz gesprochen und sie ihm versichert hatte, dass auch sie Richard heiraten wollte. Den Trotz in ihrem Blick ignorierte er und wurde ihr Trauzeuge.

Trotz der Schwangerschaft beendete Liz ihre Schule und begann bereits ein halbes Jahr nach Henrys Geburt ein Biologiestudium. Da Richard ebenfalls noch jung war und erst am Beginn seiner Karriere als Arzt stand, sorgte Emrys kurzerhand für ein angemessenes Haus und forcierte einen Umzug von Richards Eltern, die sich mit großer Hingabe um ihren Enkel kümmerten.

Richard ging in seinem Familienleben auf, und soweit Emrys es beurteilen konnte, bemühte sich auch Liz nach Kräften darum, eine gute Ehefrau und Mutter zu sein.

Jedoch klärten weder sie noch Emrys Richard vorerst auf, was Henrys Abstammung für den Jungen bedeuten könnte. Über Emrys wusste Richard lediglich, dass er für die Regierung im diplomatischen Dienst tätig war.

Nachdem Liz ihr Studium mit viel Ehrgeiz beendet hatte, verkündete sie, für Emrys im Auftrag der Regierung arbeiten zu wollen. Richard wunderte sich laut, was Biologie mit Diplomatie zu tun hatte. Zum ersten Mal erfuhr Richard, dass Diplomatie nicht das Einzige war, womit Emrys sich beschäftigte, und war wenig begeistert von der Aussicht, dass Liz sich Emrys mysteriöser Geheimdienstarbeit anschließen wollte. Es bedeutete, dass Liz viel Zeit in London verbringen würde, wohingegen Richard sich weitere Kinder wünschte sowie ein friedliches Familienleben anstatt eine häufig abwesende Ehefrau mit beruflichen Ambitionen.

Einige Jahre vergingen, in denen Liz für den MI16 in der obersten Etage des zehnstöckigen Gebäudes in London arbeitete. Patricia und Finley waren gelegentlich dort und, sooft er konnte, auch Emrys.

„Du solltest langsam Schluss machen, Liz, es ist spät", drängte Emrys eines Abends. „Richard wird schon auf dich warten."

„Ja, gleich", murmelte sie und rieb sich die Augen.

Sie schien über ihren Aufzeichnungen zu brüten, doch Emrys hatte beobachtet, dass sie weder eine Seite umblätterte noch etwas schrieb.

„Was ist eigentlich mit dir los?" Energisch nahm Emrys ihr den sowieso überflüssigen Stift aus der Hand und setzte sich auf den Tisch.

„Weiß ich nicht", brummte sie abweisend. „Ich bin vermutlich nur müde."

Sie war ungewöhnlich blass.

„Nein", erwiderte er. „Das glaube ich nicht. Was beschäftigt dich?"

Liz starrte auf ihre Hände. Schließlich seufzte sie. „Henry ist im Moment sehr anstrengend. Außerdem schläft er schlecht."

Emrys sah sie skeptisch an. Er wusste, dass der knapp siebenjährige Henry im Grunde ein sehr unkompliziertes Kind war.

„Nein", wiederholte er unumwunden. „Das ist es nicht, Liz. Ich weiß, dass mit dir etwas nicht stimmt."

„Was du immer alles weißt", brummte Liz mürrisch. „Du hast ja keine Ahnung."

„Wenn es dir nicht gut geht, dann sag es mir", erwiderte Emrys nachsichtig. „Vielleicht mutest du dir zu viel zu. Du solltest lieber mehr Zeit mit deiner Familie verbringen. Ich habe Verständnis, wenn ..."

„Ach, du und dein Verständnis!", fuhr sie auf. „Das kannst du dir sparen." Heftig rieb sie sich die Augen.

Emrys runzelte leicht die Stirn. „In Ordnung. Was ist es denn sonst?"

Sehr untypisch für sie, zog Liz unwillig die Brauen zusammen. Etwas zu heftig erhob sie sich und lief durch den Raum, so, als müsse sie sich erst darüber im Klaren werden, wie sie fortfahren wollte. Minutenlang stand sie an einem Fenster und blickte auf die tief unter ihnen vorbeifahrenden Autos. Schließlich nahm sie ihre unstete Wanderung wieder auf. Emrys wartete geduldig, bis sie sich endlich abreagiert hatte. Äußerlich wirkte sie nun ruhiger, wobei er den Eindruck hatte, dass es unter der Oberfläche weiterbrodelte.

„Ich mache mir Sorgen um Henry."

Es war nicht das erste Mal, dass sie Emrys das sagte.

„Nun, er ist noch klein", beschwichtigte er sie daher wie schon mehrmals zuvor. „Was mit ihm einmal sein wird, müssen wir abwarten. Jäger weiß nichts von euch. In Leatherhead seid ihr in Sicherheit. Ein gewöhnliches Leben ist die beste Tarnung."

Sie antwortete nicht gleich.

„Wahrscheinlich", bestätigte sie leise und blickte auf ihre Hände.

„Du hast die richtige Entscheidung getroffen, indem du Richard geheiratet hast", sagte Emrys noch. „Er ist ein guter Mann."

„Ja, du hast recht." Liz' Lächeln erreichte ihre Augen nicht. „Ich gehe jetzt heim."

„Mein Angebot steht, falls du ein paar Tage oder länger freimachen willst, ist das in Ordnung. Ich informiere Patricia, dass du nicht kommst."

Sie nickte, doch als sie schließlich gegangen war, hatte Emrys ein merkwürdiges Gefühl. Sie war in den letzten Wochen und Monaten immer schweigsamer geworden. Viele ihrer Gespräche verliefen wie dieses.

Nur zwei Tage darauf bekam Emrys einen mit zittriger Hand geschriebenen Brief.

Emrys!

Liz ist seit gestern verschwunden!
Sie hat mir gesagt, dass sie mich verlässt. Ich verstehe nicht, warum sie so plötzlich geht. Was soll ich Henry nur sagen, wo seine Mutter ist? Er fragt andauernd. Wenn sie bei dir ist, dann sag ihr bitte, dass ich mit ihr reden möchte.
Bitte hilf mir, Emrys! Ich weiß nicht, was ich tun soll.

Richard

Emrys schloss die Augen. Er brauchte einige Minuten, um seine Gedanken zu ordnen. Eine groteske Mischung aus Zorn, Verzweiflung und Sorge stieg in ihm auf. Welcher Teufel hatte sie geritten, einfach ihren Mann zu verlassen? Wo trieb sie sich jetzt herum? Und warum war sie nicht zu ihm gekommen?

Von Richard erfuhr er nicht sehr viel. Liz hatte am Tag zuvor ein paar Dinge eingepackt und ohne lange Erklärungen das Haus verlassen, Richard schockiert und vollkommen ratlos zurücklassend. Er hatte keine Ahnung von Liz' Herkunft und ihrer besonderen genetischen Veranlagung. Und natürlich wusste er nicht, wie sie wirklich zu Emrys stand. Richard fand daher keine Erklärung für ihr Verhalten. Emrys versuchte erst gar nicht, ihm eine zu liefern, denn Richard hörte ihm kaum zu und fragte sich ständig, was er wohl falsch gemacht hatte. Bevor er ging, versprach er Richard, nach Liz zu suchen, und erklärte Henry glaubwürdig, dass seine Mum auf eine wichtige Auslandsreise mit einem Minister fahren musste, weil dessen Sekretärin plötzlich krank geworden sei. Mit dieser Erklärung war der Junge zufrieden.

Emrys war klar, dass Liz nicht gefunden werden wollte, denn sonst hätte sie sich schon längst bei ihm gemeldet. Sosehr ihn die Ungewissheit auch beunruhigte: Er hielt sich zurück und wartete auf ein Zeichen von ihr. Er hoffte vorerst einfach, dass sie nur ein wenig Zeit zum Nachdenken brauchte.

Gut eine Woche später erhielt er endlich einen Brief. Auch ohne Absender wusste er sofort, dass er von Liz war, denn er enthielt nur ein paar Zahlen. Es war ein Code, der ihm sagte, wo sie war.

Emrys schritt auf die kleine Hütte zu, die mitten in den Bridgend Woods auf Islay lag, einer Insel der Inneren Hebriden. Er war noch nicht ganz beim Haus, als sich die Eingangstür wie von selbst öffnete. Liz war nicht zu sehen. Als er eintrat, stand sie unweit der Tür mitten im Raum. Er sah sie an, doch sie wich immer wieder seinem Blick aus. Verlegen strich sie sich eine Haarsträhne hinter das Ohr.

„Es tut mir leid, Emrys.“

„Warum hast du nicht mit mir geredet?“, fragte er leise.

Sosehr er sich bemühte, ganz konnte er den Vorwurf nicht aus seiner Stimme verbannen.

Liz schluckte schwer. „Ich konnte einfach nicht“, flüsterte sie. „Ich weiß, dass Richard das Beste ist, was mir passieren konnte. Und ich liebe Henry. Alles ist gut so, wie es ist. Das hast du mir immer wieder und wieder gesagt. Und du hättest es noch hundert weitere Male wiederholt.“

Sie hatte recht. Auch wenn Emrys es ungern zugab, hatte sie das Einzige getan, was ihn wirklich nachdenklich gestimmt hatte.

„Warum hast du Richard dann verlassen?“, wollte er jetzt wissen.

Er ahnte die Antwort und fürchtete sich davor. Nach ein paar Sekunden hob Liz den Blick.

„Ich liebe ihn nicht, Emrys“, sagte sie fest. „Und auch wenn er Henrys Vater ist: Ich werde auf keinen Fall weiter mit einem Mann zusammen sein, den ich nicht liebe.“ Sie schwieg einen Moment, bevor sie fast unhörbar fortfuhr: „Schick mich bitte nicht noch einmal fort von dir.“

Draußen hatte es begonnen zu regnen. Sie durfte nicht bei ihm bleiben. Es war zu gefährlich. Sein Herz zog sich bei diesem Gedanken zusammen.

„Nein, Liz, ich schicke dich nicht fort!“

Vorsichtig schloss er sie in seine Arme. Plötzlich zitterte sie und schmiegte sich an seine Brust. Er liebkoste ihren Nacken.

„Wir werden einen Weg finden, Liz", versprach er und meinte es so. „Ich will nicht mehr ohne dich sein."

In der folgenden Nacht stand Emrys am Fenster der kleinen Hütte. Er hatte die Vorhänge beiseitegezogen und sah hinaus. Der erste Schnee des Winters wirbelte vor dem Fenster umher. Er fröstelte, denn das Feuer im Kamin war für die Nacht heruntergebrannt.

Er machte sich große Vorwürfe.

Seufzend schloss er die Vorhänge und kehrte zum Bett zurück, wo er vorsichtig, um Liz nicht zu wecken, unter die Decke schlüpfte. Mit einem Anflug von schlechtem Gewissen genoss er die angenehme Wärme, die von ihrem Körper ausging.

Eigentlich sollte er mit der Erhabenheit des Alters über diesen Dingen stehen, anstatt sich wie ein junger Mann von seinen Gefühlen hinreißen zu lassen, dachte er ungewohnt zynisch. Aber ganz offensichtlich schützte auch fortschreitendes Lebensalter nicht vor Torheiten. Dabei hatte er sich auf dem Weg zu ihr fest vorgenommen, sie dazu zu überreden, es noch einmal mit Richard zu versuchen.

Er rieb sich mit der Hand über sein Gesicht. Was er getan hatte, konnte er nicht ungeschehen machen. Er lächelte versonnen, als er ihre Silhouette in der Dunkelheit betrachtete. Nun hatte sie doch bekommen, was sie wollte. Eigentlich tat sie das fast immer, stellte er amüsiert fest.

*Allerdings würde es ausgesprochen schwierig wer-
den, sie nun davon zu überzeugen, dass es nicht so bleiben konnte, denn wegen Henry konnte sie Richard
nicht einfach verlassen, ohne ihrem Sohn für immer
den Vater zu nehmen. Und eine dauerhafte Affäre
würde er nicht mit ihr beginnen, denn eine solche Ungeheuerlichkeit hatte Richard beileibe nicht verdient.
Schlimm genug, dass sie diese Nacht miteinander ver-
brachten.*

*Vorsichtig, um sie nicht zu wecken, legte er den Arm
um sie. Jetzt war sie erst einmal hier bei ihm. Über alles
andere würde er morgen nachdenken. Dann schloss er
die Augen und versuchte einzuschlafen.*

*Als sie zurückkehrten, hatten sie einen vorläufigen
Plan, der wenigstens für die nähere Zukunft funktionieren konnte. Liz sprach mit Richard und erklärte
ihm, dass sie ihn nicht liebte. Emrys' Rolle erwähnte sie
mit keiner Silbe. Sie macht Richard keine Hoffnung,
dass sie es sich noch einmal anders überlegen könnte.
Schweren Herzens akzeptierte er ihre Entscheidung.*

*Sie kamen überein, Henry zu sagen, sie müsse wegen
der Arbeit zukünftig in London wohnen, käme aber regelmäßig heim. Ohne großes Aufhebens richteten sie
sich nicht nur getrennte Schlafzimmer ein, sondern jeder für sich ein neues Leben und ließen gleichzeitig
nichts vom Scheitern ihrer Ehe nach außen dringen. Es
war eine schwierige Zeit, in der Liz sich mehr denn je
im Zwiespalt fühlte.*

*Als die Streitereien mit Richard, die sich meist um
Henrys Erziehung drehten, überhandzunehmen droh-
ten, ergriff schließlich Emrys die Initiative. Ohne Liz in*

sein Vorhaben einzuweihen, lud er Richard nach London in das Hauptquartier ein. In einem sehr langen Gespräch klärte er Richard über einige wesentliche Dinge auf, damit er die Tragweite begreifen konnte. Als Arzt stellte Richard unendlich viele Fragen, war zunächst skeptisch, doch schließlich wurde er stiller und stiller.

Am Ende stand er am Fenster und starrte über die Dächer der umliegenden Häuser.

„Mein Sohn ist also einer von euch."

Emrys lehnte sich zurück. „Ja."

Richard wandte sich herum, das Kinn vorgereckt. „Ich könnte mit dieser haarsträubenden Angelegenheit an die Öffentlichkeit gehen."

Emrys rieb sich die Nasenwurzel und lächelte müde. „Ich würde dir sehr gerne einen Kommentar dazu ersparen, Richard."

Alle Farbe wich aus Richards Gesicht.

Emrys verschränkte die Arme. „Es tut mir leid, dass du als Henrys Vater involviert bist, Richard, aber da es nicht zu ändern ist, ist Offenheit das Mindeste, was ich dir bieten kann. An die Öffentlichkeit zu gehen oder überhaupt auch nur irgendjemandem gegenüber ein Wort über dieses Gespräch zu verlieren, ist keine Option. Haben wir uns verstanden?"

Widerwillig zwar, aber Richard nickte.

„Gut, denn früher oder später würde ich davon erfahren, und die Konsequenzen wären einschneidend für dich." Emrys machte eine Pause, um die subtile Drohung wirken zu lassen. Er hasste solche Methoden, doch er wusste, wann es die beste – oder manchmal auch die einzige – Option war. „Henry wird nichts geschehen, solange er und Liz ein unauffälliges Leben führen können." Wieder unterbrach er sich, um Richard zu beobachten, der immer noch weiß wie die Wand war. „Falls das in Leatherhead oder in London nicht möglich ist, werde ich beide fortschicken."

Richards Adamsapfel hüpfte deutlich, als er schluckte. Seine Stimme war kaum zu hören. „Ich würde Henry nie wiedersehen." Es war eine Feststellung, keine Frage.

„Ja", antwortete Emrys fest. „Henry ist dein Sohn, daher werde ich ihn dir nicht streitig machen. Aber ich trage Verantwortung nicht nur für ihn, sondern auch für viele andere, und ich werde tun, was immer nötig ist, um das Geheimnis zu bewahren. Ich weiß, dass es viel verlangt ist, wenn ich dich darum bitte, ein Leben zu führen, das kaum weiter von der Normalität entfernt sein könnte. Es liegt nun an dir, ob du es willst, Richard."

Zuerst atmete Richard tief durch. Dann räusperte er sich. „Unter einer Bedingung."

Emrys hob die Brauen. „Die wäre?"

„Du hältst Henry aus der Sache heraus. Er muss nichts über all diese ... diese Dinge erfahren. Er soll ein normales, unbeschwertes Leben führen können." Richards Blick war eindringlich.

Emrys war versucht zu widersprechen, zu erklären, wie wahrscheinlich es war, dass Henry früher oder später eingeweiht werden musste. Doch dann stand er auf und streckte Richard die Hand entgegen.

„Ich verspreche es dir." Zumindest für die nächsten Jahre konnte er das, bis sich die Gegebenheiten änderten. Und das taten sie immer irgendwann.

Richard ergriff seine Hand. Es war ein Pakt, den sie schlossen.

Als Liz von dem Gespräch der Männer erfuhr, war sie zunächst ärgerlich, sah jedoch bald ein, dass es die Dinge erleichterte. Während der nächsten Zeit kamen Liz und Richard besser miteinander zurecht, da sie offener reden konnten, und schafften es sogar, dass Henry kaum noch etwas vom Zerwürfnis seiner Eltern mitbekam. Vordergründig waren sie weiter eine fast normale Familie, doch Emrys fühlte sich nicht selten unwohl bei dem Gedanken an Richard.

Liz' Berufstätigkeit und ihre damit verbundene häufige Abwesenheit sorgten zwar für einigen Gesprächsstoff in Richards Verwandtschaft und Bekanntenkreis, doch sie meisterten auch diese Hürde, und die Spannung flaute mit der Zeit ab. Wenn Liz und Richard als Paar nicht zurechtgekommen waren, so zogen sie als Eltern an einem Strang und gingen bald sogar freundschaftlich miteinander um.

Einige Jahre zogen ins Land.

Draußen schien die Sonne und ließ den Schnee im Hof von Glasmaris Hall glitzern. Es war Mitte Januar. Liz kuschelte sich bequem in einen Sessel am Fenster.

„Emrys", rief sie leise.

„Mhh?" Er senkte die Zeitung.

„Henry ist beinahe zehn." Sie stützte ihren Ellbogen auf die Sessellehne und legte das Kinn auf ihre Hand. Sie sah aus, als wartete sie auf eine Reaktion.

Emrys faltete die Zeitung zusammen. „Worauf willst du hinaus?"

Plötzlich lächelte sie. Emrys runzelte die Stirn. Ihr Lächeln vertiefte sich.

„Was ist mit Henry?", fragte er.

„Nichts."

„Liz!"

Jetzt beugte sie sich vor und stützte beide Ellbogen auf ihre Knie und das Kinn auf ihre Fäuste.

„Aber er ist die längste Zeit Einzelkind gewesen", meinte sie. Ihre grünen Augen funkelten.

„Er ... was?" Emrys sah sie verdutzt an.

„Wenn ich mich nicht verrechnet habe, kommt es im August", erklärte Liz.

Nur langsam begriff er, was sie gerade gesagt hatte. „Ich dachte, wir waren uns einig, dass du die Pille ..."

„Falsch. Du warst dir einig. Ich habe nie zugestimmt." Sie zuckte lässig mit den Schultern.

Emrys klappte geräuschvoll den Mund zu. Dann stand er auf und streckte die Hände nach ihr aus. Sie stand auf und legte die Arme um ihn.

„Hör auf", sagte sie.

„Womit? Ich habe doch nichts getan!"

„Du hast gedacht!", erwiderte sie. „Lass es einfach und freu dich."

Er lächelte. „Früher war ich der Meinung, dass man mit dem Alter klug und weise würde, aber du hast mir inzwischen das Gegenteil bewiesen. Vermutlich müsste ich mir auf der Stelle Sorgen machen. Ich sollte mir den Kopf darüber zerbrechen, wie es weitergehen wird. Aber weißt du was? Es ist mir in diesem Moment vollkommen egal, was passieren wird. Ich freue mich einfach!"

„Das ist doch mehr als genug", antwortete Liz.

Plötzlich musste er laut lachen. „Meine Güte! Ich werde tatsächlich noch einmal Vater!"

„Und das in deinem Alter", spottete Liz.

Wieder war es Richard, der ihnen unterwartet half. Nachdem er von Liz' Schwangerschaft erfahren hatte, war er sichtlich betroffen. Doch trotzdem bat er sie, keine überstürzten Entscheidungen zu treffen und ihm Bedenkzeit zu geben.

Richard überlegte sehr gründlich. Schließlich unterbreitete er ihnen den Vorschlag, das Kind als seines auszugeben. Liz machte sich keine Illusionen, sie wusste, dass einzig seine Sorge um Henry und die Angst, ihn doch noch zu verlieren, ihn dazu brachte.

Als Emrys schließlich im darauf folgenden August in der kleinen Hütte auf Islay seine neugeborene Tochter im Arm hielt, dachte er mit großer Dankbarkeit an Richard und wusste, dass dieser Caitlyn ein liebevoller Pflegevater sein würde.

Glasmaris Hall, Anglesey

Lange Zeit stand ich am Fenster und beobachtete die aufgewühlte See. Möwen kreischten hoch oben am grauen Himmel, und auf den Wellen tanzten die Schaumkronen. In der Ferne erkannte ich große und kleine Schiffe, die von oder nach Liverpool unterwegs waren. Es war ein ganz gewöhnlicher Tag im gerade angebrochenen Frühling auf Anglesey.

War es wirklich nur etwas mehr als ein halbes Jahr her, seit ich die Normalität einer südenglischen Kleinstadt eingetauscht hatte gegen die raue Einsamkeit der Insel und die bizarren Dinge, die sich seither ereignet hatten? Ein halbes Jahr, nach dem nichts, aber auch gar nichts mehr so war, wie ich es mein Leben lang gekannt hatte.

Ich seufzte. Nicht in meinen kühnsten Träumen hatte ich darüber nachgedacht, dass mein Leben gar nicht so war, wie es den Anschein hatte. Mein Alltag in Surrey hatte zu mir gehört wie meine Arme und Beine, meine Augenfarbe: blau. Niemals hatte ich einen zweiten Gedanken daran verschwendet, warum ich eine andere Augenfarbe hatte als Mum und Dad. Warum auch? Die Vererbungsregeln waren schließlich kompliziert.

Und Dad? Richard. Er war immer mein Dad gewesen. Warum hätte ich das in Frage stellen sollen? Im Gegensatz zu mir war Henry zweifellos sein Sohn, denn die Ähnlichkeit zwischen den beiden war augenfällig. Mir hatte jeder nur bestätigt, wie ähnlich ich Mum sah. Unwillig schüttelte ich den Kopf. Die Tatsache, dass Emrys mein Vater sein sollte, erschien mir vollkommen irreal.

Ich setzte mich aufs Bett und ließ mich rückwärts in die weichen Kissen fallen. Mum hatte also eine Affäre mit Emrys gehabt.

Eine Affäre!

Das war etwas, was ich weder Mum noch Emrys zugetraut hätte. Wie kurz oder lang mochte die gewesen sein? Und was wusste Dad davon?

Der Umgang zwischen Mum und Dad war mir immer harmonisch erschienen und, abgesehen von den üblichen Kleinigkeiten, frei von den großen Streitereien, wie ich sie manchmal bei den Eltern meiner Freunde mitbekommen hatte. Beide waren immer sehr liebevoll mit Henry und mir umgegangen, ich konnte mich allerdings nicht daran erinnern, dass Mum und Dad jemals Zärtlichkeiten ausgetauscht hatten. Das war in dieser Generation nicht ungewöhnlich, doch nun erschien es mir in einem anderen Licht. Außerdem fiel mir ein, dass Henry in Reading erzählt hatte, dass Mum und Dad sich früher häufig gestritten hatten. Aber warum hatten sie damit aufgehört und warum war Mum nicht einfach gegangen?

Sie hatten getrennte Schlafzimmer gehabt, Mum war häufig unterwegs gewesen und unterhielt eine Wohnung in London, deshalb hatte ich es als völlig normal empfunden, zu Dad ins Bett zu krabbeln, wenn sie nicht da war. Es war alles so selbstverständlich gewesen, dass ich nie darüber nachgedacht hatte.

Aus meiner liegenden Position heraus betrachtete ich das Gemälde. Grace und Arthur – genau genommen, waren sie meine Halbgeschwister. Was für eine skurrile Vorstellung, da sie zweihundert Jahre vor mir geboren waren. Grace war goldblond und blauäugig gewesen. Wie ich. Wie Emrys.

Erst jetzt entdeckte ich auf dem Nachttischchen ein gerahmtes Foto. Ich setzte mich auf, um es besser ansehen zu können. Es war ebenfalls ein Familienbild, das unter der alten knorrigen Eibe aufgenommen worden war. Diesmal jedoch eine Farbfotografie in den bunten Farben der Achtziger. Mum, flachsblond und jung, hatte mich auf dem Arm, ich schien höchstens zwei Jahre alt zu sein. Meine Locken standen in alle Himmelsrichtungen ab und leuchteten golden im Sonnenschein, der durch die Zweige des alten Baumes fiel. Mein jüngeres Ich beugte sich grinsend zu Emrys, der, meinen Blick erwidernd, leger gekleidet auf der Bank saß. Mum hielt mich lachend fest, damit ich nicht fiel. Das Bild strahlte Heiterkeit und Glück aus.

Ich verließ den Raum und suchte die Treppe. Als ich hinunterstieg, nahm ich die sanften Klänge von Chopins Nocturne aus dem Erdgeschoss wahr. Ich betrat also den Raum neben dem großen Speisesaal, in dem wir Silvester gefeiert hatten. Zwei Köpfe fuhren herum. Die Musik hörte abrupt auf. Kieran, der ungewöhnlich lässig seitlich am Flügel gelehnt hatte, straffte seine Haltung.

„Mylady." Er verbeugte sich knapp. „Darf ich Ihnen Cream Tea servieren?"

Mein Magen rumorte schon allein bei dem Gedanken daran. „Gerne, Kieran ... und es tut mir leid, dass ich vorhin so unhöflich war."

Er lächelte. „Schon in Ordnung." Dann war er verschwunden.

Ich sah ihm nach. Mylady. Lady Caitlyn. Ich hatte seine Anrede stets belächelt, dabei war sie völlig korrekt.

Haf, der mit Caddy hinter dem Klavierhocker lag, gab ein leises „Wuff" von sich. Ich nahm Kierans Platz ein und sah Emrys zu, der schon wieder seine Finger über die Tasten gleiten ließ. Haf gähnte genüsslich.

„Ich denke gerade darüber nach, welche Ausdrücke ich dir an den Kopf werfen soll", sagte ich.

Entgegen seinem sonstigen Auftreten wirkte Emrys nervös, als er lachte. Er unterbrach sein Spiel nicht.

„Ich habe das Foto auf deinem Nachttisch gesehen. Erzählst du mir, wie das mit Mum und dir war, oder muss ich mir selbst eine skandalöse Geschichte dazu ausdenken?", fragte ich.

„Ich weiß nicht, wie skandalös die Wahrheit für dich ist", erwiderte er. „Immerhin ist so eine Verbindung, wie sie zwischen deiner Mutter und mir bestand, wohl eher unüblich."

„Mit ‚unüblich' meinst du aber hoffentlich nicht nur den Altersunterschied von ein paar hundert Jahren", bemerkte ich süffisant.

„Dreihundertneun", korrigierte Emrys. „Deine Mutter hat mir immer vorgeworfen, dass ich viel zu sehr darauf herumreite."

„Das ist ja wohl auch das Nebensächlichste an der ganzen Angelegenheit", erklärte ich entschieden. „Mich interessiert viel mehr, warum ihr Dad ... Richard ..."

Emrys unterbrach sein Spiel. „Er ist dein Dad, Caitlyn. Das war er immer, und das wird er auch bleiben."

Die Erleichterung, die mich bei Emrys Aussage durchströmte, kam überraschend. Offenbar hatte ich im Unterbewusstsein erwartet, dass er mit einem Mal Ansprüche erhob oder wollte, dass sich etwas änderte. Dass es nicht so war und er das von vornherein klarstellte, freute mich.

„Erzähl mir einfach alles", bat ich. „Für Märchen bin ich zu alt."

„Du klingst nicht sonderlich schockiert", stellte Emrys fest.

„Nach all den Dingen, die in den letzten Wochen und Monaten passiert sind, gehören die Tatsachen, dass du über dreihundertsechzig Jahre alt bist und noch dazu mein Vater zu den weniger unangenehmen."

„Weniger unangenehm klingt wie ein Zahnarztbesuch ohne Wurzelkanalbehandlung."

„Was erwartest du?"

Sichtlich erleichtert, klimperte er noch einmal das Thema der Nocturne und stand auf. „Gehen wir in die Bibliothek. Es wird eine längere Geschichte."

Nachdem wir es uns zusammen mit den Hunden in den Sesseln bequem gemacht hatten, begann Emrys zu erzählen. Unterbrochen wurden wir nur, als Kieran mit einem voll beladenen Tablett hereinkam. Ich bat ihn, Duncan Bescheid zu geben, dass ich erst spät zurück zur Ysgol käme und er sich keine Sorgen machen sollte.

„Sehr wohl, Lady Caitlyn. Ich werde ihm sagen, dass ich Sie hinüber zur Ysgol fahre." Sein freundlicher Tonfall klang wie immer.

„Danke, Kieran." Ich war wirklich froh, dass er nicht nachtragend war.

Als er die Tür hinter sich geschlossen hatte, deutete ich hinter ihm her. „Er weiß es, oder? Er sagt bewusst Lady Caitlyn zu mir."

„Ja", gab Emrys unumwunden zu. „Ruby und die älteren Kinder wissen es ebenfalls."

„Shannon?"

Er nickte. „Im Grunde alle, die sich noch gut an deine Mutter erinnern können. Es wurde nicht darüber geredet, doch es war ein offenes Geheimnis."

„Warum sind die Yates dir eigentlich so verbunden?"

Lächelnd goss er uns Tee ein. „Ehrlich gesagt, frage ich mich das auch manchmal. Sie stammen aus der weitläufigen Verwandtschaft der Grants, und seit Generationen fanden sich immer wieder treue Seelen, die mir zur Seite standen."

„Also nicht noch mehr dunkle Geheimnisse?" Ich griff nach einem Scone, den ich mir dick mit Clotted Cream und Erdbeermarmelade bestrich.

„Nein. Diesmal nicht." Er rieb sich das Kinn. „Erinnerst du dich an Maisri? Von ihr hast du mir Grüße ausgerichtet, als du im September herkamst."

„Ja", sagte ich. „Die alte Frau, die ich am Bahnhof getroffen habe. Du sagtest, sie sei Angestellte hier gewesen."

„Sie ist Kierans Tante und musste aufhören, hier zu arbeiten, um ihre Mutter zu pflegen. Sie war sehr unglücklich deswegen – und noch dazu ein bisschen eifersüchtig auf Ruby, die daraufhin ihren Platz einnahm."

Dann fuhr er fort in seiner Erzählung über seine Beziehung zu Mum, über Dad und wie sich am Ende alles fügte.

„Bis heute frage ich mich, wie Richard das alles ertragen hat", gestand Emrys mir schließlich. „Als ich mit ihm sprach, rechnete ich nicht damit, dass es von Dauer wäre. Als deine Mutter mir dann sagte, dass sie schwanger sei, überlegte ich bereits, wohin wir gehen könnten."

„Was wäre mit Henry geschehen?", fragte ich.

Er drehte die Handflächen zur Decke. „Ehrlich gesagt bin ich mit meinen Überlegungen nie so weit gekommen. Im Grunde kann ich Richard niemals genug dafür danken, dass er so gehandelt hat, wie er es tat. Er ist ein großartiger Mensch."

Es rührte mich zu hören, wie dankbar Emrys war. Zumindest mit diesem Teil meiner Geschichte konnte ich wohl meinen Frieden machen. Ich nahm mir vor, mit Dad darüber zu reden, sobald ich die Gelegenheit dazu hatte, um ihm zu versichern, dass sich für mich nichts änderte. Er war ebenso der Großvater meines Kindes wie Emrys.

„Wie bist du eigentlich darauf gekommen, dass Jacob und ich dieselbe Person sind?", fragte Emrys in diesem Moment.

„Das war nicht ich, sondern Duncan." Nun war es an mir zu berichten, angefangen damit, was an dem Abend in Leatherhead wirklich geschehen war, bis hin zu Finleys Telefonat.

Zunächst hob Emrys seine Brauen, dann huschte ein Lächeln über seine Lippen. „Duncan ist ein kluger Mann."

Mit spitzem Finger pikte ich Krümel von meinem Teller. „Ich möchte es ihm erzählen, Emrys. Alles."

„Könnte ich dich denn daran hindern?", erkundigte er sich mit mildem Spott.

„Nein." Ich lutschte die Krümel von meinem Finger. „Vertraust du ihm denn?"

Emrys beugte sich vor und legte die Unterarme auf seine Oberschenkel. „Ich habe ihm dein Wohlergehen anvertraut, noch bevor du ihn kennengelernt hast, Caitlyn."

Ich öffnete den Mund, um etwas zu sagen, doch dann schloss ich ihn wieder. Wenn es einen Vertrauensbeweis gab, dann wohl diesen.

„Wo sind Dad und Helen?"

„In Nova Scotia auf Patricias Farm. Sie liegt ziemlich einsam. Ich habe übrigens bereits veranlasst, dass Richard vom örtlichen Krankenhaus in eine Spezialklinik nach Halifax verlegt wird."

Es war gut zu hören, dass Emrys sich um alles kümmerte. „Wann kann Henry zu ihnen?"

Emrys zögerte einen Moment. „Ich werde dafür sorgen, dass er so schnell wie möglich hinfliegen kann."

In den Sessel gekuschelt, beobachtete ich träge die Hunde. Caddy lag entspannt auf der Seite und schnarchte leise, während Haf sich unter Caddys Kinn zusammengerollt hatte.

„Du bist ‚D' aus den Briefen." Wie von selbst war dieses Puzzleteil an seinen Platz gefallen.

„So haben mich Patricia und Jacob immer genannt." Emrys war inzwischen auf Whisky umgestiegen und schwenkte sein Glas.

„Das angebliche Krankenhaus in London ..."

„… ist das Hauptquartier des MI16“, vollendete er meinen Satz. „Du hast bei deinem Besuch kürzlich Dr. Smith getroffen.“

„Ja, und?“

Er sah mich auffordernd an.

„Mums Adoptiveltern hießen Smith. Ist sie etwa eine Verwandte?“

„Eine Nichte“, bestätigte Emrys. „Was ich sagen will, Caitlyn, ist: Es gibt zahlreiche Menschen, die über grundlegende Dinge Bescheid wissen. Sie sind alle verschwiegen und verlässlich. Ohne sie wäre es nicht möglich, das Geheimnis zu schützen.“

„Hm.“ Ich rieb mir die Augen. Allmählich wurde ich müde. Es war so viel in den vergangenen Stunden auf mich eingeströmt, dass ich bald eine Pause brauchte, um alles zu verarbeiten, bevor ich neue Informationen aufnehmen konnte. Nur eine Sache wollte ich unbedingt noch wissen. „Emrys, wie war das mit John Dee und Edward Kelley wirklich? Das, was man über die beiden lesen kann – die Wachssiegel, Kristallkugeln, die Henochische Sprache, die sie sich ausgedacht haben. Diese Engelsrufe, die rückwärtsgeschrieben stehen, damit sie nicht schon beim Lesen Wirkung tun.“ Ich schüttelte mich demonstrativ. „Das klingt eigentlich ziemlich nach Hokuspokus. Aber irgendwas muss ja dran sein.“

Emrys lachte leise. „Ja, so sieht es wohl aus.“ Er schlug die Beine übereinander. „Edward Kelley habe ich nie kennengelernt. Er starb lange vor meiner Geburt. Das, was du aus den Quellen erfährst, ist nicht ganz das, was tatsächlich geschah.“

„Und was geschah wirklich?“

Er legte die Fingerspitzen aneinander. „Dinge, die vor meiner Zeit geschehen sind, kenne ich selbst natürlich auch nur aus Erzählungen. Dass es stets Menschen gab, die besonders lange lebten und außergewöhnliche Gesundheit besaßen, ist etwas, das dem aufmerksamen Forscher immer wieder in der Geschichtsschreibung begegnet. Die meisten verbannen diese Erzählungen ins Reich der Fantasie oder stempeln sie als Übertreibung ab. Die Genesis im Alten Testament, um nur ein Beispiel zu nennen, ist voll davon. Vielleicht hast du schon mal von Henoch gehört, der besonders von Gott gesegnet wurde und der Vater des Methusalem war, des mit 969 Jahren ältesten in der Bibel erwähnten Menschen.

Laut John war das alte Wissen darüber jedoch verloren gegangen, und vage Aufzeichnungen wurden in der Familie von Generation zu Generation weitergegeben. Zum Teil waren sie wohl haarsträubend, doch er hatte einen großen Forschergeist. Irgendwann traf er auf Kelley, den er als exzentrisch und absonderlich beschrieb, der ihn jedoch auf neue Ideen brachte. Er ließ Kelley also gewähren, und eines Tages fanden sie tatsächlich zufällig und anfänglich unbemerkt mithilfe der alten Aufzeichnungen den Stein der Weisen. John wurde zunächst krank und strotzte danach schier vor Gesundheit. Er war damals schon Mitte fünfzig, Kelley erst Ende zwanzig. Es dauerte Jahre, bis ihnen dämmerte, was sie gefunden hatten, weil die Veränderung genauso unbemerkt vonstattenging wie bei dir, Caitlyn. Kelley versuchte verzweifelt, für sich dasselbe zu erreichen wie John, doch er schaffte es nicht. Es kam zum Streit, und er verließ England, um am Hof Rudolf

II. in Prag seine alchemistischen Experimente fortzusetzen und wenigstens Gold zu produzieren. Es gelang ihm natürlich nicht, und er wurde von Rudolf eingesperrt. Kelley versuchte zu fliehen, es misslang, und er starb an den Verletzungen, die er sich dabei zugezogen hatte.

John begriff schließlich, welche Bürde er mit der Entdeckung zu tragen hatte. Er täuschte seinen Tod vor und begann durch die Welt zu ziehen. Zu seinem Sohn Arthur hielt er jedoch Kontakt, schließlich zu seinem Enkel Rowland, der mein Vater war. Im Gegensatz zu Arthur verstand Rowland, welche Chancen sich boten, doch er erkannte auch, dass John nicht dauerhaft auf sich allein gestellt sein konnte. Als ich zur Welt kam, war ich ein kränkliches Bürschchen. Die Kindersterblichkeit war damals hoch, wie du weißt, und als ich ungefähr ein Jahr alt war, glaubte niemand mehr daran, dass ich noch lange leben würde. So versuchten John und mein Vater ihr Glück an mir. Ich überlebte, doch mein Vater hatte Sorge, der Hexerei bezichtigt zu werden, daher flehte er John an, mich mitzunehmen.“

Leise pfiff ich durch die Zähne. „Also habt ihr anschließend jede Menge Zeit damit verbracht, Hinweise auf einen ‚Stein der Weisen‘ zu vertuschen oder so zu verändern, dass niemand auf die Idee käme, dass etwas Wahres daran sein könnte.“

Emrys nickte. „Bis heute finde ich in Archiven Aufzeichnungen. Aber es werden weniger.“

„Bist du deswegen manchmal in so seltsamen Orten wie Jakutsk?“ Dort war er im letzten Sommer gewesen, als ich ihm per Chat nach meiner Geburtstagsfeier von meiner Abneigung, Dan zu heiraten, geschrieben und er mir daraufhin eine Stelle in der Ysgol nahegelegt hatte.

„So ist es“, stimmte er zu.

„Was hat es mit diesen Siegeln, Zeichen und Sternen auf sich?“

Er schmunzelte verhalten. „Eigentlich nichts. Es ist ein bisschen, als würde man eine Nebelkerze anzünden, um von der wahren Notwendigkeit abzulenken. Wie ein Zauberer, der viel Hokuspokus macht.“

Ich lachte. „Also doch.“ Dann wurde ich wieder ernst, weil mir plötzlich etwas einfiel. „Die 49. Tafel! Ich habe gelesen, sie sei verschollen.“

„Tatsächlich“, bemerkte Emrys im Tonfall reinster Unschuld. „Ist sie das?“

„Wenn ich dich so anschaue, dann würde ich sagen, sie ist es nicht.“ Ich gähnte herzhaft und rieb mir die Augen. „Für heute habe ich genug. Es wird Zeit, dass ich ins Bett komme.“

Wir erhoben uns beide.

„Manchmal habe ich das Gefühl, das passiert alles nicht mir.“ Mit einem tiefen Seufzer trat ich neben ihn und lehnte den Kopf an seine Schulter. Er legte den Arm um mich.

„Das Gefühl kenne ich sehr gut, Liebes“, versicherte er mir. „Aber das Schicksal mischt die Karten, und wir müssen spielen, ob wir das wollen oder nicht.“

„Hoffentlich hast du ein Ass im Ärmel“, bemerkte ich düster.

Er küsste mich auf die Wange. „Ja. Dich.“

Ich lachte. „Vergiss das ganz schnell. Ich hatte noch nie Glück im Spiel.“

„Im Spiel sollte nicht Glück, sondern die richtige Strategie entscheidend sein, Liebes. Dann bestimmst du allein die Regeln.“

„Wenn du das sagst, klingt es so leicht“, sagte ich.

„Ich hatte auch viel Zeit zum Üben.“ Er sah auf die Uhr. „Es ist wirklich spät geworden. Ich fahre dich hinüber, dann müssen wir Kieran nicht bemühen.“

Als Emrys mich vor dem Torhaus absetzte, beugte ich mich zu ihm und umarmte ihn zum Abschied. Er lächelte. Bevor ich ausstieg, legte er ganz sachte seine Hand auf meinen Bauch. „Gib gut auf euch acht.“

Ostersonntag, 4. April

Das Wetter war frühlingshaft geworden, sodass die Sonne durch die Fenster schien. Faul rekelte ich mich am Nachmittag mit einem Buch bewaffnet auf Duncans Sofa und versuchte mich aufzuraffen, um mir in der Küche einen Kaffee zu kochen. Die Übelkeit ließ, wie von Dr. Pfefferkorn bei meinem ersten Besuch prophezeit, am Ende der ersten drei Schwangerschaftsmonate nach.

Die vergangene Woche war die ruhigste seit Langem gewesen. Die Theateraufführung war ein voller Erfolg geworden, und die ganze Schule war zufrieden in die Ferien gestartet.

Auf Emrys Betreiben war Henry nach Halifax geflogen, wo er sich um Dad kümmerte und endlich Helen wiedersehen konnte.

Ich hatte Duncan ausführlich Bericht erstattet über mein Gespräch mit Emrys. Es hatte ihn sichtlich schockiert, denn mit einem solchen Ausmaß an Geheimnis hatte er nicht gerechnet. Er war bezüglich dieses Themas zunächst sehr still geworden, sodass wir erst im Laufe der letzten Tage wieder begonnen hatten, darüber zu sprechen.

Anders war es mit den Bewohnern meines Bauches. Gleich zu Beginn der Ferien waren wir in die Londoner Klinik gefahren, die, wie ich nun wusste, in Wahrheit

Teil des Hauptquartiers des MI16 war. Die Untersuchungen und das Ultraschallbild hatten gezeigt, dass ich mit Zwillingen schwanger war, aber darüber hinaus alles normal zu sein schien.

Den Kopf an die Sofalehne gelegt, betrachtete ich das Ultraschallbild, das Duncan auf dem Kaminsims an die Rückwand gelehnt hatte. Noch immer fand ich es schwierig, mir vorzustellen, dass da sogar zwei Leben in mir heranwuchsen.

Ich hörte, wie Duncan die Treppe hinunterkam. „Würdest du mir einen Kaffee machen?", schnurrte ich, als er das Wohnzimmer betrat.

Anstatt zu antworten, kam er zu mir, hockte sich neben das Sofa und sah mich mit einer derart ernsten Miene an, dass ich hochfuhr. „Was ist passiert?"

Er hob einen Mundwinkel und legte mir beruhigend die Hand auf die Schulter. „Bleib liegen, ich mache dir Kaffee."

Ich hielt ihn am Ärmel fest, als er sich wieder aufrichten wollte. „Falsche Antwort. Was ist passiert?"

Zunächst schien er zu hadern, doch dann quetschte er sich zu mir aufs Sofa. „William ist immer noch zu schwach, um nach Südamerika zurückzufliegen. Es sieht nicht gut für ihn aus diesmal."

Ich musterte Duncan. „Machst du dir Sorgen um ihn?" Mir jedenfalls tat es nicht leid, dass er litt.

Er seufzte. „Nein."

Es kostete mich Mühe, nicht erleichtert zu lächeln, weil er offenbar meine Ansicht teilte, sondern weiter neutral zu schauen und nichts zu sagen. Bisher hatte sich mir die Beziehung, die Duncan und William verband, noch nicht wirklich erschlossen. Sofern ich das aus dem kurzen Treffen beurteilen konnte, erschien sie mir weder freundschaftlich noch rein geschäftsmäßig. Kameradschaftlich traf es nicht einmal ansatzweise. Funktional, höflich, waren Eigenschaftswörter, die mir in den Sinn kamen.

„Ich mache mir keine Sorgen um William. Seine Lebenserwartung ist nur noch sehr begrenzt. Er weiß das selbst am besten. Alle wissen das. Ich mache mir eher Gedanken darüber, was danach kommt."

„Oh. Ja." Das war ein Punkt, über den ich bisher nicht wirklich nachgedacht hatte.

Nach dem Tod seines Vaters, Konrad Jägers, hatte William ganz selbstverständlich das geistige wie materielle Erbe angetreten. Wahrscheinlich war er sein ganzes Leben lang darauf vorbereitet worden, und so war es nur die logische Konsequenz daraus gewesen. Doch wer würde in Williams Fußstapfen treten?

„Hat William Kinder?"

Duncan schüttelte den Kopf. „Keine Kinder und auch sonst keine Verwandten mehr."

Doch, mich, dachte ich, aber sagte es nicht laut.

„Wer ist denn Williams Stellvertreter?", wollte ich wissen. „So krank, wie er ist, muss er sich doch längst um seine Nachfolge gekümmert haben."

„Es gibt …", begann Duncan, doch dann schlug er seine flachen Hände auf die Oberschenkel. „Ich mache dir jetzt erst mal einen Kaffee."

Er verschwand in der Küche. Anstatt liegen zu bleiben, setzte ich mich aufrecht hin. Als Duncan mit einem Becher Kaffee mit viel Milch für mich und einem Tee für sich selbst sowie einer Packung Kekse zurückkam, setzte er sich neben mich.

„Es gibt mehrere, die sich als seine Nachfolger betrachten. Der Leiter des argentinischen Labors ist etwas jünger als William und mit ihm zusammen von Jäger erzogen worden. Er kommt aus der Familie eines hochrangigen Nazi-Offiziers, die ebenfalls zu Kriegsende aus Deutschland geflohen sind."

„Ein Verwandter deines ...", ich suchte nach dem richtigen Wort, fand aber keines, „... von Christian?"

„Sein Bruder", bestätigte Duncan. „Das Labor in der Mine des Black Country wird von Marion beaufsichtigt."

Bei dem Gedanken an diese Frau zog sich mir der Magen zusammen. Die Kaltblütigkeit, mit der sie Hans befohlen hatte, mir das Genick zu brechen, jagte mir Angst ein. Ich kannte Christians Bruder und seine Ansichten nicht, doch Marions Skrupellosigkeit war nicht zu unterschätzen. Beide zusammen waren kaum weniger gefährlich als William, glaubte ich. Vielleicht sogar gefährlicher.

„Caitlyn, ich muss in die Mine", unterbrach Duncan meine Gedanken. „Und ich möchte, dass du mich begleitest."

Ich hatte gerade die Tasse an den Mund gesetzt, um einen Schluck zu trinken, und verharrte in der Bewegung. Ganz langsam setzte ich die Tasse auf dem niedrigen Tisch ab.

„Nein." Allein bei dem Gedanken daran wurde mir übel.

Duncan schlürfte seinen Tee. Es kam mir vor wie eine halbe Ewigkeit, doch es waren nur einige Sekunden, bis er weiterredete. „Ich weiß, dass du das nicht möchtest, und ich würde alles lieber tun, als dich darum zu bitten. Aber es ist wichtig. Für mich."

Er machte kein Aufhebens, nahm nicht meine Hände, beschwor mich nicht und ließ auch sonst jede Inständigkeit vermissen.

Ich nahm meinen Kaffee wieder. „Warum ist es für dich wichtig?"

Er schwenkte leicht seine Tasse. „William vertraut mir, allerdings hatte er durchaus Bedenken, dass du ein Risiko für mich in meiner Stellung beim Duke darstellen könntest. Wenn du mit mir kommst, räumt das seine Bedenken aus."

„Und das ist gut, weil ...?", fragte ich.

Duncan warf mir einen langen Blick zu. „Weil das meine Position in seinen Reihen festigt."

„Siehst du denn vielleicht eine Chance, nach seinem Tod den ganzen Mist zu beenden?" Für diese Idee konnte ich mich durchaus erwärmen.

„Es muss ein Schritt nach dem anderen geschehen, Caitlyn", sagte er sanft.

Je weniger Duncan mich drängte, desto eher war ich geneigt, ihm nachzugeben – ich unterstellte ihm zwar, dass genau das sein Plan war, doch seine Argumentation war tatsächlich nicht von der Hand zu weisen. Während wir in friedlicher Eintracht auf dem Sofa saßen, überlegte ich, was genau mir eigentlich am meisten Sorge bereitete, und je länger ich darüber nachdachte, desto weniger konkret konnte ich meine Befürchtungen in Worte fassen.

Zum einen war es natürlich das Unbekannte. Ich hatte keine Ahnung, was genau mich dort erwartete. Würde Duncan die ganze Zeit bei mir sein? Musste ich irgendetwas vorgeben zu sein, das ich nicht war? Zum anderen war es die Angst, dass trotz Duncans Protest und gegen seinen Willen William plötzlich jemanden auf mich hetzte, der mir oder unseren Kindern etwas antat. Mums Schicksal konnte ich einfach nicht aus meinen Gedanken verdrängen.

Schließlich versuchte ich Duncan meine Bedenken zu schildern. Sehr ernst hörte er mir bis zum Schluss zu.

Erst als ich geendet hatte, sagte er: „Ich kann deine Ängste nicht zerstreuen, Caitlyn. Alles, was du vorbringst, vermag auch ich nicht genau abzuschätzen. Manches davon ist wahrscheinlicher, anderes eher unwahrscheinlich, und dann wiederum werden andere Dinge passieren, an die du jetzt nicht einmal denkst und auf die du ganz plötzlich wirst reagieren müssen. Ich akzeptiere, wenn deine Entscheidung lautet, hierzubleiben. Doch ich würde dich nicht bitten mitzukommen, wenn ich nicht der Meinung wäre, dass es wichtig ist und darüber hinaus nur ein geringes Risiko besteht."

Lang, sehr lang, stieß ich die Luft aus. Seine Worte hatten mich in keiner Weise beruhigt – was sie wohl auch nicht sollten. Doch trotzdem hatte er meine Ablehnung weiter ins Wanken gebracht.

„Kann ich erst einmal darüber nachdenken?", fragte ich. „Und wenn ich ... Falls ich Ja sage, wäre es dann möglich, dass wir nicht dort übernachten?" Ich schauderte bei dem Gedanken an den fensterlosen Raum, der mir noch im Nachgang klaustrophobische Gefühle verursachte.

Er lächelte. „Natürlich."

„Danke." Ich beugte mich zu ihm und gab ihm einen sehr zarten Kuss.

Als ich mich wieder gerade hinsetzen wollte, legte er seine Hand an meinen Hinterkopf und dehnte stattdessen den Kuss aus.

„Haben wir heute nicht noch etwas vor?", murmelte ich.

„Wir wollten in den Pub in Llangefni." Er knabberte an meinem Hals.

„Hmhm", machte ich und nestelte an seinem Gürtel. „Der hat noch länger geöffnet."

Dienstag, 6. April

Als wir bei Shrewsbury die A5 in Richtung Pontesbury verließen, spürte ich ein unangenehmes Ziehen in der Magengegend. Da die Übelkeitsphase ja eigentlich vorbei war, konnte es diesmal nur an der Tatsache liegen, dass wir uns dem Labor näherten.

Ich atmete tief in den Bauch hinein und nestelte an dem Titan-Armreif herum, den ich wieder angelegt hatte. Nun, da ich wusste, dass er ungefährlich war, machte es mir nichts aus. Als wir das Ortseingangsschild in Pontesbury passierten, reichte mir Duncan die Augenbinde. Da wir das vorher abgesprochen hatten, nahm ich sie widerspruchslos.

„Hast du dein Handy ausgeschaltet?", fragte Duncan.

Ich hatte darauf bestanden, es mitzunehmen, weil ich sichergehen wollte, dass ich im Zweifel Hilfe holen konnte. „Schon in Bangor", antwortete ich zum wiederholten Male. Er hatte diese Frage schon mindestens dreimal gestellt. „Willst du es vielleicht selbst kontrollieren?"

Das Letzte, was ich sah, bevor ich mir die Augenbinde überstreifte, war seine gelupfte Braue. „Nein."

Nichts sehen zu können, war genau so schlimm wie beim ersten Mal, denn ohne diese Ablenkung ging meine Fantasie mit mir durch. Duncan legte seine Hand auf meine, und anders als auf der Fahrt hierher vor ein paar Wochen beruhigte es mich tatsächlich.

Diesmal waren wir in seinem roten Mini unterwegs, der nicht so bequem war wie der SUV, den ich aber inzwischen gewohnt war. Auch das gab mir ein Gefühl der Sicherheit.

„Wir sind gleich da."

Anstatt zu antworten, nickte ich nur. Es war dieselbe Prozedur wie bei meinem ersten Besuch, nur dass es diesmal Duncan war, der mir beim Aussteigen half und mich über den unebenen Boden führte. Wieder stiegen wir eine Treppe hinunter, Metall kreischte, ein Gitter wurde beiseitegeschoben, Rasseln, Klacken, Summen. Wir fuhren mit dem Aufzug hinab. Unten dann feuchte, kalte Luft. Und das Zahlenschloss, dessen Tastentöne mich an die Nocturne erinnerten. Unwillkürlich dachte ich an Emrys, der diesmal wusste, dass wir hier waren. Er hatte mich aufmunternd angelächelt und mir versichert, dass Duncan sich gut um mich kümmern würde.

Lediglich Finley, mit dem ich ohne Duncans Wissen gesprochen hatte, war alles andere als begeistert gewesen. Er hatte außerordentlich besorgt gewirkt, sodass am Ende ich es gewesen war, die versucht hatte, ihn zu beruhigen.

Ich riss mich zusammen, denn sanft schob Duncan mich nun vorwärts und schloss die Tür hinter uns.

„Du kannst die Augenbinde abnehmen", sagte er.

Erleichtert seufzte ich. Wir waren allein, auf dem Gang war niemand zu sehen. Ich steckte die Augenbinde ein, denn ich nahm an, dass ich sie beim Herausgehen wieder benötigen würde. Duncan deutete in eine Richtung, und gemeinsam setzten wir uns in Bewegung.

War mir beim letzten Besuch die Anlage sehr groß vorgekommen, so bemerkte ich nun, dass sie kleiner war, als ich angenommen hatte. Es gab einen rechteckig umlaufenden Gang, von dem nach außen verschiedene Türen abzweigten. Schachbrettartig wurde er längs von einem und quer von zwei Gängen durchschnitten. Der Zugang lag in einer äußersten Ecke des Rechtecks. Die relative Ähnlichkeit aller Gänge und Türen hatte mich verwirrt. Nun erkannte ich jedoch einiges wieder: die Kantine, die in einem der mittleren Blöcke lag, ebenso wie die Tür zu Duncans Quartier. In der diagonal gegenüberliegenden Ecke öffnete Duncan eine Tür und ließ mich zuerst eintreten.

Es war nur wenige Wochen her, dass ich William gesehen hatte, doch sein Zustand hatte sich erschreckend verschlechtert. Konnte er beim letzten Mal noch herumlaufen, war er nun offensichtlich kaum noch dazu in der Lage. Bleich und abgemagert wie ein Skelett saß er in einem ausladenden Sessel, der mit elektrischen Vorrichtungen versehen war, um Rückenlehne und Fußteil in bequeme Positionen zu bewegen. Obwohl es nicht kalt war, hatte er eine Decke um die Beine geschlungen und trug einen warmen Pullover. Das monotone Geräusch der Sauerstoffversorgung mischte sich mit dem der Lüftung.

„Ah, Besuch." Seine Stimme war nur noch ein Hauch. „Willkommen in meinem bescheidenen Heim." Er streckte die Hand aus.

Duncan begrüßte ihn zuerst, während ich mich verstohlen umsah. Der Ausdruck „bescheiden" traf voll und ganz zu. Der Raum war unwesentlich größer als Duncans und zweckmäßig eingerichtet. Ein fahrbares

Krankenbett stand an der Wand. Neben Williams Sessel befand sich ein Tisch, der überquoll von Büchern, Zeitschriften, Ordnern und Papieren. Ein Nachttisch auf Rollen stand auf der anderen Seite, beladen mit Medikamenten, Wasser und einem Teller mit einem unangetasteten Sandwich.

„Du gestattest, dass ich sitzen bleibe?" Williams Händedruck war kaum wahrnehmbar.

„Natürlich." Ich verkniff mir die obligatorische Frage nach dem Befinden, mit der man für gewöhnlich eine Konversation unverfänglich starten konnte, und sagte stattdessen nichts.

Er machte eine Handbewegung, die wohl bedeuten sollte, dass wir auf den Stühlen, die am Rand des Zimmers standen, Platz nehmen sollten. Duncan zog sie näher heran.

„Wie geht es dir?", stellte nun William die Frage an mich, die ich zuvor vermieden hatte.

Da mein Zustand genug Anlass zum Gespräch gab, antwortete ich mit harmlosen Allgemeinplätzen. Zu meiner Überraschung hatte Duncan das Ultraschallbild eingesteckt und reichte es William. Es versetzte mir einen Stich, und ich hätte es ihm am liebsten aus der Hand gerissen, doch ich bewahrte die Fassung.

„Zwillinge", hauchte William. „Meinen Glückwunsch. Ich wünsche den beiden eine gute Gesundheit und ein langes Leben." Er hüstelte leicht.

Da ich mir nicht sicher war, ob es Ironie war, die ich unterschwellig heraushörte, oder eher eine Anspielung, beschloss ich, beides zu ignorieren, und bedankte mich lediglich.

„Mein Leben lang habe ich das Gefühl gehabt, dass mir etwas fehlt." William klang melancholisch. „Ich frage mich in letzter Zeit häufiger, wie anders mein Leben verlaufen wäre, hätte mein Bruder gelebt." Er warf mir einen abschätzigen Blick zu.

Da ich mir nicht sicher war, welche Antwort passend war, zog ich es wieder vor zu schweigen. Ein Hustenanfall schüttelte William. Als er sich wieder beruhigt hatte, wandte er sich an Duncan.

„Gib gut auf sie acht." Sein Kopf ruckte kaum merklich in meine Richtung.

Duncan hob die Mundwinkel. „Das habe ich vor."

Müde bewegte William die Hand. „Verzeiht, wenn ich nicht mehr als euer Trauzeuge fungieren kann." Anstatt zu lachen, schmunzelte er diesmal nur. „Ich wünsche euch trotzdem alles Gute. Wann werdet ihr heiraten?"

Obwohl ich Duncan gesagt hatte, dass ich nicht vorhatte, ihn in naher Zukunft zu heiraten, spielte ich das Spiel mit. „Danke, William. Wir haben noch keinen Termin festgelegt."

Es klopfte. Bevor eine Antwort von William ertönte, die vermutlich von draußen sowieso nicht zu hören gewesen wäre, öffnete sich die Tür. Es war Marion. Unwillkürlich versteifte ich mich.

Sie begrüßte Duncan mit einem Lächeln und ignorierte meine Anwesenheit. „William, es ist Zeit für deine Medizin." Aus der Nachttischschublade holte sie eine gut gefüllte Tablettenbox und reichte William ein paar Tabletten mit einem Glas Wasser.

William schluckte sie bereitwillig. „Würdest du meinen Gästen bitte etwas zu trinken bringen, Marion? Tee vielleicht? Oder Kaffee?" Er sah in meine Richtung.

„Kaffee, bitte", antwortete ich, obwohl mir eigentlich nicht danach war.

„Für mich bitte einen Tee", sagte Duncan.

„Eine bestimmte Sorte?", fragte Marion spitz.

„Du kennst meine bevorzugte Sorte."

Marions Lippen wurden schmal, denn als Dienstmädchen zu fungieren hielt sie offenbar für unter ihrer Würde. Sie widersprach jedoch nicht, sondern kam schon nach kurzer Zeit mit dem Gewünschten auf einem Servierwagen zurück. Für mich hatte sie tatsächlich einen Schokoladenmuffin aufgetrieben und reichte mir dazu eine Tasse Kaffee. William bekam einen Pfefferminztee und Duncan einen schwarzen Tee, in den sie demonstrativ mehrere Stücke Zucker gab. Duncan nahm die Tasse, ohne ihren intensiven Blick zu erwidern. Nicht zum ersten Mal fragte ich mich, ob Marion und Duncan einmal mehr verbunden hatte. Ich zog es vor, dieser Frage nicht weiter nachzugehen.

Da sie offensichtlich nicht gebraucht wurde, zog Marion sich schließlich mit Leidensmiene zurück.

Das Gespräch, das zuvor schon nicht sehr lebhaft gewesen war, schleppte sich noch eine Weile dahin, unterbrochen von Williams Husten und Pausen zum Atemschöpfen. Es wurden lediglich Belanglosigkeiten ausgetauscht, und ich fragte mich, wozu wir eigentlich hier waren. Schließlich fielen William die Augen zu. Einige Sekunden später riss er sie wieder auf.

„Es wird Zeit", sagte er.

Duncan leerte seine Teetasse und erhob sich. „Wir gehen.“

Ich stand ebenfalls auf, ließ den halb ausgetrunkenen Kaffee und einen halben Muffin liegen und schaute lieber zu, wie Duncan die Stühle wieder an ihren Platz stellte, anstatt mich William zuzuwenden und zu riskieren, dass er mich noch einmal ansprach. Als ich ihn wieder ansah, stellte ich fest, dass auch sein Blick Duncan gefolgt war. Die Männer schüttelten sich die Hand.

„Ich würde sagen, auf Wiedersehen“, sagte William und hielt Duncans Hand fest. „Aber vielleicht ist es Leb wohl.“

Duncan legte seine Hand auf Williams. Seinen Blick konnte ich nicht deuten. Er wirkte nicht bedrückt, trotz der nicht unwahrscheinlichen Aussicht, dass dies ein möglicher Abschied für immer von William war. Es schien eher so, als füge er sich in etwas Unabänderliches, dessen Konsequenzen sich in ihrer vollen Bandbreite nur ihm erschlossen.

Dann trat Duncan zurück, sodass ich mich ebenfalls von William verabschieden konnte. Dessen Lächeln gefiel mir nicht. Es hatte etwas Hinterlistiges, das das mulmige Gefühl in meinem Bauch zurückkehren ließ.

„Leb wohl, Caitlyn“, sagte er zu mir, ohne mir die Hand entgegenzustrecken. Er schien keine Antwort zu erwarten, denn er schloss die Augen.

Ich folgte Duncan hinaus. Stumm gingen wir denselben Weg zurück, den wir gekommen waren.

Im Auto wartete ich, bis Duncan mir sagte, dass ich die Augenbinde abnehmen konnte. Diesmal dauerte es nur wenige Minuten, bis zu einer Stelle, an der wir von einer ungeteerten Zufahrt auf die Landstraße abbogen.

Die Sonne stand schon tief am Horizont, und es würde Abend werden, bis wir in der Ysgol ankamen.

Ich seufzte tief. „Er wird bald sterben."

„Ja. Das wird er." Duncan sah auf die Straße.

Eigentlich sollte ich erleichtert sein, dachte ich. Wir waren unbehelligt wieder aus der Mine herausgekommen. Und doch beschlich mich ein Gefühl der Beklommenheit. Was würde nach Williams Tod geschehen?

Montag, 19. April, Cape Breton, Nova Scotia

Vor sich hin summend stand Patricia in ihrer Küche und schnitt in atemberaubender Geschwindigkeit Zwiebeln in kleine Stücke. Im Ofen buk ein Kuchen für den Nachtisch, und Kartoffeln kochten auf dem Herd.

Aus der oberen Etage hörte sie die Geräusche eines Staubsaugers. Helen ließ sich nicht davon abhalten, einen großen Teil der Hausarbeit zu erledigen. Sie war aufgeblüht, als ihr Mann vor knapp drei Wochen gekommen war. In wenigen Tagen musste Henry jedoch wieder zurück nach England, was Helen möglichst verdrängte. Emrys, der zwischenzeitlich ebenfalls zu Besuch gekommen war, hatte ihr jedoch versprochen, nach einer Möglichkeit zu suchen, wie sie in die Nähe zurückkehren konnte. Obwohl Patricia es nicht wirklich glaubte, hatte er zuversichtlich geklungen, dass die Gefahr, die von William Hunter ausging, kleiner wurde. Emrys zufolge lag er im Sterben.

Patricia war sich nicht sicher, dass Hunters Tod die Lage wirklich verbessern würde, doch sie wollte Emrys nicht widersprechen.

Finley, der sich regelmäßig meldete, schätzte die Situation ähnlich wie Patricia ein. Er hielt Vorsicht für angebracht und riet daher, Helen und Richard so lange wie möglich aus Europa fernzuhalten. Richard war nach seinem Sturz und der Operation schnell wieder auf die Beine gekommen und befand sich nun in einem Rehabilitationszentrum in Halifax, wo er noch die nächsten Wochen bleiben würde. Wie es schien, hatte er sich mit der Situation am besten arrangiert, wobei er, wie Patricia zynisch dachte, genau darin ungeschlagener Meister war.

Gerade als Patricia begann, das Fleisch zu braten, kam Henry herein. „Hey, kann ich dir helfen? Helen lässt mich nicht."

Patricia lachte. „Nein, aber du kannst mir Gesellschaft leisten."

Demonstrativ verdrehte Henry die Augen. „Und da heißt es immer, Männer helfen zu wenig im Haushalt. Ihr lasst uns nur nicht!" Er wirkte jedoch nicht unzufrieden, als er sich auf einem Hocker an der Theke niederließ, die sich auf der anderen Seite der Kochinsel befand, an der Patricia hantierte.

„Wie geht es Richard?", erkundigte sie sich.

„Gut. Er wird allmählich zum Albtraum seiner behandelnden Ärzte. Er diskutiert ständig darüber, was sie zu tun und zu lassen haben."

„Das klingt, als sei er ganz in seinem Element", bemerkte Patricia, während sie die Zwiebeln hinzufügte.

„Absolut." Henry reckte sich. „Ich glaube, ich spüre jeden Muskel."

„Danke übrigens für die Hilfe im Stall", sagte Patricia. „Bist du dir sicher, dass du nicht reiten möchtest?"

Abwehrend hob Henry die Hände. „Danke, nein. Ein Brown mit Oberschenkelhalsbruch genügt vollkommen."

Patricia hielt inne, während sie in der Pfanne rührte. „Schade, ich hätte dir gerne etwas gezeigt, aber dorthin kommt man nur zu Pferd."

„Was denn?", fragte Henry neugierig.

Einige Sekunden rang sie mit sich, doch dann sagte sie im Plauderton: „Eine Tropfsteinhöhle. Du solltest sie dir eines Tages zusammen mit Caitlyn ansehen."

Henry verengte die Augenlider. „Okay." Es klang ein bisschen wie „Warum?".

Intensiv in die Pfanne starrend, setzte Patricia hinzu: „Im Winter kann man den Weg auch mit dem Motorschlitten zurücklegen. Mein Nachbar Greg hat einen."

Henry betrachtete sie, als sei er sich nicht ganz darüber im Klaren, was sie ihm eigentlich damit sagen wollte. Im Grunde war sie das selbst nicht. Sie wusste von Emrys, dass er Caitlyn angeblich die Wahrheit erzählt hatte. Wie weit diese Wahrheit ging und wie viel von dieser Wahrheit auch ihr, Patricia, bekannt war, konnte sie nicht sagen. Allerdings hatte sie das Gefühl, dass Emrys stets Teile für sich behielt – ihr genauso wie Caitlyn gegenüber. Es schadete daher nicht, vorsichtig Informationen weiterzugeben und zu hoffen, dass im richtigen Moment die richtigen Schlüsse gezogen würden. Sie rieb sich die Augen, die vom Zwiebelschneiden gereizt waren.

„Wie weit ist diese Höhle denn entfernt?"

„Ungefähr drei Stunden mit dem Pferd", sagte sie.

Henry pfiff durch die Zähne. „Ganz schön weit für einen unerfahrenen Reiter wie mich."

„Ja, wahrscheinlich hast du recht." Sie ging zum Kühlschrank, um Sahne herauszuholen. „Die Höhle ist in einer Formation aus weißen Felsen. Ich habe sie

Cailleach bàn getauft, nach den keltischen Riesinnen, die der Sage nach in Gestalt einer alten Frau daherkommen. Aus der Entfernung sehen die Felsen genauso aus. Daneben ist ein kleiner, sichelförmiger See – der Loch Corran. Sehr idyllisch ist es dort. Der Weg lohnt sich wirklich."

„Aha", sagte Henry, offenbar immer noch unsicher, was er mit dieser Information anfangen sollte. „Ich glaube, dein Handy klingelt."

Patricia warf einen Blick zur Uhr. Es war eine ungewöhnliche Uhrzeit für Finley anzurufen. Sie lief ins Wohnzimmer und nahm das Gespräch entgegen.

„Ja?"

„Du musst herkommen, Patricia. So schnell wie möglich."

Sie ließ sich auf das Sofa sinken. „Was ist passiert, Finley?"

„Hunter hat es geschafft." Er klang grimmig.

„Caitlyn?"

„Nein, Duncan. Er ist seit Ende letzter Woche schwer krank. Zuerst wirkte es wie eine gewöhnliche Grippe. Wir wissen noch nicht genau, wodurch es ausgelöst wurde, aber seit heute ist klar, dass es sich um ein Hämorrhagisches Fieber handelt."

„Oh, mein Gott", entfuhr es Patricia.

Henry betrat das Wohnzimmer. Er runzelte die Stirn.

„Woher weißt du, dass es Hunter war?", wollte Patricia wissen.

„Die beiden waren vorletzte Woche in seinem Labor. Jetzt ist Duncan schwer krank. Woran erinnert dich das?"

Patricia schluckte. Sie wusste natürlich, worauf – oder besser gesagt auf wen – er anspielte. „Wie geht es Caitlyn?“

„Sie ist munter wie ein Fisch im Wasser, obwohl sie während der Inkubationszeit engen Kontakt zu ihm hatte.“ Finley klang trotzdem besorgt.

„Aber?“

„Aber wir haben die Befürchtung, dass sich die Krankheit auch unter den Schülern ausbreitet. Er hat vor dem Ausbruch noch unterrichtet. Wir haben seit heute Morgen erste Verdachtsfälle. Die Schule steht unter Quarantäne. Diesmal fährt Hunter eine andere Taktik. Er hat bewusst nicht Caitlyn anvisiert, vielleicht weil er befürchtete, dass sie es …“ Er stockte.

„Dass sie handeln könnte wie Liz“, beendete Patricia tonlos den Satz.

Sichtlich entsetzt machte Henry einen Schritt auf Patricia zu, doch sie hob nur die Hand, um ihn zu stoppen. „Ich komme, so schnell ich kann, Finley. Habt ihr London alarmiert?“

„Sie sind unterwegs.“ Er atmete tief ein. „Das wird kein Spaziergang, Patricia.“

Dienstag, 20. April

Ich erwachte aus einem unruhigen Schlaf. Emrys hatte mich ins Bett verfrachtet, nachdem ich beinahe im Stehen eingeschlafen war.

Wie ein Untoter erhob ich mich und schlurfte ins Bad. Den Blick in den Spiegel mied ich, um mir den Anblick zu ersparen – obwohl ich in Wahrheit gar nicht so schlimm aussah, wie ich mich fühlte. Nachdem ich eine einigermaßen gründliche Morgentoilette hinter mich gebracht hatte, war ich in der Lage, mich wieder den Tatsachen zu stellen.

Als ich den Hausflur betrat, war die Unterkunft gespenstisch ruhig. Für einen Dienstagvormittag an sich nichts Ungewöhnliches, da um diese Uhrzeit normalerweise Unterricht stattfand, doch es herrschte Ausnahmezustand in der Schule. Es hatte damit begonnen, dass Duncan sich am Donnerstag unwohl gefühlt hatte. Nach eigener Aussage war er selten krank, daher lehnte er es ab, Dr. Pfefferkorn aufzusuchen, brühte sich einen Kräutertee und ging ungewöhnlich früh schlafen. Am nächsten Tag hatte er typische Grippesymptome entwickelt und blieb im Bett. Er kämpfte mit Fieber und Schüttelfrost, Übelkeit und Kopfschmerzen. Zwar konnte ich wenig tun, doch obwohl er mich mehrfach fortschickte, blieb ich in seiner Nähe. Am Sonntag ging es ihm besser, daher war ich guter Dinge, dass er es überstanden hatte. Umso schockierter war ich, als am Montagmorgen das hohe Fieber zurückkehrte. Und nicht nur das: Als ich die blauen Flecken an seinem Körper sah, wusste ich auch ohne tiefer gehende medizinische Fachkenntnisse, was das bedeutete. Ich konnte nur hoffen, dass die Blutungen, die das Hämorrhagische Fieber verursachte, nicht innerlich waren.

Ich alarmierte Finley und Emrys, die in Windeseile veranlassten, das gesamte Schulgelände in eine Quarantänezone zu verwandeln. Innerhalb von Stunden wimmelte es von Menschen in weißen Schutzanzügen. Die Schüler wurden auf ihre Zimmer verbannt. Regelmäßig wurde nach neuen Verdachtsfällen gesucht, die gleich darauf in der in eine improvisierte Krankenstation umgewandelten Turnhalle behandelt wurden.

Bisher waren es drei Schüler sowie Lily Harper, deren Zustand zum Glück nicht so kritisch war wie Duncans. Noch nicht.

Eine Nachrichtensperre war verhängt worden. Die offizielle Verlautbarung war, dass ein besonders aggressives Norovirus in der Schule kursierte. Die Eltern wurden so gut es ging beruhigt und schienen seltsamerweise sogar froh zu sein über den aufwendigen Umgang mit der vorgeblichen Erkrankung. Auch meine Kollegen, die in der Schule wohnten, mussten auf ihren Zimmern bleiben, was für Peter Primes die Hölle war. Ständig erkundigte er sich nach Lily. Ich konnte seine Besorgnis nur zu gut verstehen.

Neben Emrys und Finley war ich die Einzige, die sich abgesehen von dem medizinischen Fachpersonal außerhalb des Zimmers aufhalten durfte. Zwar trug ich die vorschriftsmäßige Schutzkleidung und einen Mundschutz wie alle anderen, doch im Grunde war das wohl unnötig, denn sonst hätten sich bei mir schon längst Symptome gezeigt.

Als Emrys mich letzte Nacht schlafen geschickt hatte, war Duncan kaum ansprechbar gewesen, daher war ich mir nicht sicher, was mich erwartete, als ich Duncans Haus betrat.

Im Hausflur stand Finley, neben ihm eine Frau mit kurzen schneeweißen Haaren. Beide trugen zwar die obligatorischen Schutzanzüge, hatten aber die Kapuzen vom Kopf gezogen und hielten den Mundschutz in der Hand. Ihrem Verhalten nach war Duncan in der Zwischenzeit nichts Schreckliches zugestoßen, daher entspannte ich mich ein wenig.

Als die Frau sich zu mir umwandte, war es, als würden ihre stahlblauen Augen mich durchleuchten. Auch wenn ihre Haut alles andere als jugendlich wirkte, ließ sich ihr Alter nicht schätzen. Mir war klar, wen ich vor mir hatte.

„Patricia?"

Es war, als hätte jemand das Licht angeknipst, so hell strahlte ihr Lächeln. „Caitlyn!"

Ohne Umstände umarmte sie mich. Sie hielt mich auf eine Armlänge Abstand und betrachtete mich.

„Du willst sagen, ich sehe aus wie meine Mutter", bemerkte ich trocken.

Ihr Lachen perlte durch die Luft wie Sommerregen. „Nein, ich wollte sagen, dass du aussiehst wie meine Urgroßmutter Grace."

Für einen Moment war ich verblüfft. Dann musste ich ebenfalls lachen. „Das haben Geschwister manchmal so an sich."

Jetzt war es an Patricia, mich wie vom Donner gerührt anzusehen. „Ah", sagte sie dann, und ein kleines Lächeln stahl sich auf ihre Lippen. „Ich verstehe."

Finley wirkte verblüfft. „Geschwister? Was soll das heißen?"

In diesem Moment erschien Emrys oben an der Treppe. „Kommt hinauf."

Mich darüber wundernd, was Patricia so plötzlich verstand, ließ ich mir das jedoch nicht zweimal sagen. Ich wappnete mich, bevor ich Duncans Schlafzimmer betrat. Es zerriss mir jedes Mal das Herz, ihn so krank zu sehen. Meine Wut auf William und Marion wuchs von Stunde zu Stunde, denn es war klar, dass sie dahintersteckten. Ich war sicher, dass William gerade noch rechtzeitig ein Heilmittel für sich bekommen wollte.

Duncan war kaum bei Bewusstsein, doch als er mich erkannte, verzog er die Lippen zu einem winzigen Lächeln. Ich trat an sein Bett.

„Hey", sagte ich leise. Seine Stirn glühte, als ich die Hand darauflegte.

Seine Lippen bewegten sich. Ich musste nahe herangehen, um ihn zu verstehen. „... nicht ... herkomm... auch ... krank ..."

Ich drückte seine Hand. „Ich werde nicht krank."

„Darf ich?" Mit sanftem Nachdruck schob Patricia mich zur Seite und untersuchte Duncan gründlich.

Er musterte sie neugierig, nachdem sie sich vorgestellt hatte, und antwortete heiser, als sie sich nach einzelnen Symptomen und dem Gesamtverlauf erkundigte.

„Hat man schon versucht herauszufinden, welcher Virus dieses Fieber ausgelöst hat?", wandte sie sich an Emrys.

„Wir warten noch auf das Ergebnis", erklärte er. „Ist das entscheidend?"

Sie wiegte den Kopf. „Davon hängt ab, ob wir einen geeigneten Impfstoff für die Schüler ... oh, Himmel!"

Ein plötzlicher Krampfanfall schüttelte Duncan. Am ganzen Körper zuckten seine Muskeln, und er verdrehte die Augen, bis nur noch das Weiße zu sehen war. Ich hielt mir die Hand vor den Mund, doch schon nach wenigen Sekunden war alles vorbei. Patricia klopfte Duncan sachte auf die Wange, bis er sie anblinzelte. Vorsichtig kontrollierte sie, ob er sich auf die Zunge gebissen hatte, was aber zu meiner Erleichterung nicht der Fall war.

„Können wir denn gar nichts tun?" Ich setzte mich auf das Bett und hielt seine Hand. Ganz schwach drückte er zu.

Patricia sah Emrys an, der ihren Blick starr erwiderte. Schließlich war es Emrys, der zuerst wegsah.

„Was ist?", fragte ich.

„Finley, du bleibst hier bei Scratby. Auf ein Wort." Patricia deutete auf Emrys und mich und ging hinaus auf den Flur. Wir folgten.

Sie verschränkte die Arme und fixierte Emrys mit ihrem Blick. „Du hast also mit ihr gesprochen."

Emrys seufzte. „Ja, es wurde wohl Zeit. Du hattest recht."

„Weiß sie alles?"

Es irritierte mich, dass Emrys nicht sofort bejahte. Stattdessen sagte er: „Wir hatten noch nicht ausreichend Zeit."

Patricias Blickrichtung wechselte zu mir. „Was weißt du über *HenO?*"

Ich runzelte die Stirn. „Was ist das?"

Patricia stieß die Luft durch die Nase aus, stützte ihre Arme in die Seiten und drehte eine Runde auf dem Treppenabsatz.

„Es ist nicht notwendig, dass Caitlyn alle Einzelheiten …"

„Natürlich ist es notwendig!", rief Patricia, während ich mich gleichzeitig beschwerte: „Warum kann ich nicht selbst entscheiden, was notwendig ist, verflixt noch mal! Was weiß ich denn jetzt schon wieder nicht?"

Schmunzelnd sah Patricia mich an. „Da hast du es, Emrys. Sie hat vollkommen recht! Und wenn ich ihre Bemerkung von vorhin richtig interpretiere, dann hat Caitlyn nicht nur das gewöhnliche *HenO-Gen.*"

„Welche Bemerkung?", wollte Emrys wissen.

„Dass Grace ihre Schwester ist. Halbschwester", korrigierte Patricia. „Jetzt ergibt endlich alles einen Sinn, Emrys! Caitlyn ist genau das, was Hunter so dringend benötigt und wonach Jäger sein Leben lang suchte. Sein ‚Stein der Weisen'!"

Ich starrte Patricia an, als sei sie verrückt geworden.

Derweil sah sie Emrys mit einer Intensität an, die Röntgenstrahlen Konkurrenz machte. Schließlich rieb er sich über das Gesicht, trat einen Schritt zurück, wandte sich halb von ihr ab, bevor er seine Hände ebenfalls in die Seiten stützte.

„Ja", sagte er schlicht. Er mied meinen Blick.

Ich dachte an Duncans Beispiel mit den Tauben und dem Magnetfeld der Erde. *HenO* musste also das Gen sein, das dafür sorgte, dass ich auf die Kristalle reagiert hatte. „Würde mich einer von euch bitte auf der Stelle aufklären?" Meinen Ärger versuchte ich gar nicht erst zu kaschieren.

Diesmal fiel Patricias Röntgenblick auf mich. Sie taxierte mich. „Es ist möglich, Duncan und die anderen zu heilen – oder sagen wir, ich halte die Wahrscheinlichkeit dafür für sehr hoch."

„Was bedeutet sehr hoch?"

Sie zuckte mit den Schultern. „Wir spielen zwar Gott, aber wir sind es nicht. Ein Restrisiko bleibt immer."

Emrys senkte den Kopf und blickte Patricia von unten herauf an. „Es ist riskant. Wir haben keinerlei Erfahrungswerte."

„Diese Entscheidung treffe nicht ich", sagte Patricia fest. „Sie obliegt einzig und allein Caitlyn."

„Was wollt ihr tun, und welches Risiko besteht?", wollte ich wissen.

„Es wäre ein allererstes Experiment", begann Patricia, „und so etwas birgt immer unvorhergesehene Risiken. Bisher habe ich nur theoretische Überlegungen dazu angestellt."

„Seit wann?", erkundigte ich mich.

Sie zuckte mit den Schultern. „Seit Langem."

„Gut. Weiter."

„Das Risiko, dass Duncan oder einer der anderen Erkrankten aufgrund der Behandlung stirbt, besteht, obwohl ich glaube, dass es gering ist. In den nächsten Tagen werden vermutlich weitere Fälle hinzukommen. Falls wir bei Duncan Erfolg haben, könnten wir es auch bei anderen anwenden, die so schwer erkranken wie er."

„Für die meisten Schüler dürfte es glimpflich ausgehen", warf Emrys ein.

„Warum glaubst du das?", wollte ich wissen.

„Zum einen scheint sich das Virus nicht über die Luft zu verbreiten, sonst hätten wir schon mehr Fälle. Zum anderen trägt ein Teil der Schüler das sogenannte rezessive *HenO-Gen* in sich", erklärte Emrys. „Das macht sie widerstandsfähiger als die meisten Menschen, daher werden sie sich gar nicht erst anstecken oder es wird nur zu einem milden Verlauf kommen."

„Und was kann ich für die anderen tun? Für Duncan und Lily zum Beispiel." Meiner Kollegin ging es noch nicht so schlecht wie Duncan, aber das konnte jederzeit passieren.

„Denk daran, dass du schwanger bist, Caitlyn", gab Emrys zu bedenken.

Patricia ignorierte Emrys' Einwurf, und bevor ich etwas sagen konnte, begann sie zu erklären: „Wenn Menschen altern, verlieren ihre Stammzellen nach und nach die Fähigkeit, neue Zellen zu bilden. Das Gewebe kann sich dadurch kaum noch regenerieren. Muskeln bauen sich ab, die Haut wird faltig. Man hat weniger Kraft, weil zum Beispiel das Herz schwächer wird. Je länger dieser Prozess auf sich warten lässt, desto länger leben wir. *HenO* – was weniger ein einzelnes Gen, als eine Kombination aus verschiedenen Genen zu sein scheint ..."

„Zu sein scheint?", unterbrach ich. „Dann ist das gar nicht sicher?"

„Bisher habe ich lediglich Indizien dafür, Caitlyn. Ich forsche seit Jahrzehnten daran und habe immer noch nicht alles verstanden, aber ich weiß, dass ein aktives *HenO-Gen* etwas mit der Regenerationsfähigkeit der Stammzellen zu tun haben muss und damit sehr starken Einfluss auf das Immunsystem nimmt. In der Tierwelt ist inzwischen das sogenannte *FoxO-Gen* bekannt, das den Alterungsprozess enorm verlangsamen kann. Versuche mit dem winzigen Süßwasserpolypen ergaben eindeutige Hinweise darauf, dass auch die Aktivität des *FoxO-Gens* eine große Rolle spielt. *HenO* ist dem sehr ähnlich. Ein eher passives oder wie wir sagen rezessives *HenO-Gen* unterstützt dabei lediglich das normale Immunsystem und macht generell widerstandsfähiger gegen Krankheiten. Ich vermute nun, dass du nicht nur ein dominantes, sondern sogar ein übermäßig aktives *HenO-Gen* besitzt. Ich kann nun versuchen – und ich *meine* versuchen –, aus deinem Knochenmark Stammzellen zu isolieren und sie Duncan zu übertragen. Du warst lange genug in seiner Nähe, um wahrscheinlich schon Antikörper gegen das Virus gebildet zu haben. Deine Stammzellen würden sein Immunsystem anregen, ebenfalls welche zu bilden.“

„Aber bei Stammzelltransplantationen müssen doch viele andere Faktoren übereinstimmen. Es wäre großer Zufall, wenn das bei Duncan und mir so wäre.“

Patricia nickte. „Im Normalfall hast du recht. Wir, die wir das dominante *HenO-Gen* in uns tragen, könnten das gefahrlos untereinander tun. Und ja, falls du dich das fragst, auch deine Mutter hätten wir sehr wahrscheinlich auf diese Weise retten können. Allerdings werden wir Duncans Knochenmark ja vorher nicht durch eine Chemotherapie zerstören, sondern ihm deine Stammzellen zusätzlich übertragen. Auch das ist im Normalfall nicht möglich, aber ich würde es riskieren, weil ich glaube, dass deine Stammzellen etwas Besonderes sind, Caitlyn. Dass *du* etwas Besonderes bist. Wenn ich falschliege“, sie biss sich auf die Lippe, „könnte er allerdings an der Behandlung sterben.“

Ich schluckte. „Und wenn wir einfach abwarten, könnte er ebenfalls sterben.“

„Ja“, sagte sie. „Es gibt aber auch für dich ein Risiko bei der Knochenmarkentnahme.“

Ich schluckte. „Weil ich schwanger bin.“ Ich sah Emrys an, der unser Gespräch mit gerunzelter Stirn verfolgt hatte.

„Ich muss eine Knochenmarkbiopsie an deinem Beckenkamm durchführen. Eine Vollnarkose ist wegen der Eile und deiner Schwangerschaft nicht möglich, sondern nur eine örtliche Betäubung. Und wie bei jedem Eingriff gibt es Risiken.“

Ich brauchte genau einen Atemzug, um mich zu entscheiden. „Worauf warten wir noch?“

Sie musterte mich gründlich, nickte dann und wandte sich zur Treppe. „Ich sage Finley Bescheid. Er wird mir assistieren. In zwei Stunden habe ich die nötigen Instrumente hier.“

Ohne sich noch einmal umzuwenden, ging sie die Treppe hinunter.

Ich atmete tief durch. Ohne mich zu Emrys umzudrehen, fragte ich: „Warum habe ausgerechnet ich dieses besondere Gen?“

Emrys legte mir die Hand auf die Schulter. „Auch das ist Spekulation, aber du bist gleichzeitig meine Tochter und mehrfache Urenkelin. Außerdem stammt auch deine Großmutter Karoline aus einem Familienzweig, der vor langer Zeit nach Deutschland gegangen ist. Mit der Zeit schwächt sich der Einfluss des Gens meist ab, doch manchmal wird es bei Einzelnen wieder stark. Vererbung verläuft nicht immer geradlinig, wie du weißt. In dir treffen also viele Linien zusammen. Du hast ohne weiteres Zutun auf die Kette reagiert. Das ist sehr ungewöhnlich.“

Ich wandte mich herum. „Was ist denn normalerweise notwendig?“

Der tiefe Atemzug, den Emrys nahm, klang, als würde er sich für einen Sprung ins Wasser wappnen, doch bevor er mir antworten konnte, wusste ich bereits die Lösung.

„Die 49. Tafel! Das ist es, was John entdeckt hat.“

Emrys Lächeln drückte Stolz und Anerkennung zugleich aus. „Die ‚Engelsrufe‘, wie John sie nannte, verstärken die Schwingungen der Kristalle. Einiges von dem, was er getan hat, war Hokuspokus, aber eine Melodie zusammen mit bestimmten Silben war der Schlüssel zum Erfolg. Er hat mir nie verraten, wie er davon erfahren hat.“

Einem plötzlichen Impuls folgend, umarmte ich ihn. Er hielt mich fest und wiegte mich sachte, dabei gab er tröstende Laute von sich. Tränen kullerten mir über die Wangen, doch ich wischte sie nicht fort. Erst nach einer sehr langen Zeit hatte ich mich beruhigt. Emrys reichte mir sein Taschentuch.

„Patricia ist eine der besten Wissenschaftlerinnen, die ich kenne, Liebes. Wenn sie sagt, dass es eine Chance gibt, dann gibt es sie.“

Ich nickte und schnäuzte ins Taschentuch. Dann ging ich zurück zu Duncan. Die Vorbereitungen dauerten nur wenige Stunden, die mir schier unendlich vorkamen. Ich verbrachte sie neben Duncan, der immer wieder unter Krampfanfällen und Fieberfantasien litt. Wadenwickel und kühle Lappen auf der Stirn waren das Einzige, womit ich ihn unterstützen konnte. So gut es ging versuchte ich ihm zu erklären, was wir vorhatten und er nickte, wenn auch zögernd.

Patricia besorgte in der Zwischenzeit mit Emrys' Hilfe die für den Eingriff notwendigen Instrumente und Materialien.

Schließlich lag ich auf dem Rücken auf einem Tisch in einem unserer Chemieräume, der zu einem Mini-OP-Raum umfunktioniert worden war, und starrte an die Decke. Ich spürte drei kleine Pikser an meinem Becken.

„Alles in Ordnung?", fragte Finley, der seine Hand auf meine Schulter gelegt hatte.

„Wenn du mich das nach jedem Schritt fragst, stehe ich auf und gehe", knurrte ich, obwohl ich lieber geheult hätte.

Er tätschelte meine Schulter. „Du musst nicht cool sein, Catkin. Ich hätte auch Angst."

Anstatt ihm eine patzige Antwort zu geben, schluckte ich nur, um den Kloß in meiner Kehle loszuwerden. Angst hatte ich, aber eigentlich am wenigsten vor dem Eingriff. Bevor ich mich in Gedanken darüber verlieren konnte, wovor ich mich eigentlich am meisten fürchtete, ging es weiter.

Den kleinen Einschnitt, den Patricia machen musste, um an den Beckenknochen heranzukommen, spürte ich kaum. Unangenehmer war, als sie leicht auf den Knochen klopfte, um die richtige Stelle zu finden. Ich biss die Zähne zusammen, als sie die Nadel ansetzte und in den Knochen stieß. Der Schmerz war auszuhalten. Als sie das Knochenmark schließlich ansaugte, fühlte es sich an, wie wenn man sich an einer Papierkante schnitt: kurz, aber scharf. Sie wiederholte es an zwei weiteren Stellen.

„Jetzt wird es unangenehm", warnte Patricia mich.

Zur Entnahme des Knochens setzte sie ein scharfes Gewinde an, das sie mit, wie mir schien, roher Gewalt und großem Druck mit mehreren Umdrehungen in den Knochen trieb. Diesmal tat es weh, und ich atmete auf Finleys Anweisung hin in den Schmerz hinein.

„Achtung. Jetzt!" Mit einem Ruck zog Patricia ihr Instrument zurück.

„Au!"

„Schon vorbei", sagte sie.

„Gut", murmelte ich und presste meine Augenlider fest zusammen.

„Atmen nicht vergessen." Finley klopfte mir leicht auf den Rücken.

Ganz langsam stieß ich die Luft aus und versuchte mich zu entspannen, soweit das während der Wunderversorgung möglich war.

In Rekordzeit schaffte es Patricia, die Stammzellen aufzubereiten, und verabreichte sie Duncan. Dann konnten wir nur noch abwarten.

Während Patricia und ich zusahen, wie die Flüssigkeit langsam in Duncans Vene tropfte, klopfte sie mir auf die Schulter. „Ich hoffe, du weißt, dass wir das nicht häufiger machen können."

Ich nickte. „Ehrlich gesagt, lege ich darauf auch keinen besonderen Wert." Meine Hüfte schmerzte zwar nicht sonderlich, aber unangenehm war der Eingriff dennoch gewesen.

„Ich habe etwas zurückbehalten und werde es deiner Kollegin verabreichen. Hoffen wir, dass es dabei bleibt und nicht noch weitere schwere Fälle hinzukommen."

Ich rieb mir die Schläfen. „Ist es nicht möglich, Stammzellen aus dem Blut zu gewinnen?"

„Natürlich. Aber dazu ist eine mehrtägige Vorbehandlung nötig. Es wird ein Mittel gespritzt, das die Bildung von Stammzellen anregt. Ehrlich gesagt möchte ich das bei dir nicht machen." Sie deutete auf meinen Bauch.

„Und ohne diese Behandlung? Wenn ich einfach Blut spende und du versuchst, es zu nutzen?" Ich wusste, dass es mich deprimieren würde, wenn es weitere Fälle gab und unsere Möglichkeiten eingeschränkt wären.

„Du hast doch gerade erst diesen Eingriff überstanden", gab Patricia zu bedenken.

„Aber wir können nicht erst handeln, wenn es bereits zu spät ist. Bitte, Patricia."

Ich konnte ihr ansehen, wie sie Für und Wider abwägte. Doch dann nickte sie. „In Ordnung. Aber erst morgen. Wir geben deinem Körper ein bisschen Zeit. Dann werde ich sehen, was sich mit deinem Blut anfangen lässt."

„Danke."

In der Nacht blieb ich bei Duncan. Finley hatte mir einen Sessel neben das Bett gestellt, in dem ich mich einigelte. Ich hatte den Eindruck, er schliefe friedlicher als zuvor. Irgendwann rollte ich mich wie ein Hund zusammen und schloss die Augen.

Ich erwachte, weil ich eine Hand auf meinem Kopf spürte. Blinzelnd schaute ich auf. Zum ersten Mal seit Tagen waren Duncans Augen klar. Sein blasser Teint war nicht mehr so fahl. Er lächelte.

„Bist du immer noch hier oder schon wieder?" Seine Stimme klang heiser.

„Immer noch." Ich gähnte verhalten.

„Danke." Kraftlos hob er seine Hand, um mir eine Haarsträhne aus der Stirn zu streichen.

Ich nahm seine Hand und drückte sie an meine Wange. „Ich liebe dich, Duncan."

Es war weniger als ein Lächeln, doch es erreichte nicht nur seine Augen, sondern erhellte sein ganzes Gesicht.

„Wie geht es dir?"

„Es ist alles in Ordnung." Ich legte die Hand auf meinen Bauch. „Den beiden geht es auch gut."

Erleichtert schloss er für einen Moment die Augen. „Das ... ist wunderbar."

„William hat dir das angetan, Duncan"

„Ich weiß." Er bewegte seinen Zeigefinger, um mich zu streicheln. „Geh ins Bett, und schlaf dich aus. Du musst dir um mich jetzt keine Sorgen mehr machen."

Anstatt das zu tun, kuschelte ich mich an Duncan. William würde dafür büßen. Wie, wusste ich noch nicht, aber so etwas durfte auf keinen Fall noch einmal passieren.

Dienstag, 11. Mai,
Pentreath Forest

Er fühlte sich immer noch nicht ganz wiederhergestellt und doch war er in deutlich besserer Verfassung, als er hätte erwarten können. Er steuerte seinen Mini von der schmalen Landstraße hinunter in den Wald hinein, bis zu der Stelle, an der vor etwas mehr als zwei Monaten Caitlyn so unerwartet mit ihrem Pferd entlanggekommen war.

Diesmal würde sie sicher nicht kommen, denn sie war, genau wie dieser McFarlane, in der Schule. Zwar glaubte er, dass niemand seine kurze Abwesenheit bemerkte, doch würde er auf dem Rückweg zur Schule am Supermarkt anhalten, um ein paar Südfrüchte zu kaufen, die es in der Schulkantine nicht gab. Ausreichende Vitaminzufuhr war für die Rekonvaleszenz schließlich wichtig.

Er parkte hinter dem schwarzen SUV und stieg aus.

„Du siehst furchtbar aus", spottete Marion, doch ihr Gesichtsausdruck ließ erkennen, wie froh sie war, ihn wohlbehalten zu sehen.

Er achtete darauf, ihr nicht zu nahe zu kommen. „Danke." Der Zynismus troff aus den beiden Silben dieses Wortes wie Honig.

Marion wandte den Blick ab. „Es war deine eigene Idee!"

Er ignorierte ihren Einwurf. „Wie geht es ihm?"

„Schlecht", erwiderte Marion. „Die Ärzte geben ihm nur noch ein paar Wochen. Obwohl … " Sie lächelte, als hätte sie mehr dazu beigetragen, als ihm den präparierten Tee zu bringen. „Obwohl ihm dein Erfolg noch einmal Auftrieb gegeben hat."

Er nickte lediglich.

Marion streckte die Hand nach ihm aus, doch er stand ein kleines Stück zu weit, als dass sie ihn hätte berühren können. Er machte keine Anstalten, näher zu kommen oder nach ihrer Hand zu greifen, daher zog sie ihren Arm wieder zurück. „Ich bin froh, dass es dir wieder gut geht. Ich habe mir Sorgen um dich gemacht. Es hätte auch schiefgehen können!"

Er hob eine Braue. „Glaubst du allen Ernstes, ich wäre dieses Risiko eingegangen, wenn ich das geglaubt hätte?" Seine Stimme klang mitleidig.

Ganz leicht zog Marion den Kopf zwischen die Schultern. „Nein. Natürlich nicht."

„Ich werde morgen Abend kommen, um ihm persönlich zu berichten." Er wandte sich ab. Es wurde Zeit, zur Schule zurückzukehren, bevor seine Abwesenheit bemerkt wurde.

„Weißt du eigentlich, wie sie es gemacht ha…?"

Als er sich umdrehte, verstummte sie. „Nein, aber ich werde es herausfinden." Dann stieg er in den roten Mini und legte den Rückwärtsgang ein. Nachdem er auf dem Waldweg gewendet hatte, schaute er in den Rückspiegel. Marion sah ihm nach.

Sie ahnte, dass er gelogen hatte und sehr wohl Bescheid wusste. Es verletzte sie, dass er ihr nicht vertraute. Doch das nahm er in Kauf. Er war beinahe am

Ziel. Er schob seinen rechten Ärmel hoch und grub seine Fingernägel in die vernarbte Haut.

Freitag, 14. Mai

Die laue Frühlingsluft war im weitläufigen Park der Ysgol deutlicher zu spüren als außerhalb. Die hohen Mauern schützten das Gelände vor dem stetigen Wind, der auf der kargen Insel auch in den wärmeren Jahreszeiten beinahe ständig blies.

Die Schule war inzwischen wieder zu ihrer gewohnten Betriebsamkeit zurückgekehrt. Der Unterricht war für diese Woche beendet, daher hatte ich Zeit für ein bisschen Bewegung. Mein Bauch wuchs allmählich, und seine Bewohner wurden immer munterer. Schon seit einer Weile spürte ich ihre Bewegungen, die bei mir anfangs dasselbe Gefühl wie ein Schwarm Schmetterlinge ausgelöst hatten, das mich auch manchmal wegen Duncan überfiel. Inzwischen rumorte es jedoch intensiver zwischen meinen Gedärmen.

Im Park setzte ich mich auf eine der Bänke am Brunnen und reckte mein Gesicht der Sonne entgegen. Echte Entspannung wollte sich jedoch nicht einstellen. Zwar war Duncan nahezu wiederhergestellt, doch der Grund für seine Erkrankung lag immer noch wie eine Gewitterwolke über uns allen.

Meine Stammzellen hatten ganze Arbeit geleistet und ihn wieder auf die Beine gebracht, so wie Patricia es erhofft hatte. Auch Lily war auf dem Weg der Besserung, und die anderen erkrankten Schüler hatten zu Patricias und meiner Freude auf die aus meinem Blut gewonnenen Stammzellen angesprochen, sodass die Erkrankung bei ihnen zumindest nicht kritisch verlief.

Inzwischen war klar, dass es sich um einen Ebolavirus gehandelt hatte, dessen Ausbreitung jedoch nicht nur erfolgreich eingedämmt werden konnte, sondern dessen Ausbruch in unserer Schule auch dank der unermüdlichen Arbeit des MI16 nicht an die Öffentlichkeit gedrungen war.

Nach Gesprächen mit Finley, Patricia und Emrys wusste ich derweil auch, dass der wissenschaftliche Geheimdienst kein einfache Struktur hatte, sondern ein Konglomerat aus offiziellen und inoffiziellen Bestandteilen war, die wie ein gut geöltes Räderwerk ineinandergriffen. Nur wenige Mitarbeiter – allesamt selbst Träger einer Genvariante des *HenO-Gens* – hatten mehr als nur eine vage Ahnung, welche Geheimnisse sie eigentlich schützten. Sie alle waren handverlesen und integer. Unbemerkt von der Öffentlichkeit konnte der MI16 nur existieren, weil Emrys von John gelernt hatte, wie wichtig es war, sich an wichtigen Schaltstellen Unterstützung zu holen. Da Emrys nicht nur Jahrzehnte dazu Zeit gehabt hatte, war sein Netzwerk und Einfluss beeindruckend – und trotz allem hatte er es geschafft, wesentliche Aspekte geheim zu halten.

„Hallo Liebes."

Auf leisen Sohlen war Patricia herangekommen und ließ sich neben mir nieder. Genau wie ich zuvor, legte sie mit geschlossenen Augen den Kopf in den Nacken. Ich nahm ebenfalls wieder dieselbe Position ein. Eine Weile saßen wir in trauter Eintracht nebeneinander.

„Wo ist Duncan?", fragte Patricia schließlich.

„Ich nehme an, in seinem Büro. Er sagte, er habe einiges aufzuarbeiten. Eigentlich könnte er sich getrost noch ausruhen, denn Avril hat im Grunde alles erledigt."

„Hm", machte Patricia.

Blinzelnd registrierte ich, dass sie sich umsah. „Was ist los?" Ihren ernsten Gesichtsausdruck fand ich ziemlich alarmierend.

„Ich brauche Informationen von dir."

Ich richtete mich auf. „Okay."

„Finley ist der Meinung, dass wir Hunter ein für alle Mal das Handwerk legen sollten, und ich muss zugeben, dass ich derselben Ansicht bin. Die Aktion mit dem Virus war einfach zu viel." Sie atmete hörbar tief durch. „Ich will mir gar nicht vorstellen, was passiert, wenn sie so etwas im großen Stil tun. Ich gehöre nicht zu den Menschen, die Gewalt befürworten, doch in diesem Fall würde ich eine Ausnahme machen." Ihr blauer Blick hatte etwas Stählernes.

Ich schluckte. „Was bedeutet das?"

„Wie viele Stützpunkte hat Hunter?"

Zwischen den geschlossenen Lippen stieß ich die Luft aus. „Soviel ich weiß, nur den in Südamerika – wobei ich keine Ahnung habe, wo der ist, denn ich habe Duncan nie danach gefragt – und den im Black Country."

„Sicher?"

„Nein. Tut mir leid. Ich habe nie mit Duncan darüber geredet. Allerdings gehe ich davon aus, dass es nicht viel mehr sein können, denn über solche Mittel und Verbindungen wie der MI16 verfügt Hunter nicht. Aber ich könnte Duncan fragen, wenn ..."

„Auf keinen Fall!" Patricia sah sich wieder um und senkte die Stimme, weil allmählich auch Schüler im Park zu sehen waren. „Wir wollen Duncan vorerst da rauslassen. Weißt du, ob Hunter noch im Land ist?"

Ich nickte. „Als wir in der Mine waren, war er so schwach, dass er nicht in der Lage war zu reisen. Ich gehe nicht davon aus, dass sich sein Zustand noch mal verbessert hat."

„Also lebt er noch?"

„Ja, ich würde sagen schon." Ich biss mir auf die Lippe. „Duncan hält telefonischen Kontakt zu Marion. Ich bin sicher, sie hätte ihn längst darüber informiert, wenn Hunter tot wäre. Was genau habt ihr vor?"

„Wir werden das Labor im Black Country zerstören."

Mir blieb der Mund offen stehen. Sie sagte das mit einer Beiläufigkeit, als würde sie eine Gartenparty planen.

Patricia klopfte mir auf den Oberschenkel. „Ich würde sagen, du sollst dir keine Gedanken darüber machen, aber du wirst es trotzdem tun."

Ich räusperte mich. „Allerdings. Und was wird dann aus dem Labor in Südamerika? Wisst ihr, wo das ist?"

Sie zuckte mit den Schultern. „Es war zuerst in Argentinien, in der Provinz Misiones. Jacob hat Karoline dort herausgeholt. Ich werde dir bei Gelegenheit die Briefe geben, die er mir schrieb, während der Zeit, als er auf der Suche nach ihr war. Ich nehme an, jetzt, wo du deine Familiengeschichte kennst, wird dich das auch interessieren. Später haben die *Heredes* es woandershin verlegt. Da deine Mutter dort war, weiß zumindest Emrys, wo es sich befindet. Aber darum werden wir uns später kümmern."

„Und was geschieht in der Zwischenzeit?" Ich behielt die Schüler im Auge, die sich jedoch bisher in ausreichendem Abstand zu uns befanden.

„William und seine Schergen sind nicht allmächtig", sagte sie. „Sie verfügen über Geld und sicher eine Menge Möglichkeiten, aber sie sind keine Zauberer. Es wird Zeit, dass wir endlich etwas unternehmen und nicht nur stillhalten und abwarten, bis sie den nächsten Zug machen. Das haben wir lange genug getan. Der erste Schritt wäre, sie wenigstens hier in Europa handlungsunfähig zu machen." Sie sah mich eindringlich an. „Würdest du uns helfen?"

„Wenn ich kann, sicher."

„Du darfst vor allem Duncan vorläufig nichts sagen", erklärte sie. „Und dann brauchen wir von dir einen Plan der Mine."

„Das erste ist kein Problem, das zweite schon", antwortete ich. „Ich habe jedes Mal eine Augenbinde getragen, als sie mich hinein- oder herausführten."

Patricia fluchte leise. „Das habe ich befürchtet. Konntest du gar nichts erkennen?"

„Nein, nichts. Nur Geräusche, den Boden, Türen, die ungefähre Zeit, die es brauchte, wenn wir irgendwo entlanggingen." Ich knetete meine Hände. „Vielleicht kann ich euch aufzeichnen, wie ich glaube, dass der Zugang und die unterirdische Anlage aussehen."

Auf der Bank gegenüber ließen sich mehrere Schüler nieder, die aufgeregt in ein Gespräch vertieft waren.

„Das ist eine gute Idee, Liebes." Patricia stand auf. „Ich hole es später bei dir ab."

Einige Minuten blieb ich noch sitzen, bis die Sonne von einer Wolke verdeckt wurde. Als ich fröstelte, verließ ich den Park, um zu meinem Zimmer zu gehen. Grübelnd räumte ich auf und erledigte ein paar Routinearbeiten. Nach einem Blick auf die Uhr rief ich Henry an. Er war immer noch mit Helen und Dad auf Patricias Farm. Für die Praxis daheim hatte er vorläufig eine Vertretung angeheuert, denn er wollte lieber in der Nähe seiner Frau sein. Ich konnte es ihm nicht verdenken. Wir plauderten beinahe eine halbe Stunde, und ich war froh zu hören, dass bei ihnen alles in Ordnung war.

Anschließend skizzierte ich das Labor in der Mine, soweit ich es konnte, und übergab es Patricia, als sie kurz vor dem Abendessen vorbeikam, um es abzuholen.

„Wisst ihr, wo genau die Mine ist?", fragte ich.

„Ungefähr. Kannst du noch etwas dazu sagen?"

Auf meinem Computer rief ich Google Maps auf und versuchte den Abzweig von der Landstraße zur Mine zu finden, was mir schließlich auch gelang.

„Danke", sagte Patricia.

„Kann ich sonst noch etwas tun?", wollte ich wissen.

Sie schüttelte energisch den Kopf. „Wir kümmern uns um den Rest."

„Gut", sagte ich. „Dann ... viel Glück und passt auf euch auf."

Wir umarmten uns. Als sie fort war, suchte ich Duncan. Ich fand ihn in seinem Haus, das er gerade verlassen wollte.

„Nanu, wo willst du hin?", fragte ich munter und gab ihm einen Kuss. Inzwischen störte es mich nicht einmal mehr, wenn Schüler oder Kollegen in der Nähe waren, denn mit meinem Bauch war auch die Selbstverständlichkeit unserer Beziehung gewachsen.

„Der Duke hat mich gebeten, den Rest des medizinischen Equipments nach Holyhead zu bringen. Kieran ist leider verhindert. Ich weiß nicht, wann ich wieder da sein werde. Schaffst du es, einen Abend ohne mich auszukommen?" Sein Lächeln war warm.

Ich erwiderte es. „Gerade mal eben."

„Oder möchtest du mitkommen?", fragte er.

Unter normalen Umständen hätte ich es vielleicht getan, doch die Aussicht auf einen Abend ohne ihn hatte eine Idee wie einen Schachtelteufel hochspringen lassen. „Nein. Ich hatte schon länger vor, mit Shannon einen ausgiebigen Frauenabend zu machen. Ich werde sie einfach fragen, ob sie spontan Zeit hat. Und falls nicht, gehe ich mit Finley in den Pub in Llangefni."

Für einen Moment verdunkelte sich Duncans Blick. „Ich würde den Abend mit Shannon vorziehen."

„Du und Shannon?", fragte ich in gespielter Empörung und knuffte ihn in die Seite.

Jetzt hob sich sein Mundwinkel. „Wir sehen uns morgen."

Wir küssten uns zum Abschied nicht ganz so ausgiebig, wie wir es normalerweise getan hätten, weil gerade eine Horde Schüler vorbeikam. Ich winkte Duncan noch einmal zu, als er in seinen Mini stieg, und marschierte auf direktem Weg zu Shannon. Sie öffnete gleich nach meinem ersten Klopfen.

„Würdest du mir dein Auto leihen?"

Sie musterte mich. „Komm rein."

Ich folgte ihr in die Küche, wo sie gerade das Abendessen für Jerry zubereitete.

„Bis wann brauchst du es?", fragte sie.

„Morgen früh hast du es zurück", versprach ich.

Ich konnte ihr ansehen, dass sie sich Gedanken darüber machte, wozu ich es brauchte, doch wie immer fragte sie nicht, sondern reichte mir einfach die Schlüssel. „Du musst tanken."

„Ehrensache. Du bekommst ihn voll zurück!" Ich drückte ihr einen Kuss auf die Wange.

In Windeseile flitzte ich in mein Zimmer zurück. Es war einfacher gewesen, als gedacht. Vielleicht ein bisschen zu einfach, doch darüber machte ich mir jetzt keine Gedanken mehr. Dass der Duke Duncan nach Holyhead schickte, weil Kieran verhindert war, hieß vermutlich, dass sie heute Abend noch in die Mine wollten.

Und obwohl mir der Gedanke Angst machte, hatte ich das Gefühl, dabei sein zu müssen. Shannons Vauxhall Corsa war nicht der Schnellste, doch ich kam gut voran. Als ich in Shrewsbury von der A5 abbog, rief ich im Geiste die Karte auf, die ich Patricia gezeigt hatte. Schließlich durchquerte ich Pontesbury. Immerhin wusste ich vom letzten Mal, als ich die Augenbinde schon früher abgenommen hatte, welche Straße im nächsten Ort namens Minsterley weiter in Richtung Mine führte. Ich drosselte die Geschwindigkeit, um in der anbrechenden Dunkelheit die Zufahrt zu der Mine nicht zu verpassen. Als ich glaubte, sie zu erkennen, fuhr ich langsam daran vorbei. Schließlich parkte ich das Auto in einem Feldweg am Straßenrand hinter einer Reihe Büsche und stoppte den Motor.

Bis hierher war ich gekommen. Und nun?

Ich hatte feste Schuhe und dunkle Kleidung an, um möglichst wenig aufzufallen, falls ich Wiesen und Felder durchqueren musste. Ich stieg aus, steckte mein Handy ein, schloss das Auto ab und machte mich zunächst auf den Weg zurück zur Landstraße. Auf der Straße waren weit und breit keine Autos zu sehen. Ich beeilte mich dennoch, um zum Weg Richtung Mine zu kommen. Trotz zunehmender Dunkelheit benutzte ich die mitgebrachte Taschenlampe nicht. Der aufgehende Mond musste als Lichtquelle genügen. Nachdem ich ein paar hundert Meter zurückgelegt hatte, machte der Weg einen Bogen und führte ein kurzes Stück durch einen Wald. Noch bevor ich ihn wieder verließ, erkannte ich in einiger Entfernung die Umrisse der oberirdischen Gebäude der ehemaligen Mine. Das Gelände war umgeben von einem übermannshohen und, soweit ich es erkennen konnte, intakten Zaun. Deutlich hob sich die Silhouette vor dem dunkler werdenden Himmel ab. Das Gelände wirkte verlassen. Nirgendwo war ein Lichtschein zu erkennen. Aber ich war sicher, dass ich mich nicht täuschte und ich am richtigen Ort war. Einerseits fand ich es seltsam, dass ein Labor wie Hunters nicht hell erleuchtet war und starke Sicherheitsvorkehrungen besaß. Andererseits steckte dahinter bestimmt wohldurchdachtes Kalkül: Abgesehen von seinen Mitarbeitern wusste niemand davon, und je weniger Aufmerksamkeit erregt wurde, desto eher blieben das Labor und dessen Machenschaften vor der Umwelt verborgen. Außerdem war es vielleicht ein weiteres Indiz dafür, dass Hunters Einfluss und Ressourcen nicht so umfangreich waren, wie ich bisher geglaubt hatte.

Ein Stück neben dem Weg blieb ich am Waldrand stehen, um die Zufahrt und das Tor zu beobachten. Ich hatte keine Ahnung, wann die anderen aufgebrochen waren, ob sie sich von dieser Seite oder von einer anderen nähern wollten. Es wurde allmählich immer dunkler, daher traute ich mich nicht einmal, auf meinem Handy nach der Uhrzeit zu schauen. Ich beschloss, weiter zu warten, bis entweder irgendetwas geschah – oder eben nicht. Der Boden am Waldrand war zum Glück nicht nass, sodass ich mich im hohen Gras niederlassen konnte. Je länger ich unbeweglich im Dunkeln saß, desto mehr glaubte ich zu erkennen und desto besser konnte ich Geräusche wahrnehmen: der Wind, der durch die Bäume strich, ein leises Rascheln, das wahrscheinlich von einem kleinen Tier stammte, ein Motorgeräusch in weiter Ferne auf der Landstraße, der Ruf einer Eule. Ich hatte das Gefühl, eins zu werden mit dem Wald.

Mit einem Mal hörte ich ein Stück links von mir einen Zweig brechen. Ich wandte den Kopf und fixierte die Stelle. Nur einen Moment war es, als bewege sich die Dunkelheit am Feldrand entlang im Schutz der Büsche auf das umzäunte Minengelände zu. So lautlos wie möglich huschte ich hinterher.

Mit einem Mal hörte ich vor mir ein Wispern, dann waren die Schatten wie vom Erdboden verschluckt. Ich blieb stehen, um zu horchen. Erschrocken japste ich, als mich unvermittelt jemand zu Boden zerrte. Kaltes Metall drückte sich in meinen Hals.

„Ich bin's, Caitlyn", presste ich leicht panisch hervor.

„Was machst du denn hier?", zischte Finley.

Das Metall verschwand. Ich holte erleichtert Luft. „Euch helfen. Ihr wart noch nie in der Mine. Ich aber schon.“

„Das kommt überhaupt nicht infrage!“

„Dann versuch doch mich aufzuhalten“, flüsterte ich zurück und wollte aufstehen.

Mit Leichtigkeit hielt Finley mich fest. „Kein Problem“, knurrte er. „Wie bist du überhaupt hergekommen?“

„Ich habe mir Shannons Auto geliehen.“

Inzwischen waren die anderen drei bei uns. Emrys, Kieran und Patricia waren nicht minder überrascht, mich zu sehen. Alle vier trugen dunkle Kleidung nebst Mützen und hatten Rucksäcke dabei. Ich ging davon aus, dass Finley nicht als Einziger bewaffnet war. Leise zogen wir uns an den Waldrand zurück.

„Warum bist du hier, Caitlyn?“, fragte schließlich Emrys.

Vielleicht kam es mir nur so vor, aber in seinem Tonfall nahm ich väterliche Strenge wahr, die deutlich machte, was er von meiner Anwesenheit hielt: nämlich gar nichts.

„Wie ich gerade gesagt habe: Niemand von euch war in der Mine. Ihr habt nur meine vagen Beschreibungen. Wie wollt ihr überhaupt hineinkommen?“

Ein sekundenlanges Schweigen verhieß nichts Gutes. Schließlich war es Patricia, die antwortete: „Gar nicht, Caitlyn. Wir werden die oberirdischen Gebäude nach allen möglichen Zugängen zur Mine durchsuchen und die Schächte sprengen.“

Ich schluckte hart. Etwas Derartiges hatte ich befürchtet, und sosehr ich mir wünschte, dass alles ein

Ende finden würde, das war für mich keine Option. „Und die Menschen darin? Hunter ist nicht allein dort. Ich finde es nicht richtig, dass wir uns auf ihre Stufe begeben, indem wir sie einfach umbringen, nur weil sie … weil sie sind, wie sie sind." Weder um Hunter noch um Marion oder Hans würde es mir leidtun, doch trotzdem widerstrebte es mir zutiefst.

Eine Hand ergriff meine. Es war Emrys'. „Hör zu, Liebes. Lange Zeit habe ich eine so drastische Maßnahme gescheut, aber Patricia und Finley haben recht. Das, was in der Ysgol geschehen ist, darf sich nicht wiederholen."

„Das bestreite ich gar nicht, Emrys, aber doch nicht so!"

„Wie dann, Caitlyn?" Das war Finley. „Hunter ist schwer krank. Er hat nicht mehr viel Zeit, und er weiß jetzt, dass wir in der Lage sein könnten, ihn zu heilen. Wahrscheinlich weiß er noch nicht, wie, aber es ist nur eine Frage der Zeit, bis er ein paar Schlussfolgerungen zieht. Je eher wir ihnen Steine in den Weg legen, desto besser!"

Ich glaubte kaum, dass Finley sich der wortwörtlichen Bedeutung bewusst war, denn durch eine Sprengung der Zugänge würden den Menschen echte Steine in den Weg gelegt werden. Sie würden dort unten jämmerlich umkommen.

„Weiß Duncan, dass du hier bist?", fragte Patricia.

„Nein. Ich habe ihm gesagt, ich würde den Abend mit Shannon verbringen. Und weil er noch dieses medizinische Gerät nach Holyhead bringen sollte, besteht auch keine Gefahr, dass er meine Abwesenheit bemerkt. Als er sagte, Kieran sei verhindert und Emrys habe ihn gebeten, nach Holyhead zu fahren, war mir gleich klar, dass ihr schon heute hierherkommt."

„Sir, ich sehe Bewegung!" Im Schutz der Büsche beobachtete Kieran mit einer Art Fernglas vor den Augen das umzäunte Minengelände. Er reichte es an Emrys weiter, der ebenfalls hindurchsah. Ich vermutete, es war ein Nachtsichtgerät. In der Ferne der erkannte man in der Dunkelheit das orange Glühen von Zigaretten.

Wenige Sekunden später hockte Emrys wieder am Boden. „Zwei Wachposten. Wir bleiben so lange hier, bis sie fort sind."

Während wir still warteten, begann ich zu frösteln. Natürlich hatten sie recht, und unter Berücksichtigung aller Aspekte war es besser, so schnell wie möglich zu handeln, und eine andere Idee hatte ich auch nicht. Ich legte die Hand auf meinen Bauch, in dem es gerade eher ruhig war. War es vielleicht einfach nur unverantwortlich, mich dieser Gefahr auszusetzen, und ich hätte in der Ysgol bleiben und alles ihnen überlassen sollen? Ich hatte vorher allenfalls eine Ahnung gehabt, aber keine Gewissheit, sodass ich mein Gewissen nicht mit dem Tod der Menschen dort unten hätte belasten müssen. Aber schon das hatte sich irgendwie falsch angefühlt. Und nun war ich sogar Teil der Aktion.

Minuten später zogen die Wachen ab, offenbar hatten sie ihre Zigarettenpause beendet.

„Ich möchte mitgehen", sagte ich, und bevor jemand Einwände erheben konnte, fügte ich hinzu: „Ich habe zwar eine Augenbinde getragen, aber vielleicht kann ich trotzdem irgendetwas beisteuern, was euch hilft."

„In Ordnung“, stimmte Emrys wider Erwarten zu. „Du bleibst dicht hinter uns und hältst dich an unsere Anweisungen. Ist das klar?“

„Ja.“ Beinahe hätte ich tatsächlich ein „Sir“ drangehängt.

Ganz behutsam näherten wir uns dem Gelände. Das Tor war verschlossen, aber niemand war zu sehen. Gestikulierend bedeutete Emrys uns, ihm zu folgen. In gebührendem Abstand schlichen wir den Zaun entlang, der sich als Maschendrahtzaun entpuppte, auf dessen Oberkante sich mehrere Reihen Stacheldraht befanden. In der Dunkelheit hatte ich nicht nur mein Zeitgefühl verloren, sondern auch das Gefühl für Entfernung und Richtung. Schließlich winkte Emrys Kieran heran, der einen Bolzenschneider aus seinem Rucksack zog und den Draht durchtrennte, sodass ein Mensch hindurchpasste. Doch bevor wir uns alle auf die andere Seite des Zauns begaben, warteten wir wieder. Nichts rührte sich, nur die Geräusche nächtlicher Natur waren zu hören und hin und wieder ein weit entferntes Auto.

Nachdem Kieran wieder das Nachtsichtgerät bemüht hatte und er die Luft offenbar für rein hielt, huschten wir auf die dunklen Gebäude zu, bis wir hinter einem zum Stehen kamen, das uns vor zufälligen Beobachtern verbarg, uns aber die Sicht auf das Haupttor ermöglichte.

Von hier aus war zu erkennen, dass aus dem Erdgeschoss des Gebäudes gleich neben dem Haupttor ein fahler Lichtschein durch einen Vorhang drang. Da er auf die Geländeinnenseite fiel, war er von unserem Beobachtungsposten am Waldrand aus nicht zu sehen gewesen. Die Wachposten befanden sich nun sehr wahrscheinlich im Gebäude.

Mein Blick fiel auf den Platz, der sich vom Tor bis hin zum Eingang des Hauptgebäudes erstreckte. Ein Dutzend Autos standen dort, darunter ein dunkler SUV. Natürlich konnte ich nicht erkennen, ob es der Wagen von Marion und Hans war.

Auf Emrys' Zeichen zogen wir uns wieder ein Stück zurück an eine Stelle, an der wir sicher sein konnten, unbemerkt zu bleiben.

„Caitlyn, du bleibst mit Kieran hier", bestimmte Emrys.

„Aber ..."

„Keine Widerrede!" Er wandte sich an Finley und Patricia. „Ihr kommt mit mir."

Da ich nicht vorhatte, unnötig den Helden zu spielen, blieb ich also mit Kieran, wo ich war, während die drei mit der Nacht verschmolzen. Es dauerte eine halbe Ewigkeit, bis ich plötzlich Kieran „Ja, Sir" murmeln hörte.

„Was ist?", fragte ich. Anscheinend hatte ich vorher nicht bemerkt, dass sie alle einen Knopf im Ohr trugen, um miteinander kommunizieren zu können.

„Kommen Sie, Mylady."

In gebückter Haltung lief Kieran behände vorweg, ich folgte möglichst unauffällig. Sich immer wieder umsehend, hasteten wir auf das Gebäude zu, aus dem das Licht gedrungen war. Kurz bevor wir es erreichten, öffnete sich eine Tür, durch die wir eintraten. Patricia drängte uns vorwärts in einen Raum, der nicht weit vom Eingang entfernt lag.

Es war eine Art Kontrollraum, vollgestopft mit technischem Equipment. Monitore zeigten mir bekannte Gänge des Labors, den Aufzug von innen sowie den Tunnel vor dem Labor. Finley saß angespannt vor einem Computerbildschirm und ließ die Finger über die Tastatur fliegen.

Mit Kabelbindern an Hand- und Fußgelenken fest verschnürt und mit Knebeln versehen befanden sich die zwei Wachposten auf dem Fußboden. Sie trugen Uniform und wirkten gut trainiert. Auf dem Tisch lagen ihre Waffen: Gewehre, Pistolen und Messer.

„Weißt du, ob es unten einen zweiten Ausgang gibt?“, wollte Patricia wissen.

„Nein, leider nicht.“ Ich starrte auf die Monitore, deren Anzeige alle paar Sekunden zu einer anderen Perspektive wechselte. „Wenn es einen zweiten Ausgang gäbe, wäre der dann nicht auch bewacht?“

„Stimmt genau, Catkin“, mischte sich Finley ein. „Deshalb suche ich gerade danach im Stream. Bisher leider erfolglos, daher dachten wir, du wüsstest vielleicht etwas.“ Er tippte weiter.

„Und jetzt?“, wollte ich wissen. „Was ist, wenn jemand hierherkommt?“

„Kieran und ich halten draußen Wache.“ Damit war Patricia verschwunden. In ihrem Outfit wirkte sie mit einem Mal viel jünger. Sie bewegte sich mit einer katzenhaften Eleganz, und ihre Effizienz in allem, was sie tat, ließ erkennen, dass sie über lange Erfahrung verfügte. Ich kam nicht umhin, sie dafür zu bewundern.

„Was genau machst du da eigentlich?“, fragte ich Finley. „Abgesehen davon, dass du einen zweiten Eingang suchst.“

„Ich versuche, mir Zugang zum Computersystem zu verschaffen, um Zugriff auf die Daten zu erhalten und so viel es geht zu löschen oder so zu manipulieren, dass sie unbrauchbar sind. Mal schauen ... verdammt!" Frustriert hieb er auf den Tisch. „Ich komme nicht rein."

Emrys lehnte derweil an einem Tisch und musterte den Computer. „Finley, wir haben keine Zeit für solche Versuche. Wir hatten besprochen, dass du dir lediglich einen Überblick über das System verschaffst, um es später zu hacken. Also belass es dabei!"

„Aye, Sir", brummte Finley und hämmerte weiter auf die Tastatur ein.

Emrys stieß sich vom Tisch ab. „Überwach die Monitore, Finley. Komm mit, Caitlyn."

Verwundert folgte ich Emrys hinaus.

„Alles klar, Sir", sagte Kieran, als wir ihn erreichten. „Niemand ist hier."

„Gut. Mir nach." Während wir an den geparkten Autos vorbeigingen, drückte Emrys auf den Knopf an seinem Headset. „Finley, wir gehen rein, anstatt zu sprengen ... nein, sie kommt mit, wir brauchen sie." Falls Finley etwas hatte sagen wollen, dann hatte Emrys ihn abgewürgt, stattdessen wandte er sich an mich. „Du hast geschrieben, es gäbe einen mit einem Code gesicherten Zugang, glaubst du, du kannst ihn finden?"

„Ich kann es versuchen." Ich bemühte mich, den Kloß in meinem Hals herunterzuschlucken, der bei der Aussicht, mit in die Mine zu gehen, ganz plötzlich entstanden war. „Warum wollt ihr den Schacht doch nicht sprengen?" Obwohl es genau das war, was ich beabsichtigt hatte, kam mir der plötzliche Sinneswandel seltsam vor.

Emrys ließ sich Zeit mit der Antwort. „Neue Situation", antwortete er brüsk.

Ich war versucht zu fragen, welche, ließ es aber bleiben, da er offensichtlich nicht darüber sprechen wollte.

Wir begannen also am Haupteingang. Die Dunkelheit half mir dabei, mich zurechtzufinden, denn ich orientierte mich ausschließlich an der Bodenbeschaffenheit und der Zeit, die man brauchte, um von einem Ort zum anderen zu kommen. Schließlich gelangten wir tatsächlich an den Aufzug.

Wieder tippte Emrys an sein Headset. „Finley. Bericht … Gut." Er nickte.

Mein Herz schlug mir bis zum Hals, während der Aufzug nach unten fuhr. „Was tun wir dann eigentlich unten?"

Emrys tätschelte meinen Arm. „Du wirst es sehen."

Kieran blieb beim Aufzug, um unseren Rückzug zu sichern. Schließlich standen wir vor der Stahltür, die mit einem Zahlenpad gesichert war.

Patricia untersuchte die Tür und nahm dann ihren Rucksack ab.

„Man muss dort eine sehr lange Zahlenfolge eintippen", sagte ich. „Sie zu knacken dürfte schwierig werden."

„Nicht damit", antwortete Patricia und zog ein Päckchen heraus, aus dem Kabel schauten.

„Das macht viel Lärm. Wäre es nicht besser, wenn wir möglichst unbemerkt hineingelangten? Falls es hilft, der Code erinnerte mich an den Anfang von Chopins Nocturne."

Emrys legte die Handflächen aneinander und tippte sich mit den Zeigefingern vor die Lippen. „Bist du sicher, dass es die Nocturne war?"

Ich nickte. „Du hast es mir so häufig vorgespielt, dass ich es auf Anhieb erkenne. Es waren ganz sicher die ersten Töne der Nocturne."

Diesmal war sein Blick länger, als er auf mir ruhte. Wortlos trat er an das Zahlenpad. Er drückte die Taste mit der Eins, dann, wie es schien, wahllos ein paar weitere Tasten. Als er schließlich aufhörte, erklang nach wenigen Sekunden ein schräger Bestätigungston, das rote Lämpchen blinkte kurz auf. Sonst geschah nichts.

Angespannt lauschte ich.

Emrys und Patricia horchten ebenfalls. Einen Moment später atmete er auf. „Gut. Mindestens einen Fehlversuch hat man also."

„Sehr beruhigend", erwiderte ich.

„Mehr brauchen wir auch nicht", bemerkte Emrys. „Der tiefste Ton entspricht der 1. Nehmen wir nun die Melodie der Nocturne in Es-Dur, dann beginnen wir mit einem b, dann folgt ein g … also eine 6, als Nächstes ein f, 5, g, 6, f, 5, dann ein Es, also eine 4, und so weiter und so fort. Es ist ganz leicht."

„Total leicht", bemerkte ich ironisch, doch nachdem er in Folge 1656541629687 eingetippt hatte, mit jeweils einer kurzen Pause zwischen den einzelnen Ziffern, klackte die Tür und das Lämpchen wurde grün.

Emrys grinste. „Sesam, öffne dich!" Er tippte mir auf die Brust. „Du gehst zu Kieran und fährst mit ihm hinauf. Kieran bleibt in der Nähe des Aufzugs, da ist die

Wahrscheinlichkeit am größten, dass wir wieder Funkkontakt bekommen, und du gehst zu Finley. Ist das klar?"

Meine Unentschlossenheit währte nur kurz, denn plötzlich spürte ich Bewegung in meinem Bauch. Ich durfte mich nicht unnötig in Gefahr begeben.

„Sonnenklar", sagte ich und umarmte beide kurz. Dann lief ich zu Kieran, der bereits von Emrys dieselben Instruktionen bekommen hatte wie ich.

Oben am Aufzug trennten wir uns, und ich eilte zu Finley. Als ich den Raum betrat, wirbelte er zu mir herum, diesmal mit einem Gewehr im Anschlag. Mit erhobenen Händen kam ich hinein.

„Würdest du es bitte nicht zur Gewohnheit werden lassen, mich mit einer Waffe zu bedrohen?"

„Tut mir leid!" Er wandte sich schon wieder den Bildschirmen zu. „Was haben die zwei eigentlich da unten vor?"

„Ich weiß nicht", antwortete ich. „Ich dachte, ihr hättet es abgesprochen. Einen Plan A oder B oder C, was weiß ich."

Finley schüttelte nur den Kopf.

Auf den Monitoren waren in einem der leeren Gänge Emrys und Patricia zu erkennen, wie sie sich vorsichtig an der Wand entlangbewegten, stets auf der Hut, falls sich unvermittelt eine Tür öffnete. Doch nichts rührte sich. Hunter und seine Helfer wiegten sich ob der Vorkehrungen wohl in Sicherheit. Für Emrys und Patricia war das ein unbestreitbarer Vorteil. Vor einer Tür, von der ich glaubte, dass sie zu Hunters Raum führte, blieben sie schließlich stehen und zogen beide ihre Waffen.

Mit einem Mal kam es mir vor, als schaue ich mit Melinda einen Agentenfilm. Patricia griff nach der Klinke, öffnete die Tür und Emrys drang mit erhobener Pistole in den Raum ein. Atemlos warteten wir, denn was dort drinnen geschah, war auf den Monitoren nicht zu erkennen. Sekunden später bewegte sich auf einem der anderen Monitore etwas.

Erschrocken holte ich Luft. „Das ist Hans!"

Während er über mehrere Monitore in Richtung von Hunters Raum eilte, sahen wir nur zu. Finley versuchte vergeblich Emrys via Funk zu kontaktieren. Lediglich Kieran antwortete.

„Sir? Soll ich eingreifen?"

Finley warf mir einen Blick zu. „Nein."

Ich hatte meine schweißfeuchten Handflächen aneinandergelegt und hielt sie vor Mund und Nase. Sosehr es mir widerstrebte, das zuzugeben: Kieran würde allein nichts ausrichten können. Außerdem war es bereits zu spät.

Hans hatte den Raum erreicht. Mit erhobener Waffe lief er hinein. Es blitzte aus der Mündung seiner Pistole. Vor Aufregung hielt ich die Luft an. Die völlig Stille der Überwachungsbilder machte das Ganze sehr unheimlich, und nur das gelegentliche Aufblitzen von Mündungsfeuer ließ ahnen, dass ein Schusswechsel stattfand. Plötzlich kam Bewegung in die Sache. Überall öffneten sich Türen.

„Oh, verdammt!" Finleys Finger flogen über die Tastatur, doch auch auf anderen Monitoren war zu sehen, dass rund ein Dutzend Menschen in den Gängen unterwegs waren. Ich erkannte die Krankenschwester, die mich versorgt hatte, sowie den Koch. Niemand sonst schien allerdings bewaffnet.

Dann erstarrte ich. Aus dem Raum hinaus liefen Hans und Marion, gefolgt von Duncan! Keine Spur jedoch von Emrys und Patricia oder William.

Finley warf mir einen raschen Seitenblick zu, während er die Monitore so einstellte, dass wir die drei verfolgen konnten. Sie erreichten die codegesicherte Tür, liefen hindurch und zum Aufzug.

Meine Gedanken schlugen Purzelbäume. In dem Moment, in dem ich Emrys gegenüber erwähnte, dass Duncan in seinem Auftrag auf dem Weg nach Holyhead war, musste ihm klar geworden sein, dass Duncan sich in der Miene befand. Deswegen hatte er davon abgesehen, den Schacht zu sprengen. Er wollte Duncan unbeschadet herausholen. Patricia musste ebenfalls Bescheid wissen.

Finley berührte sein Headset. „Drei Personen kommen hoch, Kieran, bleib zurück! Das ist ein Befehl!"

Mit angehaltenem Atem starrte ich weiter auf die Monitore. Wo waren Emrys und Patricia? Ich machte mir Sorgen. Plötzlich fasste Finley mich am Handgelenk. „Komm mit!"

Er zog mich aus dem Gebäude, hinaus in die Dunkelheit. Nicht lange danach stürmten drei Personen aus dem Haupteingang. Ich erkannte Duncan, Marion und Hans. Finley und ich standen links vom Tor im Schatten. Er hob das Gewehr, das er mit hinausgenommen hatte.

Ich drückte auf den Lauf. „Nein."

„Caitlyn, das ist unsere beste Chance ..."

„Ich sagte Nein!"

Geduckt und sich gegenseitig Deckung gebend, rannten die drei zum SUV. Hans sprang auf den Fahrersitz, Duncan daneben, und Marion kletterte hinten hinein. Hans gab Gas.

Es war keine bewusste Entscheidung, doch mit einem Mal bewegten sich meine Füße wie von selbst in Richtung Tor. Der Strahl des Abblendlichts erfasste mich.

„Caitlyn! Bist du verrückt! Runter!"

Hinter mir krachten Schüsse, die den SUV in die Seite trafen. Von der Rückbank erwiderte Marion das Feuer. Wie angewurzelt verharrte ich auf der Stelle, unfähig, mich zu bewegen, als der SUV im hohen Tempo vorbeiraste und das Eingangstor durchbrach.

Im Vorbeifahren hatte Duncan mich erkannt. Sein bewusster, wild entschlossener Blick hatte mich mitten ins Herz getroffen. Er war aus freien Stücken hier gewesen, und seine Flucht war Vorsatz.

Mir wurde schwarz vor Augen.

Samstag, 22. Mai

Sie spürten meine Unruhe.

Die sanften Tritte und Knüffe waren stärker als gewöhnlich. Ich legte die Hand auf meinen Bauch, doch Ruhe überkam weder sie noch mich. Schon wieder stiegen mir Tränen in die Augen. Entschlossen wischte ich sie fort und erhob mich.

Es war ein warmer, sonniger Frühlingstag, sodass ich nur eine leichte Jacke überzog, als ich mein Zimmer in der Mädchenunterkunft verließ. Ich durchquerte das Hauptgebäude und marschierte auf der anderen Seite hinaus, über die verschlungenen Parkwege bis zu der Pforte, die zu den Klippen führte.

Finley, Avril und ein Teil der Familie Yates warteten schon. Mit einer kleinen Verbeugung reichte mir Kieran die Urne, die Emrys' Asche enthielt. Ich straffte meine Haltung, als ich sie annahm. Finley hatte die Urne mit Patricias Asche an seine Brust gedrückt.

Beide waren im Feuergefecht gestorben. Hunter zu meiner Befriedigung jedoch ebenfalls. Nach der Flucht von Duncan, Marion und Hans hatte Finley geistesgegenwärtig die Stromversorgung abgeschaltet, sodass die verbliebenen Mitarbeiter des Labors unten gefangen waren. Kieran hatte über den MI16 Verstärkung angefordert, die nach ihrem Eintreffen zunächst alle Mitarbeiter Hunters festnahm und schließlich, nachdem die Leichen geborgen worden waren, die Mine sprengte. Das Computersystem zu hacken war Finley jedoch nicht mehr gelungen.

Immer noch hatte ich nicht wirklich begriffen, was passiert war. Duncan war mit Hans und Marion wie vom Erdboden verschluckt.

Wortlos hielt Avril ihre Magnetkarte an das Lesegerät und öffnete die Tür für uns. In einer langsamen Prozession gingen wir hintereinander zu den Klippen. Wir hatten nichts abgesprochen, und doch ließen die anderen Finley und mir den Vortritt, bis wir uns schließlich dicht nebeneinandergedrängt nahe am Abgrund versammelten.

Ich spürte, dass ich meine Fassung nicht lange würde wahren können, daher schraubte ich mit zitternden Fingern den Deckel der Urne auf. Er fiel hinunter, und bevor ich mich bücken konnte, rollte er über die Kante und war tief unter uns in den Fluten verschwunden. Neben mir hatte Finley den Deckel ebenfalls gelöst, zögerte kurz, doch dann warf er ihn dem ersten hinterher.

Wir sahen uns an. Er nickte, beide hockten wir uns hin und ließen die Asche hinunterrieseln. Wie eine Wolke wurde sie vom Wind erfasst und umhergewirbelt, sodass sie sich mischte und ein Teil in den Felsritzen hängen blieb. Der Rest erreichte das Wasser, legte sich auf die Oberfläche und schaukelte auf den Wellen.

Als wir fertig waren, hielt Finley Patricias leere Urne über den Abgrund und öffnete seine Finger. Das Gefäß zerschellte auf den spitzen Felsen. Einen Moment drückte ich Emrys' Urne an mich, dann schleuderte ich sie im hohen Bogen von mir. Ich sah weder, wo sie aufkam, noch hörte ich es platschen, denn im selben Moment übermannten mich die Tränen. Ein Schluchzen entrang sich meiner Kehle.

Sanft zog Finley mich ein Stück zurück und wiegte mich in seinem Arm, bis ich mich einigermaßen beruhigt hatte. Vermutlich wäre es angemessen gewesen, wenn ich etwas gesagt hätte. Wenn irgendjemand irgendetwas gesagt hätte. Doch alle sahen schweigend zum Horizont.

Kierans Gesicht war eine Maske. Rubys Augen rot gerändert, selbst Shannon mit ihrem Sohn auf dem Arm wirkte verheult. Jerry barg sein Gesicht immer wieder an Shannons Schulter und schien sehr verwirrt über das seltsame Benehmen der Erwachsenen. Zum ersten Mal fiel mir die Ähnlichkeit zwischen Tyron und seinem Vater auf. Es war weniger äußerlich, bis auf die Tatsache, dass sie in etwa gleich groß waren. Doch sie besaßen die gleiche kerzengerade Haltung und strahlten unerschütterliche Beständigkeit und Würde aus. Avril war die Erste, die sich aus der Erstarrung löste.

Sie legte mir eine Hand auf den Arm. „Du weißt, wo du mich findest, Caitlyn." Dann ging sie mit festen Schritten zur Schule zurück, deren kommissarische Leitung sie nach Duncans Verschwinden wieder übernommen hatte.

Als Nächstes trat Kieran vor mich. „Mylady, Sie können auf uns zählen."

„Das weiß ich", sagte ich heiser. „Danke trotzdem, Kieran."

Dann verbeugte er sich vor Finley. „Euer Gnaden."

Verblüfft sah ich Finley an, der jedoch nur mit gebotenem Ernst den Kopf neigte. Die restlichen Yates verabschiedeten sich ebenso förmlich von uns.

Nachdem sie gegangen waren, atmete ich tief durch. Obwohl die Trauer in mir, die Wut, die Verzweiflung nicht nachgelassen hatte, fühlte ich mich ein wenig wohler, nachdem wir diesen Schritt hinter uns gebracht hatten. Er schien mir wie der Schlusspunkt eines Kapitels, auf den jetzt etwas Neues folgte. Folgen musste.

Ich betrachtete Finley von der Seite. „Der neue Duke of Anglesey." Es sollte neckend klingen, doch es fühlte sich sehr fremd an, ihn so zu bezeichnen.

Er fuhr sich durchs Haar und versuchte sich an einem schiefen Lächeln, das ebenso misslang. „Kieran sagte mir heute Morgen, es sei Emrys Wunsch gewesen, dass ich seine Nachfolge antrete, falls ihm jemals etwas zustoßen sollte. Als Duke und im MI16. Eigentlich hat niemand ernsthaft in Erwägung gezogen, dass es so bald dazu kommen würde. Ich am allerwenigsten, wenn ich ehrlich bin." Er legte den Kopf in den Nacken. „Oh, mein Gott. Ich habe keine Ahnung, wo ich anfangen soll." Die Hilflosigkeit, mit der er mich ansah, hatte beinahe schon etwas Anrührendes.

„Ich könnte mir vorstellen, dass es in Emrys' Sinne wäre, wenn wir das zusammen bewältigen."

„Würdest du das wirklich tun?"

„Würde ich das sonst sagen?"

Diesmal brachte er ein echtes Lächeln zustande.

Anstatt den Rückweg zur Schule einzuschlagen, schlenderten wir den Weg die Klippen entlang in Richtung Glasmaris Hall. Wie selbstverständlich nahm Finley unterwegs meine Hand. Es war eine freundschaftliche Geste und fühlte sich vertraut an, ihn so neben mir zu haben. Es tröstete mich, nicht allein zu sein. Zum ersten Mal wurde mir bewusst, dass wir beide eine sehr lange Zeit miteinander verbringen würden. Wie auch immer unsere persönliche Beziehung zueinander aussah, es war wohl zu erwarten, dass uns dasselbe Schicksal ereilen würde wie Emrys und John: Alle um uns herum würden älter werden und sterben, doch wir würden weiterleben. Wir waren Gefährten.

Ich fasste Finleys Hand fester.

Ein Stück gingen wir schweigend über die Wiesen mit dem niedrigen Buschwerk, über das wie immer der Wind pfiff. Als die Bogenbrücke mit den dahinterliegenden Gebäuden in Sicht kam, blieb Finley stehen.

„Ich kann mir irgendwie nicht vorstellen, wie wir das schaffen sollen, Caitlyn. Es ist viel. So viel Verantwortung."

Ich seufzte. „Ja, ich weiß, was du meinst." Zu viel Verantwortung tragen – das war der Grund, weshalb ich nicht Medizin studiert hatte. „Aber wir können nicht danebenstehen. Wir haben uns die Suppe zwar nicht eingebrockt, aber auslöffeln müssen wir sie nun trotzdem."

„Glaubst du, dass Henry und Helen auch mit im Boot sind?"

„Ich weiß es nicht", antwortete ich ehrlich. „Wahrscheinlich wäre es sinnvoll, wenn wir so schnell wie möglich mit ihnen reden würden. Am besten persönlich."

Finley schien abzuwägen. Dann schluckte er. „Wir müssen Patricias Nachlass regeln. Die Farm, die Pferde."

Mit einem Mal fiel mir etwas ein. „Du, Patrica und erst recht Emrys, ihr alle könnt doch keine normalen Geburtsurkunden, Meldedaten oder was auch immer haben. Wie zum Teufel soll das jetzt gehen?"

Finley nickte düster. „Mit diesen Fragen habe ich mich bisher noch nie auseinandergesetzt, weil Emrys stets alles geregelt hat. Aber Kieran weiß angeblich einiges darüber."

„Einiges?", wiederholte ich skeptisch. „Ob das genügt? Früher war es sicherlich nicht so schwierig wie heute, wo alles digitalisiert ist."

„Schöne neue Welt", sagte Finley mit einem beinahe wehmütigen Lächeln. „Du hast recht. Früher waren diese Dinge viel einfacher."

„Ah", sagte ich nur, denn ich hatte vergessen, dass auch Finley den größten Teil seines Lebens in einer analogen Welt verbracht hatte.

Er seufzte. „Immerhin habe ich recht brauchbare Computerkenntnisse. Komm, lass uns reingehen und einfach irgendwo anfangen. Zu viel Nachdenken bringt uns nicht weiter."

In den nächsten Tagen begannen wir mit Kierans und Tyrons Hilfe, die in der Tat zahllose wertvolle Hinweise hatten, uns in das Geflecht von Emrys' Netzwerk an Beziehungen zu stürzen. Außerdem buchten wir einen Flug mit mehreren Zwischenlandungen nach Halifax.

Finley hatte recht gehabt, es war das Beste, einfach irgendwo anzufangen.

Endspiel

*„Nur noch wenige Figuren befinden sich im Spiel.
Der Gegner hat einen Vorteil und versucht die Partie
mit strategischen und taktischen Manövern für sich
zu entscheiden.“*

Freitag, 28. Mai,
Cape Breton, Nova Scotia

Ich hätte es auf den Jetlag schieben können, dass ich mich immer noch so fühlte, als sei ich von einer dicken Schicht Watte umgeben. Drei Stunden Zeitunterschied waren allerdings beileibe nicht Grund genug dafür.

Finley und ich waren zwei Tage zuvor in Halifax gelandet und ohne Zwischenfälle schließlich auf Patricias Farm, ganz im Norden Nova Scotias, angekommen. Henry, Helen und Dad waren froh, uns wohlbehalten zu sehen. Umgekehrt ging es Finley und mir allerdings genauso. Wir kamen uns vor wie die Überlebenden einer Art Naturkatastrophe, die nun anfingen, ihr Leben aus den Trümmern aufzubauen und sich dabei selbst neu zu erfinden.

Wir fühlten uns allesamt etwas planlos, daher waren wir froh, offen miteinander reden zu können. Vertrauen war von nun an das Wichtigste, wenn wir gemeinsam einen Weg finden wollten, einerseits unser Geheimnis zu wahren, damit es nicht missbraucht werden konnte, andererseits aber der Medizin unter die Arme zu greifen, wo es möglich war. Den letzten Punkt würden wir allerdings nach hinten schieben müssen, denn niemand von uns – auch nicht Dad oder Henry – verfügte auch nur ansatzweise über die Kenntnisse und Fähigkeiten, die Patricia zu eigen gewesen waren.

Da Finley ständig das Gefühl hatte, Patricias Privatsphäre zu verletzen, wenn er ihre Unterlagen und Aufzeichnungen durchforstete oder in Schränken und Kommoden wühlte, übernahmen Henry, Helen und ich diesen Part.

Neben vielen wissenschaftlichen Aufzeichnungen, mit denen ich nichts anfangen konnte, die Finley aber für wichtig hielt und akribisch sortierte, fanden wir in einem alten Fotoalbum die Briefe von Jacob, die Patricia erwähnt hatte.

Nachdem ich sie gelesen hatte, saß ich lange Zeit reglos auf dem Sofa.

„Alles in Ordnung?", erkundigte sich Finley, als er gerade zufällig in den Raum sah.

Seufzend rieb ich mir das Gesicht. „Kennst du die Briefe von Jacob?"

Er ließ sich neben mir fallen und faltete die Hände hinter seinem Kopf. „Ja."

„Der letzte Brief ist unvollendet. War das an dem Tag, als sie starben?"

Finleys Schweigen war Antwort genug.

„Ich ... ich wüsste gern, was wirklich geschehen ist. Damals."

„Ich war nicht dort, Catkin."

Anstatt etwas zu sagen, sah ich Finley nur eindringlich an.

Schließlich seufzte er. „Karoline hatte mich gebeten, Liz abzuholen, um mit ihr einen Ausflug zu machen. Ich glaube ... ich glaube, ihr war bewusst, dass Jäger kommen würde, und sie wollte sie schützen. Als ich mit ihr zurückkam, sah ich die Haustür offen stehen, doch niemand antwortete auf mein Rufen. Ich bin auf der

Stelle umgekehrt und habe Emrys verständigt. Es war nicht mehr alles zu rekonstruieren, was geschehen war, doch es scheint …“ Er suchte nach Worten. „Es scheint, als habe Karoline Henry und sich selbst erschossen, um Jäger nicht in die Hände zu fallen. Jacob war ebenfalls tot. Aber noch nicht lange …“ Seine Stimme versagte.

Es fiel ihm sichtlich schwer weiterzureden, doch ich drängte ich nicht. Er machte sich eindeutig Vorwürfe, nicht im Haus nachgesehen zu haben, denn vielleicht hätte Jacob noch gerettet werden können. Doch Finley hatte sich entschlossen, zuerst Mum in Sicherheit zu bringen.

Schließlich hatte er sich wieder im Griff. „Emrys fand den Brief, holte noch ein paar Dinge für Liz aus dem Haus und ließ es anschließend wie eine Gasexplosion aussehen, bei der die Familie ums Leben gekommen war.“

Langsam stieß ich die Luft aus. „Mein Gott. Wie furchtbar.“ Wie verzweifelt musste Karoline gewesen sein. Ich brauchte ein paar Minuten, um diese Schilderung sacken zu lassen. „Auf einem der alten Fotos, die ich auf unserem Dachboden gefunden habe, sind zwei Kinder zusammen mit Karoline zu sehen. Ein Mädchen und ein Junge.“ Ich versuchte mir das Bild vor meinem geistigen Auge vorzustellen. „Auf der Rückseite stand ‚Karin und Siegfried, 1942‘“.

Die Kinder auf dem Bild waren in etwa gleich alt, vielleicht drei oder vier Jahre. Das dunkelhaarige Mädchen schaute ernst in die Kamera, wohingegen der flachsblonde Junge wirkte, als hätte er es faustdick hinter den Ohren.

Finley nickte. „Ja, das bin ich.“

„Was wurde aus Karin nach …?“ Ich suchte nach einer passenden Bezeichnung. „Nach der Tragödie.“

„Karin war zu dem Zeitpunkt in Glasgow, daher ist ihr an dem Tag nichts geschehen. Sie heiratete zwei Jahre später.“

„Oh, wirklich? Das freut mich.“

Finleys Augenbrauen zuckten. „Weißt du, warum Jäger sie nach Südamerika mitgenommen hat?“

„Nein“, antwortete ich. „Warum?“

„Seine Frau konnte keine Kinder bekommen, also hat er sich anderweitig vergnügt. Karin war seine uneheliche Tochter.“

Ich pfiff leise durch die Zähne.

Er rieb sich die Stirn. „Sie hat übrigens nach Norfolk geheiratet.“

„Nach Norfolk? Du meinst … meinst du …? Du meinst nicht wirklich … Ist sie Duncans Mutter?“

„Aye. Emrys machte sie mit Cuthbert Featherston bekannt, um ihr einen Platz im Leben und eine Perspektive zu geben. Anfangs schien es gut zu gehen, aber …“ Er ließ den Satz unvollendet.

„Ich weiß, was passiert ist. Duncan hat mir die Geschichte erzählt“, sagte ich, während ich versuchte mit dem Gedanken klarzukommen, dass Duncan Konrad Jägers Enkel war.

„Dann weißt du auch, dass Jäger schuld daran war, dass sie ein psychisches Wrack wurde“, sagte Finley. „Ich kann mich sogar noch ein bisschen an sie erinnern. Ich glaube, sie war damals das einzige andere Kind. Sie war sehr sensibel und verletzlich. Sie wurde deswegen verhöhnt und als Mimose beschimpft.

Manchmal kam sie zu mir, weil sonst niemand da war, um sie zu trösten." Er starrte vor sich hin, als sehe er in die weit zurückliegende Vergangenheit. „Karin hat Emrys stets vorgeworfen, dass er keinen Versuch unternommen hatte, sie ebenfalls zu retten. Bald nach ihrer Heirat brach sie den Kontakt ab. Emrys behauptete, Jäger hätte sie ebenfalls in Ruhe gelassen, aber ich bin mir nicht sicher."

„Das hieße dann aber, dass Jäger wahrscheinlich davon wusste, dass er einen Enkel hat."

Finley nickte. „So ist es. Ich nehme nämlich an, es war kein Zufall, dass Duncan schließlich bei Jäger landete."

„Zufall", bemerkte ich bitter. „An den glaube ich längst nicht mehr."

„Ob Duncan auch nur ahnt, dass er Jägers Enkel ist, weiß ich allerdings nicht. Jäger starb, unmittelbar bevor Duncan das erste Mal dort auftauchte." Finley kratzte sich am Kopf. „Emrys hat gegenüber Patricia erwähnt, dass er Jäger umgebracht hat. Einen Grund oder Anlass dazu nannte er nicht."

Ich sog scharf die Luft ein. „Klingt tatsächlich danach, als habe er verhindern wollen, dass Duncan es erfährt."

„Möglich."

Wir schwiegen eine Weile.

„Ich war übrigens bei Greg", sagte Finley.

„Wer ist Greg?"

„Ein Nachbar. Henry hatte erwähnt, dass Patricia etwas kryptische Andeutungen über eine Tropfsteinhöhle gemacht hat. Sie liegt wohl in einer Felsformation, die sie Cailleach bán genannt hat, neben einem See namens Loch Corran. Greg hat sie im Winter mit dem Motorschlitten hin gebracht. Ich habe ihn also dazu befragt und er hat mir beschrieben, wo das ist. Ich würde gerne nachsehen, um herauszufinden, was sie dort gewollt haben mag." Er betrachtete mich von der Seite. „Dorthin führt leider kein Weg, Caitlyn. Traust du dir noch zu, Patricias alte Stute zu reiten? Sie ist trittsicher und zuverlässig und man sitzt wie auf einem Sofa. Wir würden uns Zeit lassen."

Ich brauchte keine zwei Sekunden, um mich zu entscheiden. „Morgen früh?"

Henry hatte stirnrunzelnd von unseren Plänen gehört und mir dringend von dem langen Ritt abgeraten. Doch da ich die Strecke sicher nicht zu Fuß gehen würde und ein Geländewagen – so überhaupt einsetzbar – auf derart unebener Strecke ebenfalls keine Alternative war, starteten wir trotzdem. Wir hatten keine Eile, daher legten wir ein gemächliches Tempo vor, und die alte Stute war in der Tat eine treue Seele. Schon kurz nach unserem Aufbruch war ich mir sicher, dass das gemütliche Schwanken im Sattel mir genauso wenig schaden würde wie ein Nachmittag im Schaukelstuhl.

Nach einem über dreistündigen Ritt sahen wir das Wasser des sichelförmigen Loch Corran im Sonnenlicht glänzen. Daneben erhob sich die Formation aus weißen Felsen, die Patricia Cailleach bàn getauft hatte. Wir saßen ab und ließen die Pferde grasen. Dann suchten wir systematisch die Felsen ab, bis wir den verborgenen Höhleneingang fanden. Vorsorglich hatten wir Taschenlampen mitgebracht. Drinnen war es stockfinster, und uns umwehte der modrig-feuchte Geruch der Höhle.

„Wohin nun?", wollte ich wissen, während ich die Höhlenwände ringsum mit dem Strahl meiner Taschenlampe absuchte. Meine Stimme hallte.

„Wir suchen Tropfsteine", sagte Finley. „Ich nehme an, wir müssen weiter in den Berg hinein."

Mir war mulmig, als wir hinter einem Haufen Steine eine Spalte fanden, die offenbar der einzige Weg weiter war. Auf allen vieren kroch ich hinter Finley her, bis wir in eine größere Höhle gelangten, von der gleich mehrere Gänge abzweigten.

„Das Labyrinth des Minotaurus", bemerkte ich sarkastisch. „Hast du einen Faden dabei?"

Wir beschlossen, dass ich an Ort und Stelle blieb und Finley jeden Gang ein Stück weit untersuchte. Bereits beim zweiten Versuch rief er mir zu, ihm zu folgen.

Der Gang führte bergab, und schon nach wenigen Metern nahm ich das Geräusch fließenden Wassers wahr. Finley hatte auf mich gewartet, und bald trafen wir auf einen Bachlauf, der mitten durch eine Tropfsteinhöhle verlief.

Als wir die Lichtkegel unserer Taschenlampen umhergleiten ließen, glitzerte es überall.

„Was suchen wir eigentlich?", wollte ich wissen. „Hat Patricia dazu nichts gesagt?"

„Nein ... oh, mein Gott, schau mal, hier!"

Er deutete auf die Wand, in die Zeichen geritzt und mit einem Stück Kohle geschwärzt waren.

„Hier auch!" Ich leuchtete ein Stück weiter. „Und dort!"

In der anderen Richtung entdeckte Finley ebenfalls Zeichen. Die beieinanderstehenden Zeichenfolgen schienen Wörter zu bilden, doch die Schnörkel ergaben keinen Sinn, bis mit einem Mal …

„Finley, die Wörter sind die Enden eines siebenzackigen Sterns, und sieh nur!" Ich leuchtete auf den Boden. „Dort ist ein fünfzackiger, und genau in der Mitte ist ein Stalagmit." Ohne Zögern trat ich hin, um ihn genauer zu untersuchen.

Der Tropfstein war beweglich, und nach ein paar Fehlversuchen konnten wir ihn von seinem Platz entfernen. Ein zylinderförmiger Behälter steckte auf der Unterseite im Stein, der nach einigem vorsichtigen Stochern herausglitt. Der Stopfen mit Gummidichtung ließ sich leicht lösen, und im nächsten Moment fiel eine Tüte mit vielen kleinen Kristallen in allen Farben heraus. Eine längliche Rolle war mit einem, wie es schien, sehr alten Wachstuch umwickelt und mit einem Stoffband verschnürt. Ungeduldig wollte ich es aufknoten, doch Finley hinderte mich daran.

„Nicht hier. Lass es uns mitnehmen."

Ich zögerte. Uns war längst klar, was es war. Emrys hatte die 49. Tafel nicht umsonst hier versteckt, denn sie sollte möglichst sicher vor unbefugtem Zugriff sein. Doch Emrys war nicht mehr da. Finley und ich trugen nun die Verantwortung, und Verantwortung zu übernehmen hieß vor allen Dingen, zu wissen, was man tat. Wissen bedeutete in dem Fall, sich auch das anzueignen, mit dem man noch nicht vertraut war. Und das schloss den Gebrauch der 49. Tafel mit ein.

Wir platzierten also den Stalagmit wieder an Ort und Stelle und verließen die Höhle mit der Tafel und den Kristallen im Gepäck.

Als wir schließlich am Nachmittag auf dem Hof eingetroffen waren, rutschte ich vorsichtig vom Pferd. Inzwischen war beinahe die Hälfte meiner Schwangerschaft vorbei, und mein Bauchumfang war bereits beträchtlich geworden. Auch wenn das Pferd und nicht ich die gesamte Strecke gelaufen war, spürte ich die Anstrengung nach den langen Stunden im Sattel. Ich drückte mein Kreuz durch.

„Gib mir das Pferd", sagte Finley, der offenbar bemerkt hatte, wie müde ich war. Er reichte mir den Zylinder, in den wir die Tafel und die Kristalle wieder zurückgesteckt hatten. „Geh schon mal ins Haus."

Ich stöhnte hingerissen. „Ist das dein Ernst?"

Er nahm mir die Zügel ab und drückte mir einen Kuss auf die Wange. „Todernst."

„Dafür bekommst du einen Orden!"

„Lieber etwas Anständiges zu essen und zu trinken!", rief Finely über die Schulter zurück, während er schon auf dem Weg zum Stall war.

Noch vor dem Haus zog ich meine Schuhe aus und bewegte meine Zehen. Ich ließ die Schuhe, wo sie waren, und tappte auf Strümpfen hinein. Als ich im Hausflur stand, fiel mir mit einem Mal die ungewöhnliche Stille auf.

„Henry? Helen? Dad?"

Niemand antwortete. Zögernd ging ich den Flur entlang zum Wohnzimmer. Auf dem Sofa saßen Henry, Helen und Dad. Nebeneinander. Doch niemand sagte etwas. Helens Augen waren riesig.

„Hallo Schätzchen! So sehen wir uns wieder."

Die Stimme hinter mir ließ meine Nackenhaare zu Berge stehen.

Trotzdem drehte ich mich herum und versuchte dabei, mir meinen Schrecken nicht anmerken zu lassen. „Hallo Marion." Fieberhaft überlegte ich, was ich tun könnte, um Finley zu warnen.

Lässig hielt sie den Lauf ihrer Pistole auf mich gerichtet. „Vergiss deinen Freund da draußen, Schätzchen. Du willst doch nicht, dass irgendwem hier etwas passiert?"

Ich schluckte. Ich hatte nur durch die Tür ins Wohnzimmer hineingeblickt und daher nicht gesehen, wer sich noch im Raum befand. Doch mit Sicherheit war jemand dort, der Henry, Helen und Dad in Schach hielt.

„Wo ist Duncan?", fragte ich.

„Wo ist Duncan? Wo ist Duncan?", äffte sie mich nach. „Weißt du eigentlich, wie naiv du bist?" Sie lachte schrill. „Du hast nichts begriffen, gar nichts! Er hat mit dir gespielt. Die ganze Zeit, und du ... du hast brav mitgemacht."

Ich starrte sie an. Wenn ich jemals einen Menschen gehasst hatte, dann sie.

„Du hast ihm das Leben gerettet." Ihr Tonfall war theatralisch. „Oh nein! Du liebst ihn womöglich!"

Ich atmete tief durch, um nicht die Beherrschung zu verlieren.

Sie beugte sich nahe zu mir heran und senkte die Stimme. „Weißt du eigentlich, dass es seine Idee war, sich mit dem Virus zu infizieren?"

Ich starrte sie an. Unfähig, etwas zu sagen. Im selben Moment trat Hans hinter der Wohnzimmertür hervor, ebenfalls eine Pistole in der Hand. Ohne ein Wort zu verlieren, verdrehte er mir einen Arm auf den Rücken und schob mich vorwärts in Richtung Tür. Hinter mir hörte ich einen Tumult. Aus den Augenwinkeln sah ich, wie Marion Helen auf die Beine zerrte.

„Nein!" Henry wollte aufspringen. „Lass sie in Ruhe!"

Anstatt ihre Pistole auf Henry oder Helen zu richten, schoss sie auf Dad. Helen und ich kreischten gleichzeitig, als er getroffen zusammensackte, sich seine Hände auf den Bauch pressend.

Marion schob Helen vor sich her. „Sag auf Wiedersehen!"

„Henry!", kreischte sie panisch.

Henry, der verzweifelt versuchte, den Blutfluss aus Dads Wunde zu stoppen, warf uns einen angstverzerrten Blick hinterher.

Als wir auf den Hof kamen, erwartete uns Finley bereits mit angelegtem Gewehr. Doch er zielte weder auf Marion noch auf Hans, sondern auf mich.

„Ein Schritt weiter, und ich erschieße sie."

Für den Moment schienen sowohl Marion als auch Hans verblüfft und blieben stehen, mich und Helen wie ein Schutzschild vor sich.

Ich war mir sicher, dass Finley das niemals ernsthaft in Erwägung ziehen würde, doch zumindest hatte er erreicht, was er wollte. Weder Marion noch Hans bewegten sich.

Es war, als hätte man einen Film angehalten. Niemand schien eine Lösung für dieses Dilemma zu haben.

Dann nahm ich aus dem Augenwinkel eine Bewegung wahr. Ein kurzes, abgehacktes Geräusch ertönte, im nächsten Moment sackte Finley auf die Knie, das Gewehr fiel ihm aus der Hand. Dann kippte er leblos vornüber.

„Finley!“ Ich wollte zu ihm laufen, doch Hans hatte mich fest im Griff.

Während ich mich wand, trat der Schütze in mein Blickfeld. Duncan hatte seine Pistole noch in der Hand und winkte Marion und Hans, ihm zu folgen. Die beiden bugsierten uns zu ihrem Auto, das seitlich vom Haus geparkt war, sodass wir es bei unserer Rückkehr nicht gesehen hatten.

Duncan bedeutete, dass Helen, die inzwischen am ganzen Leib zitterte, ins Auto steigen sollte. Wie eine mechanische Puppe tat sie es.

„Lass sie los“, wies Duncan nun Hans an, was der mit sichtlichem Widerwillen tat.

„Wie hast du uns gefunden?“ Ich sah Duncan geradewegs an.

Er erwiderte meinen Blick, ohne zu blinzeln. „Der Duke hat dein Handy im letzten Jahr mit einem GPS-Sender versehen lassen.“

Ich seufzte müde. Natürlich. So simpel wie effektiv. Und mir fiel auch prompt ein, wann das gewesen war: In der Suite des 41 in London, bevor Tyron mich nach Leatherhead gefahren hatte, war mein Handy plötzlich wie vom Erdboden verschluckt gewesen. Einen Tag später war es angeblich beim Saubermachen wieder aufgetaucht. Die Vorsichtsmaßnahme, meine SIM-Karte zu wechseln, bevor wir hergeflogen waren, hatte also nichts genützt.

„Was ist das?“, wollte Duncan wissen und deutete auf den Zylinder, den ich zu meinem eigenen Erstaunen immer noch in der Hand hielt.

Er nahm ihn mir ab und löste den Stopfen, um sich den Inhalt genauer anzusehen. Sowohl Marion als auch Hans reckten neugierig den Hals. Ich presste die Lippen zusammen und fluchte innerlich. Duncan besaß nun sämtliche relevanten Informationen – dazu mich, unsere Kinder, die 49. Tafel und die Kristalle. Er war am Ziel.

Für einen langen Moment schloss ich die Augen und legte die Hand auf meinen Bauch. Eine tiefe innere Ruhe erfasste mich. Hatte Mum sich am Ende so gefühlt? Ruhig und gelassen, weil sie wusste, was sie zu tun hatte?

Nur hatte ich diesmal nichts, was ich noch retten konnte. Patricia, Emrys und nun auch Finley waren tot, Dad würde vielleicht ebenfalls sterben. Blieb nur Henry. Vielleicht konnte ich ihm etwas Zeit verschaffen. Ein paar Wochen würden genügen. Es tat mir weh, wenn ich daran dachte, dass er allein sein würde, denn Helen würde mein Schicksal teilen. Nie im Leben würde ich sie dem aussetzen, was andere vor uns erleiden mussten.

Ich öffnete die Augen wieder, die Hand immer noch auf meinem Bauch. Tiefe Traurigkeit überfiel mich bei dem Gedanken, meine Kinder nie im Arm halten zu können. Aber auch Angst vor dem, was kommen würde, und Enttäuschung über Duncans Verrat.

Ich begegnete Duncans Blick und hielt ihm stand. Er verengte die Augen leicht, und seine Stirnfalte vertiefte sich.

„Was ist jetzt? Lass uns fahren!" Marion war sichtlich ungeduldig. Die Euphorie darüber, dass ich endlich in ihrer Gewalt war, hatte sie kaum verborgen.

Sehr langsam und sehr bewusst unterbrach Duncan den Blickkontakt mit mir. Dann, in einer geschmeidigen Bewegung, schoss er zuerst auf Marion, dann auf Hans. Bei jedem Schuss zuckte ich zusammen. Mit angstgeweiteten Augen starrte Helen aus dem Innern des Autos auf die am Boden liegenden Körper.

Duncan hielt mir die Röhre hin. Vorsichtig, als sei es eine Bombe, nahm ich sie ihm ab.

Er öffnete den Kofferraum, hob mit sichtlicher Kraftanstrengung erst Hans, dann Marion hinein und schloss ihn wieder. Schließlich ließ er Helen aussteigen. Ohne auch nur eine Sekunde zu verlieren, rannte sie zum Haus.

Duncan trat auf mich zu. Ganz sanft strich er meine Haare aus der Stirn. Ein winziges Lächeln stahl sich auf seine Lippen, als er die Hand auf meinen Bauch legte.

„Pass gut auf sie auf.“

Sein Kuss war kaum mehr als ein Hauch. Dann setzte er sich ins Auto und fuhr davon. Ich starrte ihm nach, mein Innerstes ein einziger Scherbenhaufen. Schließlich riss ich mich zusammen und lief zurück. Auf dem Hof sah ich Finley liegen, mit dem Gesicht zum Boden. Als ich mich neben ihn hockte und nach seiner Schulter fasste, um ihn umzudrehen, hielt ich inne. Der Muskeltonus war viel zu hoch. Rasch fühlte ich den Puls an seinem Handgelenk – er schlug kräftig. Jetzt erst entdeckte ich den Betäubungspfeil, der in seinem Hals steckte.

Erleichterung durchströmte mich, als ich mit einem Laut, der halb Schluchzen, halb Lachen war, über ihm zusammensank.

Ich dachte an Marion und Hans, die in Duncans Kofferraum lagen und wohl auch nicht tot, sondern ebenfalls nur bewusstlos waren. Über das, was Duncan mit ihnen tun würde, wollte ich allerdings nicht nachdenken.

Da ich sowieso nichts tun konnte, zog ich lediglich den Betäubungspfeil heraus, ließ Finley, wo er war, und rannte ins Haus. Henry hatte es geschafft, Dads Blutung einigermaßen zum Stillstand zu bringen, und ein Krankenwagen war bereits unterwegs. Dad war sogar halbwegs bei Bewusstsein. Auch wenn er große Schmerzen hatte, war seine Verletzung nicht lebensgefährlich, wie Henry beteuerte. Helen hatte ihm derweil berichtet, was draußen passiert war.

„Finley lebt!", beruhigte ich die beiden. „Er ist nur betäubt."

„Betäubt?" Verdutzt sah Helen mich an. „Und die anderen?"

„Wahrscheinlich auch", erwiderte ich.

Helen, Henry und ich sahen uns an. Ich musste keine Gedanken lesen können, um zu wissen, dass wir alle drei dieselbe Frage hatten: Was hatte Duncan jetzt vor?

Ein Jahr später,
Glasmaris Hall, Anglesey

Das nächste Schuljahr neigte sich dem Ende entgegen und damit auch die Zeit, in der ich wegen der Zwillinge pausiert hatte.

Da ich es allein entscheiden musste, hatte ich die Zwillinge Grace und Arthur genannt – nach meinen längst verstorbenen Halbgeschwistern. Sie trugen meinen äußerst gewöhnlichen Nachnamen „Brown", keinen zweiten Namen, nichts, was sie mit irgendwem in Verbindung bringen könnte. Manchmal hatte ich ein schlechtes Gewissen, weil ich ab dem nächsten Schuljahr eine berufstätige Mutter sein würde, und ich überlegte ernsthaft, ob ich doch Avrils Angebot akzeptieren und eine längere Auszeit nehmen sollte.

Doch dann dachte ich an Shannon, die die besten Voraussetzungen hatte und ihre Möglichkeiten nutzte. Meine waren mindestens genauso attraktiv, denn zunächst würde sich Shannons ehemalige Kinderfrau um die Zwillinge kümmern, bis sie groß genug waren, um in den Kindergarten zu gehen. Da Avril nicht vorhatte, als Schulleiterin auf dem Schulgelände zu leben, hatte ich die Möglichkeit, in das Abthaus zu ziehen. Anfangs erschien mir der Gedanke abwegig, erinnerte es mich doch ständig an Duncan. Doch eigentlich tat es die ganze Ysgol, und im Laufe der Zeit hatte ich mich auch daran gewöhnt.

Während der Sommerferien würde ich das Haus mit Shannons Unterstützung renovieren und dann mit den Zwillingen dort einziehen. Bisher wohnten wir noch in Glasmaris Hall, doch obwohl wir dort auf unbestimmte Zeit willkommen waren und der Weg zur Ysgol ebenfalls nicht weit war, war es für mich keine Dauerlösung.

Ich brauchte dringend eine klare Linie für die Zukunft. Und wie schon im vergangenen Jahr würde ich daher weiter einen Schritt nach dem anderen gehen, ungeachtet der immer noch fraglichen Entwicklung, die mit Duncans plötzlichem Verschwinden seinen Ausgang genommen hatte.

Ein einziges Mal hatte er sich indirekt gemeldet, um eine Nachricht an Kieran zu senden, in der er ihn wissen ließ, wo Marion und Hans zu finden seien. Sie lebten, das war das Einzige, was man mir gesagt hatte. Ihr weiteres Schicksal hatte der MI16 in die Hand genommen.

Nachdem wir aus Nova Scotia zurückgekehrt waren, hatten Finley und ich endgültig Emrys' Erbe angetreten. Zwar hatte ich darauf bestanden, weiter zu unterrichten, doch ich hatte ebenso viel Zeit damit verbracht, mit Finley das Netz aus Geheimnissen und Verknüpfungen zu entwirren. Alle Zusammenhänge erschlossen sich uns immer noch nicht, und Patricias Forschungen waren verwaist.

Finley glaubte mich weiterhin durch Duncan und die *Heredes* in Gefahr, und sein Beschützerinstinkt und seine Fürsorglichkeit – und wahrscheinlich auch meine Hormone – ließen meine alten Gefühle für ihn wieder aufflammen.

Eine Weile hatte es so ausgesehen, als ob er und ich wieder zusammenfänden. Doch schon bald kamen mir Zweifel. Ich liebte Finley nach wie vor, wenn auch auf andere Weise, als ich Duncan geliebt hatte. Doch ich fühlte mich nicht frei. Noch nicht. Vielleicht würde ich das irgendwann tun, aber vorerst war es besser, wenn wir weiterhin getrennte Wege gingen.

Schweren Herzens hatte Finley das akzeptiert, und seit einer Weile wurden die Abstände zwischen Melindas Besuchen bei mir immer kürzer. Beide stritten es ab, aber ich hatte den Eindruck, sie mochten sich wirklich.

Dad hatte sich körperlich von seiner Verletzung erholt, wohnte jedoch inzwischen in Guildford und nicht mehr bei Henry und Helen in Leatherhead und hatte sich ein wenig von uns distanziert. Niemand konnte es ihm verdenken, und wir gönnten ihm ein neues, eigenes Leben, das sogar eine Frau einschloss.

Henry und Helen hatten das Haus renoviert und eine Tochter bekommen. Obwohl beide wussten, welches Erbe die Kleine in sich trug, hatten sie sich dazu entschlossen, zunächst alles beim Alten zu belassen. Henry arbeitete weiter als Hausarzt, und sie dachten inzwischen sogar über ein weiteres Kind nach. Auch für sie hatten sich die Dinge gefügt.

Ich jedoch fühlte mich rastlos.

Insgeheim hatte ich gehofft, von Duncan zu hören, doch nichts war geschehen. Obwohl mein Herz sicher war, dass keinem von uns Gefahr drohte, war mein

Kopf in ständigem Aufruhr. Seit ich wusste, dass Konrad Jäger Duncans Großvater war, schlichen sich häufig die schlimmsten Befürchtungen in meine Gedanken.

Auch Konrad Jäger hatte Karoline auf seine Weise geliebt. Wahrscheinlich hatte Karoline ihm ebenfalls positive Gefühle entgegengebracht. Doch am Ende hatte es nichts genützt, und das Unglück hatte seinen Lauf genommen.

Etwas anderes bereitete mir ebenfalls Kopfzerbrechen, denn obwohl Finley und ich alles Wichtige besprachen, gab es etwas, das er rigoros ablehnte: Seit wir die 49. Tafel in der Höhle entdeckt hatten, hatte Finley sich geweigert, sie auch nur anzuschauen, geschweige denn zu erfahren, wie sie anzuwenden war. Er überließ mir die Entscheidung, was wir in Zukunft damit anfangen sollten und ob wir sie jemals nutzen würden oder nicht. Er glaubte, dass das Wissen über sie das gefährlichste Vermächtnis war. Gott spielen zu können, Leben zu verlängern und Gesundheit zu spenden. Auswählen, wem es zuteilwerden sollte – und wem nicht. Finley selbst fühlte sich nicht dazu in der Lage, solche Entscheidungen zu treffen. Er wollte diese Verantwortung nicht tragen.

Ich nahm also den Weg entlang der Klippen, um mir vom Seewind den Kopf frei pusten zu lassen. Aufgrund der ständigen Ablenkung im vergangenen Jahr hatte ich mir keine Gedanken darüber gemacht, wie es mit der 49. Tafel weitergehen sollte.

Ich konnte sie in die Höhle zurückbringen oder an einen anderen Ort. Oder sie zerstören.

Das Dumme war, dass sich die Notwendigkeit, eine Entscheidung zu treffen, nicht in Luft auflösen würde. Schlimmer noch: Wenn ich keine Entscheidung träfe, würde jemand anders vielleicht irgendwann Tatsachen schaffen – beabsichtigt oder unbeabsichtigt – und mich so wieder in die Position bringen, zu reagieren anstatt selbstbestimmt zu agieren. Es wurde Zeit, dass ich mir bewusst wurde, was ich wollte.

Ich stieg hinab zu der Stelle an den Klippen hoch über dem Meer, an der ich an meinem ersten Abend auf der Insel mit Duncan gestanden hatte. Dieselbe Stelle, an der wir Emrys' und Patricias Asche dem Meer übergeben hatten.

Schachmatt

„Es existiert kein regelgerechter Zug mehr, um dem Schach zu entgehen. Die Partie ist beendet. Der Spieler hat gewonnen."

Ich öffne die Augen und sehe zum Horizont. Irgendwo weit entfernt fahren Schiffe. Ich stelle mir vor, wie ich für Grace, Arthur und mich eine Tasche packe und auf Nimmerwiedersehen verschwinde. Auf einem der Schiffe, irgendwohin, wo uns niemand kennt. Am anderen Ende der Welt baue ich uns ein neues Leben auf, lasse alles hinter mir. Ich weiß genug über Computer, um im Internet keine Spuren zu hinterlassen. Emrys hat außerdem dafür gesorgt, dass ich über ausreichend finanzielle Mittel verfüge.

Finley würde mich nicht suchen. Er würde geduldig warten, bis ich eines Tages zu ihm zurückkehre. Irgendwann in der Zukunft, wenn ich es mir vielleicht anders überlege und wieder mit ihm an meiner Seite leben möchte. In dreißig, fünfzig, in hundert Jahren.

Was für eine unbeschreiblich lange Zeit!

Grace und Arthur könnten ein sorgloses Leben führen, frei von der Angst, vielleicht entdeckt zu werden. Sie müssten nichts von alledem wissen und bräuchten die Kette niemals zu Gesicht bekommen. Irgendwann, bevor sie anfangen, Fragen zu stellen, warum ich mich kaum verändere, würde ich eine Zeit lang Wege finden, mein Äußeres anzupassen. Und eines Tages würde ich aus ihrem Leben verschwinden.

Ein plötzlicher Unfalltod.

Verschüttet von einer Lawine.

Verschollen bei einer Wanderung in den Bergen.

Es gab unzählige Möglichkeiten.

Die beiden würden niemals erfahren, wer sie sind und welches Geheimnis in ihnen verborgen liegt, denn ohne die Kette und das Wissen der 49. Tafel könnte niemand mehr das *HenO-Gen* aktivieren. Nicht bei ihnen und nicht bei anderen Menschen, die Träger des Gens sind. Der Stein der Weisen wäre wieder ins Reich der Mythen und Legenden verbannt. Ich ziehe das zusammengefaltete Pergament aus meiner Tasche, das ich inzwischen gründlich studiert habe. Noch immer ist es die einzige existierende Kopie.

Ein Stein löst sich, unwillkürlich trete ich einen Schritt zurück von der Kante – und erwische einen Fuß. Mitten in der Bewegung erstarre ich.

„Du passt immer noch nicht auf, wohin du gehst." Ich spüre Duncans Lippen, die sich ganz dich an meinem Ohr bewegen.

Von hinten legt er seine Arme um mich. „Wie heißen unsere Kinder?"

Ich schlucke. „Grace und Arthur."

Einen sehr langen Moment stehen wir im kalten Wind, dann dreht er mich sanft zu sich herum und streicht mir zärtlich eine Locke aus dem Gesicht. Einen halben Schritt hinter mir lauert der Abgrund.

„Nein", sagt er sanft. „Tu das nicht."

Ich hasse mein gläsernes Gesicht. Der Gedanke, mitsamt dem Pergament hinunterzuspringen, war mir tatsächlich für einen Sekundenbruchteil durch den Kopf geschossen, doch dann dachte ich an Arthur und Grace.

Duncan ergreift meine Hände und zieht mich ein Stück fort von der gefährlichen Kante. Er sieht verhärmt aus. Dünn, blass, mit dunklen Ringen unter den Augen. Und trotzdem scheint in ihm ein Feuer zu brennen. Er wirkt entschlossen.

Doch das bin ich auch. „Duncan, ich werde nicht mit dir gehen! Das, was geschehen ist, war furchtbar, und so etwas darf sich nie, nie, hörst du, niemals wiederholen!" Ich lasse offen, welche der Ereignisse ich genau meine, und schließe damit alles ein, was in den letzten Jahrzehnten geschehen ist. Ich bin sicher, dass er das versteht.

Sein Blick ist so intensiv, wie ich ihn in Erinnerung habe. Es fällt mir schwer, ihm standzuhalten, doch ich starre ihn an, bis er wegsieht.

Er atmet tief durch. „Das Labor existiert nicht mehr. Sämtliche Daten sind vernichtet, die Verantwortlichen … sind entweder tot oder warten auf ihren Prozess wegen Folter und Mord. Niemand kann die Forschungen wieder aufnehmen." Seine Hände liegen eisig kalt in meinen.

Ich versuche, meine Überraschung zu verbergen. „Warum?"

„Weil du recht hast. Es ist der falsche Weg. Ich bin immer noch der Meinung, dass die Menschen wirkungsvolle Heilmittel brauchen. Aber alle Menschen, nicht nur ein ausgewählter Teil und erst recht nicht auf Kosten anderer. Ich will weiter forschen, das tun, was ich mein ganzes Leben lang tun wollte. Möglichkeiten finden, Menschen zu helfen. Ich werde das nicht im großen Stil tun, nicht mit Gewalt und auch nicht für Profit." Er sieht mich an. „Ich möchte noch einmal von vorn anfangen, Caitlyn. Mit dir an meiner Seite."

Ich lasse seine Worte auf mich wirken. Es klingt ein bisschen, als wolle er in Patricias Fußstapfen treten. „Woher weiß ich, dass du die Wahrheit sagst?"

Aus seiner Jackentasche zieht er ein Feuerzeug und lässt es aufschnappen. Die Flamme flackert, erlischt beinahe, doch mit seiner hohlen Hand schützt er sie, bis sie stetig brennt. Aus seiner anderen Tasche zieht er das blutrote Tuch mit der Odal-Rune darauf. Er hält es an die Flamme. Es dauert, bis es Feuer fängt, doch dann steht in Sekundenschnelle das ganze Tuch in Flammen. An einem Zipfel hält Duncan es fest, bis es ihm beinahe die Fingerspitzen versengt. Dann wirft er den Überrest hinunter ins Meer.

Er sieht auf das Pergament in meiner Hand.

Ich falte es auseinander.

‚Die Lippen der Weisheit sind verschlossen, ausgenommen für die Ohren des Verstehens‘, denke ich wie damals, als ich aus dem British Museum zurückkehrte.

Die Zeichen und Symbole der 49. Tafel sind mir inzwischen vertraut, und niemand ahnt, dass ich sie eigentlich gar nicht mehr brauche. Obwohl die Anweisungen einst niedergeschrieben wurden, wurde ihre Bedeutung mit alchemistischen Ausdrücken verschleiert, sodass nur derjenige, der den Schlüssel besitzt, sie richtig lesen kann. Ich bin die Einzige, die es kann, denn meine Ohren haben verstanden.

Es ist ein ebenso simpler wie genialer Code. Sichtbar. Hörbar. Und doch gut versteckt. Man kann ihn nur entschlüsseln, wenn man weiß, dass es sich um einen handelt: bestimmte Silben des Henochischen Alphabets kombiniert mit den Noten von Chopins Nocturne in Es-Dur.

Ob Emrys oder John Chopin dazu veranlassten, sie zu schreiben?

Ich halte die Spitze des Pergaments an die Flamme. Beinahe erwarte ich, dass Duncan es mir im letzten Moment aus der Hand reißt, doch er tut nichts dergleichen. Mit eigentümlicher Faszination schaut er dabei zu, wie die einzige Kopie der 49. Tafel verbrennt.

„Asche zu Asche", murmelt er. „Ich war das Feuer."

Ich lasse das letzte Stück vom Wind davontragen und sehe ihn stirnrunzelnd an. „Was meinst du damit?"

Er legt seine Hand an meine Wange. „Es ist nicht wichtig. Ich will die Vergangenheit hinter mir lassen. Endgültig."

Bevor ich noch einmal darüber nachdenke, werfe ich alle Zweifel über Bord und schmiege mich an ihn. Er hält mich fest umschlungen, liebkost meinen Nacken, seine Wange an meine Stirn gelegt.

Es fühlt sich richtig an.

Nach einer Weile hebe ich den Kopf. „Es wird Zeit, dass Arthur und Grace ihren Vater kennenlernen."

Seine dunklen Augen leuchten.

Ich will mich dem Weg zuwenden, der hinauf zur Ysgol führt, doch er hält mich fest. Sanft dreht er mich an den Schultern herum. „Sieh erst, wohin du gehst."

Lachend strecke ich die Hand nach ihm aus. „Wir gehen gemeinsam."

Ohne zögern greift er zu, und plötzlich weiß ich, dass dies Emrys' letzter Schachzug ist. Schon lange muss er geahnt haben, wie weit Duncan gehen würde, um sein Ziel zu erreichen.

Doch bevor Duncan im Bedürfnis, seinen brennendsten Wunsch wahr werden zu lassen, endgültig in die Fußstapfen seines Großvaters Konrad Jäger treten konnte, brachte Emrys mich ins Spiel.

Er hatte Duncan auf den Plan gerufen und ihn so auf mich aufmerksam gemacht. Mithilfe von Patricia ließ er mir die Kristalle in der Kette zukommen – wohl wissend, welche Konsequenzen sie in jeder Hinsicht für mich nach sich ziehen und dass sie darüber hinaus Duncans Interesse wecken würden. Er forcierte die räumliche Trennung von Dan, um Duncan und mir Gelegenheit zu geben, uns besser kennenzulernen. Der Abend im British Museum, Dans Shigellose, die ihn an der Rückkehr zu Weihnachten hinderte, und am Ende wohl auch meine Schwangerschaft waren das Ergebnis seiner ausgeklügelten Strategie.

Wenig hatte er dem Zufall überlassen. Geschickt hatte er uns, seine Figuren, miteinander agieren lassen.

Ein letztes Mal sehe ich über meine Schulter zurück zum Horizont.

Du hast gewonnen, Emrys, denke ich.

Aber nun ist das Spiel vorbei und ein neues beginnt.

Es heißt, Zufall sei der Name für ein unbekanntes Gesetz.

Ich bin Caitlyn Dee und ab heute folgt mein Leben nur noch einem Gesetz: meinem eigenen.

ENDE

Epilog

Glasmaris Hall, spät in der Nacht

Langsam schlenderte er über den gepflasterten Hof, die Hände tief in den Hosentaschen vergraben. Hinter den Mauern des altehrwürdigen Baus hörte er die Brandung gegen den felsigen Fuß der kleinen Insel schlagen. Der stete Wind trug ihm den Geruch des Meeres zu. Er hob den Blick zum Himmel, wo ein lockeres Band aus Wolken über den Himmel zog und dazwischen großzügige Blicke auf die Sterne freigab. Der Mond war beinahe voll und so hell, dass er genug erkennen konnte, um seinen Weg zu finden.

In den Paddocks sah er die Silhouetten der Pferde, die entspannt vor sich hindösten. Am Zaun des hintersten Paddocks blieb er stehen und lehnte die Unterarme auf die oberste Latte.

„Hey", rief er leise. Als das Pferd nicht reagierte, schnalzte er. „Alba."

Leichte Bewegung kam in das Tier, dann wandte es den Kopf. Noch einmal rief er den Namen der Stute, woraufhin sie mit trägen Schritten in seine Richtung kam. Mit der flachen Hand rieb er ihr die Stirn, während sie verhalten schnaufend ihre Nase an seiner Schulter vergrub. „Du kennst mich also noch."

Mit geschlossenen Augen lehnte er sich schließlich an den warmen Hals der Stute, während er sie liebkoste und flüsternd mit ihr sprach. Erst jetzt, wo er wieder auf Anglesey war, begriff er, wie sehr er dies alles vermisst hatte. Und wie sehr er sich danach sehnte, endlich ein geordnetes Leben zu führen.

Freundlich rieb Alba ihren Kopf an ihm. „Sag bloß, du hast mich auch vermisst." Leise lachend strich er über ihre Nase. „Vielleicht lässt uns der neue Hausherr einmal zusammen ausreiten, hm? Was sagst du dazu? Glaubst du, er erlaubt das?" Die Stute schnaubte.

„Am besten fragst du ihn einfach, Scratby!"

Auf der Stelle wirbelte er herum. Mit Mühe konnte er dabei den Impuls unterdrücken, hinten an seinen Hosenbund zu greifen – es hätte sowieso nichts genützt, da er keine Waffe mehr trug.

Nur zwei Schritte vor ihm stand der Mann, den er zuletzt unter dem Namen Finlay McFarlane kennengelernt hatte. Mit verschränkten Armen musterte er Featherston, den Kopf leicht schief gelegt.

Für einen Sekundenbruchteil fühlte sich Featherston in seine Schulzeit zurückversetzt, denn in derselben Haltung hatte McFarlane, damals unter dem Namen Mason Harris, am Rande des Sportunterrichts gestanden und die Schüler beobachtet. Häufig hatten dabei die stahlblauen Augen auf Featherston geruht – stets ein wenig kritisch, taxierend. Damals hatte er sich unwohl gefühlt unter dem prüfenden Blick, doch nie hatte er verstanden, warum ausgerechnet er so unter Beobachtung seines Lehrers stand. Da der aufmerksame Blick allerdings keinerlei Konsequenzen nach sich gezogen hatte, hatte er irgendwann aufgehört, sich darüber Gedanken zu machen. Inzwischen kannte er natürlich den Grund.

„Du bist ihm ähnlich, weißt du das?" McFarlane löste seine Arme und trat nun seinerseits an den Zaun. Alba stupste ihn gleich mit ihrer weichen Schnauze an, woraufhin er sie zwischen den Ohren kraulte.

Featherston rührte sich nicht.

„Jäger."

Unwillkürlich atmete Featherston tief durch. „Weiß sie das?"

McFarlane lachte. Es klang ehrlich amüsiert. „Was glaubst du?"

Featherston stützte beide Ellbogen auf den Zaun und rieb sich mit beiden Händen über das Gesicht. Er fluchte leise.

„Da sie dich offensichtlich nicht gleich über die Klippen gestoßen, sondern mit hierher eingeladen hat, scheint sie sich damit abgefunden zu haben. Seit wann weißt du davon?", erkundigte sich McFarlane neugierig.

Featherston wandte sich ihm zu, vermied es aber, sein Gegenüber anzusehen. Einen Moment überlegte er, was oder vielmehr wie viel er sagen sollte. Doch dann verwarf er den Gedanken wieder, nur einen Teil zu erzählen. Lange genug hatte er sich in einem Netz aus Lügen und Halbwahrheiten bewegt – bewegen müssen, um zu seinem erklärten Ziel zu gelangen. Doch nicht nur die Gegebenheiten hatten sich verändert, er hatte sich verändert. Auch sein Ziel war nicht mehr dasselbe und ganz sicher waren es nicht mehr die Methoden, die er bereit gewesen war, dafür zu nutzen. Dieser neue Weg hatte ihn hierher zurückgeführt und wenn er ihm weiter folgen wollte, konnte er das nur tun, indem er ehrlich war.

„Bis zu ihrem Tod hat er meine Mutter hin und wieder besucht. Nicht häufig. Ein oder höchstens zwei Mal im Jahr und jedes Mal bestand er darauf, mich und meine Schwester zu sehen. Nach seinen Besuchen ging es Mutter meist schlechter als zuvor, sie ... trank mehr als sonst. War depressiver, nahm mehr Medikamente. Vater durfte nie etwas davon erfahren. Allerdings war er sowieso meist in London." Er stieß die Luft durch die Nase aus.

Alba schien genug von McFarlanes Streicheleinheiten zu haben und wandte sich wieder Featherston zu, der ihr das Kinn kraulte. Sie hielt mucksmäuschenstill, als lauschte auch sie der Geschichte.

„Mir war immer bewusst, dass dieser Mann ...", die Abneigung war Featherston deutlich anzuhören, „der Vater meiner Mutter war. Zu mir und meiner Schwester war er sehr freundlich. Er brachte uns kleine Geschenke und war besorgt um Julia. Er war überzeugt davon, dass es eine Heilung für sie geben würde. Mutter sagte, dass seien Hirngespinste und verbot uns, weiter darüber zu sprechen. Als Kind ... mochte ich ihn und verstand nicht, warum Mutter ihn ablehnte." Er sah McFarlane an. „Nachdem sie gestorben war, kam er nicht mehr. Ich gehe allerdings davon aus, dass er mein Leben weiterverfolgte und nur auf eine Gelegenheit wartete, wieder in Kontakt zu treten. Es war wohl kein Zufall, dass ich während meiner Zeit bei der Fremdenlegion einen seiner ... Anhänger kennenlernte." Er holte tief Luft. „Allerdings war er bereits tot – ermordet vom Duke – als ich das erste Mal ins Hauptquartier kam. Außerdem wusste niemand, dass ich nach dem Tod meines Vaters, die Aufzeichnungen meiner Mutter gefunden hatte und genau wusste, wer er war und was er vorhatte." Er schüttelte sich leicht, als wolle er die Erinnerung an all seine damaligen Gefühle loswerden.

McFarlane nickte bedächtig. „Wir können uns die Umstände nicht aussuchen, in die wir hineingeboren werden. Mein Erzeuger war ein Nazi, der meine Mutter misshandelt und anderen Leuten noch Schlimmeres angetan hat. Ich habe zum Glück wenig Erinnerungen an ihn, doch besser als Jäger war er auch nicht. Aber an deine Mutter erinnere ich mich noch. Sie war … " Er lächelte verhalten. „Liebenswert."

Verblüfft öffnete Featherston den Mund, um etwas zu sagen, doch er schloss ihn unverrichteter Dinge wieder. Erst jetzt fiel ihm auf, dass er sich bisher keine Gedanken darüber gemacht hatte, wo genau McFarlane ins Bild passte.

Der klopfte Featherston auf den Oberarm. „Ich bin sicher, du hast auch einiges von ihr geerbt. In jedem Fall haben wir uns noch einiges gegenseitig zu berichten."

„In der Tat", bemerkte Featherston trocken. Seltsamerweise fühlte er sich erleichtert.

„Dann bleibst du also länger?"

„Ich … ja. Caitlyn und ich, wir … ich möchte gerne für sie da sein. Und für die Kinder." Ein Lächeln huschte unwillkürlich über sein Gesicht. Der Nachmittag mit ihnen hatte eine Bandbreite an Gefühlen in ihm ausgelöst, die so neu und ungewohnt waren, dass er sie noch nicht recht einordnen konnte. Doch es hatte sich rundum gut angefühlt und das Bedürfnis nach mehr geweckt. Sehr viel mehr.

„Gut! In diesem Fall: Ja, natürlich darfst du mit Alba ausreiten. Wann immer du willst!“

„Danke … Euer Gnaden.“

McFarlane rollte die Augen. „Vergiss diese Anrede ganz schnell. Es reicht schon, dass mich Gott und die Welt jetzt damit traktiert.“ Er streckte seine Hand aus. „Finley,“

Zögernd griff Featherston danach. „Duncan.“

Sie schüttelten die Hände, doch McFarlane hielt seine länger fest als nötig. „Eins noch Duncan.“ Seinen Griff verstärkend näherte er sich einen halben Schritt. „Solltest du Caitlyn noch einmal das Herz brechen oder gegen sie die Hand heben oder ihr oder den Kindern oder dem Rest der Familie sonst wie Schaden zufügen, breche ich dir das Genick!“ Sein Blick war eisig.

Featherston war sich absolut bewusst, dass es keine leere Drohung war. Er wich McFarlanes Blick nicht aus, sondern hob einen Mundwinkel. „Ich bin nicht lebensmüde.“

Grinsend ließ McFarlane seine Hand los. „Nichts für ungut!“

Während sie in stiller Eintracht zum Haus schlenderten, hatte Featherston endlich das Gefühl dort zu sein, wo er hingehörte.